HISTOIRE
DE LA GRANDE MAISON

Charif Majdalani, né en 1960, dirige le département de lettres françaises de l'université Saint-Joseph de Beyrouth. Adepte du métissage culturel, amoureux du baroque, il se définit volontiers comme « méditerranéen ».

Charif Majdalani

HISTOIRE
DE LA GRANDE MAISON

ROMAN

Éditions du Seuil

TEXTE INTÉGRAL

ISBN 978-2-7578-0077-5
(ISBN 2-02-079831-X, 1ʳᵉ publication)

© Éditions du Seuil, août 2005

À Nayla

C'est là le train du monde et je n'ai que
du bien à en dire.

Saint-John Perse, *Anabase*, IV

PREMIÈRE PARTIE

Temps des héros

1

À nouveau il se taisait, protestait et s'adossait au fauteuil, l'air vague et lointain, marmonnant qu'il n'en parlerait jamais, jamais, que c'était une histoire d'un autre âge, que rien ne valait que l'on réveillât les morts. Il reprenait ensuite le paquet de cartes, qu'il se remettait à battre sans fin, pour occuper ses mains, un paquet qui lui avait servi initialement à faire des patiences avant qu'il renonce même à cette activité inutile, se contentant de battre les cartes à longueur de journée, puis de les reposer sur la tablette près de lui, à côté du répertoire téléphonique dans lequel presque tous les numéros étaient ceux de morts, dont chaque nom rappelait un pan de vie, une histoire effondrée, partie, disparue, emportée comme tout autour de lui, lui qui restait là, solide comme un roc, survivant d'époques presque héroïques, dernier rejeton d'une immense phratrie dont tous les membres étaient morts, l'un après l'autre et dans l'ordre, le laissant seul au milieu d'un champ de ruines, celui des souvenirs, de cette mer d'histoires dont il parvenait maintenant de moins en moins à démêler l'inextricable écheveau, reprenant alors le paquet de cartes, les battant une fois, deux fois, puis les reposant et se taisant toujours jusqu'à ce que je lui repose une autre question sur quelqu'un d'autre, sur une autre histoire saugrenue, ou lointaine, ou invraisemblable. Il réfléchissait un instant, mélangeait quelques dates, quelques guerres, puis retrouvait le fil, remontait aux origines, à l'exode initial, aux orangers, aux réfractaires en fuite, au bannissement du père, au village détruit d'Anatolie, puis il faisait un grand écart dans le temps, enjambait une décennie, celle dont je voulais qu'il parle, retrouvait les déserts d'Égypte, le ravitailleur en flammes dans le canal de Suez, le rire du soldat éthiopien, revenait en arrière, reprenait lentement les choses à rebrousse-poil, parlait de la branche aînée de la famille, de la disette, de la Grande Maison à la dérive, des vergers liquidés pour rien, se rapprochait en cercles concentriques de l'histoire mystérieuse, de la chose innommable, la serrait de près, la touchait presque, parlait d'une Panhard au bas de l'escalier de la Grande Maison. Je me taisais, comme on retient son souffle devant un funambule qui touche au but, mais il venait finalement se heurter à nouveau à l'innommable, soufflait longuement, se mordait la lèvre inférieure, marmonnait une formule de conjuration et se taisait, reprenait le paquet de cartes et jurait que jamais, au grand jamais, il n'en parlerait.

Et puis soudain, un jour à midi, pendant qu'il déjeunait, assis à la même place depuis quarante ans, devant l'immense table où plus personne d'autre que lui ne s'asseyait, sauf lorsque nous venions lui tenir compagnie, comme je faisais ce jour-là, et déjeuner chez lui (et toujours après lui, car depuis la mort de notre mère il avait si imperceptiblement avancé les heures de ses repas qu'il déjeunait presque à l'heure où nous petit-déjeunions), un jour donc, à midi, ou plus justement au moment de son déjeuner, alors que je le distrayais en lui posant encore et encore les mêmes questions sans qu'il se rende vraiment compte que je connaissais toutes les réponses sauf une, au lieu de recommencer à tourner en rond, inexplicablement, il prononça les mots fatidiques, il livra le dernier secret, il marmonna qu'*ils l'*avaient fait jeter en prison après *lui* avoir tendu un piège honteux, à charge pour moi de comprendre qu'*eux*, c'étaient ceux de la branche aînée, et *lui* l'un de ses frères, un de mes oncles. Je demeurai un instant stupéfait, ébloui, recueillant dans le silence le plus pur que je pus installer en moi ces paroles plus précieuses que l'or. Puis je m'aperçus que j'avais imaginé les choses exactement comme ça, que, à partir des bribes de ce qu'il m'avait concédé avec les années, j'avais reconstitué l'histoire telle qu'il me la disait, sans savoir toutefois s'il m'en avait lui-même très adroitement suggéré tous les éléments à mon insu ou si, fatalement, tout ce qu'il m'avait dit, comme une pente, avait fait confluer toutes les histoires vers celle qui me manquait et que j'avais cru inventer. Toujours est-il qu'à ce moment il me sembla que je possédais enfin toutes les pièces du jeu, que je pouvais désormais recréer l'histoire de la phratrie, depuis le temps de la Grande Maison et des terres couvertes d'orangers jusqu'à l'exil des trois frères en Égypte et à leur retour, une histoire qui venait finalement s'aboucher à la mienne, après avoir croisé celle, tout aussi tourmentée, de ma mère. Et il me sembla aussi que les ponts, les jointures et toute la dentelle vertigineuse de détails, je pourrais aisément les imaginer, sûr maintenant que ce que j'inventerais pourrait aussi bien avoir existé, que, les différences entre le vrai et l'invention s'estompant naturellement, le vrai deviendrait légendaire et le légendaire acquerrait authenticité au sein d'un seul et même édifice. Et tandis que le moment d'éblouissement mental me passait, j'entendis mon père ajouter, en regardant, à travers moi, vers le lointain en lui-même, que tout cela en tout cas, l'errance des fils, l'exil en Égypte et tout le reste, c'était la faute d'une absence, celle du père, le sien propre et celui de toute la fratrie, un homme trop imposant, trop fort, et qui était mort si tôt que tout l'univers qu'il avait construit autour de sa personne s'était évanoui avec lui. Cela, je le savais, mais l'aveu était fait dans une espèce d'absence, d'état second, et prit, par le ton rêveur qu'il employa pour le dire, un sens augural. Je compris alors qu'il était temps pour moi de commencer et que je ne pourrais que commencer par là. Par l'histoire du père.

Toutes les légendes et tous les récits que sa descendance a conservés et transmis s'accordent pour faire débuter l'histoire du père au moment de son départ pour l'exil, un exil minuscule dans l'espace mais qui allait avoir des conséquences incalculables. Tout commencerait donc par l'apparition de cet homme, un matin de printemps des dernières années du XIXᵉ siècle, au milieu des oliveraies et des mûreraies de Ayn Chir, à la sortie de la Forêt de Pins. Il vient de franchir la frontière du vilayet de Beyrouth et d'entrer dans les terres autonomes du Mont-Liban. Pour lui sans aucun doute, à ce moment-là, il ne s'agit pas encore d'un exil mais seulement d'un éloignement de quelques jours, le temps que les choses se tassent à Marsad, son quartier natal. D'ailleurs, il n'est pas seul. Son frère cadet est avec lui, ils vont tous les deux côte à côte sur leurs chevaux : Wakim, tel qu'il apparaîtra sur les photos que prendra de lui Bonfils, le premier photographe de Beyrouth, la taille au-dessus de la moyenne, le front vaste que prolonge le tarbouche porté droit, et surtout les moustaches, martiales et légèrement retroussées, qui lui donneront plus tard, quand il deviendra père, un air de vice-roi des Indes, et à côté de lui son frère Sélim, encore presque adolescent, imberbe mais l'air grave, en habit européen comme Wakim et chaussé comme lui de bottes de cavalier. Ils vont côte à côte sans parler, et songent peut-être à tout ce qui s'est passé les jours précédents qui les a poussés à tourner ainsi le dos à Marsad, à fuir leur quartier, celui vers lequel ils ne reviendront plus et dont ils continueront, dont on continuera longtemps, et jusqu'à aujourd'hui, à prétendre qu'il est le nôtre, comme ces hobereaux sud-américains qui, malgré cinq générations nées aux colonies, continuent à se prétendre castillans.

Et pourtant, non. En fait, il est impossible de commencer vraiment comme ça. Car ces deux hommes qui viennent de pénétrer dans les mûreraies de Ayn Chir, au matin de ce jour de printemps, ne sont à ce moment que ce qu'ils ont été. Ils ont un passé, des métiers, une vie quotidienne, une maison, ils viennent de vivre un événement grave et ils portent tout cela en eux. C'est ce qui les constitue, ils y pensent en quittant en silence les derniers abords de la Forêt de Pins, et je ne peux en faire complètement abstraction, au moins pour que tout ce qui va suivre puisse tenir debout. Je ne peux pas commencer sans essayer d'imaginer ne serait-ce qu'une part de ce que fut le temps mythique d'avant, d'inventer une ambiance générale, une nébuleuse d'où je pourrai extraire ensuite ce qui va suivre, à commencer par ce moment où deux hommes franchissent la frontière abstraite entre Beyrouth et le gouvernorat du Mont-Liban et arrivent à cheval, un matin, aux abords des mûreraies de Ayn Chir.

Je dispose pour cela d'un indice au moins. C'est le métier de Wakim Nassar avant la fuite inaugurale. C'est à peu près la seule chose que je sache de lui en ce temps-là, la seule sans doute que ses fils eux-mêmes aient jamais sue concernant cette époque quasi mythique et que mon père, qui l'apprit de ses frères, me souffla un jour et m'a confirmée plus tard, alors qu'il battait son paquet de cartes, le rangeait, le reprenait et reprenait les grands itinéraires de son histoire. Et ce qu'il me dit, c'est que son père, à cette époque lointaine, était intermédiaire. Un mot bizarre, un métier bizarre, et encore plus dans ses syllabes arabes : simsar. La chose est singulière, peu enthousiasmante, surtout pour un début. Mais j'essaierai ultérieurement d'en résoudre l'énigme. Pour l'instant, prenons la chose comme elle est. Et j'avoue qu'elle est assez pratique. Car Wakim aurait pu être commerçant, et il m'aurait fallu inventer une échoppe, une spécialité, des clients, des employés. Il aurait pu être fonctionnaire, et il aurait fallu reconstituer le monde complexe et archaïque de l'administration ottomane de ce temps. Il aurait pu être agriculteur, et là, ça n'aurait pas du tout collé avec l'image que j'ai de lui ni avec les photos de cette époque. Il aurait pu être rentier, et il aurait fallu inventer tout un monde d'activités inutiles meublant les heures d'un oisif de Beyrouth en ce temps lointain. Non, il est simsar, et c'est pratique parce que ce genre d'homme ne possède rien, n'a rien, il est toujours à l'écoute du monde autour de lui, et son lieu de travail, c'est tout simplement l'extérieur, la ville, les gens. Lorsque j'essaie de l'imaginer avant son exil, je le vois presque immédiatement dans les traverses de Marsad, allant entre les jardins et les murets de pierre sableuse d'où dépassent des branches de citronniers et de néfliers. Il marche, et je viens de décider qu'il descend, par les traverses, vers la ville. C'est là que les affaires ont lieu, c'est là qu'est sans aucun doute sa place. Il est sorti depuis quelques instants, il passe dans une odeur de linge propre et de feuilles de laurier bouillies, et le voilà qui enjambe l'eau fumante d'une lessive qui coule dans la rue. Il passe dans une odeur de résine, et le voilà qui fait craquer les copeaux de bois sous ses pieds en longeant une rangée de battants de porte qu'un menuisier a alignés de part et d'autre de son échoppe contre les murs des jardins voisins. Il passe dans une odeur de pain chaud, et le voilà qui respire profondément en se demandant d'où ça vient, il doit avoir des tantes, des grand-tantes un peu partout dans le quartier, chez qui il pourrait s'arrêter pour manger du pain chaud. Mais il ne s'arrête pas, il marche entre les traverses, il fanfaronne sûrement car il plaît aux femmes et il le sait. Ou plutôt ce n'est pas lui qui fanfaronne. Il laisse ses moustaches et son tarbouche fanfaronner pour lui. Lui, il a l'œil sombre, et ce regard singulier qui semble toujours effleurer le bord supérieur des choses. Il porte une canne qui lui donne un supplément d'allure. Ce n'est pas la canne en bois d'ébène avec l'anneau d'or aux initiales de son père. Celle-ci, il la garde pour les occasions ou le dimanche, elle est debout dans un coin de l'armoire normande, dans sa chambre à coucher. Et c'est curieux, voilà que cette armoire normande me permet de pénétrer chez lui, d'imaginer un peu la maison d'*avant*, quoiqu'il me sera toujours très difficile de croire qu'il ait pu habiter ailleurs que dans la Grande Maison qu'il fondera à Ayn Chir. Je vois soudain un jardin, avec des néfliers et un citronnier, trois marches, un perron surélevé, et à l'intérieur un sol en tomettes aux motifs en arabesques, des pièces ouvertes les unes sur les autres, où circulent aisément l'air doux du printemps, les parfums des arbres, l'odeur de laurier qui embaume les vêtements rangés dans les armoires, mais aussi les bruits simples de la vie domestique, la voix de son frère cadet qui chantonne en s'habillant dans une pièce voisine avant de sortir pour aller à son bureau, disons à khan Antoun Bey, ou celle de sa mère qui reçoit ses cousines et ses belles-sœurs de bon matin et s'installe avec elles dans des fauteuils sur le perron, sa mère qui figure elle aussi sur une photo de Bonfils, lointaine et rêveuse dans sa robe à corset, si rigide et si hiératique que je parviendrai toujours difficilement à l'imaginer autrement qu'en habit victorien, presque aussi irréelle, désincarnée et majestueuse que les reines anciennes sous leur masque mortuaire. Et puis je vois aussi cette armoire normande devant laquelle il se poste tous les matins avant de sortir, dont il ouvre un battant pour se juger dans la glace un peu terne. Il juge son pantalon, son veston, son faux col, lisse sa moustache, ajuste son tarbouche, plante un regard dans son propre regard trop sombre avant d'ouvrir l'autre battant, sur lequel il y a aussi une glace, et de voir soudain, dans les deux miroirs qui se font face, son image se refléter à l'infini. J'aime à penser qu'il s'amuse tous les matins à cette démultiplication de lui-même avant de sortir égrener dans la marche sa présence au monde.

En débouchant à cheval dans les oliveraies de Ayn Chir au matin de son premier jour d'exil, Wakim Nassar songe-t-il qu'il pourrait être à ce moment dans les traverses de Marsad, allant d'un pas assuré, ample, puissant et en même temps léger, parce que c'est le printemps ? C'est toujours le printemps quand je pense au Beyrouth de ces époques lointaines, et le printemps gonfle les tiges de tous les gardénias et de tous les jasmins des traverses. Il fait doux et Wakim longe les murets des vieux jardins, sa canne touche moins souvent le sol, il la lève, en frappe parfois le pommeau de sa main, la jette une fois ou deux sur son épaule puis la relance franchement devant lui : elle danse, elle fanfaronne elle aussi, et c'est sûrement l'effet du printemps. Le voilà qui débouche maintenant sur la rue principale de Basta, celle qui descend en ville. Il y passe de temps en temps des calèches avec dedans de jeunes bourgeoises élégantes habillées comme lui à l'européenne et ça le fait frémir. Pourtant la rue est en terre, et la terre, remuée par les calèches, les fiacres, les charrettes, les chevaux, les mulets, empoussière ses chaussures et le bas de son pantalon, et ça devrait l'agacer. Mais ça ne l'agace pas et, lorsqu'il entre en ville, il est toujours de bonne humeur, le jeu de sa canne en témoigne. Il traverse la place Assour, sur laquelle il vient de déboucher. Il se laisse dépasser par des fiacres et des calèches, il sourit en passant à côté de portefaix attroupés et oisifs qui rient à gorge déployée. Il s'engage dans la Grand-Rue, qui remonte vers la place des Canons, il double des femmes vêtues à l'européenne et une femme musulmane entièrement voilée. Il croise des hommes en costume et tarbouche, comme lui, longe quelques devantures d'échoppes sur la gauche, et je me demande où il peut bien aller, ce que je vais en faire. Il pourrait continuer, remonter la Grand-Rue, déboucher sur la place des Canons, aller jusqu'au jardin Hamidié, entrer et s'asseoir pour regarder passer les jeunes femmes matinales. Autour du kiosque à musique, il ne doit y avoir à cette heure que des *messieurs*, habillés comme lui à l'européenne, assis sur des bancs à lire les gazettes françaises datant du mois précédent. Il pourrait aussi prendre une des petites rues à droite, qui partent de la Grand-Rue, et descendre jusqu'aux souks, entrer dans la foule sale et bruyante, dans l'odeur de bouse, de légumes pourris, d'eau saumâtre où ses chaussures et le bas de son pantalon en seraient pour leurs frais. Après quoi, passant devant l'église des orthodoxes, la sienne en quelque sorte puisqu'il est lui-même orthodoxe, il ressortirait dans la rue du Pas, qu'il longerait un instant au milieu des devantures débordant de marchandises de toutes sortes, osier, fer-blanc, bric-à-brac, ferronnerie, allant avec une hâte retenue au milieu des femmes voilées, des portefaix, des marchands de jus de réglisse et des montreurs d'ours, et entrerait ensuite dans la paix relative de souk el-Tawilé, où il passerait tranquillement entre les devantures en bois, les vitrines à l'européenne et sous les panneaux en français. Après quoi, sortant devant la mer, il prendrait à gauche et se dirigerait d'un pas alerte vers khan Antoun Bey, où sont les locaux de l'administration ottomane.

Mais n'oublions pas qu'il est simsar et qu'un simsar doit avoir une sorte de quartier général, où les informations sur tous les négoces de la ville affluent, un lieu où l'on peut à coup sûr le trouver tous les matins. Un lieu public et bruissant de tous les bruits de la ville. Un café, assurément. Et c'est pour ça que je vais lui faire prendre la Grand-Rue en direction de la place des Canons. Voilà, il passe devant le mur du couvent des sœurs de la Charité, marche un moment derrière deux religieuses en cornette, se fait doubler par un fiacre, débouche sur la place des Canons, mais au lieu d'aller vers le jardin il entre dans le café qui est à l'angle de la rue et de la place. Il y a là des hommes vêtus à l'européenne, comme lui, et d'autres en seroual. Il n'y a pas encore de joueurs de tarot ni de trictrac, seulement des consommateurs et des fumeurs de narguilé. Il salue à la ronde, tous les clients répondent en même temps, distraitement, sans bouger, et ça fait comme un long borborygme bourru. Puis il s'assied seul à une table sur laquelle il pose, en diagonale, sa canne. Et c'est sans doute ce qu'il fait tous les matins, c'est de là qu'il mène à bien la plupart de ses affaires, c'est là qu'il entend parler du commerce des hommes entre eux, d'un champ à vendre du côté du collège des sœurs de Nazareth, d'un petit notable de Zahlé qui veut acheter une maison en ville, d'un lot de barres de fer qu'un fournisseur de l'armée ottomane a réussi à détourner et qu'il voudrait revendre, d'un magnifique cheval pourpre que son maître, endetté, cherche à vendre mais à un connaisseur. Et c'est là qu'il intervient, lui, propose ses services, trouve un acheteur pour le terrain (c'est un commerçant de pistaches de la rue du Pas), trouve à Santieh une maison pour le notable de Zahlé, trouve un repreneur pour les barres de fer (c'est le propriétaire d'une marbrerie du côté du couvent Saint-Élie), trouve un acheteur pour le cheval pourpre (c'est un riche marchand musulman de Sayda qui possède un petit haras qu'il veut agrandir). Chaque fois il touche sa commission, une commission qu'il fixe lui-même à l'avance, à partir de la simple appréciation de la marchandise qu'il va chercher à placer ou à la recherche de laquelle il va se lancer – une rangée de mûriers dans la montagne, une cargaison de safran en souffrance à la douane. Ses affaires vont bien, il finit par amasser un peu d'argent, et tout ceci dure jusqu'à ce jour incompréhensible où il m'échappe complètement, ce jour où se produit un événement qui le pousse à partir, à quitter Marsad par un beau matin et à chevaucher ainsi, en silence, près de son frère, un événement que nul ne sera capable de me raconter, pas même ses fils aînés, mes oncles, un événement qui d'ailleurs semble presque aussitôt changer de nature, se perdre dans les limbes confus des rumeurs et des racontars avant de se recomposer dans le souvenir de ses descendants sous forme de légendes invraisemblables.

Au moment où les deux frères entrent dans la juridiction du Mont-Liban, où ils se retrouvent sur la route bordée de vieux mûriers, c'est ça qui les habite, les obsède, ce qui s'est produit la veille et les jours précédents et que j'ignorerai à jamais. Est-ce une simple rixe après une partie de dominos et a-t-on, dans Marsad, par une nuit sans lune, tiré des couteaux, brandi des bâtons ou même des pistolets, y a-t-il eu mort d'homme, appels à la vengeance, cris de femmes, enterrements vindicatifs ? Ou bien est-ce tout simplement une affaire de femmes, de passantes musulmanes jetant des œillades malicieuses par-dessus leur voile à de jeunes chrétiens alanguis, de jeunes chrétiens que taraude aussitôt le désir de savoir à qui sont ces beaux yeux et qui finissent par faire des bêtises, par escalader un mur la nuit, siffler un petit air derrière un muret et se retrouvent ensuite nez à nez avec un frère sourcilleux, et c'est la bagarre, les couteaux, les bâtons et peut-être des morts. Ou pire encore : l'escalade d'un mur pour ces beaux yeux et soudain la catastrophe, le face-à-face inattendu avec des femmes surprises sans voile dans leur intimité, le branle-bas dans la maison en émoi, d'autres femmes dévoilées apparaissant puis disparaissant à leur tour, des serviteurs accourant mais hésitant au dernier instant de peur de rencontrer les femmes non couvertes, et finalement le surgissement du maître de céans devant l'intrus qui, un peu éberlué, reflue alors à travers le jardin, se heurte au bassin central qu'il n'a pas vu dans l'obscurité, franchit le mur et donne le signal de la fuite. Après quoi c'est la poursuite, les musulmans du quartier ameutés par les cris courant sur les talons des fugitifs jusqu'aux premières maisons chrétiennes où ils tombent sur d'autres jeunes chrétiens, et ce sont alors les cris, les coups, l'appel à la vengeance et les chefs de quartier qui essaient de ramener le calme. À moins que ce ne soit bien autre chose encore, que ce à quoi ne cesse de penser Wakim en poussant tranquillement son cheval entre les mûriers et les oliviers de Ayn Chir, ce soit une affaire liée aux tractations du métier de simsar, la trahison d'un associé, un mauvais coup d'un propriétaire refusant de payer sa commission, ou un tiers intervenant sans coup férir dans une opération et raflant en sous-

main une mise prometteuse. Et pour que ceci ait finalement tourné si étrangement dans l'imaginaire du clan,
pour que les rumeurs aient fait de l'affaire un crime
confessionnel, il faut que cet associé félon, ce tiers
filou, ait été un musulman. Il est possible alors que tout
ait commencé par une dispute violente, disons au café
de la place des Canons : j'imagine Wakim et son rival
soudain debout face à face, l'un se composant un visage
scandalisé, l'autre brandissant sa canne accusatrice, ne
s'écoutant plus l'un l'autre, parlant chacun de quelque
chose, l'un de la honte et de l'offense faite à son honneur bafoué, l'autre de trahison et de confiance trom-
pée. Et petit à petit, inévitablement, la bête immonde
ressort, jaillit, le mépris du chrétien pour les musulmans
et celui du musulman pour les chrétiens pointent la tête,
deviennent de plus en plus évidents, et si les injures ne
sont pas directes les allusions balaient en un clin d'œil
l'ancienne cordialité, la vieille courtoisie dans les relations entre les deux hommes. Et finalement voici les
serviteurs et d'autres clients qui se précipitent dans un
bruit de chaises renversées et de tables ôtées du chemin.
Ils séparent les protagonistes, bousculent l'un vers la
porte, l'autre vers le fond de la boutique, tandis que des
passants, des badauds alertés se sont déjà attroupés, que
certains franchissent le pas pour prendre part à la séparation des belligérants, tirant l'un vers l'extérieur, poussant l'autre vers l'intérieur, et Wakim, pris pendant un
temps dans la cohue, finit par disparaître et ne réapparaît qu'une heure plus tard à Marsad après avoir préparé
une réponse adéquate à son rival, un habitant de Marsad
lui aussi. Et c'est cette réponse, cette vengeance, dont la
teneur sera oubliée, refoulée dans l'inconscient du clan,
de la famille, de la communauté tout entière, qui aboutit
à la nécessité de l'exil. Soit qu'elle ait trop parfaitement
réussi, soit qu'elle ait lamentablement échoué, ce qui

revient au même. Ce qui est certain, c'est que ce ne fut pas une simple vengeance – acolytes envoyés pour endommager les arbres dans un champ de mûriers, chargement d'aiguières intercepté et détruit sur la route de Sayda, cadavres de chiens jetés de l'autre côté du mur d'un jardin en pleine nuit. Rien de si mesquin, non. Ce fut quelque chose qui menaça la paix civile, qui faillit remettre le feu aux poudres, rallumer les guerres confessionnelles. Que voudraient dire sinon ces deux bribes d'histoires, ces vestiges de souvenirs passés de génération en génération mais sans plus jamais être compris, comme ces bouts de rites, ces fragments de croyances que les hommes continuent de répéter, de mettre en scène après que leur origine et leur signification se sont perdues, à savoir que, d'abord, le lendemain du coup, les musulmans de Marsad ont fait entendre que s'ils voyaient passer même un chat appartenant à Wakim ou à un de ses proches, ils l'abattraient sans pitié, et ensuite que, dès le surlendemain, Gérios Touwayni en personne, c'est-à-dire l'un des membres les plus influents de la communauté orthodoxe de Beyrouth et l'un des hommes les plus riches de ce temps, est venu, au nom du Majlis Millet, demander à Wakim d'accepter de faire la paix ? Je le vois assez bien, ce Gérios Touwayni, arrivant en calèche, vêtu à la dernière mode de Paris, traversant le jardin, montant les marches du perron, foulant de ses chaussures brillantes les arabesques brunes des tomettes, saluant avec déférence la mère stupéfaite de voir cet homme si important chez elle. Et s'il prend un air respectueux, ce n'est pas par condescendance mais parce qu'il devine à l'allure de la mère, cette allure qu'elle a sur la photo de Bonfils, qu'il coule dans ses veines un sang fréquentable et qu'elle a de l'éducation. Il s'assoit donc dans un fauteuil, sa canne à pommeau d'ivoire sur les genoux, et parle à

Wakim sur un ton paternel, sous les yeux de Halim
Nassar, l'oncle de Wakim, qui approuve les propos du
grand notable et opine de la tête en guettant les réactions de son neveu. Et j'ai envie de croire que Halim
Nassar n'a jamais rien compris à son neveu, que ce
regard sombre de Wakim, qui n'arrête pas de suivre le
contour des choses par en haut, de chercher l'horizon
en elles, ne lui inspire qu'embarras. Il est pourtant en
principe le tuteur de ses deux neveux mais il a peut-être
un peu mauvaise conscience car, chargé de gérer leurs
biens à la mort de son frère, il s'est empressé, dès l'établissement des premiers cadastres, de faire inscrire sur
les registres ces biens à son nom. Il a continué à verser
une pension à sa belle-sœur, mais très vite Wakim s'en
est éloigné et il me vient ici une image. Lorsque je
pense à son métier de simsar, à cette manie de naviguer
entre les biens d'autrui, de chercher à se tailler une
petite fortune en se mettant au service de l'un puis de
l'autre, je me dis que ce n'était finalement qu'une
manière plus moderne de vivre l'état des chevaliers
cadets, ces nobles sans majorat qui ne cessèrent durant
tout le Moyen Âge européen d'errer de royaume en
royaume et de se mettre au service d'un prince après
l'autre dans l'espoir de se tailler un fief à eux. Et je me
dis aussi que cette étrange comparaison trouve sa justification dans l'image des deux frères chevauchant lentement un beau matin vers l'exil sans savoir qu'ils
s'apprêtaient précisément à fonder enfin un véritable
domaine.

Mais nous n'en sommes pas encore là. Seulement au
moment où Gérios Touwayni essaie de persuader
Wakim de faire la paix. Il est venu au nom de l'évêque
et aussi à la demande de Halim Nassar, car il sait que
Halim, qui est un grand électeur à l'assemblée de la

communauté orthodoxe, vote pour lui au nom de tous les Nassar lors des élections du Majlis Millet. Gérios Touwayni essaie de persuader Wakim et je veux croire que Wakim se laisse persuader. Dès lors, il va falloir travailler comme l'archéologue disposant de deux tessons à partir desquels il doit reconstituer le dessin d'un vase, il va falloir revoir l'ordre des deux bribes d'informations que l'on possède sur l'événement et les inverser pour que l'histoire soit plus cohérente. Et considérer donc que c'est la visite de Gérios Touwayni qui vient en premier, qu'elle porte ses fruits, que Wakim accepte de faire la paix. Gérios Touwayni porte alors la nouvelle à l'évêque, qui charge le curé de Marsad de la porter au chef de quartier musulman. C'est alors que les musulmans de Marsad font savoir qu'ils refusent, eux, de faire la paix et qu'ils écorcheront le premier chat appartenant aux Nassar qui leur tombera entre les mains. Et les choses s'enveniment. Des pierres sont lancées contre le mur de la maison de Wakim. Son frère lui-même, un matin en se rendant à khan Antoun Bey, se fait repérer à Basta. Il court, on le poursuit, on est près de le rattraper, et il ne trouve le salut qu'en montant de force dans la calèche de la femme du drogman du consul autrichien qui passait à ce moment, la femme du drogman qui est, fort heureusement, accompagnée de sa belle-mère. Le soir, il rentre par la route de Damas en faisant un détour à travers les pins de la forêt, et le lendemain un petit conseil de famille réunissant Halim Nassar, Wakim, son frère et sa mère, ainsi que Costa Zreiq, le chef de quartier chrétien, et le curé de Marsad, décide que Wakim devrait disparaître pendant quelques jours.

Et les voici donc tous les deux, à cheval, entrant dans la juridiction autonome du Mont-Liban, longeant les mûriers et les oliviers de Ayn Chir. Ils sont déjà bien enfoncés dans les mûreraies, ils voient, entre les grandes feuilles des mûriers, le clocher de Saint-Michel des maronites, et c'est à ce moment que Wakim arrête son cheval et dit tranquillement :

– Cela suffit, je n'irai pas plus loin.

Son frère, qui a pris un peu d'avance, tire sur les rênes de sa monture et se retourne sans rien dire.

– Je n'irai pas plus loin, répète Wakim.

Et il prend dans la poche de sa veste une tabatière, prépare une cigarette, la roule et l'allume.

Sans un mot, Sélim met pied à terre, lâche les rênes de son cheval, entre dans le champ, à droite, fait quelques pas entre les sillons durcis, sort un mouchoir de sa poche, un mouchoir qui porte les initiales de leur père à tous les deux, et s'assoit sous un mûrier, dans l'attitude de celui qui est prêt à attendre jusqu'au siècle prochain.

Wakim finit sa cigarette tranquillement, tandis qu'une femme assise en amazone sur une ânesse passe près d'eux, les toisant avec insistance, et qu'on entend au loin des cris d'enfants et le bruit de tapis que l'on bat. Finalement, il fait aller son cheval et s'approche de son frère.

– Tu crois vraiment que Tanios Rached est averti de notre arrivée ?

Son frère fait oui de la tête.

– Évidemment, ajoute-t-il. Mais tu ne voudrais tout de même pas qu'il vienne t'accueillir avec des tambours et des flûtes.

Wakim pousse sa monture sans répondre. Son frère se lève, ramasse les rênes de son cheval avec placidité, remonte en selle et se met en marche à son tour, tout en prenant soin de rester à deux pas derrière Wakim. Cinq minutes après, deux cavaliers apparaissent sur la route, en face d'eux, et lorsqu'ils se sont rapprochés Wakim reconnaît Tanios Rached et son fils aîné.

C'est donc chez ce Tanios Rached qu'ils vont être reçus et commencer leur curieuse vie de fugitifs. Tanios Rached n'est pas un inconnu pour eux, loin de là, c'est un ancien ami de leur père, et Wakim l'a même aidé l'année précédente à écouler sa première production d'huile d'olive. Les deux hommes traitent en égaux, malgré leur différence d'âge, sans compter que Rached est au courant, comme tout le monde, de ce qu'a fait Wakim ces jours derniers. Comme tout le monde, il croit que Wakim a tenu la dragée haute aux musulmans et il le considère donc un peu comme un héros. D'ailleurs, lorsque après avoir chevauché côte à côte les quatre hommes arrivent devant la maison de Rached, les garçons, les filles et les femmes les reçoivent dans un silence plein de respect et de curiosité intriguée.

Cela dit, bien sûr, nous ne sommes pas dans un western, mais dans une campagne proche de Beyrouth à la fin du XIXe siècle. Rached est un paysan aisé, il possède des mûreraies qui commencent à Kfarchima et finissent au pied de sa maison, mais sa maison n'est pas un corral rutilant, c'est une maison basse, construite en U autour d'un patio ouvert et d'un bassin central. Les fenêtres sont à quelques centimètres du sol et les portes en bois sont ouvertes aux quatre vents, ainsi qu'aux vaches qui vont parfois faire un tour dans les grandes pièces nues bordées de divans avant d'en être chassées par les cris des femmes et les longs roulements de langue des garçons appelés à la rescousse et qui font sortir devant eux, comme de grandes dames, les bovins étonnés et très conciliants. Et, pour finir, les deux hommes qui viennent d'arriver à cheval ne sont pas des cow-boys romantiques, en sueur, beaux et poussiéreux, mais deux citadins dont l'un a le regard qui se promène avec insistance sur la crête des choses et l'autre un air sobre et bien élevé. Ils ne manquent pas de charme, ce qui explique que, dès cet instant, ils ne vont plus cesser de vivre sous le regard des filles de la maison. C'est sous leur regard que, après avoir mis pied à terre, ils vont à tour de rôle serrer Tanios Rached contre leur poitrine puis embrasser la mère Rached. C'est sous leurs regards lancés furtivement vers l'intérieur de la maison par les fenêtres ou la porte toujours ouverte qu'ils vont avoir leur premier conciliabule avec leurs hôtes, un concilia-bule qui dure jusqu'à midi. Et c'est finalement sous leur regard qu'ils déjeunent, puisque ce sont elles qui servent puis desservent la table et apportent le café. Et, tout en s'occupant, elles détaillent le grand frère et le plus jeune, font leur choix, échangent en revenant dans la cuisine des commentaires amusés, réapparaissent dans la salle, glanent un ou deux petits détails, la cravate der-nier cri de Sélim, les yeux énigmatiques de Wakim qui, de temps en temps, cessent de décoiffer les choses pour se poser sur l'épaule nue ou l'aisselle de la fille aînée, et puis finalement, une fois le service achevé, elles vont s'asseoir derrière la maison pour déballer leurs impres-sions et leur envie trop longtemps réfrénée de parler et de rire tandis qu'à l'intérieur les hommes, eux, se sont enfin tus.

2

La distance entre Marsad et Ayn Chir est d'environ trois kilomètres, dont une partie est constituée par la Forêt de Pins, qui marque aussi la frontière entre le vilayet de Beyrouth et le gouvernorat du Mont-Liban. Cette forêt fut plantée, paraît-il, à l'époque des premiers émirs de la Montagne pour empêcher les dunes du bord de mer de ramper vers les terres cultivées de l'intérieur, ces terres qui n'étaient autres que les oliveraies de Ayn Chir. Je ne sais si Ayn Chir est mentionnée dans les vieilles chroniques guerrières du Moyen Âge, celles des croisades ou celles du règne des émirs, mais il est certain que ses oliviers noueux et aux troncs creux devaient déjà porter au temps de Wakim les stigmates d'un très grand âge. Les mûriers, eux, vinrent plus tardivement, c'est-à-dire aux alentours de 1850, conformément au recyclage général de l'économie du Mont-Liban, qui s'introduisait ambitieusement dans le circuit économique mondial en produisant de la soie pour les manufactures lyonnaises. À ce moment, Ayn Chir n'est pas même un village, et ne le sera d'ailleurs jamais, mais une terre de grandes plantations, parsemée de-ci de-là de fermes isolées, pour la plupart maronites. Les chiites se sont installés à la périphérie, en bordure des dunes dont ils ont apprivoisé les terres mouvantes, et on les rencontre assez peu sur la route qui passe au milieu des vergers et des potagers. Le jour, cette route est assez fréquentée parce qu'elle est la seule qui conduit de Beyrouth à Sayda. La nuit, les hyènes venues des dunes s'en approchent dangereusement, ainsi que des maisons, et il n'est pas rare qu'on entende dans l'obscurité sonore la détonation sèche d'un fusil. Dans les fermes, si l'on est encore éveillé, on se tait alors un instant, attendant une autre détonation, puis on commente la provenance du coup, et cela permet de relancer la conversation et d'évoquer tout un tas d'histoires, comme celle de cette nuit où un bruit inquiétant et sourd fait se lever un à un tous les habitants de la maison Rached. Tanios Rached prend son fusil et sort, il pense surprendre une hyène, ou même un brigand, lance une sommation, sa femme derrière lui tient haut la lanterne pour éclairer au plus large l'espace autour d'eux. Mais il n'y a rien. Ils rentrent et sont sur le point de se recoucher, on a éteint la lanterne, lorsque le même bruit, comme un beuglement interrogatif, effrayant, retentit à nouveau dans la nuit, tout près, c'est presque un cri humain, mais d'un homme qui agonise, ou qui gronde. « C'est un ghoul, dit la mère Rached, c'est un ghoul, Tanios, n'y va pas », « C'est bizarre, quand même, dit Rached, les chiens ne se sont pas réveillés », « C'est parce que les ghouls les ont terrassés, Tanios, n'y va pas », supplie sa femme. Mais Tanios lui fait reprendre la lanterne et il sort, il siffle et les chiens se dressent, il lance une deuxième sommation, fait le tour de la maison, et à l'instant où il passe devant l'étable il entend des chuchotements, il s'arrête, il a la chair de poule, un froid glacial lui traverse l'échine, il lance une nouvelle sommation et avance, donne un violent coup dans la porte de l'étable, entre le fusil en avant, et à ce moment une des vaches, prise d'un mauvais rêve, ruminant et ronchonnant dans son sommeil, pousse le même cri rauque sans se réveiller, et Rached revient vers la maison en marmonnant que bientôt on aura des vaches somnambules. Mais tout cela n'est rien à côté de l'histoire invraisemblable de Maroun Maroun, un fermier du voisinage qui sort une nuit imprudemment, sans prendre son fusil, parce qu'il a entendu du bruit dans son écurie et pense qu'un cheval est malade, et qui tombe nez à nez avec trois brigands au visage découvert. Ils le mettent en joue, le menacent et lui promettent la vie sauve à la seule condition qu'il les laisse partir avec ses chevaux. Maroun discute, négocie, promet de l'argent, de la nourriture, ce qu'on voudra mais qu'on lui laisse les bêtes, il les a élevées, il les connaît et les aime, mais les brigands restent intraitables et soudain il lui vient une idée bizarre, il demande : « Ces chevaux, vous allez les vendre, n'est-ce pas ? » « On ne va pas les manger, tout de même, mon vieux », répond l'un des brigands. « Alors, reprend Maroun Maroun, je vous les achète. » Et les voilà tous les quatre en train de marchander, Maroun essayant de faire baisser le prix de ses propres chevaux en mettant en avant certains de leurs défauts, leur âge, la couleur un peu fade de l'un d'entre eux, une patte abîmée d'un deuxième (et cela lui coûte de médire de ses chevaux, il se promet par-devers lui de se venger un jour ou l'autre), et eux demeurant de marbre (ils ont fixé un prix un point c'est tout), et finalement ce sont eux qui emportent le morceau (ce sont eux qui possèdent les fusils, après tout), on appelle la mère Maroun qui n'en croit pas ses yeux et qui, terrorisée, repart dans la maison et revient avec l'argent pour que Maroun Maroun puisse acheter ses propres chevaux.

À part la route de Sayda, il y eut toujours un autre moyen de rejoindre Beyrouth depuis Ayn Chir. Il consistait à traverser la Forêt de Pins par l'ouest et à récupérer la route de Damas, au niveau de Fourn el-Chebbac, à un kilomètre. De là, en passant devant le caravansérail de Djérid, puis celui de Berjawi, on atteignait la place des Canons en une vingtaine de minutes de marche, parmi les fiacres, les calèches et les caravanes en provenance de Damas. C'est par là que, dès le lendemain de la fuite, Sélim se rend à son bureau. Et c'est par là que Wakim aussi revient à Beyrouth. Mais lui ne va pas jusqu'à la place des Canons, il ne s'aventure pas dans les marchés. Il reste en bordure, il s'assoit dans un café sous un sycomore à Berjawi, un café où il ne connaît personne mais où il sait qu'aucun musulman de Marsad ne viendra lui chercher noise. Puis il va jusqu'à Rmeilé, boit un julep debout à côté d'un marchand ambulant, remonte ensuite vers la rue de Damas par le collège des Jésuites et à midi il est à nouveau à Ayn Chir. À moins qu'avant de partir, le matin, il ne reçoive de la visite. De Marsad, il vient en effet du monde dès le premier jour. Il vient sa mère dans une chaise à porteurs, il vient le curé de Marsad, il vient Costa Zreiq, et des cousins, des Nassar solidaires et l'air soucieux, il vient aussi Halim Nassar, à cheval avec son fils Gebran, et puis Gebran tout seul, un jeune gandin de dix-sept ans qui fait le citadin, prend des poses avantageuses devant les filles de Tanios Rached et fait des commentaires en connaisseur sur le fusil accroché à la porte. Et tous, l'oncle, les cousins, le curé, la mère, le chef de quartier, ils vantent à Wakim les infinies vertus de la patience. Wakim les raccompagne tous à cheval, il traverse avec eux la Forêt de Pins, avance à l'intérieur des limites du vilayet, pousse malgré les conseils de prudence jusqu'aux premières maisons de Marsad, et ce n'est que lorsqu'il a planté son regard dans celui, stupéfait, d'un musulman du quartier qu'il se résout à rebrousser chemin.

Un matin, finalement, il décide d'aller jusqu'à la place des Canons et même de retourner au café du bout de la Grand-Rue. Après tout, la place des Canons n'est pas Marsad, ni Basta. Il descend la route de Damas à cheval, laisse sa monture dans un caravansérail à l'orée de la place, qu'il aborde par l'ouest, ce qui lui fait un drôle d'effet. Il marche avec assurance, passe devant la rangée de fiacres à l'arrêt le long des grilles du jardin et entre dans le café comme si de rien n'était. Mais à l'instant où il lance son habituel salut à la ronde il se rend compte que c'est trop tôt, que ça va être mal perçu. En effet, au lieu de la basse continue des réponses distraites à quoi il est habitué, le silence sidéré au milieu duquel il est reçu lui vrille les oreilles. Il va quand même vers une table près de la fenêtre de gauche, mais il a l'impression d'avancer dans un espace interminable, élastique, où le moindre de ses gestes rebondit, se répercute de manière exagérée, comme si l'immobilité générale, les cinquante regards rivés sur lui, les tuyaux de narguilé demeurés en suspens sur le bord des lèvres, les verres de thé et de café à l'arrêt entre les doigts faisaient autour de lui une sorte de caisse de résonance insupportable. Il atteint enfin la table, pose sa canne, s'assoit et appelle l'un des garçons. C'est à ce moment qu'il voit un homme en combaz sortir furtivement du café. Il se tourne, cherchant le patron, un musulman de Bab el-Derké qu'il compte parmi ses amis, et il le voit qui le regarde fixement, sévèrement depuis son comptoir en faisant un geste de la main que Wakim met un temps à interpréter. À l'instant où le garçon qu'il a appelé s'approche, il croise le regard d'un client qui est en train de repousser lentement son narguilé, d'écarter la table qui est à sa droite, une chaise qui est à sa gauche, de faire le vide autour de lui comme on aménage froidement un espace pour un sacrifice ou comme on retrousse ses manches pour commencer une sale besogne. Tout ce cérémonial, dans le silence, dit soudain quelque chose à Wakim qui demeure pourtant sans réaction, l'esprit tétanisé. Ce n'est que lorsque le garçon lui répète qu'il est prêt à prendre la commande qu'il se réveille, se décide, se lève sans se presser, repousse le garçon, prend sa canne, marche vers la sortie, lance à la ronde un « Au revoir » qui retentit à ses oreilles comme une nouvelle provocation qu'il n'a pas voulue, et franchit sain et sauf le pas de la porte.

C'est très probablement à partir d'un jour comme celui-là que les choses ont pris un autre tour. Dos au mur, face à Beyrouth qui lui était désormais fermée, Wakim a dû cesser de vivre dans le provisoire et essayer de trouver à s'occuper en attendant des jours meilleurs. Seulement voilà : de tout ce qu'il pouvait faire à ce moment, reprendre ses activités de simsar à Ayn Chir et les étendre au Mont-Liban, se tourner enfin vers la terre, vers les mûriers et se trouver un lopin à cultiver, ou encore essayer d'établir quelque fonds de commerce, de tout ce qu'il pouvait faire, il ne fit rien. Dans l'histoire de Wakim Nassar, il ne fut jamais question de mûriers, on n'en planta jamais un seul autour de la Grande Maison, jamais aucun mûrier n'alimenta la moindre anecdote tout au long de la saga familiale, comme si cet arbre était resté incompréhensible à ces orthodoxes installés sur des terres maronites. Quant à un éventuel commerce, il n'y est pas fait la moindre allusion dans les annales des Nassar. C'est à l'orange et à l'oranger que le souvenir de Wakim Nassar a toujours été lié, c'est sur l'oranger qu'il fonda son éphémère grandeur. Mais la question reste posée de savoir pourquoi il se tourna dès le début, et sans chercher à faire autre chose, vers cet arbre, en un temps où le mûrier était roi. L'in-

tuition ? Une passion soudaine ? Une boutade, une fois
de plus ? Il y a bien un fragment d'histoire pas très clair
qui a traversé le siècle, que j'entendis souvent et qui dit
que Wakim ramena ses premiers orangers de la région
de Sayda. Et il y a aussi, concernant cette affaire, un
nom mystérieux, celui d'un certain Ramez Amir. Parmi
tous les noms qui constituent l'immense patrimoine
onomastique familial, depuis les plus usuels jusqu'aux
plus singuliers et aux plus rares, depuis ceux qui sont
sur les vieux répertoires de téléphones, noms fugaces,
passagers, sans profondeur ni saveur, jusqu'à ceux qui
sont calligraphiés à la plume sur les feuillets de très
anciens documents et qui pèsent de l'or, depuis ceux
dont je me souviens qu'ils ont été un jour prononcés par
un de mes oncles disparus qui possédaient plus intacts
que mon père certains détails de la mythologie familiale, jusqu'à ceux qu'il lui arrivait à lui, mon père, de
citer, et qu'il était incapable de redire, qui venaient dans
sa conversation tâtonnante tel un réflexe, un lointain
résidu d'un vieux syntagme lié que le temps avait défait
mais dont la trace était encore ainsi perceptible dans son
discours comme un fossile ou comme dans l'eau la
mémoire de particules dissoutes, parmi tous ces noms
qui circulaient ou qui dormaient au sein de l'immense
patrimoine des Nassar, celui de Ramez Amir fut toujours une énigme, un intrus précieux, incompréhensible,
un nom dont on se souvenait par habitude et qui, par
habitude aussi plus que par un savoir conservé, était lié
à l'origine de l'orange. Si vous demandiez à un membre
du clan Nassar de vous parler de la provenance première des orangers de Wakim, il vous répondait invariablement soit par : « Il les a ramenés de Sayda », soit,
pour les plus concernés et les plus au fait de l'histoire
du clan, par : « Il les a eus grâce à un certain Ramez
Amir », et ce Ramez Amir fut toujours comme ces rois

très anciens qui ne sont plus qu'un vocable dans la mémoire des hommes, dont on ne conserve pas d'autre souvenir que le nom en tête des grandes généalogies, sans plus savoir s'ils ont réellement existé, qui ils étaient et ce qu'ils ont pu réaliser.

De façon assez troublante cependant, le fragment concernant l'origine sidonienne des oranges corrobore des faits historiques certains puisqu'il semble que l'un des premiers à avoir introduit la culture extensive de l'oranger au Liban soit le prince druze Saïd Joumblatt, et qu'il l'ait fait précisément dans les environs de Sayda, où il se fit par la suite construire un palais. Mais il va falloir que j'imagine ce que Wakim a bien pu aller faire à Sayda et que je case également, car cette relique est précieuse, le personnage de Ramez Amir. Admettons tout simplement que si, quelques jours après son arrivée à Ayn Chir, Wakim Nassar prend le chemin du sud, c'est parce qu'il y a là-bas quelque chose qui concerne l'affaire originelle, celle qui l'a conduit à la fuite et à l'exil, quelque chose qui est resté en suspens et qu'il faut régler, une histoire de terres, de maison achetée ou vendue, de propriétaire félon et d'intermédiaire trahi, une affaire qu'un matin, après la tentative ratée pour revenir à Beyrouth, il se décide à aller régler du côté de Sayda.

Au douzième jour de sa fuite de Marsad, il se lève donc à l'aube, avant son frère, avant Rached, avant les femmes et les enfants mais en même temps que la mère. L'aube a la couleur des pommes et dans l'air circule un parfum de jasmin. Tout en buvant son café, debout, il cause à voix tamisée avec la mère, qui écosse des petits pois, assise sur un tabouret. Puis il laisse un message oral à son frère et part à cheval. Le bruit du galop réveille Sélim, qui rêvait de la femme du drogman du consul d'Autriche, qui se retourne dans ses draps sans avoir remarqué l'absence de son frère et qui se rendort sans s'être souvenu qu'il était à Ayn Chir et non pas dans son lit, à Marsad.

Wakim prend la route en direction du sud. Lorsque le soleil se lève, il traverse Kfarchima. Vers midi, il a dépassé les oliveraies de Choueifat et galope vers Damour avec, à sa droite, le livre grand ouvert de la mer. À Damour, il déjeune d'un plat de foie cru. À Rmeilé, il laisse son cheval boire dans une citerne au bord d'un champ, et cette citerne est un sarcophage antique décoré de guirlandes et d'une scène bachique. Vers deux heures après midi, il arrive à Sayda. Il pénètre à cheval dans les ruelles sales et tortueuses de la ville puis ressort et revient vers un caravansérail qu'il a remarqué aux portes du bourg et interroge un palefrenier sur Ramez Amir. Le palefrenier ne sait rien, il n'a jamais entendu parler de notre homme, et, à son instar, nul ne saura rien dire à Wakim, ni les boutiquiers, ni les hommes en turban et pantalon bouffant assis devant la grande mosquée, ni les pêcheurs calfatant leurs barques sur le petit port, en face du château. Le soir non plus il n'apprendra rien lorsque, dans la salle commune du caravansérail, il posera la question aux garçons d'écurie, au patron et aussi, ce qui est absurde en principe, mais sait-on jamais, aux caravaniers palestiniens au milieu desquels il dormira. Le lendemain, il retourne en ville pour profiter du marché, où il interroge les marchands de fruits, les marchands de légumes, les bouchers, les poissonniers, les enfants et même, dans un petit passage étroit, deux musulmanes intégralement voilées qui ressemblent à ces mystérieuses Vénitiennes sortant du bal couvertes d'une cape noire que l'on voit dans les tableaux de Carpaccio. Finalement, il quitte Sayda et remonte à cheval vers Abra, croise un rétameur qui ne sait rien, un muletier, et c'est pareil, et cela dure jusqu'à ce qu'il se retrouve non loin de Jiyyé, par où il rejoint la route côtière. Le soir, il est de retour à Ayn Chir, épuisé et affamé, et tandis que la mère Rached lui prépare un repas il discute avec Tanios de Sayda et de ses mûreraies, et lorsqu'il rentre dans la chambre son frère cadet, qui est déjà couché et qui ouvre à peine un œil, lui demande avec détachement :

– Tu l'as trouvé ?

– Non, répond Wakim, mais je repars demain.

Il repart effectivement, et cette fois il le trouve. Tout à fait par hasard, en fait. Vers midi, alors qu'il vient de dépasser Rmeilé, il voit un cavalier arriver par la route de Joun, le long des cyprès qui bordent les champs en escaliers. Wakim, lui, longe la côte et les deux hommes finissent par se rejoindre. Wakim lance un salut que l'autre retourne aimablement. C'est un jeune homme à fine moustache, en gilet passementé, et qui va sur un bel alezan roux. Ils chevauchent un instant côte à côte en silence, puis Wakim presse sur les rênes, prend un peu d'avance, mais se souvient soudain qu'il a omis l'essentiel, tire sur le mors, attend que l'homme de Joun l'ait rattrapé, reprend sa marche à ses côtés en lui demandant s'il connaît un certain Ramez Amir, et, à sa stupéfaction, l'homme de Joun dit oui, bien sûr, il le connaît, et les deux hommes, allant au pas, se mettent à parler.

L'homme de Joun s'appelle Khiriati, il est tailleur de pierre, maître maçon, comme son père qui a maçonné les murs du château de Lady Stanhope. Il se rend à Bramiyyé, où il a à faire, et il affirme sans ambages que Ramez Amir y sera aussi.

– Comment peut-il être à Bramiyyé alors que j'ai ratissé la région pour le trouver et que personne n'a seulement entendu parler de lui ? demande Wakim.

– Il y arrive aujourd'hui, dit Khiriati. Avec Nassib Joumblatt. La montagne n'est plus assez grande pour les Joumblatt. Il n'y a plus assez de mûriers pour tant de chefs. Et Nassib Joumblatt va tenter sa chance à Bramiyyé. C'est pour ça qu'il a besoin de Ramez Amir.

– Ramez Amir va lui planter ses mûriers ? Il ne connaît pas suffisamment les mûriers pour s'en occuper tout seul, Nassib Joumblatt ?

– Pas des mûriers. Ce ne sont pas des mûriers qu'il veut planter. Ce sont des orangers.

Wakim ne dit rien. Khiriati reprend :

– Il va planter des centaines et des centaines d'orangers, comme en Turquie et en Algérie. Il prétend que l'orange, c'est l'avenir. Qu'elle remplacera le mûrier.

Wakim fait une moue d'approbation. Il a peut-être déjà entendu parler, dans ses tractations de simsar, des plantations extensives d'oranges d'Afrique du Nord et de Turquie que des particuliers tentent d'imiter dans la région. Il ne dit rien et Khiriati croit que ses propos n'intéressent guère son compagnon d'un moment. Il le laisse à ses pensées et se met à chanter un zajal. Au bout de dix minutes, ils arrivent au pied de la colline de Bramiyyé, au sommet de laquelle une troupe de cavaliers a fait halte. Wakim et Khiriati les voient depuis la route, entre les énormes oliviers et les cyprès.

– Voilà la troupe de Nassib Joumblatt, dit Khiriati.

Et c'est le premier mot qu'il prononce à l'intention de Wakim depuis qu'il a parlé des orangers.

Trois minutes après, les deux hommes s'engagent entre les oliviers et rejoignent la troupe de Joumblatt. Des Druzes en seroual font un bosquet touffu de grosses moustaches farouches autour de Nassib Joumblatt, qui est en pleine discussion avec Ramez Amir. Khiriati met pied à terre mais Wakim reste à cheval et appelle Amir sans se soucier de la présence du chef druze. Amir se retourne, le bosquet de moustaches s'écarte un instant, Nassib Joumblatt s'est retourné aussi.

– J'ai de graves reproches à te faire, Ramez Amir, dit Wakim.

Amir dit un mot à Nassib Joumblatt et s'approche de Wakim, qui est toujours sur son cheval.

– Wakim, dit-il, j'ai appris tout ce qui s'est passé à Marsad. Mais moi, je n'ai rien à me reprocher.

Wakim ne descend pas de cheval et domine Ramez Amir, sous le regard de toute la troupe. Ramez Amir est grand et, comme Nassib Joumblatt, il porte une grande abaya de soie dont il tient d'une main un des pans rabattu sur l'autre.

– Pourquoi as-tu vendu ta maison à Tamer Attar sans m'avertir ? demande Wakim. Alors que tu m'avais toi-même demandé de te trouver un client.

– Tamer Attar m'a offert un prix énorme, je ne pouvais pas refuser. Et puis, tu savais que j'étais pressé de partir. Je te l'avais dit.

– Et tu n'as pas eu l'idée de demander à Attar comment il avait entendu parler de cette maison ?

– Si. Il faut croire qu'il m'a menti.

– Alors, Ramez Amir, tu me dois un dédommagement.

– Je le reconnais, Wakim. Je te paierai ta commission.

– Je ne veux pas d'argent, Ramez Amir.

– Alors que veux-tu ?

– Des orangers.

3

Les jours suivants, il continue ses recherches, mais cette fois c'est pour trouver une terre où il pourra planter ses orangers. Il est à nouveau à cheval, entre les mûreraies, allant d'une ferme à une autre selon les conseils de Rached, se renseignant sur les limites des terrains, les fermages, les propriétaires, et revenant le soir faire le point avec son hôte, autour d'un repas d'où son frère est presque toujours absent. Et lorsqu'il se prépare à se coucher, Sélim, qui est encore éveillé, à nouveau lui pose, dans l'obscurité, la question devenue si rituelle que Wakim finit par y voir de l'ironie : « Tu as trouvé ? » Il répond chaque fois évasivement et le lendemain, lorsqu'il se réveille, son frère est déjà parti. Il se lève à son tour, fait sa toilette dans une bassine, se rase devant un miroir accroché à la fenêtre en songeant à la journée qui l'attend, en tournant et retournant pour la millième fois ses projets, et il est certain que c'est dès cette époque, c'est-à-dire très tôt, qu'il a commencé à songer à s'installer à Ayn Chir.

Lorsque, cent ans plus tard, il m'arrivait de demander à mon père les raisons qui avaient poussé le sien à ne pas revenir à Marsad, il me répondait vaguement que c'était parce qu'il avait fait un mauvais coup et que c'était fini pour lui, il s'était compromis là-bas.

Mais ce n'était pas tout à fait l'avis de ses frères, qui prétendaient tout simplement, eux, que c'était l'orange qui avait poussé leur père à rester à Ayn Chir. Sur cette question, les trois frères ne furent jamais d'accord et je finis assez vite par m'apercevoir qu'ils étaient tous les trois dans l'erreur quant à la véritable raison, celle pourtant qui aurait dû leur être la plus évidente, qui aurait dû leur sauter aux yeux puisqu'elle allait se répéter avec eux, et être à l'origine de leur propre errance, à savoir l'absence du père.

Nul ne saura jamais dire comment Wakim Nassar et son frère perdirent leur père, quoique tout laisse à penser que cela dut se produire assez tôt. Une rixe, une mauvaise grippe ou un guet-apens dans les figuiers de Barbarie de Ras-Beyrouth lors d'une cavalcade vers la mer, un matin de 1872 ou 73 : voilà en tout cas le père mort, laissant deux fils en bas âge et une magnifique chevalière comme souvenirs de lui pour les générations futures, ainsi qu'une canne en bois d'ébène et le fait qu'il avait été l'un des premiers hommes de Marsad à s'habiller à l'européenne. Mais il laisse aussi, et c'est en fait la seule certitude que l'on puisse avoir, un bon nombre de terres, puisque les registres conservés à l'évêché orthodoxe, et que j'ai été le premier à avoir l'idée d'aller consulter, mentionnent qu'il payait un impôt qui le plaçait parmi les hommes les plus aisés de Marsad. Et c'est ça qui m'a permis, très tôt, d'imaginer la suite de l'histoire. Car, pour que le fils aîné du mort devienne vingt ans plus tard simple simsar obligé de fuir pour une affaire de commission autour d'une maison ou d'un terrain, il faut qu'il se soit passé quelque chose de pas très catholique. Et cette chose, après mûre réflexion et longues comparaisons des listes des impôts payés les années suivantes par les frères du mort, et

notamment Halim Nassar, j'ai conclu que c'était tout
simplement une affaire de spoliation. Voici donc comment on pourrait imaginer la chose : à la mort du père, et
après le long deuil que porte sa veuve et qu'il respecte
scrupuleusement, se rendant auprès d'elle tous les
deux jours, l'après-midi, pour prendre de ses nouvelles,
Halim Nassar arrive chez sa belle-sœur un matin de
bonne heure. C'est le signe qu'il vient pour parler
de choses graves. Elle l'écoute, assise dans son lit, en
noir, les yeux secs mais globuleux et trop fixes pour être
ceux d'une femme prête à raisonner. Halim Nassar en
profite, il parle des biens, des enfants, de gestion, et dit
qu'il faut commencer à penser à l'avenir, et elle lui
répond fermement mais mécaniquement et comme sans
y penser qu'elle a confiance dans ses décisions. Il se
tait, se recompose un ton de circonstance et propose de
s'occuper personnellement des revenus des terres et des
locations, de mettre l'argent en magidiés or au nom
de Wakim et Sélim chez Spoleto, un banquier italien de
renom, et de leur verser tous les mois, en attendant
qu'ils soient capables de s'occuper eux-mêmes des
terres, une somme pour leur entretien et celui du train
de la maison. Tout ce que la veuve trouve à demander,
c'est si on peut avoir confiance en Spoleto. Halim
Nassar fait signe que bien sûr voyons, et à partir de ce
jour il accomplit ce qu'il a promis, apporte lui-même
tous les mois l'argent nécessaire, fait tous les six mois
un rapport sur l'or déposé chez le banquier. Cela dure
quatre ans, le temps de faire entrer son rôle de tuteur
dans une routine banale, d'espacer sans que cela
paraisse louche les rapports sur l'état des comptes, puis
de brouiller sans éveiller les soupçons les chiffres réels
des revenus. Et finalement, un matin, grâce à un fonctionnaire compréhensif et à qui il a généreusement
graissé la patte, il fait corriger les registres du cadastre,

et passer les biens de son frère sous son propre nom par une simple rature, une petite surcharge à la plume et l'apposition du sceau du fonctionnaire complice. Quatorze mois après, pourtant, la veuve a vent de la chose, par une rumeur qui finit par lui parvenir, ou par les confidences d'une cousine ou d'une belle-sœur, ou par le cafardage d'un employé du cadastre. Elle se fait alors conduire, en calèche, chez son beau-frère. Elle doit plus que jamais ressembler à son unique photo, avec un air encore plus sombre, une colère rentrée qui teinte ses yeux d'une lueur de mépris. Elle adopte la position de la femme outragée, trahie dans sa bonne foi et, ce qui est pire, dans son veuvage. Mais elle ne veut pas se mettre en colère, tant ce sur quoi elle vient demander des comptes est innommable. Et, précisément, elle ne va pas le nommer. Lorsqu'elle se retrouve face à Halim Nassar, dans un salon à l'européenne, elle demande si *ce qu'elle a entendu* est vrai. Dos au mur, Halim Nassar ne faiblit pas, il a prévu le coup, il savait qu'un jour l'explication aurait lieu. C'est donc le moment et il est prêt, tous ses arguments sont affûtés depuis longtemps. Assis face à sa belle-sœur dans un canapé Empire, il s'étale en justifications, explique par exemple que *cela* n'est que momentané, que c'était une nécessité, qu'un litige grave avec des riverains risquait de déboucher sur une affaire devant les tribunaux et peut-être sur une mainmise des autorités sur les terres du défunt, leur confiscation au bénéfice du miri, et qu'il fallait prouver leur propriété de manière sûre, mais que tout rentrera bientôt dans l'ordre et qu'alors on établira à nouveau les propriétés au nom des deux enfants, et que de toute façon c'est tout un, on est de la même famille, du même sang, nos intérêts sont les mêmes. Bien entendu, la veuve ne croit pas un mot de tout ça et demande pourquoi on ne l'a pas avertie sur le moment. «Mais parce que je voulais te ménager, ne pas t'effrayer », répond Halim Nassar, et pendant qu'il parle la veuve l'observe de son regard dédaigneux. Après quoi elle se lève en annonçant qu'elle va aviser et sort sans saluer. Elle se fait accompagner chez son autre beau-frère, Farid Nassar, et Farid Nassar l'écoute sans dire un mot mais en opinant de la tête d'un air compréhensif. Puis il lui promet de faire quelque chose tout en lui conseillant de ne pas divulguer l'affaire, de laisser les Nassar résoudre entre eux leurs problèmes. Et pour finir il l'assure que Halim est un homme généreux qui n'a que le bien de la famille en tête, et là, c'est lui qui ne croit pas un mot de ce qu'il dit. Une fois rentrée chez elle, la veuve a pris une décision. Non seulement elle va porter la chose sur la place publique, mais, en plus, c'est à sa propre famille qu'elle va faire appel. Je n'ai pas la moindre idée de la famille à laquelle appartient cette ancêtre, mais comme elle a de la classe, sur la fameuse photo, mettons qu'elle est d'une ancienne famille de Beyrouth, disons une Fernayné. Et voici donc des Fernayné qui défilent dans la maison de Marsad, certains en costume européen, tarbouche et chaussures brillantes, d'autres en seroual, mais l'air fier, la moustache relevée et les bottes cirées. Ils font un tour dans la maison, cajolent les enfants, reviennent s'asseoir près de la veuve, leur sœur, réfléchissent avec elle, gardent leur indignation par-devers eux pour ne pas l'accabler, mais leurs regards fulminent, ils lissent leur moustache, font les cent pas sur les tomettes aux arabesques en réfléchissant théâtralement. Ils ont pignon sur rue à Beyrouth, ils peuvent intervenir auprès de l'évêque, voire du gouverneur ottoman, mais ils savent que Halim Nassar peut la même chose exactement et que tout ceci n'aboutira qu'à une vendetta qui nuira aux enfants. Ils conseillent donc finalement à la veuve de patienter, et les choses en restent là, en resteront définitivement là. Halim Nassar, sachant que plus le temps passe plus les choses deviennent irrévocables, joue le jeu et vient tous les mois, sans faillir, apporter l'argent accoutumé à sa belle-sœur. La veuve le toise de haut en bas, ne l'invite pas à s'asseoir, ce qu'il fait quand même. Elle plante son regard dans le sien, mais il le soutient bravement et finalement il dépose la bourse avec l'argent sur une petite commode à sa gauche. Sur le moment, bien sûr, l'envie prend la veuve de les lui jeter à la figure, mais elle pense que cet argent, il le lui doit, c'est le sien et celui de ses enfants, et donc elle le garde, et elle ne cessera jamais de l'accepter, et même d'en réclamer toujours davantage, contre l'avis de ses frères, les Fernayné, qui lui proposent de l'aider eux-mêmes. Halim Nassar cède sur tout, sachant que rien ne vaudra les terrains qu'il s'est appropriés, paie des meubles neufs, des armoires, des robes, un jardinier, une cuisinière, puis les vêtements européens des enfants, les costumes pour les Rameaux, ceux de Pâques, les chapeaux, les gants, l'école, les médecins, les caprices, si bien qu'au bout de dix ou douze ans les voisins, les cousins, les Nassar, les Fernayné, tout le monde a oublié la vérité et, pour tout le monde, Halim Nassar n'est plus qu'un oncle aimant, un tuteur modèle, et l'argent qu'il verse une généreuse pension, et non les intérêts d'un bien volé. Et il est probable que la veuve fait vivre ses enfants dans cette illusion, leur cachant la vérité, puis, à mesure qu'elle les voit grandir, leur faisant croire, par exemple, que les Nassar ne forment qu'une seule et même famille, que leurs biens sont indissociables et qu'ils vivent tous de revenus communs. Jusqu'au moment où Wakim commence à avoir envie d'en savoir plus, à évoquer le souvenir de son père, à interroger sa mère sur le passé, sur la canne et sur la chevalière aux initiales en or, et, fatalement, à vouloir détailler les raisons de l'association des biens. La mère essaie d'abord d'esquiver les questions, puis répond évasivement, et lui, pressentant un mystère, se met en devoir d'en arracher tous les tenants, les uns après les autres, patiemment, contournant les soupirs, les expressions vagues, les diversions, récapitulant chaque fois devant elle, recomposant les éléments, émettant les hypothèses les plus saugrenues pour l'amener à réagir, l'observant avec acuité, de son regard qui rase déjà les choses par en haut, faisant en définitive comme je ferai moi-même cent ans après avec mon père pour l'amener à me raconter l'histoire du frère scandaleux. Et elle, comme cent ans après le petit-fils qu'elle ne connaîtra pas, oppose une résistance passive, ne dément rien mais ne reconnaît rien non plus, amène son fils au bord de la solution puis se rebiffe, se reprend et affirme soudain avec ténacité qu'il n'y a rien, que tout est tout à fait normal, qu'il ne faut pas s'en faire, que Dieu et la Vierge Marie pourvoient à tout. Pourtant, comme son petit-fils un siècle après, elle finit par lâcher le morceau et le monde semble s'effondrer autour de Wakim. Il n'a jamais vraiment aimé son oncle Halim Nassar, sans doute influencé par les relations distantes de Halim et de sa mère, mais là, c'est tout son univers qui se trouve désorbité. Au début, par fierté, il accuse le coup en haussant les épaules, mais j'ai tendance à croire que c'est à partir de ce jour qu'il devient cet être lointain et sobrement rêveur que l'on voit désormais marcher dans les traverses de Marsad, toujours tiré à quatre épingles, avec un gilet, un faux col, une cravate, des chaussures brillantes et un tarbouche sur sa tête de jeune éphèbe imberbe, ou qui, lors des réunions de famille, à Pâques, aux Rameaux ou à la Saint-Michel, ne parle plus, reste distant, semble prendre du recul vis-à-vis de ses cousins et de ses oncles, et dont le regard, lorsqu'il cesse de frôler la crête des choses pour se planter dans les yeux d'un des convives, est comme une lame acérée cherchant à dépiauter l'âme, à se glisser entre les fibres les plus imperceptibles de vos pensées, si bien qu'on finit par le trouver arrogant. Mais en réalité il n'est pas arrogant, il ne fait qu'observer en silence, il découvre tranquillement le monde dans sa nouvelle version, celle qu'il ignorait, un monde dans lequel il vit avec sa mère et son frère grâce à l'invraisemblable charité de Halim Nassar, un monde où il n'a rien à lui, où même la maison qu'il habite appartient à son oncle, un monde dans lequel on peut vivre avec insouciance grâce à une fortune volée, comme par exemple ce cousin Gebran, un garçon maniéré et désagréable. Bref, il fait la découverte de l'injustice, et surtout des règles mystérieuses qui veulent que le monde continue de fonctionner normalement avec ces injustices. Finalement, lorsqu'il s'est suffisamment familiarisé avec le train des choses, disons à dix-huit ans, il prend une décision. Il est plus mûr, sa moustache a poussé et lui donne de l'allure, il sort parfois avec la canne en bois d'ébène, et il décide qu'il va travailler, il veut être indépendant, ne plus rien devoir à son oncle, et peut-être même rêve-t-il de pouvoir racheter un jour la maison et quelques terres de son héritage perdu. Mais il ne peut être fonctionnaire, car comment avec le salaire d'un fonctionnaire espérer reconstituer un héritage perdu ? Il ne peut imiter les innombrables artisans de Marsad, se lancer dans une entreprise de menuiserie, de verrerie, ni chercher une place à lui du côté des carrières de marbre, autour du couvent Saint-Élie, car pour cela il faudrait une somme d'argent pour commencer et il ne veut rien devoir à son oncle. Aussi, lentement, imperceptiblement, sans l'avoir voulu au début, se trouve-t-il entraîné dans ce métier de simsar où l'on peut se faire quelques sous sans le moindre fonds et en restant son propre maître, et qui est sans doute un des rares métiers au monde que l'on pratique sans le reconnaître comme un métier. Et j'ai tendance à croire que c'est précisément à ça, à ce métier, qu'il pense tous les matins, en se rasant devant le miroir accroché à la fenêtre de la chambre, dans la maison de Tanios Rached, un mois après sa fuite à Ayn Chir. Il songe, tout en soulevant sa moustache pour passer la lame du rasoir sur le haut de ses joues, qu'il en a assez, après huit ou neuf ans, de renifler de tous côtés en ville pour trouver des affaires, d'aller d'une tractation à l'autre comme on fait du porte-à-porte, de caboter entre les fortunes des commerçants, des artisans, des négociants au lieu d'être lui-même celui dont on vient courtiser la fortune. C'est à cela qu'il songe en s'essuyant ensuite le visage avec sa serviette râpeuse, et aussi, c'est le plus grave, au fait qu'après huit ou neuf ans de samsara il n'a toujours pas sa place à Marsad, qu'une rixe, violente certes, mais rien qu'une rixe quand même, a pu le bouter dehors. Et cela, tous les matins, alors qu'il s'asperge le corps d'eau de Cologne, teinte ses prunelles d'un reflet plus sombre et le conforte dans son projet de rester à Ayn Chir, d'y acheter une terre et d'y planter des orangers.

Pendant des semaines, il va donc courir d'une ferme à l'autre. On lui parle d'un gros arpent aux frontières de Kfarchima, avec un cabanon à deux étages, puis d'un lopin à rallonge à Fourn el-Chebbac avec une grange, puis de trois belles terrasses à Baabda, au pied du palais du gouvernorat, avec une noria et un cabanon. Mais chaque fois son allure de citadin, la réputation qui le précède partout et selon laquelle il veut planter des orangers, tout cela braque les fermiers, qui finissent par craindre son éventuel voisinage et celui de champs entiers d'imprévisibles agrumes plantés au milieu de leurs mûreraies, et toutes les tractations se terminent en queue de poisson. Finalement, un matin, en compagnie de Tanios Rached et de Maroun Maroun et sans plus le moindre scrupule, Wakim investit les terres mouchaa qui sont en bordure de la route de Sayda, des terres qui, à force d'être à tout le monde pendant des siècles de régime communautaire, ont fini par n'être plus à personne lors de l'établissement des premiers cadastres. Situées à quelques centaines de mètres des premiers pins de la forêt, elles constituent à ce moment ce que l'on pourrait appeler les marches de Ayn Chir. En une matinée, il repère les abstraites balises qui en délimitent les contours, un vieux sycomore ici, un rocher à gueule de loup là. Il arpente ensuite vingt fois au galop ses soixante dounoums, met pied à terre pour entasser des pierres en guise de borne ou pour ficher un pieu dans le sol, et le lendemain quatre charrues, quatre paires de bœufs et quatre garçons de ferme empruntés à Tanios Rached viennent retourner la terre. Pendant une semaine, ils labourent, arrachent les arbres avariés, éla-guent les vieux oliviers et les figuiers de Barbarie, net-toient les puits, tassent le sol autour d'un cabanon dont Wakim hérite en même temps que le reste et, lorsqu'ils ont terminé, il apparaît clairement que cette terre a un maître.

4

À l'origine des origines, il y a toujours une explosion par quoi le monde se refait, et ici c'est l'explosion démographique de Beyrouth, une grosse bourgade enclose dans ses remparts, fermée sur elle-même, compacte, et qui, vers 1840 et pour des raisons diverses (développement de son port et donc de sa bourgeoisie, situation géopolitique privilégiée, arrière-pays fécond), voit ses limites débordées et ses enfants éparpillés dans ses alentours comme les grains d'une grenade trop mûre. Ce sont les nouvelles familles fortunées qui s'éloignent les premières des miasmes morbides et de la promiscuité et vont construire leurs palais sur les hauteurs, des deux côtés de la ville. Les grecs-orthodoxes s'installent sur les collines de l'est, les musulmans sur celles de l'ouest, reproduisant et développant ainsi les découpages confessionnels déjà inscrits, comme un gène, dans la composition initiale de la ville intra-muros. Presque dans le même temps, la surpopulation est résorbée grâce au développement de la ville vers le sud. C'est d'abord la colonisation de Bachoura, à quelques encablures de la porte méridionale de la ville, puis c'est Basta, et finalement Marsad. Parmi les colons qui sortent de Beyrouth et s'installent à Bachoura dans les années 1850, il y a assurément un Nassar, comme il y en a sûrement parmi ceux qui s'installent à Marsad dans les années 1870. Mais ce qui importe ici, c'est que les habitants qui s'installent autour de Beyrouth repoussent chaque fois les Bédouins qui, depuis des siècles, vivent dans l'orbite de la ville, campant une partie de l'année au pied de ses remparts, au milieu des figuiers de Barbarie et des antiques oliveraies, cultivant de petits lopins de terre, regardant les caravanes entrer et sortir et contribuant, selon les fantasmes des habitants, à l'insécurité chronique de la région tout entière dès la nuit tombée. Repoussés une première fois des abords immédiats de Beyrouth, ils font de la région de Marsad le site de leurs campements saisonniers, avant d'être à nouveau délogés, au début des années 1860. Dès lors, au commencement de l'hiver, quand ils arrivent des montagnes, ils prennent l'habitude de s'arrêter au niveau du couvent Saint-Élie, dans les dunes du Sud, ou bien, au lieu de poursuivre vers le nord jusqu'aux environs de Marsad et Msaytbé, ils vont vers l'est, jusqu'à Ayn Chir, où certaines tribus s'installent alors sur les dernières terres mouchaa de la région, celles sur lesquelles, un matin, Wakim Nassar mettra la main. Plantant leurs tentes sur ces terres rêches, laissant d'abord paître leurs chèvres entre les vieux oliviers puis les faisant lentement progresser jusqu'en bordure des premières mûreraies, ils deviennent très rapidement le cauchemar des fermiers de Ayn Chir. Durant plusieurs mois, des bandes d'enfants incontrôlés parcourent les terres, rôdent près des maisons où il faut tout tenir sous clé, surveiller les basses-cours, les liwans, et où certains réussissent à pénétrer malgré tout pendant que des femmes fièrement tatouées distraient les habitants en proposant de leur dire la bonne aventure ou d'acheter du lait de chèvre. Ces femmes, d'ailleurs, on les soupçonne avec insistance d'enlever les enfants en bas âge et de les vendre à des princes arabes dans le Mont-Hermon ou dans le Hauran. Elles lancent des regards menaçants et des imprécations vengeresses si on les éconduit un peu sèchement et laissent derrière elles une diffuse ambiance de malheur à venir.

C'est cette espèce d'instabilité chronique à leurs frontières qui dut pousser les fermiers de Ayn Chir à permettre à Wakim Nassar de mettre la main arbitrairement sur des terres mouchaa : il est probable que, à leurs yeux, le nouveau venu allait devoir vaincre la turbulence des Bédouins, ce qui ne pouvait qu'être une bonne chose, ou abandonner, ce qui n'en était pas une mauvaise. Je les vois réunis le soir, ces fermiers, assis en tailleur à côté de leur fusil, enveloppés dans leur abaya et fumant des narguilés au tabac sec en faisant mille conjectures sur la question des orangers, sur les frontières imprécises du mouchaa, sur les Bédouins et sur les chiites, tandis que des chiens aboient dans la nuit, se réveillent les uns les autres et que leurs cris, à la lisière des terres de Ayn Chir, effraient les hyènes venues des dunes du bord de mer. Je vois surtout, au milieu de ces réunions, le plus important parmi les propriétaires de Ayn Chir en ce temps-là, le vieux Baclini, dont le nom est resté très vivant dans la bouche des membres de la descendance de Wakim Nassar. Ce Baclini va devenir le plus proche voisin de Wakim et observe avec attention tout ce qui se passe à ses frontières. Je ne sais pourquoi je l'imagine petit, un peu courbé, en seroual, et le verbe susurrant. Pour moi, il est de ces anciens fermiers qui ont réussi, au moment de l'établissement des cadastres, à mettre scrupuleusement à leur nom tous les biens qu'ils avaient acquis par mougharassa, mais aussi quelques terres mouchaa sur lesquelles ils cultivaient le blé ou l'orge. Rien que d'assez courant, en fait, quoique tout ceci ait assez substantiellement élargi ses biens. Mais sa réputation de fieffé rusé vient surtout des circonstances dans lesquelles il a mis la main sur la terre de Hanna Malkoun, un autre curieux agriculteur de Ayn Chir, qui assiste aussi à ces soirées où l'on joue aux dominos et aux osselets en échangeant les avis sur Wakim Nassar. Je l'imagine assez bien, ce Malkoun, et je sais surtout que c'est un des hommes les plus superstitieux qu'aient connus non seulement Ayn Chir, ou Beyrouth, mais le Mont-Liban et la Syrie tout entiers. Il est célèbre pour pousser des hurlements de rage lorsque sa femme ou une de ses filles balaie le soir sous ses yeux et on le voit souvent faire des détours incompréhensibles pendant ses promenades. Il se garde de rentrer immédiatement chez lui après un enterrement, de peur de ramener l'esprit de la mort dans sa maison, et ne veut pas entendre parler de réparations sur le caveau familial du cimetière de Saint-Michel parce qu'à ses yeux cela équivaudrait à le préparer pour un nouvel hôte. Or ce sont précisément ces superstitions qui lui ont fait perdre la terre bordant les propriétés de son voisin Baclini. Cette terre mouchaa, il a été assez audacieux pour se l'approprier plus vite que Baclini, au moment du cadastrage. Baclini lui en a voulu, et voilà qu'au bout de deux ans, au moment où Malkoun commence à planter des mûriers, une Bédouine hautement tatouée, à l'âge impressionnant, au verbe et au regard inquiétants, aux dents entièrement dorées et qui dit l'avenir, paraît devant chez Baclini. Aussitôt, une idée diabolique lui vient. La vieille est entourée de deux ou trois jeunes filles au corps nubile et au pantalon bouffant qui lui servent de guides, comme des vestales accompagnant une très grande prêtresse. Au lieu de les chasser d'un mot malséant, Baclini les fait entrer chez lui, assoit la vieille prophétesse au milieu de la grande

salle, sur une natte, et lui fait servir du sirop de roses.
Puis il supporte patiemment le rituel qui accompagne la
lecture des lignes de sa main. Il ferme la paume sur une
herbe, répète des phrases incompréhensibles, sort un
matlic quand on le lui ordonne, le voit disparaître par
magie, en donne un autre, puis un troisième, écoute son
avenir sans broncher, donne une demi-magidié, attend
que la vieille sorcière feigne d'émerger d'un état d'absence parfaitement joué, reçoit des conseils pour son
bien et celui de sa famille. Enfin, lorsque tout ceci est
terminé, il demande aux vestales qui se sont assises derrière leur maîtresse de le laisser seul avec elle. On imagine assez aisément la suite : le lendemain, la Bédouine
et ses femmes surgissent devant la maison de Malkoun,
qui les chasse avec dédain. Elles reviennent le jour suivant et celui d'après et, chaque fois, il les fait renvoyer
sans aménité, jusqu'au matin où la vieille aux dents d'or
finit par saisir Malkoun par le bras, l'empêche de sa
poigne de fer et de sa main tatouée de se détourner puis,
en plantant son regard fiévreux dans le sien, lui annonce
qu'elle sait qu'il est en train de commencer un travail
mais qu'il mourra le jour même où il l'aura achevé.
Cela dit, elle se retourne et s'en va pour ne plus revenir.
Sur le moment, Malkoun hausse les épaules, se frotte le
bras et, bientôt, n'y pense plus. Mais dès la nuit venue
le doute commence à le travailler, et ne cesse plus de le
tarauder. Il n'en parle à personne mais subitement, trois
jours après, il fait interrompre les travaux sur le lopin
de terre et remet la plantation des mûriers à plus tard.
Au bout d'un mois, il se trouve sous le feu croisé des
questions de ses fils, de sa femme, de ses frères. Il ne
répond rien, reste évasif, trouve des excuses invraisemblables. Sa femme devient de plus en plus pressante,
l'accable de récriminations, d'allusions, jusqu'à ce qu'il
finisse par lui avouer la vérité. Aù lieu de maudire les

Bédouins ou la superstition de son mari, patiemment, doucement, elle essaie de lui faire entendre raison. Deux mois plus tard, et alors que le temps commence à presser, que le souvenir de la Bédouine s'est un peu estompé, Malkoun se met à regarder avec nostalgie la terre en friche et les plants de mûriers à l'abandon et finit par admettre qu'il a agi ridiculement. Mais le soir du jour où il recommence les travaux, soit à cause de son extrême nervosité, soit simplement par hasard, il avale de travers pendant son dîner, tousse, n'arrive plus à se retenir, sent qu'il s'étrangle, et il faut l'aider à aller tout recracher puis à s'allonger et plus rien ne pourra lui ôter de la tête que ceci est un avertissement. Le lendemain, les travaux sont à nouveau interrompus. Depuis le toit de sa maison, Baclini, tous les matins, vérifie que c'est pour de bon, cette fois. Il laisse passer le temps, pour ne pas éveiller de soupçons. De temps à autre, il demande les raisons de l'arrêt des travaux, fait l'intéressé, le déçu, le dubitatif, et finalement, cinq mois après, il vient proposer d'acheter la terre, que Malkoun lui cède avec plaisir, et sans aucune remarque de sa femme, qui n'ose plus insister.

Nul ne saura rien de toute l'affaire jusqu'à ce que Baclini, sur son lit de mort, la confesse au curé venu pour l'extrême-onction et devant ses enfants, sa femme et quelques voisins qui la répandront partout. Mais, au temps de l'installation de Wakim à Ayn Chir, l'affaire est encore assez récente et lorsque les agriculteurs sont réunis, le soir, personne ne soupçonne rien. Malkoun se croit un excellent ami de Baclini et Baclini le lui laisse volontiers croire, il aime bien son compère Malkoun mais s'estime plus malin, c'est tout, et dans les conversations qui tournent sans fin autour des orangers, des Bédouins et de Wakim, il parle peu mais écoute beaucoup, comme un vieux renard à l'affût. Puis le lendemain, et pendant plus d'un mois, il monte sur le toit de sa maison et scrute tout ce qui se fait sur les terres que Wakim s'est récemment appropriées et qui sont limitrophes des siennes. Et il n'est pas rare qu'il finisse par rejoindre le nouveau propriétaire pour passer un moment avec lui. Il assiste à la réhabilitation du vieux cabanon ou au nettoyage des puits. Il donne des conseils, parle de son expérience, commente tranquillement. Mais souvent aussi il pose des questions à Wakim, de sa voix susurrante, les mains derrière le dos, les épaules penchées légèrement en avant. Avec cet air de ne pas s'en préoccuper vraiment, il cherche à se renseigner sur tout, les dimensions du cabanon, la profondeur des puits, l'alignement futur des orangers, mais Wakim, qui a appris à observer les hommes en silence et à saisir leurs jeux secrets, se rend compte que chacune de ses réponses vient remplir une case discrètement et depuis longtemps préparée par Baclini et que, une fois toutes les informations obtenues, toutes les cases remplies, Baclini pourra jouer sa petite partie. Très rapidement, Wakim comprend que son voisin se prépare à l'éventualité d'un échec de la culture extensive de l'oranger et essaie de calculer, en tapinois, l'intérêt d'un rachat de la terre. À partir de ce moment, il se met à faire des réponses ambiguës à toutes les questions de Baclini, à lui embrouiller les idées, à mélanger les dimensions, les prix, mais Baclini, qui n'est pas tombé de la dernière pluie, s'aperçoit du jeu, cesse immédiatement d'interroger, puis de venir. Mais il ne cesse pas de scruter l'horizon pendant les semaines et les mois qui suivent. Et il est probable qu'il voit arriver les centaines de boutures achetées par Wakim et celles envoyées par Ramez Amir. Il devine au loin Wakim Nassar dirigeant une vingtaine d'ouvriers agricoles maronites, parcourant inlassablement ses terres de l'aube au milieu de l'après-midi, à cheval quand la terre est sèche, à pied avec de l'eau jusqu'aux genoux au moment de l'arrosage, toujours vêtu d'un vieux costume défraîchi de l'armée ottomane et de bottes de cavalier. À partir de la fin du printemps, Baclini ne cesse plus de jauger, à perte de vue, les dounoums hérissés de frêles tiges d'orangers comme des milliers d'aigrettes qui dansent à la moindre brise et dont il n'arrive pas à croire qu'elles deviendront une véritable plantation. Et puis finalement, un matin, ce qu'il devine, à l'ouest, ce sont les premiers campements de Bédouins.

Ils apparurent aux premiers jours de l'automne. Et si je dis qu'ils apparurent, c'est parce que j'ai toujours eu l'impression que l'apparition était une des modalités de leur être. Sur les terres où ils s'installent, dans la plaine, aux abords des cités, autour des champs cultivés, ils ont le don savant et miraculeux de ne jamais se faire annoncer ni attendre. La veille, les terres sont vierges, la vue est immense, il n'y a rien ni personne, et le lendemain, à l'aube, ils sont là, soudain matérialisés, transportés tels quels, dirait-on, et posés là par quelque djinn de lampe à huile sous l'apparence d'une ou deux tentes dressées, leurs portes de peau de chèvre levées bien haut comme des baldaquins, et tout autour, déjà, ce qui ressemble aux alluvions déposées par une longue sédentarisation, des bassines et de la vaisselle déballées partout, du linge qui sèche et des enclos pour les chèvres.

C'est en tout cas un spectacle de ce genre que découvre Wakim Nassar un des premiers matins de l'automne, à quelques pas des terres où ses orangers commencent à prendre racine : le grand désordre des campements, des enfants jouant avec un cabri, des femmes vaquant entre les tentes, allant et venant gracieusement, des bassines contre la hanche ou des pots sur la tête, s'interpellant,

chantant et criant sans jamais accorder la moindre attention à ce qui est en dehors du cercle de leurs habitations
de toile, sans tenir le moindre compte du reste de l'hu-
manité, comme si leur univers, par nature ouvert, sans
limites et sans bornes, était parfaitement clos, imper-
méable, autarcique. Et Wakim, à cheval, pense que si
c'est ça, les Bédouins, ce n'est pas bien grave, tandis
que les ouvriers agricoles, debout autour de lui, font des
commentaires peu amènes sur les tentes rapiécées, les
marmites bosselées et les couffins aux couleurs ternies
des Bédouins, sans s'apercevoir que leurs guenilles sont
encore plus piteuses que les effets des nomades. Mais
dès le lendemain les ennuis commencent. L'aire abstraite dans laquelle évoluent les Bédouins semble mys-
térieusement s'élargir et, sans tenir aucun compte des
plantations, des jeunes femmes se mettent à circuler
entre les plants d'orangers, étendent leurs matelas
et leurs couvertures dans les sillons et viennent tirer
de l'eau du puits. Lorsque les ouvriers journaliers de
Wakim leur signalent qu'elles sont dans une propriété
privée, elles répondent des propos incompréhensibles,
rient de leurs belles dents, ramènent un voile sur leur
bouche. Il n'y a plus alors que leurs yeux noir de geai
qui parlent. Puis elles s'en vont, les bassines et les
cruches sur la tête, bientôt relayées par d'autres, et c'est
à nouveau le même cirque. Wakim finit par décider de
les laisser puiser de l'eau, mais à condition qu'elles suivent un même chemin entre les arbrisseaux. Mais c'est
en vain, et pendant plusieurs jours, on a beau tenter de
canaliser leurs allées et venues, c'est comme essayer de
diriger les abeilles vers des fleurs artificiellement polli-
nisées : les Bédouines au regard profond et aux
tatouages compliqués continuent de suivre leurs propres
trajectoires. Puis ce sont des hommes qui apparaissent
et qui demandent du travail. Comme il n'y en a pas, ils

se mettent à errer dans les terres, traversent les nouveaux vergers à tout bout de champ pour rejoindre la route. Bientôt, d'autres tentes apparaissent aux abords des terres de Wakim et, un matin, un troupeau de chèvres envahit les nouvelles plantations, déracinant les pousses, broutant les jeunes feuilles et semant la panique parmi les ouvriers. Pendant plus d'une heure, ces derniers essaient de faire refluer les bêtes en poussant toutes sortes de cris, de sifflements, de roulements de langue tandis que Wakim et un contremaître, à cheval, s'occupent, en hurlant et en gesticulant, de faire barrage aux boucs et aux chiens.

Au terme de cette dernière affaire, Wakim décide qu'il faut agir. L'après-midi même, il traverse les frontières de ses nouvelles terres et entre dans le campement des Bédouins. Alors qu'il passe entre les femmes dont les yeux brillent par-dessus leur voile et les enfants qui s'écartent devant son cheval, il a peut-être déjà décidé d'en finir par la manière forte avec ces gens-là. Le voilà donc qui met pied à terre devant la tente qu'on lui a indiquée. Un homme au visage cuivré et aux yeux brillants, en longue robe, vient vers lui et lui souhaite toutes sortes de choses, mais avec méfiance. Wakim entre dans la tente, s'assoit sur le sol qui doit être tapissé d'un grand kilim et commence aussitôt à parler. Il explique que les terres voisines sont à lui, qu'il y a planté des orangers, qu'on ne peut plus y entrer comme ça, et surtout pas avec les chèvres. Le chef bédouin l'écoute en opinant de la tête puis explique que depuis qu'il est enfant, sa famille vient s'installer sur ces terres en hiver. Qu'il y a lui-même planté des radis et des choux et que, d'une certaine façon, elles sont un peu à lui autant qu'à quiconque. Wakim répond que ses terres sont mouchaa, qu'elles appartiennent en droit aux fermiers de Ayn Chir et que, si les tribus veulent planter ou faire paître leurs bêtes, elles ont de l'espace, vers l'ouest, et il fait un petit geste de la main en direction du couvent Saint-Élie. Avec ses bottes de cavalier, sa tenue européenne et son tarbouche qu'il n'a certes pas enlevé, il est forcément assis en tailleur, le torse raide, les paumes fermement posées sur ses genoux. Au moment où il achève de parler, on sert un café. Il en prend une tasse, par politesse. Le chef bédouin aspire bruyamment dans la sienne et le dialogue est brièvement suspendu. D'ailleurs, ce n'est pas même un dialogue. Chacun parle sans être interrompu puis écoute l'autre sans l'interrompre. Ce sont deux monologues, qui reprennent lorsque les tasses vides sont posées sur le tapis. C'est le chef bédouin qui parle le premier :

– Je ne cherche pas à vous embêter. J'ai de l'autorité sur deux ou trois tentes. Ce sont celles de mes beaux-frères. Je les avertirai de ce que vous m'avez dit. Mais je ne peux pas me mêler de ce que font les autres.

– Je ne vais pas aller de tente en tente répéter la même chose, répond Wakim. Vous avez certainement les moyens de faire savoir à tous vos voisins qu'il y a désormais des frontières, de ce côté-ci. Faites-le, je vous en serai reconnaissant. Et ça évitera des heurts entre nous.

– Il n'y aura pas de heurts, si Dieu veut. Nous avons toujours été les amis des habitants de cette région.

– Alors avertissez tous vos voisins. Je laisse passer vos hommes quand ils veulent aller jusqu'à la route, alors qu'ils peuvent le faire en contournant mes vergers. Et j'ai laissé vos femmes tirer de l'eau du puits. C'était montrer ma bonne volonté. Mais il faut que ça cesse.

– Tout est entre les mains de Dieu.

Soixante ans après, lorsque ma mère, mariée à mon père, arriva dans la Grande Maison, il y avait encore une Bédouine, la dernière sans doute à avoir fréquenté Ayn Chir, qui apportait tous les lundis d'automne du lait dans une cruche de fer. On l'attendait, elle faisait partie du rythme de la vie de la maison au temps de son ultime renaissance sous la houlette de mon père, et il paraît qu'elle m'aimait bien, qu'elle me cajolait de sa voix rude. Je ne sais comment, encore tout petit enfant, je réagissais à sa figure, à ses dents en or et au double trait tatoué sur son menton, moi qui faillis causer un drame lors de mon baptême en hurlant comme un fou devant la barbe de prophète du prêtre venu me laver du péché originel. Et si une diseuse de bonne aventure du Mont-Hermon s'est penchée sur mon berceau comme les fées sur les princesses des contes, il est certain que l'on dut la tenir à l'œil, car, à cette époque-là, on continuait à faire aux Bédouines une réputation de voleuses d'enfants. Des regards inquiets devaient s'échanger entre mes tantes, sœurs de mon père, et ma mère lorsque la porteuse de lait s'approchait de moi pour me cajoler et me dire des mots mystérieux dans sa langue rugueuse et abrupte. Peut-être même mes tantes craignaient-elles qu'elle ne fût en train de déverser sur moi des propos vengeurs, de faire de moi l'instrument de la revanche de son père sur leur père à elles. Car cette Bédouine, dit l'une de mes tantes à ma mère, était la fille de Abou Kharroub, un chef de tribu nomade qui avait un jour défié Wakim Nassar en plantant sa tente sous les fenêtres de la Grande Maison, à deux pas du puits et sous le grand chêne. Ma mère me le redira par hasard, bien longtemps après, lorsqu'on évoquera ensemble son arrivée à elle dans la Grande Maison, au terme d'une histoire compliquée à l'envi, pleine d'exils, de guerres, de bruits et de fureur. Or, au temps où les Bédouins pouvaient défier Wakim Nassar, il n'y avait certes pas encore de Grande Maison, ni même ce que l'on prit coutume d'appeler plus tard la Petite Maison. Ce dont ma tante parlait sans le savoir, ce devait donc être ce cabanon que Wakim fit restaurer lorsqu'il prit possession des terres mouchaa. Dans ce cas, l'histoire de Abou Kharroub se situerait aux premiers temps de la fondation des orangeraies, alors que les Bédouins venaient d'apparaître devant les plantations. Et il est possible que cette tente jaillie soudain à côté du puits, au cœur des nouvelles orangeraies, ait été le catalyseur de la guerre entre Wakim et les Bédouins.

Au lendemain de la visite de Wakim au chef de tribu, en tout cas, tout continue comme avant, les promenades insouciantes des femmes jusqu'au puits, les vergers pris pour un boulevard par les hommes en chemin vers les fermes de Ayn Chir, et une fois de plus un troupeau de chèvres qui y pénètre, la panique parmi les ouvriers, les jeunes arbres piétinés et les bordées d'injures qu'échangent les gens de Wakim et les bergers nomades. Tout ceci peut avoir fait venir à l'esprit de Wakim l'idée de faire construire un muret de protection. Cela coûte de l'argent mais il le faut bien, et puis il a des ouvriers à qui il ne sait pas quoi donner à faire. Il y pense sans doute lorsque soudain, un matin, apparaît cette fameuse tente, dressée au milieu des vergers, à côté du puits. Wakim comprend que les Bédouins sont en train de le tester, de vérifier sa détermination et sa capacité à leur résister. Aussi, il se présente devant la tente et, sans descendre de cheval, fait appeler celui qui doit être Abou Kharroub et qu'il ne connaît pas encore. L'autre se fait attendre, puis sort de la tente, et les deux hommes se jaugent à travers quelques propos peu amènes.

– Ce sont ici des terres plantées, tu le vois bien, dit Wakim. Va t'installer ailleurs.

– Ces terres sont mouchaa, répond Abou Kharroub, et

elles sont à tout le monde. Je puise de l'eau dans ce puits depuis quinze ans. Et je continuerai.

– Ces terres ne sont pas à tout le monde, elles sont aux fermiers de Ayn Chir, qui m'ont laissé y planter des arbres. Tu n'as plus rien à y faire. Va t'installer ailleurs ou tu m'obligeras à te chasser par la force.

– Ne me menace pas. Tu sais bien que je saurai me défendre. Et si tu touches par traîtrise à ma famille ou à mes troupeaux, il t'en coûtera cher.

– Je te répète que ta famille et tes troupeaux n'ont plus rien à faire ici. Il y a des terres à loisir, à l'ouest. Il te suffira de te déplacer de quelques arpents.

– Je ne bougerai pas d'ici. Si j'étais resté sur place pendant l'hiver, tu n'aurais pas pu planter tes orangers.

– Mais maintenant ils sont plantés, et tu sais parfaitement que la présence des hommes et des chèvres ne leur vaut rien.

– Alors, tant pis pour eux.

– Cela, c'est toi qui le dis. Et moi, je te dis que tu as jusqu'à demain pour lever ton camp. Après quoi je ne réponds plus de rien.

Le lendemain, bien sûr, la tente est toujours là, avec, à quelques mètres, un enclos pour les chèvres. Wakim vient à l'aube constater la chose, et durant le reste de la journée il va se remettre à arpenter ses terres et celles des alentours. Mais cette fois il les regarde d'un œil nouveau, non plus celui du propriétaire terrien qui juge la déclivité du sol, la direction des anciens sillons et celle du vent qui souffle dessus, mais celui du stratège qui explore le terrain pour un combat imminent. Il longe ses champs, galope jusqu'aux lisières du camp des Bédouins qui est à ses frontières pour estimer la distance qui le sépare de la bordure de ses terres, revient, fait plusieurs fois le tour du cabanon, va et vient entre le

puits et la tente de Abou Kharroub, sous le nez indifférent des femmes qui travaillent accroupies sur les talons
et qui parlent à voix stridente. Pendant des heures il
galope ainsi, revient sur ses pas, repart, réapparaît,
s'arrête, se retourne pour regarder derrière lui, l'air profondément concentré, le visage fermé. Entre-temps, les
Bédouins prennent possession des nouvelles orangeraies. Les femmes vont librement vers le puits, autour
duquel elles s'attroupent comme s'il s'agissait de la
fontaine de Bachoura, tandis qu'en plusieurs points du
verger des troupeaux de chèvres se répandent sans ver-
gogne et ravagent les petits orangers sous les yeux des
ouvriers de Wakim, qui, débordés, finissent par laisser
faire. À midi, la plantation semble aller à vau-l'eau.
Abou Kharroub demeure invisible. Baclini est sur le toit
de sa maison et observe la situation en maugréant
devant le manège incessant et incompréhensible de
Wakim, tandis que les paysans de Ayn Chir commencent à s'inquiéter. Que les Bédouins parviennent à
contester à un propriétaire son droit sur une terre ne
peut que constituer à leurs yeux un précédent dangereux, et durant toute la matinée, la colère gronde contre
Wakim. Mais au début de l'après-midi Wakim apparaît.
Il va d'abord chez Malkoun, puis chez Maroun Maroun,
puis dans une ou deux autres fermes où il sait qu'il
y a des jeunes hommes prêts à en découdre, ou une tradition de courage. Chaque fois, il s'assoit et parle,
explique la situation et ce qu'il va faire, et demande de
l'aide. Après son départ, on discute longuement dans
chaque ferme parce qu'il n'est pas évident d'accepter
d'aller se battre pour un autre, pour une terre mouchaa,
pour des orangers à l'avenir incertain, et surtout pour
les beaux yeux d'un grec-orthodoxe à qui on a bien
voulu céder une terre mais qui n'a qu'à se débrouiller
tout seul pour le reste. Aux réponses souvent évasives

qu'il reçoit, Wakim comprend qu'il ne pourra pas compter sur grand monde, et lorsqu'il revient chez Rached, et qu'avec Tanios il fait le point, la chose lui paraît irréalisable. Mais il n'a plus le choix. Il a le dos au mur. À la nuit tombée, il repart donc, mais en direction de Beyrouth cette fois. Il longe par la route ses terres momentanément passées sous le contrôle de Abou Kharroub, pénètre dans la Forêt de Pins et un quart d'heure après, sans avoir rencontré personne, il entre à Marsad. C'est la première fois depuis plusieurs mois, et ça doit évidemment lui faire drôle, mais il n'a pas de temps pour la nostalgie. Sans se soucier des rencontres inopportunes, il va d'une traverse à l'autre, s'arrête dans la maison de Elias et Tanios Nassar, puis dans celle de Costa Zreiq, puis chez Gérios Nassar et finalement chez Youssef Halabi. Il ne passe pas plus d'un quart d'heure chez chacun. Après quoi il se dirige vers la maison maternelle. Il s'en approche comme un maraudeur, s'assure que tout est normal puis cache son cheval et entre par une porte de derrière. Il évite de réveiller sa mère, n'a aucun regard pour la maison et pénètre directement dans la chambre de son frère.

Ce frère dont j'ai fait, conformément à la tradition familiale, le compagnon de Wakim lors de la fuite à Ayn Chir, il est presque impossible de penser qu'il ait pu être, de tous les événements survenus après la prise de possession de la terre mouchaa, un spectateur muet et insignifiant. Que je ne l'ai pas connu va sans dire, et tout ce que je sais à son sujet concerne une époque beaucoup plus tardive, où il était célèbre pour son dandysme, son caractère distant et son amabilité distraite. Au moment où cette histoire commence, il n'en est sans doute pas encore là, mais on peut l'imaginer déjà comme un personnage sombre, raide et un peu trop attaché aux formes, aux principes rigides et au code de l'honneur, tout un tas de choses qui lui viennent de l'absence de père et de sa condition de jeune homme de famille notable frappée par le sort. Ce souci des formes, mêlé aux turbulences maladroites de l'adolescence finissante, fait de lui un personnage extrême, capable avec froideur des pires excès. Au premier temps de l'exil, il va tous les matins à khan Antoun Bey par la route de Damas et revient de même. Le soir, il partage la veillée de Tanios Rached et des siens, même lorsque son frère est absent, et comme il est beau, a le front large et le regard franc, il est sans arrêt couvé des yeux par les sœurs Rached. Mais lorsqu'il apprend que son frère a pour projet de s'installer à Ayn Chir le cocktail de fierté juvénile, de snobisme et de zèle clanique et confessionnel dont il est fait dévoile alors son caractère explosif. Non seulement il refuse l'idée de s'implanter dans la campagne et au milieu des maronites, mais il refuse l'idée que son frère aîné ait pu l'avoir, et il cesse de lui adresser la parole, de peur qu'on lui demande son avis sur la question. Et quand, finalement, il est acculé à le donner, il répond avec brusquerie que cela ne le concerne pas, qu'il n'est à Ayn Chir que pour quelques semaines et qu'il retournera bientôt à Beyrouth. Et c'est ce qu'il fait. Un matin, il range ses affaires et ses vêtements et, avec presque de la désobligeance à l'égard de Tanios Rached, il fait des adieux laconiques en annonçant qu'il ne reviendra pas le soir. Et il ne revient plus du tout. Wakim, qui n'a pas apprécié les manières cavalières de son frère, feint de ne pas s'en soucier, et Rached, par grandeur d'âme, n'en reparle pas. Mais lorsque tous ses projets sont menacés par les Bédouins et qu'il vient chercher l'aide des abadayes de Marsad, Wakim sent le besoin de la présence de son frère et le voilà qui entre dans la chambre où Sélim est couché.

– Tu es revenu ? demande Sélim avec ironie sans se redresser.

– Non seulement je ne suis pas revenu, répond Wakim, mais c'est toi qui vas te lever et venir avec moi.

– Je t'ai déjà dit que je ne remettrai plus les pieds à Ayn Chir. Je t'ai suivi une fois, ça suffit.

– Arrête de dire des bêtises et écoute-moi, réplique Wakim.

Et, au milieu de la nuit, il parle, il explique. Dans la pièce à côté, la mère, qui s'est assise dans son lit, écoute les chuchotements tendus et les éclats de voix étouffés de ses deux garçons («tes oranges, c'est de la folie», «il n'empêche que tu dois m'aider contre les Bédouins», «si les maronites n'ont pas voulu bouger, c'est qu'il n'y a rien à faire», «Youssef Halabi et Costa Zreiq ont accepté de m'accompagner cette nuit, tu trouves normal de ne pas venir, toi, mon propre frère», etc.), après quoi il se fait un long silence puis les chuchotements reprennent, plus calmes cette fois parce que Sélim, qui n'est peut-être pas convaincu mais qui ne peut faillir à la solidarité fraternelle, s'est finalement levé avec un air sombre, s'habille, et une heure après le voilà avec son frère chevauchant dans la Forêt de Pins en direction de Ayn Chir au milieu de cinq grecs-orthodoxes de Marsad, des baroudeurs prêts à en découdre avec tous les Bédouins du monde, avec les maronites s'il le faut et avec la création entière aussi si nécessaire pour faire triompher la cause d'un des leurs.

Évidemment, cette marche des sept vers Ayn Chir ressemble à la chevauchée des sept mercenaires, quoiqu'il ne s'agisse guère ici de mercenaires, au contraire. À côté des deux frères, il y a là Gérios, Tanios et Elias Nassar, trois bagarreurs appartenant à la part roturière de la famille et tous les trois indispensables pour les coups de main, avouables ou non mais nécessaires à ce qu'ils croient être la grandeur des Nassar. Il y a aussi Costa Zreiq, le chef de quartier, bravache mais respecté, et le plus âgé des sept, qui a accepté de venir pour garantir que les choses n'iront pas trop loin. Il y a enfin le célèbre Youssef Halabi, un des plus redoutables abadayes de Marsad en ce temps-là, et que je compte parmi les sept parce qu'une amitié particulière allait par la suite le lier à Wakim, selon les récits de mes oncles et de mon père. De ce Youssef Halabi, qui devait fuir Marsad à son tour aux premiers temps du mandat français, j'ai retrouvé une photo, un jour par hasard, où il pose en abadaye et en seroual, un fusil à la main et une cartouchière barrant son torse, comme les Mexicains d'Emiliano Zapata, dont il a aussi la moustache. Voilà pourquoi, au moment de la chevauchée des sept, je l'imagine avec une cartouchière en bandoulière et le canon du fusil pointant derrière son épaule. Les autres cavaliers, qui galopent en discutant à voix feutrée, ont aussi emporté leurs fusils au canon interminable, leurs pistolets à crosse nacrée et leurs poignards à lame recourbée dormant dans des fourreaux marquetés. Au milieu de la nuit, ils mettent pied à terre devant la maison de Tanios Rached où les attendent sept autres hommes en armes : Rached et son fils, Maroun Maroun et ses deux garçons ainsi que deux ouvriers de Wakim, originaires de Kfarchima et qui ont pu se procurer des chevaux. À l'aube, les quatorze cavaliers entrent de front dans les vergers de Wakim et avancent précautionneusement entre les arbrisseaux vers la tente de Abou Kharroub. Lorsqu'elle est en vue, le signal est donné et une immense clameur accompagnée d'une incessante pétarade s'élève vers le ciel, réveillant les fermiers de Ayn Chir. En dix minutes, la tente de Abou Kharroub est en flammes, ses femmes et ses enfants sont en fuite et lui-même, sans armes et sans coiffe, est refoulé vers l'extérieur du verger par le tourbillon des cavaliers qui semblent des centaines. Après quoi la troupe de Wakim fond sur le campement qui est aux abords des vergers, en hurlant et lançant ses coups de feu vers le ciel. Alertés par les clameurs de la première attaque, les femmes et les enfants sont à ce moment déjà sortis des tentes et les hommes se sont saisis de leurs armes. La plupart n'ont pas le temps de les utiliser et sont bousculés, happés, et leurs fusils sont arrachés au vol par les cavaliers qui arrivent comme des flèches. Mais autour de la tente la plus éloignée et où les compagnons de Wakim parviennent en dernier, les hommes ont pris position et font feu. L'un des fils de Maroun Maroun reçoit une décharge dans l'épaule et s'arrête tandis que Youssef Halabi, Gérios et Wakim foncent sur un peloton de quatre Bédouins debout et qui tirent à bout portant. D'un coup de crosse de son fusil qu'il utilise comme un lasso, Halabi envoie le premier au sol, le visage en sang. Wakim bouscule le deuxième tandis que le troisième décharge à nouveau son arme et touche Gérios Nassar, qui pousse un cri, lâche les rênes de son cheval et s'arrête. Il est bientôt rejoint puis dépassé par le reste des cavaliers qui mettent en déroute les derniers tireurs, arrachent les piquets, abattent les tentes et éparpillent les effets des Bédouins. La cavalcade, qui aura duré une demi-heure, s'achève lorsque les cavaliers se retrouvent aux abords du village chiite. Ils s'arrêtent alors, les chevaux piaffent, et chacun prend enfin le temps de regarder autour de lui. Le soleil n'est pas encore levé mais le ciel est rose à l'orient. La tente de Abou Kharroub finit de brûler, il n'y a plus un seul Bédouin aux alentours et jusqu'aux vergers de Wakim. Mais le fils de Maroun Maroun, qui a été éclaboussé par le plomb, a la chemise en lambeaux et du sang sur le bras et, surtout, Gérios se tient le poignet et montre sa main, où une partie des doigts est en bouillie.

– Il faut un médecin, dit Wakim.

– Il faut aller chez Alexaki, dit Costa Zreiq, approuvé par Youssef Halabi.

– Alexaki soigne les yeux et le nez, dit Wakim en pensant en même temps à Calmette, le médecin français qui a sa maison près de Ayn Mreissé.

En fait de maison, celle du docteur Calmette est l'un de ces palais de la bourgeoisie sunnite qui dominent la mer à l'ouest de Beyrouth. Alors que le soleil est levé depuis une petite heure, des domestiques paniqués voient arriver Wakim, Youssef Halabi, Tanios Rached et Costa Zreiq entourant Gérios, qui a la main enroulée dans un mouchoir et du sang partout. Avec leurs bottes, leurs cartouchières, leurs pistolets passés dans la ceinture du seroual et leur blessé, les quatre hommes attendent au milieu des colonnes de marbre, des meubles marquetés et des grands divans princiers du salon. Des portes claquent, des serviteurs murmurent, il y a du va-et-vient, il se chuchote déjà sans doute dans la maison des scénarios de massacres ou d'affrontements confessionnels comme il y en a souvent dans le pays et que la vue des armes et du sang évoque inévitablement. Et puis Calmette arrive, en robe de chambre de soie et la moustache retroussée, curieux de voir ce qui l'attend, et il n'est sans doute pas déçu. Il entraîne Gérios et accepte que Wakim les suive parce qu'il veut comprendre ce qui s'est passé. Au bout d'une demi-heure, les trois hommes qui patientent dans le salon, adossés aux colonnes ou assis sur les sièges en bois de cèdre, entendent un cri et se regardent en se mordant le bord de la moustache. Une heure après, Gérios sort avec trois doigts en moins – le majeur, l'annulaire et l'auriculaire, ce qui lui vaudra d'entrer définitivement dans l'histoire des Nassar de Ayn Chir. En signe de reconnaissance ou par compensation, Wakim le prend à son service et il y demeurera jusqu'à la fin. De cet homme que l'on appelait le père Sept Doigts (ce qui aurait pu passer pour un sobriquet si, dans l'arabe local, il n'y avait eu homonymie entre le mot *sept* et le mot *lion*, toute personne osant appeler Gérios par son surnom ne le faisant qu'avec la claire conscience de l'appeler en même temps Gérios le Lion), de cet homme il est resté beaucoup d'histoires, mais aucune photo, ce qui fait que je ne parviens jamais à l'imaginer que sous les traits et l'allure de son fils, que j'ai connu et qui épousa, bien plus tard, une de mes tantes, une des filles de Wakim : râblé de taille, un gros nez aux narines épatées, de petits yeux et un regard fixe et un peu buté qui lui donnent l'air d'une vieille loutre enrhumée, mais tout ça, qui est très lourd et sans grâce, s'animant brusquement lorsqu'il se met à parler, dans une espèce de marmonnement incompréhensible qui se transforme petit à petit en un grognement sourd avant d'exploser soudain en un verbe plein de colère et d'indignation, un verbe qu'il utilisera toujours, même pour dire les choses les plus banales, comme si l'état des choses, le train du monde, était pour lui un scandale permanent qui recomposait son visage, quand il en parlait, en celui d'une sorte de prophète inspiré et vengeur. Cette façon d'être aura rendu Gérios célèbre à Ayn Chir, et jusqu'à Baabda et Kfarchima. Mais sa célébrité, il la devra aussi à son adresse, malgré trois doigts en moins, au fusil et au revolver ainsi qu'à la légendaire façon qu'il avait, quand il arpentait les orangeraies, d'aller avec deux serpes passées en croix dans sa ceinture derrière son dos. Il sera d'ailleurs très vite considéré comme le régisseur des biens de Wakim Nassar. Dès le lendemain du combat d'où il sort amputé, il rejoint

Wakim, qui a commencé à réparer les dégâts causés à ses arbres par les Bédouins. En marmonnant, il tombe la veste, ou ce qui en tient lieu, pose son tarbouche sur une dalle et, malgré son bandage, il se met à l'ouvrage. Et ce qui est sûr, c'est qu'il a du savoir-faire, comme s'il avait planté des orangers toute sa vie, si bien qu'au bout de trois ou quatre jours c'est lui qui prend la direction des opérations, avec cet air de signifier à Wakim que rien ne vaut pour aider un Nassar un autre Nassar, que les Tanios Rached et autre Maroun Maroun ne peuvent être vraiment fiables à la longue, qu'un maronite n'aidera jamais un orthodoxe à prospérer, tout ça sans un mot, seulement en faisant corriger un alignement par là, en faisant replanter quelques arbres par ici, comme une vieille servante qui revient pour une simple visite quinze ans après chez ses anciens maîtres et qui décide soudain de reprendre la direction du train de la maison qu'elle connaît mieux que quiconque et qu'elle trouve très mal tenue par ses successeurs. Wakim laisse faire, écoute attentivement les conseils et les recommandations de l'ancien abadaye, suit tout à la lettre, fait tout exécuter sans discuter, et Gérios de son côté reconnaît peut-être dans cette espèce de décision froide, muette et sans retour, qui consiste à tout mettre entre les mains d'un inconnu, une fermeté de chef, car qu'est-ce qu'un chef sinon celui qui sait à qui et à quel moment déléguer des pouvoirs importants ?

Quant aux suites immédiates du combat, on peut imaginer que, dès le lendemain, et tandis qu'il est en train d'arpenter ses terres, Wakim reçoit plusieurs visites. Il arrive d'abord trois cavaliers du côté de l'ouest, des chiites qui viennent assurer Wakim de leur neutralité dans l'affaire de la veille, de leurs bons sentiments et de leur désir de vivre en bon voisinage. Pour gage de bonne foi, l'un des cavaliers dépose aux pieds de

Wakim un sac de noix, un autre un sac de figues et le troisième un sac d'olives encore vertes. Il arrive ensuite quatre gendarmes de l'administration du Mont-Liban, où la nouvelle du combat est parvenue avec une journée et demie de retard. Le sergent qui commande le peloton demande des explications sur les événements, ne se préoccupe guère des réponses de Wakim et semble davantage intéressé par les petits orangers plantés à perte de vue autour de lui, et c'est sur eux que porte bientôt la conversation. Et finalement c'est un Bédouin à pied qui se présente prudemment, qui entre dans le verger sous la surveillance des ouvriers et demande l'autorisation de parler à Wakim. Quand cela lui est accordé, il déclare qu'il vient au nom de Abou Kharroub et réclame pour celui-ci le droit de récupérer ses chèvres demeurées dans l'enclos. Wakim lui demande si Abou Kharroub est maintenant dans de meilleures dispositions et le Bédouin jure que la paix est entre les deux parties et que Abou Kharroub est prêt à se dire le serviteur de Wakim Nassar pour la vie. Sans trop d'illusions, Wakim le laisse emmener les chèvres.

Mais la conséquence la plus importante du combat, c'est probablement la décision que prend Wakim Nassar de déménager de chez Tanios Rached et de s'installer au milieu de ses terres, où il choisit de vivre désormais. Cela pose un problème, car à ce moment-là il n'y a que le cabanon pour dormir, vivre et manger. Mais cette décision, Wakim la prend pour des raisons de sécurité, pour surveiller les terres et éviter un retour nocturne des Bédouins. Tout commence donc sous la forme du bivouac. On dort comme dans un campement, on se relaie la nuit pour veiller, on fait des rondes. Il y a là Wakim et Gérios, soutenus parfois par Rached et son fils. Et il y a Sélim aussi, qui pourtant, au lendemain du combat, estime qu'il a fait son devoir et retourne à Mar-

sad. Et puis un matin, peut-être pris de remords ou avec
l'intuition qu'il est en train de s'exclure lui-même de sa
propre histoire, il part à cheval, traverse la Forêt de
Pins, entre à Ayn Chir et apparaît sur les terres de
Wakim où il met pied à terre en déclarant avec une
solennité un peu ampoulée qu'il est venu participer à la
garde du domaine et que s'il y a en journée un travail
qu'il peut effectuer il est prêt. Il obtient la charge de
s'occuper de tout ce qui est de l'ordre de la pierre. C'est
lui qui, silencieusement mais efficacement, va donc surveiller l'état des murs de clôture, qui s'occupe des puits,
qui fera construire un peu plus tard un pressoir à olives.
C'est lui surtout qui va se charger d'agrandir le cabanon, qui fait construire une pièce de plus, puis deux,
puis fait aménager une cuisine. Au bout de trois mois, le
campement est devenu une installation véritable et le
cabanon une petite maison. Au milieu de l'hiver, la
menace des Bédouins est définitivement écartée, si bien
qu'au printemps Wakim fait rehausser le bâtiment initial
par un tailleur de pierre de Kfarchima et l'on obtient
l'une des premières maisons à étages de Ayn Chir, à
côté de laquelle sera bâtie un jour ce que l'on appellera
la Grande Maison. Ainsi, l'origine du domaine et de la
Grande Maison où je suis né aura finalement ressemblé
à celle de ces villes d'Allemagne ou du nord de l'Europe qui furent d'abord des campements militaires
romains destinés à surveiller les frontières de l'Empire
face aux menaces barbares avant de devenir des instal-
lations pour les familles des militaires, puis de petites
villes de colons et, pour finir, des cités florissantes.

5

C'est aux alentours de 1820 que l'eucalyptus apparaît pour la première fois sur les bords de la Méditerranée et en Europe occidentale. À cette date on en signale un dans les environs de Nice et, vers 1829, un autre, d'une espèce différente, dans le sud de l'Italie. Quelques années après, des botanistes découvrent dans un jardin de Caserte, en Italie, un eucalyptus plus âgé encore mais confondu, dans les relevés, avec un autre arbre. Vers le milieu du siècle, plusieurs espèces sont cultivées en Europe méridionale, mais ce n'est qu'à partir de 1860 que la culture de l'eucalyptus se développe rationnellement et systématiquement, grâce à un Français du nom de Ramel qui, depuis l'Australie où il est en voyage de négoce, envoie en Europe des semis de l'arbre nouveau. De retour en France, Ramel encourage l'importation des germes et entretient une correspondance suivie avec un ingénieur allemand installé aux antipodes, avec qui il monte une véritable entreprise commerciale et scientifique autour de l'exploitation de l'eucalyptus. En 1885, il est en Algérie, où il a envoyé des semis par sacs entiers et où la culture de l'arbre a pris un vif essor, puis il vient en Égypte, où ses encouragements épistolaires et ses envois de graines aux botanistes français du Caire ont permis le développement considérable de l'eucalyptus.

Durant son séjour à Alger, Ramel fait par hasard la connaissance d'un compatriote du nom d'Émile Curiel, un riche rentier provençal qui commence en Algérie un long voyage en Orient de curieux et d'esthète. Entre Ramel et lui, il est évidemment très vite question d'eucalyptus. Curiel écoute les aventures de Ramel en Australie, l'interroge sur les déserts austraux et sur les sauvages qu'on y trouve et l'observe, durant les jours qui suivent, lorsqu'il répertorie et soigne les eucalyptus dans les jardins botaniques d'Alger, où les deux hommes ont de longues conversations. Puis ils vont chacun son chemin avant de se retrouver, par hasard, au Caire vers 1890 ou 1891. Dans l'intervalle, Curiel est passé en Tunisie, et même en Libye, où il a constaté la présence de l'eucalyptus. Il a pensé à Ramel, il s'est même intéressé de près aux arbres, il a tâté leur écorce et vérifié leurs feuilles comme il l'a vu faire à son ami de rencontre. Il a aussi interrogé les habitants sur l'origine de cet arbre et a découvert la fabuleuse possibilité de migration des pollens, et quand il est à nouveau avec Ramel il est heureux de pouvoir apporter des informations à son ami et de parler de l'eucalyptus en connaisseur avec les botanistes français du Caire. Un an après, il débarque à Beyrouth où son ami le docteur Calmette le reçoit dans son palais de Ayn Mreissé.

Sur cet Émile Curiel qui fait un peu partie de l'histoire du Liban, les témoignages sont relativement nombreux. Ils rapportent un tas de choses : qu'il était l'unique héritier d'une imposante fortune provençale, que c'était un esprit curieux de tout, qu'il était beau, qu'il ne jurait que par Ernest Renan et qu'il faillit mettre à la mode à Beyrouth la barbiche pointue à la manière de Frédéric Mistral. Il devient d'ailleurs très vite la coqueluche de la bonne société de la ville, il est souvent à dîner chez les Bustros et chez les Sursock, où il boit des liqueurs en

parlant de poésie et de voyages avec les dames. Et lorsqu'il est avec les hommes, il parle d'affaires en fumant
des cigares, en faisant des projets, en lançant des idées
pour le développement industriel de la région. Sur les
pas de Renan, il effectue un voyage à Tyr qui dure trois
jours, il va à Baalbek et ça dure une semaine, il veut
pousser jusqu'à Damas mais n'y parvient pas, passe
deux journées avec des Bédouins dans le nord de la
plaine de la Bekaa, et une autre fois, chassant avec ses
amis citadins dans les montagnes, il part à la recherche
des stèles de l'empereur Hadrien. Finalement, il se plaît
tant au Levant qu'il décide d'y vivre dorénavant une
partie de l'année. Sur ces entrefaites, il reçoit une lettre
de Ramel dans laquelle ce dernier lui propose de planter
des eucalyptus en Syrie. Curiel abandonne alors le projet d'acheter un palais semblable à celui de Calmette
sur les collines de Beyrouth et se tourne vers les terres
plates de Ayn Chir et de Fourn el-Chebbac, qu'il explore
avec une kyrielle de traducteurs et de serviteurs qui lui
font une suite royale. Comme il paie très généreusement, on se précipite au-devant de lui, et au bout de
quelques jours il acquiert un domaine considérable sur
lequel il commence aussitôt à faire arracher les mûriers,
à planter les semis et les boutures d'eucalyptus. Bientôt,
il commence aussi les travaux de construction d'une
singulière demeure, la villa Eucalypta, qu'il bâtit d'après
ses propres plans et qui est représentée sur une célèbre
carte postale de l'époque. On y voit parfaitement le
style éclectique, genre italo-moresque, qu'il lui donna,
avec ses arcades en zigzag qui firent jaser un temps tous
ses visiteurs. Pour l'intérieur, Curiel fait venir de Damas
des objets aux incrustations précieuses, et surtout les
boiseries peintes d'un palais d'Istanbul qu'il fait démon-
ter pan par pan avant de les remonter chez lui, dans
ce qui va devenir, paradoxalement, le salon *arabe*

d'Eucalypta, avec bassin central et petit jet d'eau. Dans cette villa, Curiel finit d'ailleurs par passer l'année entière, ne quittant presque plus le pays, traitant ses affaires grâce à la Poste européenne de Beyrouth et à ses relations diplomatiques, qui activent la bonne arrivée et l'expédition de son courrier. Il conserve ses actions de Suez mais flaire vite la mauvaise affaire des actions Panama et fait revendre les siennes par son fondé de pouvoir à Marseille. Il investit dans la Banque ottomane, dans la Société du port de Beyrouth, dans la Compagnie d'électricité, et devient membre du conseil d'administration de la Société des chemins de fer de Damas. Mais ce qui, plus que tout, va mobiliser ses forces, c'est l'eucalyptus, et l'immense parc dont Eucalypta constitue le nombril.

Sur cet homme, sur sa villa et ses eucalyptus, Wakim Nassar entend bien des histoires. Mais j'imagine qu'il ne les écoute qu'avec distraction au début, lorsque les fermiers de Ayn Chir en parlent pendant les longues soirées qui ont lieu maintenant très souvent chez lui, dans le salon de sa nouvelle maison où ils sont heureux de venir jouer aux dominos ou fumer le narguilé dans un décor à l'européenne auquel ils ne sont pas vraiment habitués et qui leur donne l'impression d'être des *messieurs*. De temps en temps, le cri d'une hyène trouble la nuit du côté de la mer, les chiens affolés se déchaînent. Les fermiers se taisent alors un instant. Le borborygme des narguilés s'interrompt, une pièce de dominos demeure en l'air entre deux doigts, les oreilles se tendent, et finalement quelqu'un, le vieux Baclini ou Gérios Nassar ou Maroun Maroun, déclare que ce n'est rien, et comme aucun coup de fusil n'éclate nulle part tout le monde en convient, les borborygmes dans les tuyaux reprennent, la partie de dominos aussi et les considérations sur Curiel de même. Durant les premiers temps on parle surtout de ces mûriers arrachés qui tordent tous les cœurs, ensuite des arbres bizarres qui sont censés les remplacer, après quoi c'est la villa que Curiel commence à bâtir qui devient le centre de tous les discours, à cause des histoires sur le marbre de son sol, des arabesques de sa cheminée et des moulures de ses plafonds, des richesses qui amènent Wakim et Rached à évoquer devant les autres le palais de Calmette tandis que Gérios grommelle qu'il ne se souvient, lui, que des trois doigts qu'il a laissés là-bas.

Puis les fermiers repartent avec chacun son fusil en bandoulière et au matin Wakim est à nouveau au milieu de ses arbres. Il ausculte ses orangers, fait tailler les immenses figuiers de Barbarie qui marquent ses frontières à l'ouest, dirige l'arrosage, la réparation d'un muret, le récurage du puits. Les jours où il n'y a vraiment rien à faire, il se lève un peu plus tard, fait un tour rapide dans les vergers, puis, vers le milieu de la matinée, il remonte dans la maison, se change et va passer une heure au café qui est à Fourn el-Chebbac, sur le bord de la route de Damas. Pour l'occasion, il s'habille comme lorsqu'il était à Marsad, en gilet et cravate et avec ses chaussures de ville, sa canne et son tarbouche. Pour atteindre le café, il longe les mûreraies et les fermes, passe entre les potagers, et face à lui, à l'horizon, les montagnes sont bleues. Il a toujours l'allure un peu martiale et le regard lointain, quoique parfois il laisse sa canne danser autour de lui et devancer son pas avec gaieté. Au café, on le reçoit avec déférence et admiration parce qu'il est en même temps l'abadaye que l'on craint pour sa vindicte (il a vaincu les Bédouins, et dans les histoires colportées là-dessus il commence déjà à y avoir les exagérations inévitables) et le *monsieur* que l'on respecte pour son statut social (c'est un *fils de famille* et ça se voit à ses manières). Il s'assoit toujours à la même place et, tandis qu'on lui prépare son café, il échange quelques nouvelles avec les habitués et le patron. Puis il roule une cigarette, ce qui le démarque des autres clients, qui fument leur narguilé. Lorsqu'il a fini son café, il met une jambe sur l'autre, pose sa canne en équilibre sur son genou gauche et bavarde encore un peu avec les clients. Puis il sort et je crois qu'il revient à Ayn Chir par un autre chemin que celui de l'aller, comme pour prolonger la promenade. Et il est impossible que, soit à l'aller soit au retour, il ne passe pas le long du domaine de Curiel. De semaine en semaine, il voit certainement les transformations du terrain et l'apparition des frêles eucalyptus qui tournoient sur eux-mêmes à la moindre brise comme des femmes éplorées. Puis, au bout de la première année, il doit commencer à distinguer, à l'autre bout du domaine, la silhouette de la villa de Curiel. Mais il ne voit probablement jamais Curiel, et durant les deux premières années leurs domaines semblent destinés à vivre côte à côte comme deux royaumes qui s'ignorent. Jusqu'à la fameuse soirée où a lieu leur première rencontre.

L'histoire de cette soirée est une de celles que mon père et mes oncles m'ont le plus souvent racontées, la tenant peut-être eux-mêmes de leur père mais plus vraisemblablement de vieux fermiers qui vécurent l'événement ou qui l'entendirent raconter. Mettons que tout commence lorsque, un matin, un cavalier inconnu dans la région se présente au bas des escaliers de la maison de Wakim, met pied à terre, monte jusqu'au perron et demande à parler à *monsieur* Nassar. Lorsqu'il est en sa présence, il lui annonce qu'Émile Curiel l'invite à un dîner le mardi suivant. Le même cavalier va ensuite de ferme en ferme et invite tout ce qui compte à Ayn Chir,

à Fourn el-Chebbac et Kfarchima. Le soir, durant la
veillée chez Wakim, il n'est évidemment question que
de ça, et surtout de ce cavalier qui appelle tout le monde
monsieur. On en reparle durant les jours suivants et on
ne cessera pas d'en parler jusqu'au fameux mardi car je
ne suis pas sûr que les fermiers de Ayn Chir aient eu à
ce moment-là souvent l'occasion d'être invités à dîner.
Sortir le soir n'est déjà pas en soi une mince affaire et
certains se demandent s'il faut prendre son fusil. Finalement ils décident d'y aller par petits groupes, et c'est
ainsi qu'ils arrivent, vers les huit heures, devant la villa
de Curiel, que beaucoup n'ont pas encore vue de près.
Parmi ceux de Kfarchima, il y en a qui arrivent à cheval
et laissent leur monture à un palefrenier. Ils gravissent
ensuite les marches qui mènent au perron et entrent les
uns après les autres dans la maison illuminée. La plupart des fermiers ont mis leurs habits du dimanche ou
des mariages, un seroual bien repassé, un gilet neuf et
des chaussures plates, une tenue qu'il leur fait drôle de
porter le soir. Et puis il y a les notables, qui se sont
enroulés dans des caftans somptueux ou des abayas
soyeuses et rares. Mais tous ont le tarbouche, la plupart
la moustache bien peaufinée, et le regard de chacun est
fier et refuse de s'en laisser imposer par la villa de
Curiel. Celui-ci les reçoit un par un dès le vestibule,
dont la petite colonnade imite le vestibule des palais de
la bourgeoisie beyrouthine. Il porte un costume bleu
nuit et une magnifique lavallière et convie ses invités
les uns après les autres dans le salon *arabe*. Les fermiers de Ayn Chir, de Fourn el-Chebbac et de Kfarchima vont s'asseoir sur les divans qui font le tour de la
pièce et on apporte son narguilé à chacun. Bientôt, le
brouhaha des conversations couvre le borborygme de
l'eau dans les tuyaux et celui du bassin central. On sert
les premiers plats tandis que des convives retardataires

arrivent encore. Par l'intermédiaire d'un traducteur, Curiel converse avec un fermier de Fourn el-Chebbac (assis à sa gauche) et Michel Farhat, un riche fermier de Kfarchima en grand caftan (assis à sa droite). De temps à autre, il se régale du spectacle de ses invités, qui rient et parlent fort en tendant les mains vers les tables basses dressées devant eux et où sont servis les brochettes de veau aux oignons, le poulet aux amandes et les cervelles de bœuf au citron. À cet instant il se sent comme un prince oriental ou un roi antique donnant un banquet, même si en l'occurrence ses invités ne sont ni des satrapes ni des gouverneurs de provinces lointaines, mais des fermiers et des éleveurs de vers à soie. Bientôt, l'arak commence à faire son effet. Un fermier de Ayn Chir lève le premier son verre et boit à la santé de Curiel en composant un petit zajal pour exalter la blancheur miraculeuse de la boisson. Un autre convive l'imite, puis un troisième, et chacun y va bientôt de son couplet, qui débute invariablement par « *Ya* Curiel ! *Ya* Émile ! ». Curiel se fait traduire les mots essentiels de chaque poème, attend qu'un sizain de plus soit passé et répond à son tour, en français et en improvisant un petit poème adroitement scandé. Lorsque le traducteur a fini de traduire, une clameur s'élève, les fermiers sont contents, on trinque de loin en riant, on se congratule d'avoir un nouveau voisin si habile et l'atmosphère se réchauffe. Les zajals, qui se succèdent sans répit, se mettent à chanter l'agneau farci dont les parts circulent sans relâche, les saucisses aux pignons et les truffes à l'ail. Après avoir tout écouté, Curiel se lève à nouveau et répond avec un sourire malicieux par ces quelques vers improvisés :

– Les curieux et les gourmands / forment une même espèce / là où il y a à apprendre / on voit arriver les premiers / là où il y a à apprécier / on voit arriver les

seconds / sur le monde qu'ils ont compris / les premiers
font des traités / sur les saveurs qu'ils ont goûtées /
les seconds font des poèmes / les premiers sont des
savants / vous, vous êtes des poètes / mangez, messieurs,
mangez donc / pour que d'ici à demain / de quelques
poèmes nouveaux / la Poésie soit enrichie.

Lorsqu'il se tait, un silence attentif se fait dans le
salon. Tous les invités ont l'oreille et le regard suspendus à la bouche du traducteur. Mais quand ce dernier a
terminé, au lieu de la clameur approbatrice de tout à
l'heure, le silence se prolonge, et devient de glace.
Curiel ne comprend pas, croit que la traduction n'est
pas achevée, puis il s'inquiète et demeure les yeux rivés
aux lèvres de son interprète, qui vient de se rasseoir.

Selon mon père, c'est ce mot de *gourmand* qui brisa
net la soirée et causa l'incident diplomatique qui faillit
brouiller à jamais Émile Curiel et ses voisins, les fermiers de Ayn Chir, de Kfarchima et de Fourn el-Chebbac. J'ai néanmoins toujours eu du mal à croire que les
choses aient pu s'envenimer et les fermiers prendre la
mouche pour un tel mot, et chaque fois que mon père
reprenait cette histoire en riant il me trouvait un peu
dubitatif. Mais, en fait, il devait avoir raison, car dans
l'arabe du pays *gourmand* possède des connotations
particulières qui lui donnent un sens proche de celui de
goinfre et de *pique-assiette*. Toute l'affaire viendrait
alors d'une mauvaise appréciation du poids et du sens si
fragile des mots de la part du drogman, un jeune homme
qui est en train de faire ses classes et n'a pas encore
l'habitude des subtilités du lexique. Dès le moment où il
prononce le mot fatal et mal choisi par quoi il traduit
gourmand, les fermiers de Ayn Chir, de Kfarchima et
de Fourn el-Chebbac, susceptibles et sourcilleux sur les
questions d'hospitalité et de traditions de table, ne veu-

lent plus entendre dans le zajal que ce terme malencontreux et se refusent à considérer le sens de tout le reste. L'instant de stupéfaction passé, durant lequel ils se consultent du regard, l'air offusqué, les principaux notables enroulent l'un après l'autre le tuyau de leur narguilé et posent leur verre d'arak. Les murmures s'amplifient autour de Curiel, qui attend des explications de son drogman. Mais celui-ci hausse les sourcils d'un air impuissant. Puis, après un temps de flottement et de silence, deux notables de Kfarchima se lèvent dignement, rajustent leur caftan sur leurs épaules et sortent sans un regard pour Émile Curiel. Aussitôt, une grosse rumeur s'élève, les autres fermiers commencent aussi à se lever. À ce moment, Curiel s'est déjà redressé et se précipite au milieu du salon pour les retenir à coups de « messieurs, voyons, que se passe-t-il ? » ou de « messieurs, je vous en prie, messieurs ». Puis il se tourne vers son traducteur, qu'il foudroie du regard. Celui-ci se lève à son tour et tente enfin une explication, une exégèse du poème pour en démontrer le sens et prouver qu'il ne contenait aucune offense. Mais les fermiers, les uns après les autres, passent près de Curiel sans le regarder et se dirigent vers la porte. Quelques-uns, parmi les plus modestes, lui disent quand même un mot d'adieu puis sortent comme les autres. En trois minutes, et comme dans un mauvais rêve, Curiel atterré voit sa soirée tourner au désastre. Son drogman, près de lui, impuissant, cherche à mesurer sa part de responsabilité dans tout ça. Les serviteurs, qui se sont tous attroupés et ont vu défiler les invités mécontents, demeurent aussi figés de stupeur que leur maître et n'osent prononcer une parole. Et lorsque tout ceci s'achève il ne reste dans la pièce que Wakim Nassar, assis sur le divan du côté sud. Il a, devant le spectacle de tout ce qui vient de se passer, un petit air amusé qui donne à sa moustache de colonel des lanciers du Bengale un imperceptible déhanchement du côté gauche. Appuyé d'une épaule à la boiserie, il tient un genou dans ses paumes croisées.

– Monsieur, lui dit Émile Curiel en allant vers lui, je vous remercie d'être resté. Mais pourriez-vous m'expliquer ce qui s'est passé ?

Wakim, qui, je présume, a fait sa scolarité à l'école des Trois Docteurs ou chez les Frères des écoles chrétiennes, possède certainement quelques mots de français et d'italien, voire de russe. En tout cas, il comprend ce que Curiel lui dit.

– Vous les avez vexés, monsieur Curiel, répond-il, aussitôt relayé par le traducteur.

Curiel s'assoit dans un fauteuil pour écouter les explications de Wakim, et lorsque le traducteur a achevé il reste un moment silencieux, les mains posées en cornet contre sa bouche.

– Vous n'avez pourtant pas l'air vexé, pour votre part, dit-il finalement en regardant Wakim avec curiosité.

Wakim répond d'une moue légère qui signifie que tout ceci n'a pas grande importance.

– Ne vous inquiétez pas, dit-il, ils se calmeront. Ils se devaient de marquer leur mécontentement. C'est fait. Maintenant, il faut attendre un peu et les choses s'arrangeront d'elles-mêmes.

– Je ne suis pas inquiet, répond Curiel. Je trouve seulement dommage que cela ait pris cette tournure. Et par ma faute. Mais vous aiderez certainement à la réconciliation, vous, monsieur.

– Vous savez, je suis aussi étranger que vous ici, dit Wakim. Mais disons que je connais les humeurs des gens du pays. Cela peut effectivement servir.

Il se fait un petit silence, durant lequel Émile Curiel observe à nouveau Wakim avec intérêt.

– Il paraît que vous avez planté des orangers, dit-il enfin. Le docteur Calmette m'a parlé de vous. J'étais curieux de vous rencontrer.

– Et moi, je suis assez curieux de rencontrer vos eucalyptus, dit Wakim.

Les deux hommes rient, et dans ce dialogue il n'y a évidemment pas un mot d'authentique, mais rien ne dit que les choses ne se sont pas véritablement passées comme ça. En tout cas, c'est ainsi que je les imagine. Et j'imagine assez bien que la conversation se soit prolongée, qu'on en soit venu à parler de l'oranger et de l'eucalyptus, du mûrier et du caractère des gens de la région, tout cela au milieu des lambris et des boiseries du salon, dans un décor de fête brutalement suspendue, entre les tables encombrées de reliefs et de plats chargés de mets intouchés. Au bout d'un certain temps, Curiel se lève et revient avec deux cigares que le consul de France a accepté de lui faire acheminer par la malle officielle. Les deux hommes les allument aux charbons encore vifs d'un brasero à narguilé, tandis que les serviteurs commencent à mettre de l'ordre dans le salon.

– Je vous félicite pour vos zajals, dit Wakim en soufflant la fumée de son cigare. On aurait dit que vous avez fait ça toute votre vie.

– J'en avais déjà entendu dans les dîners, à Beyrouth. Le rythme m'a trotté dans la tête pendant des jours entiers. Et comme j'ai composé des églogues et des épigrammes quand j'étais en France, ça a été facile. Mais il faudrait sans doute que j'apprenne mieux le sens qu'ont les mots ici avant de recommencer.

– Ne vous en faites pas, dit Wakim. Je vous le répète, tout s'arrangera. Laissez un peu le temps travailler. Et en attendant, venez demain voir mes orangers.

Ainsi est peut-être née l'amitié entre Wakim Nassar et Émile Curiel, aux premiers temps de leur installation respective dans la région. Dès le lendemain, Curiel se présente à cheval (avec un autre drogman) devant la maison de Wakim, et les deux hommes vont ensuite faire la tournée des vergers. Le jour suivant, c'est Wakim qui se rend chez Curiel, et les deux hommes se promènent dans les tendres bois d'eucalyptus, au milieu de centaines de petits arbres dégingandés qui, au moindre souffle d'air, froufroutent et font de grands gestes comme pour dire des choses qui ne viennent pas. Après quoi ils entrent prendre une liqueur dans le salon européen d'Eucalypta, en discutant des affaires d'Orient. Par la suite, ils refont cela souvent. En allant au café sur le bord de la route de Damas, Wakim fait un détour pour voir Curiel. Il le rejoint au milieu de ses arbres et de temps à autre, lorsque Curiel est libre, les deux hommes vont ensemble au café. Et quand je dis qu'ils vont ensemble, cela veut aussi dire qu'ils se sentent bien l'un avec l'autre, ils ont le même âge, ils sont tous deux un peu étranger à la région et s'occupent, chacun de son côté, de cultures et d'espèces nouvelles qui vont tôt ou tard modifier la physionomie du pays. Lorsqu'ils entrent dans le café du bord de la route de Damas, Wakim avec sa canne et Curiel avec sa lavallière et tous les deux avec leurs chaussures de ville, les habitués se lèvent à moitié, les garçons s'affairent à coups de *khwéja* à l'adresse de Wakim et de *missio* à celle de Curiel. Curiel commande un narguilé et Wakim un simple café pour aller avec sa cigarette, et tout en regardant passer les fiacres sur la route de Damas ils se racontent un tas d'histoires. Curiel parle de Provence, d'Algérie et d'orangers, Wakim de Marsad, de samsara et probablement aussi de la rixe qui l'a fait fuir son quartier natal et dont je ne sais rien. Chacun parle dans sa langue, en utilisant parfois des mots de celle de l'autre, qui écoute avec attention, sourcils froncés, concentré, déchiffrant sur les lèvres de son interlocuteur les mots un à un, se repérant tant bien que mal dans les méandres de la grammaire et de la syntaxe, naviguant à vue grâce aux mots les plus familiers, devinant le reste. À moins que ce ne soit le contraire, que chacun parle dans la langue de l'autre, construisant laborieusement ses phrases, tâtonnant impatiemment pour devancer l'aide qu'il sent sur le point de venir de la part de son interlocuteur. Parfois, c'est avec les autres clients qu'ils bavardent et c'est Wakim qui fait alors l'interprète pour Curiel, et lorsqu'ils se lèvent, au bout d'une heure, et que tous les clients à nouveau saluent avec déférence le *khwéja* et le *missio*, Curiel rappelle à Wakim qu'il l'a chargé de sa réconciliation avec les fermiers de la région et qu'il attend toujours. Chaque fois, Wakim fait une moue ou hausse les épaules comme si tout cela n'avait aucune espèce d'importance et répond avec nonchalance que les choses s'arrangeront d'elles-mêmes mais qu'il y faut un peu de patience. En fait, il sait parfaitement que les choses vont s'arranger. Il sait que les fermiers de Ayn Chir et de Kfarchima ne peuvent rester fâchés longtemps avec un homme qui reçoit chez lui le docteur Calmette, le consul de France et les grands notables locaux, Ibrahim B., Thérèse de F. et le drogman du consulat d'Autriche (c'est à ce moment d'ailleurs que Wakim commence à les voir, ces gens-là, que Thérèse de F. commence à lui faire des allusions équivoques et que Habib Fayyad devient son conseiller boursier). Aussi, chaque fois que Curiel lui reparle de l'affaire, il hausse les épaules et répète avec distraction qu'il suffit d'attendre un peu. Car il remarque de jour en jour les signes lents mais irréversibles du changement dans l'attitude des fermiers. Au commencement, lorsqu'il est question de Curiel devant eux, ils ont une réaction de froideur et de dédain. Ce sont par exemple, pendant les soirées, de fines remarques du genre : « Si, lorsqu'il est chez Ohannès pacha, il chante aussi des zajals, on l'expulsera du pays », à quoi la réponse est évidemment : « À moins qu'il ne traite le gouverneur de gourmand. Pour une fois, il aurait raison », et là tout le monde rit de la double allusion – à Curiel et à la corruption du gouverneur – et l'eau dans les narguilés roucoule de plus belle. Puis l'ironie cesse progressivement, et si le coupé d'Alfred Sursock vient à passer un matin, ou la calèche d'un ministre du gouvernorat, et que quelqu'un, par exemple Baclini, le soir, ou à la sortie de la messe de Saint-Michel, dit : « Ils vont écouter des zajals », Malkoun ou Rached le reprennent avec humeur : « Oh, ça va ! Ça arrive, de commettre une gaffe, on ne va pas en parler pendant cent ans », à quoi Wakim ajoute, histoire de faire avancer les choses dans la bonne direction : « Mais bien sûr. Et puis c'était une affaire de traduction. Je vous l'ai dit cent fois. » Et s'il reste encore des fortes têtes qui n'en démordent pas, les mois qui passent voient un lent et inéluctable renversement s'opérer, si bien que lorsqu'un fermier revenant de Fourn el-Chebbac annonce : « Le Français a reçu Mansour Eddé ce matin », on ne fait plus aussitôt des plaisanteries sur sa maladresse ou sa poésie, on prend la chose au sérieux et on en rajoute : « Et hier, il y avait Nicolas Chéhadé. » Mais il demeure une hésitation à laisser entendre qu'on en a fini avec la rancœur, l'usage assez péjoratif de l'appellation « le Français » en est la preuve évidente. Et puis un jour cette façon de nommer Curiel tombe, comme un fruit qui a mûri sans qu'on s'en aperçoive. On ne dit plus : « J'ai vu le Français sortir de sa forêt », mais : « J'ai croisé Émile Curiel devant sa propriété », après quoi on n'a plus de scrupule à avouer : « J'ai croisé Émile Curiel. Il est venu vers moi pour me serrer la main. » Et dans cet aveu il y a maintenant un brin de fierté, jusqu'au jour où, à un « Émile Curiel m'a fait un grand signe de la main en passant tout à l'heure sur la route », répond un « Oui, c'est finalement un homme bien, ce Curiel ». Ce jour-là, Wakim considère que l'affaire est dans le sac. Mais il attend encore un peu. Enfin, un matin, il débouche à cheval devant la villa Eucalypta, met pied à terre, entre dans le salon où Curiel, assis à sa table, rédige son courrier.

– Curiel, lève-toi et va t'habiller. Nous avons une visite de condoléances chez Michel Farhat, à Kfarchima. Il vient de perdre sa mère.

Wakim a parlé en arabe, mais Curiel a compris. Il pose sa plume et se lève.

– Donc, ça y est. On va faire la paix ?

– Oui, les choses sont mûres.

Deux heures plus tard, les deux amis entrent dans la salle principale de la maison de Michel Farhat, le long des quatre côtés de laquelle plusieurs dizaines d'hommes, pour la plupart des fermiers de la région, sont assis en rang sur des chaises. À l'instant où Wakim et Curiel apparaissent, la rumeur des conversations chuchotées s'interrompt brusquement et c'est dans un silence complet que Wakim marche vers Michel Farhat, poussant imperceptiblement devant lui Émile Curiel, pour qui c'est la première visite de condoléances en Orient. Michel Farhat s'est levé, et au moment où Curiel lui tend la main, puis le serre dans ses bras comme Wakim le lui a recommandé, les trente fermiers, solennels, se lèvent à leur tour, et c'est le début de la réconciliation, qui est scellée le dimanche suivant à l'occasion de la messe. Sur le parvis de Saint-Michel de Ayn Chir, Curiel serre la main de tous ceux qu'il n'a pas vus chez Farhat, fait un brin de causette avec le curé, après quoi il est invité à s'asseoir au premier rang pour l'office, au milieu des principaux notables de la région, dont Wakim Nassar qui, pendant la messe, songe à tout à fait autre chose. Car toute cette histoire de Curiel et des fermiers de Ayn Chir, cette nouvelle amitié avec le propriétaire d'Eucalypta, tout cela ne l'a pas occupé entièrement pendant deux ans. Il y a eu aussi le travail sur la plantation, l'arrosage tous les mois, le défrichage annuel, avec ses légions d'ouvriers qu'il faut recruter, contrôler, et puis payer, ce qui finit par poser le problème des fonds qui s'amenuisent, que seule permet d'affronter avec optimisme la croissance lente mais sûre des arbres. Wakim ne les quitte pas des yeux, palpant leurs feuilles, vérifiant leurs tiges, en quête du premier signe d'un bourgeonnement, jusqu'à ce que, au printemps de la troisième année, le miracle se produise enfin. Une nuit qu'il rentre à pied d'une veillée chez Tanios Rached, chaussé de ses bottes de cavalier, un revolver dans la ceinture, et qu'il traverse l'allée qui mène au bas de l'escalier de la maison, Wakim le perçoit. Le parfum des fleurs. À peine une touche, une simple allusion, mais que ses narines en alerte captent avec assurance. Il s'arrête, regarde la nuit, les massifs sombres des arbres qui ne sont pour l'instant pas plus hauts que lui. Il ne bouge pas, comme lorsqu'on est aux aguets pour surprendre une hyène. Et il respire profondément. Mais il ne le sent plus. Il fait un pas ou deux, prudemment, comme si l'odeur pouvait être effarouchée par le mouvement de l'homme. Puis il s'arrête, tout son corps concentré pour interpréter les sensations que ses narines lui transmettent. Mais il ne sent que l'odeur de la terre, des feuilles, des tiges, l'odeur de la nuit et de l'air un peu humide qui vient de la mer. Il reprend sa marche et n'a pas fait trois pas qu'une imperceptible brise se lève, comme si elle lui parlait, comme si elle cherchait à le retenir, à la manière d'un enfant joueur qui se démasque lorsque vous feignez de cesser de vouloir découvrir sa cachette, et il sent à nouveau le parfum des fleurs. Il le sent, respire profondément, et même si, à la deuxième inspiration, il n'y a plus rien, il est sûr maintenant que ça y est. Il avance à grands pas vers l'escalier de la maison, monte les marches avec allégresse, et lorsqu'il arrive en haut, devant la porte, la brise se lève une fois de plus et une fois encore il sent le parfum. Le lendemain, à l'aube, avant même l'arrivée de Gérios, il se promène entre les arbres à la recherche des premières fleurs. Mais il n'en trouve pas une seule. Pourtant, le soir, et tous les autres soirs, le parfum est là, fugace, rare, précieux, levé par la brise, le surprenant juste au moment où il renonce à le sentir. Et un soir, alors que quelques fermiers qui veillaient chez lui sont sur le perron et s'apprêtent à partir, l'odeur suave et douce s'impose à chacun indubitablement, non pas passagère, libérée soudain par un petit vent, mais bien là, présente dans l'air de la nuit comme si elle en était l'essence même. Le lendemain de ce jour, Wakim découvre les premières fleurs, cachées derrière les feuilles encore jeunes et qui dansent dans la brise matinale. Sélim et Gérios en découvrent d'autres, il y en a bientôt à tous les coins des vergers, et au bout d'une semaine la plantation paraît comme enneigée à perte de vue en plein milieu du printemps.

6

Un dounoum porte idéalement environ vingt-cinq orangers et l'oranger donne environ vingt paniers de vingt kilos par an à son plein rendement. Autrement dit, les mille deux cent cinquante arbres des cinquante dounoums de Wakim Nassar ont dû donner, à leur apogée, pas loin de cinq cents tonnes d'oranges, ce qui devait faire pas mal d'argent et justifier les énormes dépenses à venir de mon grand-père. Mais au commencement les choses sont généralement moins fastes. Il y a moins d'arbres et, surtout, ils sont encore jeunes. C'est-à-dire qu'ils ne donnent encore que trois à quatre paniers chacun, le rendement doublant chaque année jusqu'à la maturité de l'arbre. En tout cas, dès le commencement, ce sont des grossistes musulmans qui viennent visiter les vergers, qui achètent la récolte et qui ne cesseront plus de l'acheter jusqu'au seuil de la Grande Guerre, aux temps de Sabri bey et de Amer bey, les maîtres tout-puissants des halles de Beyrouth, dont l'histoire est à venir. Et il faut croire que, dès le commencement, les grossistes musulmans paient cher. L'orange vaut de l'or, c'est certain, sinon comment aurait-on abouti si vite – car cela vint très vite, tous les comptes et les décomptes le disent –, comment aurait-on abouti si vite à la Grande Maison, à l'enlèvement d'Hélène, au mariage et à ce

97

train de vie des Nassar qui, dès le premier enfant, fut celui d'une famille de grands bourgeois et de propriétaires terriens ? Les grossistes musulmans paient donc cher – et sans doute un peu plus cher chaque année, car la production augmente et n'atteindra son plein rendement qu'aux alentours de 1905 ou 1906 – et, grâce à cela, les vieux rêves et les désirs restés des années en friche sont convoqués et d'un geste assouvis. On règle les dernières dettes, on creuse un nouveau puits, certes, mais surtout on achète des cravates françaises, des fusils de chasse américains, des chevaux alezans roux, et puis, finalement, on passe aux choses sérieuses et on décide de donner aux Nassar une demeure digne de leur vieux nom.

Si nul n'est plus capable de dire aujourd'hui à quel moment au juste fut bâtie la Grande Maison, la demeure familiale autour de quoi la vie du clan s'organisa pendant cent ans, en revanche les abracadabrantes péripéties par lesquelles son édification passa sont demeurées vivaces dans les mémoires. Leur souvenir fut d'ailleurs conservé et transmis non seulement par la descendance de Wakim mais aussi par celle des fermiers de Ayn Chir. Imaginons pour commencer que trente orangers sont transplantés pour faire de la place. Imaginons aussi trois ou quatre maîtres maçons en seroual qui viennent prendre des mesures et discuter d'argent et de matériaux, des maîtres maçons dont l'histoire n'a pas retenu le nom, on verra pourquoi. Imaginons ensuite Wakim et son frère, en chemise et bottes, debout en haut des escaliers de la Petite Maison et qui, de là, font de grands gestes en discutant, tracent des lignes abstraites au-dessus des vergers et réfléchissent en se frottant l'oreille comme deux généraux avant une bataille. Imaginons encore que la maison à venir prend forme dans la tête de

Wakim au cours de ses promenades quotidiennes, lorsqu'il va chez Curiel puis au café du bord de la route de
Damas, des promenades durant lesquelles il a des pensées très larges, où il est fier de participer au train du
monde et où il voit des acrotères somptueux dans le
soleil et de grands vestibules frais ouvrant sur des terrasses sonores. En arrivant chez Curiel, il s'arrête
devant la façade de la villa Eucalypta, dont il détaille
les tourelles bizarres, les arcades moresques zigzagantes
qui sont aux arcs arabes ou vénitiens ce qu'un rictus est
à un sourire. Puis il hausse les épaules en marmonnant,
se remet en marche et, lorsqu'il entre, Curiel sait qu'il
va passer son temps à observer le marbre du sol, à scruter discrètement les moulures du plafond, à mesurer les
dimensions de la pièce, et il le laisse faire en riant. Imaginons donc tout cela, mais imaginons surtout le grand
chantier qui commence bientôt, à trente mètres de la
Petite Maison, et qui est sans doute comme tous les
chantiers du monde à ce moment, un parking à mulets et
à charrettes, avec partout des tas de sable et de mortier,
des baraquements d'ouvriers, un dépôt de pierres que
les maçons viennent tailler sur place, bref, un chaos
d'où finit néanmoins par sortir et monter de mois en
mois un échafaudage de plus en plus imposant qui
accompagne l'élévation et le développement des diffé-
rents volumes de la maison à venir. Au bout de trois
mois, Wakim commande la ferronnerie pour les bal-
cons, les boiseries pour les fenêtres, le marbre pour le
sol, et, dans l'histoire de la famille Nassar, les lieux de
provenance de ces matériaux se sont transmis de génération en génération comme un héritage et sont devenus
des mots familiers dans le langage des membres du
clan, des éléments de son patrimoine. Ainsi, j'ai toujours su, comme si cela m'avait été transmis en même
temps que les premiers mots de mon lexique d'enfant,

que les ferronneries de la Grande Maison, dans laquelle je n'ai vécu pourtant que les cinq premières années de ma vie, vinrent de chez Dutilleux, à Lyon, le marbre de Carrare et les tuiles du toit de chez Masse Frères, à Marseille. J'ai plaisir à imaginer tous ces matériaux entreposés sur les quais du port de Gênes, flairés par les grandes rasades de mistral sur celui de Marseille ou passant à fond de cale au large du Stromboli qui brasille dans la nuit. Lorsqu'ils arrivent enfin à Beyrouth, qu'ils remontent du port à dos de mulets à travers les venelles de la ville, puis par la route de Damas jusqu'à Fourn el-Chebbac et de là jusqu'à Ayn Chir, la maison a encore poussé, elle est maintenant enclose dans un énorme carcan de poutres et d'échafaudages qui protège sa croissance en dissimulant aux yeux des mortels la gestation de sa miraculeuse beauté, comme la perle dans l'huître. Les soirées dans les fermes de Ayn Chir finissent par en être hantées, les discours admiratifs vont bon train, et cela dure encore au moins quatre mois, jusqu'au jour tant attendu où les premiers écha-faudages sont enlevés. La maison apparaît alors, mais lentement, très lentement, si bien que ce sont le toit en tuiles, puis la corniche, puis les fenêtres, puis le balcon, puis l'escalier et sa rampe jusqu'au pied de la maison qui se découvrent successivement comme une femme qu'on déshabille. Sa stature imposante arrache des sou-pirs de satisfaction aux maîtres maçons et à leurs aides, aux charpentiers et à tous les fermiers de Ayn Chir qui viennent la regarder de près. Wakim lui-même paraît satisfait, il reçoit les félicitations de ses voisins, il accueille Curiel, avec qui il fait un tour dans la demeure qui n'est encore qu'une coquille vide, et tout semble aller bien jusqu'au moment où le mécanisme dévasta-teur se déclenche dans sa tête. Tout commence assuré-ment par une terrible constatation. Elle ne s'impose pas brutalement, mais lentement, progressivement, comme un doute qui devient petit à petit une affreuse certitude. Ainsi, tel un romancier qui, se croyant satisfait des dernières pages qu'il vient d'écrire, s'aperçoit en se relisant qu'elles ne sont pas ce qu'il voulait ni ce qu'il croyait et prend conscience avec effroi qu'elles sont même franchement mauvaises, qu'à la relecture leur rythme est embarrassé, les phrases sans ampleur et les tournures sans saveur, Wakim découvre petit à petit que la maison ne lui plaît guère, qu'elle ne lui procure aucune espèce de joie ou d'émotion, ou de fierté, mais plutôt un vague sentiment de morosité. Il retrouve alors son air lointain et pensif, son regard qui toise le monde et les êtres par leur crête en donnant sans arrêt l'impression qu'il observe quelque chose derrière vous. Au café, il est distrait, on évite de le déranger, et lorsqu'il s'en va il salue avec distance et comme s'il ne connaissait personne. Le soir, à la veillée, il répond évasivement aux questions qu'on lui pose, et quand on lui demande si tout va bien il fait passer sa lèvre inférieure sur sa lèvre supérieure en une moue qui signifie qu'il ne sait rien de rien. Ce n'est que lorsqu'il est en vue de la maison, l'examinant depuis la route ou depuis l'autre côté des vergers, lui tournant autour en silence, observant chaque élément séparément, ce n'est que dans ces moments qu'il perd son air distrait pour retrouver un air concentré à l'extrême, absorbé et violemment pensif, et petit à petit, progressivement, il comprend tout ce qui lui déplaît dans sa nouvelle demeure, les fenêtres vénitiennes à la courbure trop lourde, tombant comme des sourcils tristes, l'étroitesse de l'espace entre le haut des fenêtres et la corniche, qui donne à la maison un aspect buté, le toit à la pente trop faible qui lui fait un front fuyant. Quand il a fait le point en lui-même, il convoque les maîtres maçons qui préparent déjà le travail à l'intérieur et leur explique qu'il veut transformer la façade et le dessin des fenêtres. Puis il convoque le maître charpentier et lui annonce qu'il veut pour le toit une pente plus raide, plus aérienne. Les quatre hommes protestent, s'expliquent, parlent tous en même temps, justifient leur travail, essaient de raisonner leur employeur, puis avouent que tout ceci est quasi impossible à réaliser, sauf à refaire toute la maison. Et Wakim Nassar, impassible, répond alors simplement :

– C'est d'accord. Détruisez-la. On la refait toute.

On peut évidemment se demander si cet épisode célèbre dans l'histoire du clan et de la région ne fut pas soumis à ce processus d'amplification lyrique et d'exagération que les mythologues décèlent toujours dans la genèse des grandes légendes. Je crois cependant qu'il n'en est rien. Car lorsque je commençai à m'intéresser de très près à l'histoire de Wakim Nassar et à me poser la question de savoir si, à la base de ce mythe intangible de la destruction et de la reconstruction de la Grande Maison, il n'y avait pas une simple affaire de retouches de certains détails, de reconstruction d'un chambranle, d'un pan de mur, d'un bout de toiture, retouches qui seraient devenues, dans l'imaginaire des hommes de la région et dans la retransmission orale des faits, une reconstruction de fond en comble, et que j'en tins deux mots à mon père, celui-ci m'affirma que non seulement Wakim avait fait détruire jusqu'à ses fondations la première maison, mais qu'il avait pris lui-même en charge sa reconstruction. Tout en parlant, il m'indiqua sans se lever de son canapé le tableau qu'avait fait de la maison un peintre russe blanc dans les années 1950 et qui était accroché sur le mur en face de lui, de l'autre côté du salon où il avait coutume de passer ses journées à battre ses cartes. Et tout en me l'indiquant, comme si je ne l'avais jamais remarqué, il m'expliqua que son père avait retourné la maison comme un jouet et l'avait reconstruite avec la façade regardant du côté de la Forêt de Pins et de Beyrouth alors que dans la première version elle regardait du côté des montagnes. Et il fit des doigts le geste de faire pivoter un cube sur lui-même. Cet étrange détail, qu'il ne me raconta qu'une seule et unique fois, surgit comme dans un éclair de lucidité du tréfonds de sa mémoire, et sa soudaineté éblouissante conforta ma foi en l'histoire de la reconstruction de la maison, car j'avais pris l'habitude de croire davantage les souvenirs anciens qui affluaient brutalement à son esprit avant d'en disparaître, et qui avaient ainsi une pureté et une authenticité fortes, que ceux qui se rapportaient à des événements plus récents, que je soupçonnais de porter les traces de ses préoccupations du moment. Je tins donc définitivement l'épisode pour avéré : une fois la décision prise et la chose annoncée, Wakim fait commencer le travail de déconstruction de la maison, sous les yeux incrédules des deux maîtres d'œuvre, des fermiers de Ayn Chir et des passants sur la route. Depuis son toit, Baclini reste coi, et durant les veillées dans les fermes on évoque une fêlure dans le cerveau de Wakim. Au bout du troisième jour, les deux maîtres d'œuvre abandonnent le chantier. Mais cela n'empêche pas Wakim de persévérer et la maison de se défaire par le haut, le toit d'abord, dont on redescend les tuiles avec autant de soin que si l'on faisait l'inventaire d'un magasin de porcelaine de Limoges, puis les murs supérieurs, puis les fenêtres, puis tout le reste de l'édifice, avec l'escalier et le balcon central, dont les ferronneries sont désenchâssées avec mille précautions. Au bout de quarante jours, les fermiers chiites, les Bédouins dont les tentes se dressent prudemment du côté de l'ouest, les passants quotidiens sur la route de Sayda, qui, tous, ont vu la maison monter, puis descendre, découvrent un matin l'horizon où elle se dressait aussi vide et vierge qu'un an auparavant. Par contre, tout autour de son emplacement, il y a les pierres qui ont servi à sa construction, étalées partout selon un ordre rigoureux, et un certain nombre d'entre elles, les pierres d'angle, les bords de fenêtre, de balcon et d'escalier, sont numérotées et chiffrées. Lorsque la reconstruction s'engage, c'est Wakim, en costume militaire défraîchi, avec ses bottes de cavalier, qui dirige tout, secondé par son frère Sélim et par les contre-maîtres, qui ont leur opinion sur chaque chose : « il faudrait faire ça plutôt comme ça, *khwéja* », « ici, il faudrait plutôt mettre ça », « les maîtres maçons avaient travaillé comme ça et non comme ça ». Lui les écoute distraite-ment et fait ensuite comme il lui plaît. Il monte sur les échelles avec les ouvriers, surveille le travail depuis le sommet des murs et, une fois par jour, il fait le point chez lui, sur une table de vieux bois installée dans la pièce principale de la Petite Maison, devenue tout à coup comme un quartier général où les ouvriers, tels des soldats, viennent le voir pour prendre des ordres, salis-sant de mortier et de terre le sol et les fauteuils, laissant traîner leurs truelles et leurs marteaux partout, oubliant une fois sur deux leur calotte sur la table où ils l'ont posée pour être plus à l'aise pour écouter ses consignes. Lorsque les choses n'ont pas besoin d'une étroite sur-veillance, Wakim part à cheval jusqu'à Baabda ou Kfar-chima. Au pied de maisons qui lui servent de modèle, il redessine mentalement la forme des fenêtres et les volumes des toits, l'allant des colonnes, l'arrondi des arcs et l'audace des aigrettes de pierre des acrotères, puis il revient ensuite la tête pleine de formes et de contours dont il essaie de tirer parti, comme s'il feuille-tait un cahier d'esquisses, dans les directives qu'il donne aux maçons et aux charpentiers. Au bout de quatre mois, Baclini depuis son toit, les autres fermiers, les passants sur la route, les chiites et les Bédouins, tout le monde voit à nouveau la maison s'élever au milieu des échelles et des échafaudages. Tandis que le contour des trois fenêtres, tournées vers Beyrouth, est redessiné, que les colonnettes sont remplacées par d'autres plus allongées et que le front de la maison est rehaussé, Wakim fait venir de nouveaux menuisiers pour fabriquer la broderie de bois des fenêtres et de nouveaux tailleurs de pierre à qui il fait retoucher et affiner les volutes de la corniche. Au bout de quatorze mois, l'extérieur de la maison est achevé. Avant d'enlever les échafaudages, Wakim veut aussi finir l'intérieur. On sort enfin les marbres de Carrare, puis viennent les peintres et les mouleurs qui font de sobres moulures aux plafonds et promènent si nonchalamment leurs échelles, leurs escabeaux et leurs outres à couleurs qu'il faut étaler partout des peaux pour protéger le sol nouveau. Au bout de cinq mois, le travail est complètement terminé. Pour la deuxième fois, la maison est débarrassée de ses oripeaux, progressivement découverte, lentement désemmaillotée et reparaît dans son entier. Les passants, sur la route, se demandent ce qu'il faut penser de cette deuxième version tandis que les fermiers de Ayn Chir ne voient pas la différence. « S'il a refait tout ça pour pouvoir regarder la forêt depuis les fenêtres de son salon, il est vraiment toqué », murmurent-ils. Mais lorsque Curiel arrive pour voir la chose enfin réalisée, il observe en silence le nouveau volume de la maison, dont il sent qu'elle possède maintenant l'intraduisible beauté des choses posées là dans l'évidence de leur être, puis murmure pour lui-même avec satisfaction :

– Ça, évidemment, c'est autre chose !

Bientôt, arrivent aussi des visiteurs de Marsad, et parmi les premiers il y a Halim Nassar et son fils Gebran, qui viennent sur deux beaux destriers. Quand il aperçoit de loin la maison, portant haut le fanal de ses trois fenêtres et dans laquelle on n'a pas cédé, comme dans nombre de demeures bourgeoises, à l'excès de style vénitien ou moresque, Halim Nassar est surpris d'être agréablement surpris. Mais en entrant dans la maison encore vide et dont les murs et les sols de marbre résonnent au moindre pas, il ne fait pas le moindre compliment – ce n'est pas son genre. Au contraire :

– Avec tout ce qu'il y a comme marbriers à Marsad, tu es allé chercher ton marbre à l'étranger, dit-il à son neveu, les sourcils froncés, tout en faisant quelques pas dans le grand salon. Celui d'ici ne te plaisait donc pas ?

– Juge par toi-même, mon oncle, répond Wakim, qui a décidé de rester courtois. Et dis-moi ton avis.

Halim Nassar grommelle quelque chose et les trois hommes continuent la visite. Contrairement à l'habitude, c'est alors Gebran Nassar, descendu des hauteurs d'où il se croit toujours tenu de commercer avec les hommes, qui interroge Wakim sur chaque détail de la construction, sur les matériaux utilisés, qui s'intéresse soudain à la vie de son cousin, aux oranges, qu'il tenait pour une lubie, qui demande même des nouvelles de Sélim, tout cela comme s'il avait quitté Wakim la veille. En fait, c'est dès l'instant où, découvrant la maison, il a constaté, d'un coup d'œil expert, qu'il y avait eu là pas mal d'argent dépensé que ce personnage hautain et dédaigneux change de regard et d'opinion et devient particulièrement amène avec Wakim qui n'était jusque-là qu'un parent peu recommandable. Durant toute la visite, il émaille ses questions d'expressions familières du genre « dis-moi, cousin » ou « tel que je te connais, je parie que ». Face à ce manège, Wakim demeure de glace, répondant par petites phrases laconiques et offrant aux longs regards curieux de son cousin un visage volontairement importuné et impatient. Finalement, lorsque les trois hommes sont de retour dans le grand salon, Halim jette un regard circulaire et récapitulatif autour de lui et dit à son neveu, magnanime et en homme soucieux du bien-être des membres de son clan :

– C'est bien. Tu pourras maintenant loger ta mère chez toi. Elle y sera comme une reine. La solitude doit lui peser.

Wakim rapporte bientôt ces propos à sa mère, le jour où elle vient, à son tour, visiter la maison de son fils – qu'elle appelle la maison de *mes* fils. Elle arrive avec une sœur ou une nièce, une Fernayné en tout cas. Toutes les deux sont en crinoline et en chapeau, avec leurs ombrelles, et cela, qui ne va pas avec la campagne austère et pauvre de Ayn Chir, sied par contre parfaitement à la maison. Leurs robes sont les premières à effleurer le sol de marbre qu'elles prennent garde à éviter de rayer avec le bout de leurs ombrelles. Elles se promènent partout en échangeant des considérations circonspectes. La mère, surtout, reste prudente dans l'enthousiasme. Non pas que tout cela ne lui plaise pas. Au contraire, elle est fière de tout ce qu'elle voit, elle se déplace d'une pièce à l'autre comme chez elle, méditant déjà l'emplacement d'un buffet ou la taille des tapis. Mais si elle ne laisse rien paraître, c'est parce que cela n'est pas dans ses habitudes, c'est devenu un mode d'être qu'elle partage avec les Nassar et qui a été aiguisé aussi par ses expériences amères avec les hommes. Elle feint donc de se montrer sereine, posée, les pieds sur terre, et c'est vraiment une curiosité immense qui la pousse en fin de compte à demander, mais sans ciller, continuant à marcher un pas en avant de son fils comme si, de toute façon, la réponse lui était parfaitement indifférente :

– Et comment ton oncle Halim a-t-il trouvé tout ça ?

Et lorsque Wakim lui rapporte les propos de Halim, elle s'arrête, se retourne, regarde son fils d'un air stupéfait, retient sa colère et, prenant à témoin sa cousine, sa sœur ou sa nièce, enfin la parente qui l'accompagne, elle sourit et rétorque sur un ton ironique :

– C'est ça. Il a déjà fait tous ses comptes. Il me voit déjà hors de chez moi. Ça ne m'étonne pas. Je parie qu'il a même déjà fait ses projets pour vendre ma maison. Mais je vais lui montrer combien il se trompe d'être si pressé. Non seulement il n'est pas question que je vienne habiter ici, mais il devra me sortir morte de la maison pour pouvoir se l'approprier.

Dès le lendemain, elle commence sa nouvelle guerre contre son beau-frère. Elle fait venir les peintres pour repeindre son intérieur, les maçons pour en crépir l'extérieur. Elle fait retaper ses meubles, achète un nouveau buffet et, dans le jardin, elle fait planter quatre magnifiques orangers venus de chez son fils. Halim Nassar reçoit le message mais tente de prendre sa revanche sur un autre front. Quelques mois après sa visite à son neveu, il délègue auprès de lui sa femme, accompagnée d'une cousine et sa fille. Les trois femmes arrivent en voiture à bras, en robes de soie, dentelles et petits chapeaux. La maison n'est encore presque pas meublée mais elles acceptent en riant de s'asseoir comme on campe sur trois chaises au milieu du grand salon vide. Puis la femme de Halim Nassar entraîne sa cousine pour une visite de la maison, espérant laisser Wakim et la jeune fille en tête à tête. Mais Wakim, qui a flairé le stratagème, se précipite pour conduire la visite. Le surlendemain, apprenant la nouvelle, la mère de Wakim déclare avec froideur que, de ça, il n'est nullement question, qu'aucun de ses fils n'épousera une Nassar, qu'elle s'en porte garante. Et aussitôt elle se lance dans sa dernière bataille avec son beau-frère. Toutes les semaines ou tous les mois, elle arrive, invariablement avec une parente de sa génération et une jeune fille à marier, une Fernayné d'abord, puis des parentes plus éloignées mais toujours de son côté à elle. Halim Nassar, qui entend garder son neveu au sein du clan, réplique en envoyant sa femme avec une jeune fille du clan Trad, dont la mère, qui l'accompagne forcément, est une Nassar. Puis il tente de le faire céder en lui faisant présenter une jeune beauté du clan Fayyad. La veuve ne se laisse pas abattre et riposte en amenant en visite chez son fils une alliée des Fernayné, timide et délicate et dont la mère parle haut en son nom, puis une jeune fille du clan Chéhadé, qui, durant tout le temps de la visite, se montre distante et peu loquace, comme pour bien montrer qu'elle n'a nulle envie de se marier. Au début, Wakim accepte patiemment ce petit jeu et reçoit poliment les délégations rivales dans ses salons à moitié vides. Les femmes trouvent cela très amusant. Le marbre, les moulures, les ferronneries, tout est promesse à leurs yeux que les meubles à venir ne pourront être que somptueux et à la mesure des costumes de Wakim, de plus en plus riches et impeccablement taillés. Au bout de quelques mois, Wakim finit quand même par devenir plus expéditif, recevant son monde sans plus choisir sa tenue et sans plus demander aux filles Rached de venir s'occuper du café et des gâteaux. Puis un jour, pour marquer son impatience, il reçoit sa mère et des femmes du clan Mattar dans la tenue militaire qu'il met quand il est dans les champs, en bottes et sans tarbouche. Quand elles sont assises sur les chaises, ayant déployé autour d'elles leur robe aux cent drapés et leurs volants, posé leur ombrelle et pris leur broderie, il s'excuse sous prétexte qu'il doit aller diriger un travail urgent dans les vergers et les laisse interdites en compagnie de Gérios

Nassar, qui grommelle des choses que seule la veuve, habituée depuis longtemps à cet homme qui a fréquenté son mari, parvient à comprendre. La nouvelle de ce comportement d'ours fait le tour de Marsad mais n'enraye nullement les enthousiasmes. L'aspect sombre et altier de Wakim n'est pas pour déplaire aux jeunes filles, qui se jurent toutes de le dresser, au cas où. Les visites continuent donc, une visite du clan Nassar pour deux du clan Fernayné, jusqu'au jour où Wakim met un terme à ce manège en annonçant à la face de sa mère, de ses oncles, de tout Marsad qui ne cesse plus de défiler chez lui, et à la face stupéfaite de tous les orthodoxes de Beyrouth, qu'il n'épousera ni une Nassar, ni une Fernayné, ni une Trad, ni une Fayyad, mais, scandale et consternation, une maronite du Kesrouane.

7

D'après une bribe d'histoire qui résista avec une étonnante ténacité à l'oubli ou à la défiguration, la première et décisive rencontre entre Wakim et Hélène Callas aurait eu lieu dans la maison de Michel Farhat, à Kfarchima. Quant au refus initial de Youssef Callas de donner sa fille à Wakim, qui aboutit à l'enlèvement d'Hélène, les Nassar l'imputèrent toujours au célèbre caractère du vieux Callas, qui était follement attaché à ses deux filles, qui refusa toujours de se remarier pour ne pas leur imposer la présence d'une étrangère à la maison, mais qui était si possessif avec elles qu'il mit aussi de grandes entraves à leur propre mariage. Chaque fois que j'essayais d'obtenir de mon père et de ses frères quelque renseignement sur leur grand-père Youssef Callas, ils me répondaient sans hésiter qu'il était paysan. C'était chez eux comme un automatisme dont ils usaient toujours un peu abruptement, avec l'air de se demander ce que l'on pouvait bien être d'autre, à ce moment, dans le Kesrouane. Mais j'avais conscience, une conscience confuse, que c'était là de leur part une sorte de boutade affectueuse, un irrespect attendri, comme quand on euphémise une qualité pour mieux la faire ressentir en prononçant un éloge ou comme quand ses soldats appelaient Napoléon le « petit caporal ». Car, en vérité, je crois que mon père et ses frères savaient parfaitement qu'en dépit de son apparence (ils gardaient de lui le souvenir d'un homme habillé en montagnard, en seroual et bottes hautes) leur grand-père était plutôt un propriétaire terrien, de ces hommes qui avaient bénéficié des révolutions paysannes et des réformes agraires dans la montagne au milieu du XIXe siècle. Il possédait des mûriers autour du village de Cattine, des terres à blé sur le plateau de Ghiné, et même un moulin qu'il acheta en même temps qu'une terre à noyers au fond du ouadi Ghazir, au milieu des trembles et des platanes. Qu'il fût un paysan aisé, deux témoignages l'attestent. Le premier est le très beau et très fugace souvenir que gardait un de mes oncles et dans lequel Wakim et Youssef (après leur réconciliation) vont à cheval visiter le plateau de Ghiné, poussant ensuite jusqu'à la source qui est au pied du jabal Moussa puis enfin vers le hameau de Machta. En y repensant longtemps après, je me dis que de tels trajets à cheval en ce temps-là ne pouvaient être que le fait d'hommes riches, le mulet demeurant de loin le moyen de locomotion le plus fréquent chez les paysans et les chevriers dans ces montagnes aux sentiers tortueux et abrupts. Le second témoignage est ce que me dit un montagnard qui me faisait goûter les raisins d'une treille montée, un jour que je me trouvais moi-même à cette source au pied du jabal Moussa. Apprenant qui j'étais, il me raconta que les Callas possédaient jadis des terres affermées dans les environs de Machta, que pendant des lustres le montant du fermage n'avait pas été réclamé et que finalement la terre avait été vendue au fermier. Bref, Youssef Callas est sans doute un homme qui peut rendre ses filles heureuses au quotidien, et il le fait, mais il ne pense pas à leur avenir. Il ne pense qu'au sien, et c'est à cause de cet égoïsme assez monstrueux que la sœur d'Hélène dut attendre cinq ans avant que son père finisse par accepter de la donner à l'homme qui voulait l'épouser, parce que avec lui elle allait habiter Jezzine et que Jezzine, c'était trop loin de Cattine. Hélène faillit subir un sort encore plus funeste parce que c'était sa préférée et qu'il y tenait, me répéta souvent mon père, plus qu'à la prunelle de ses yeux. Et, d'une certaine manière, il n'avait pas tort, Youssef Callas. Ce qui me permet de le dire, c'est la photo de mariage de mes grands-parents, une photo que j'ai très souvent et très longuement détaillée pour essayer de dégager de l'apparence générale des deux époux quelques traits de leur caractère. Hélène est dans une robe ample qui ne permet pas de décider des lignes de son corps. Mais c'est son air qui est intéressant. Debout près de son mari, un bras passé sous le sien et une main gantée posée sur son avant-bras, un voile léger sur les cheveux, elle a une petite expression matoise et, dans le regard, quelque chose comme une imperceptible préparation à un renversement d'attitude, un passage de l'air sérieux propre à ce genre de photo à un air de rigolade, tel un ciel qui s'apprête à changer, à passer à l'orage, ou à la lumière de l'automne, ce dont témoigne aussi un très léger sourire qui fait saillir délicieusement son menton. Tout cela est assez inaccoutumé dans ces photos de la fin du XIXe siècle, pour lesquelles on posait longuement et avec sérieux, la pose pouvant même finir par devenir fastidieuse et donner une allure empruntée ou passablement figée, comme c'est d'ailleurs le cas pour Wakim, qui a sur la photo, et malgré son extrême élégance, l'air de coq que lui confère la nécessité de fixer l'objectif sans bouger. Aussi ai-je souvent imaginé qu'au moment de la photo, prise dans la Grande Maison, Hélène s'est mise à faire des plaisanteries, ou n'a pu résister à un début de fou rire, montrant ainsi à mes yeux un esprit assez peu conventionnel et peu disposé à se laisser décontenancer par la pompe de l'événement. Et c'est donc ainsi, désinvolte comme si des giboulées passaient sans cesse dans ses yeux, que je ne cesse de me la représenter au temps de son mariage et que j'imagine qu'elle dut apparaître pour la première fois à Wakim Nassar, ce qui fit qu'il l'aima.

Lorsque je commençai à m'intéresser à l'histoire de Wakim et que je demandai à mon père ce que Hélène avait à voir avec Michel Farhat pour s'être trouvée chez lui le même jour que Wakim, il me répondit évasivement qu'il y avait entre les Callas et les Farhat une vieille parenté. Mais il refusa obstinément de faire l'effort de démêler cette parenté, que je ne compris donc jamais vraiment. Et quand je voulus savoir au juste ce qu'Hélène venait faire à Kfarchima alors que toutes les versions de son histoire confirment qu'elle habitait Cattine à ce moment-là, que Cattine n'est tout de même pas à trois pas de Kfarchima et qu'à la fin du XIXe siècle il fallait bien une journée au moins, et épuisante, pour faire le trajet, il me répondit en marmonnant que toutes ces questions excédaient ses compétences, et à cette occasion me demanda assez malicieusement si, par hasard, je n'étais pas en train d'écrire l'histoire de la famille. Je lui répondis que, pour le faire, il m'aurait fallu des détails, et celui-là entre autres. Je finis par me convaincre que c'était sans issue et me résignais à commencer d'imaginer un scénario de mon cru lorsque, un matin, nous reçûmes la visite de l'une de mes cousines. C'était une très vieille dame et, quoiqu'elle fût sa nièce, elle était plus âgée que mon père, qu'elle appelait pourtant *mon oncle*, tout ceci en vertu d'un dérèglement général des filiations et des niveaux de générations au sein de la famille qui faisait que mon père avait des nièces de dix ans plus âgées que lui et moi des cousines qui étaient déjà arrière-grand-mères. Cette nièce, qui venait rendre visite à mon père deux fois par an, n'annonçait jamais sa venue, si bien qu'elle tombait souvent aux heures invraisemblables des repas de son oncle et s'amusait à l'agacer en lui reprochant de manger si tôt. En revanche, une fois arrivée devant notre immeuble, elle se faisait précéder par son chauffeur, qui allait chercher le concierge pour s'assurer que l'ascenseur fonctionnait parfaitement bien, qu'il n'y avait pas de coupures de courant, de problèmes mécaniques ou autres malveillances susceptibles d'interrompre l'ascension de sa maîtresse vers les étages, puis venait sonner chez mon père pour vérifier que ce dernier était bien là. Mon père ne sortait quasiment plus mais le rituel était inévitable. Un bon quart d'heure après, ma très vieille cousine sortait de l'ascenseur, entourée de son chauffeur et du concierge qui la soutenaient chacun d'un côté et la faisaient précautionneusement entrer dans l'appartement, où elle pénétrait en finissant une brève conversation avec l'un ou l'énumération de consignes pour la suite de sa journée avec l'autre. Mon père, qui attendait à la porte, accompagnait lentement le petit groupe dans sa traversée du salon, et ce n'est qu'au moment où il s'était assuré qu'on avait bien déposé sa vieille nièce dans son fauteuil qu'il répondait enfin à son salut en lui reprochant de continuer à se promener comme une jeune mondaine alors qu'elle avait du mal à se tenir debout. Elle rétorquait en lui demandant pourquoi lui, qui pouvait très bien marcher, ne sortait jamais, sachant que cette remarque l'agaçait encore plus que celles sur l'heure de son repas, et leur conversation se poursuivait ainsi, à coups de piques affectueuses et de remarques pleines d'une ironie calculée. Elle était toujours très richement mise, se trémoussait dans son fauteuil, changeait sans arrêt la place de sa canne, tantôt à droite, tantôt à gauche, tantôt couchée sur le tapis, et contait des nouvelles fraîches de ses petits-enfants et arrière-petits-enfants, qui étaient aussi les arrière-arrière-petits-neveux de mon père, lequel se perdait irrémédiablement dans les généalogies, les noms, les liens de parenté et finissait par ne plus écouter que distraitement les histoires de sa trop volubile nièce. Or, ce jour que j'étais là au moment de sa visite, voulant profiter de la lucidité qu'elle avait encore, je lui demandai, un peu à tout hasard, et après l'avoir branchée sur les anecdotes du passé qu'elle se plaisait à évoquer, si elle savait pourquoi Hélène Callas, qui était finalement sa grand-mère autant que la mienne, venait chez les Farhat à l'époque qui avait précédé son mariage. Sans aucune hésitation, et comme si elle avait pensé à la chose le matin même, ou en avait parlé la veille avec son chauffeur, elle répondit qu'Hélène venait deux fois l'an à Beyrouth avec son père pour faire des achats et renouveler sa garde-robe. Et elle se tourna vers mon père pour le prendre à témoin. Mais lui, sans la regarder et comme on répond avec humeur à quelqu'un qui vous questionne maladroitement sur une affaire dont vous gardez un très mauvais souvenir – une façon habituelle qu'il avait de traiter toute personne qui cherchait à lui rappeler des histoires anciennes –, marmonna :

– Non, ma chère, j'ignorais complètement tout ça.

Quant à moi, il est inutile de dire que ce merveilleux petit détail de la vie de ma grand-mère avant son mariage me procura une émotion quasi esthétique et une jubilation semblable à celle qu'éprouve un archéologue lorsqu'il découvre un ustensile de cuisine ou une fiole à maquiller du premier millénaire avant Jésus-Christ, des objets minimes mais qui le renseignent bien davantage sur l'ambiance de l'époque reculée qu'il étudie que les récits de batailles, les mythographies ou les listes de rois. Mais ce fut tout, car sur cette affaire, et malgré sa bonne volonté, ma vieille cousine n'en savait pas plus. Et comme elle était à ce moment, avec mon père, la seule personne encore susceptible de savoir quoi que ce fût, il parut clair que j'étais une fois de plus rendu à moi-même et à la nécessité de tout inventer.

Les détails de cette première rencontre, il va donc falloir les imaginer de toutes pièces. Le nombre des histoires possibles est presque infini. Wakim et Hélène ont pu se rencontrer en petit comité, dans le salon des Farhat, un après-midi, ou un matin (elle s'assoit à ses côtés parce que le fauteuil est reposant et il engage la conversation). Cela a pu se faire dans la chambre de la mère Farhat, à qui Wakim vient présenter ses hommages et où il trouve Hélène (et à un moment il fait un trait d'esprit, elle rit et il naît une complicité, ou alors c'est elle qui fait une blague et lui rit). Cela a pu être à la porte, lui entrant, elle sortant pour aller faire ses courses ou pour faire une promenade (elle le voit et elle rougit de surprise), ou en bas des escaliers, lui partant, elle arrivant (elle fait tomber involontairement un ruban et il se penche pour le ramasser), ou au contraire dans le vestibule (il y a du monde et il se presse involontairement contre elle). Tout peut convenir, tout peut être l'amorce d'une prolifération infinie, et ce que je vais choisir, arbitrairement, c'est encore une autre version. Voici : nous sommes chez Michel Farhat un jour du printemps de 1896, durant une matinée où le notable de Kfarchima reçoit. Dans le salon, dont le sol est couvert d'un immense tapis à médaillon central et aux motifs pourpres qui vont bien avec la couleur des tarbouches, il y a des visiteurs assis dans des fauteuils massifs tout autour de la pièce, des fermiers de la région en seroual, des notables de Baabda en costume européen. Il y a peut-être aussi un capitaine de la gendarmerie du Mont-Liban assis à côté de Michel Farhat et sirotant bruyamment le café qu'on vient de lui servir. Et tout ce monde qui entre et sort sans cesse est peut-être là à cause de deux envoyés des grands soyeux lyonnais en visite dans le Mont-Liban et dont la présence chez Farhat s'explique par le fait que ce dernier est un intermédiaire important entre les éleveurs de vers à soie de la région et les négociants français. Les deux envoyés, dont l'un porte une lavallière et l'autre un faux col qui lui raidit l'échine, sont accompagnés d'un drogman qui leur explique à peu près qui entre dans le salon, qui en sort et ce qui se dit à la cantonade. Parfois, Michel Farhat lui-même leur adresse quelques mots aussitôt traduits et eux opinent en continuant de regarder le monde autour d'eux comme si les propos de leur hôte en étaient un commentaire instantané. Parfois aussi, ils ont une petite causerie avec un notable par l'entremise de leur drog-man, et les voilà penchés de concert en avant, les bras sur les genoux pour être plus proches du notable et entendre en même temps la traduction de ses propos comme s'ils avaient une discussion grave en aparté. Il est possible d'imaginer que c'est leur présence qui est la cause de celle de Youssef Callas ce jour-là. Youssef Callas, qui possède des mûreraies, peut vouloir se mettre au courant des dernières fluctuations des cours de la soie et de la politique des soyeux lyonnais, à moins qu'il ne soit en affaires avec Farhat – que ce soit ce dernier, par exemple, qui lui écoule sa production de soie, ou qu'il soit lui-même l'agent de Farhat pour la vente des cocons dans la région de Ghazir. En tout cas, on va imaginer que Youssef Callas, assis entre le capi-taine de gendarmerie et Michel Farhat, est en train de faire un commentaire dubitatif à son cousin sur une nouvelle machine à dévider les cocons introduite par des industriels français lorsque Wakim Nassar pénètre dans le salon, le costume européen impeccable, la cravate bouffante, le tarbouche légèrement penché vers l'avant, la moustache raide et la canne jubilante. Il salue l'assemblée d'un grand geste, et nombre de fermiers se mettent debout à son passage et se rassoient quand il est passé, respectueux devant les orangeraies qui rapportent beaucoup d'argent, la maison qui a dû coûter une fortune et le parti que se disputent toutes les filles aisées de Beyrouth. À sa vue, Michel Farhat interrompt Youssef Callas, se lève de son fauteuil et s'enroule dans son abaya qui s'entrouvre néanmoins à nouveau quand il tend les bras pour accueillir Wakim. Après qu'ils se sont donné l'accolade, Wakim salue poliment le capitaine de gendarmerie, et, Youssef Callas se trouvant sur son chemin, il le salue aussi distraitement. Puis Michel Farhat l'attire vers les deux Français et le présente en riant comme le seul planteur de la région qui ne pourra pas les intéresser. Du coup, la conversation sur les orangers commence, Wakim s'assoit à côté des deux envoyés lyonnais, pose sa canne sur son genou et accepte volontiers de parler de ses récoltes et du marché des agrumes. Il vient juste d'achever la construction de la seconde version de sa maison, que l'on appelle déjà la Grande Maison, soit en référence à la Petite où il habitait auparavant, soit parce que la maison est effectivement à ce moment la plus grande de la région. Depuis quelques semaines, il y a fait transporter un lit de camp et habite l'une des chambres immenses et nues. La veille, il a fait recevoir une prétendante par Gérios Nassar. Il a aussi cédé à excellent prix la prochaine récolte d'oranges, et il est précisément en train d'en parler avec les deux Lyonnais lorsque Hélène Callas entre dans la pièce. Elle a tout d'abord hésité sur le pas de la porte, s'est retournée pour parler à sa cousine, la fille de Michel Farhat avec laquelle elle a fait ses courses, puis, fermement, elle est entrée seule dans le salon. Elle a une grande robe bleu ciel et un chapeau qui retient ses cheveux noués et dévoile la savoureuse insolence de son cou et de sa nuque. Elle tient une petite boîte qu'elle n'a probablement pas voulu laisser dehors, la passe dans la main qui tient déjà l'ombrelle et défile en saluant les personnes présentes sans s'arrêter, glissant comme un chat au sein d'un agréable silence. La voyant arriver vers lui et comprenant qu'elle est la fille de Youssef Callas, le capitaine de gendarmerie veut se lever pour la laisser s'asseoir près de son père, mais la place de l'autre côté est occupée par un fermier de Kfarchima qui regarde béatement Hélène et il n'y a plus un seul fauteuil de libre. Le capitaine de gendarmerie se lève quand même, puis, pris au piège et ne voulant pas paraître gauche, il décide de partir, non sans avoir invité Hélène à s'asseoir. Embarrassée, Hélène le regarde dans les yeux, lui dit qu'elle ne veut pas s'asseoir, mais lui insiste et réussit à être gauche tandis qu'elle, pour ne pas en rajouter, accepte finalement de prendre place auprès de son père. Flatté du succès de l'apparition de sa fille mais gêné de sa présence incongrue au milieu de cette assemblée d'hommes, Youssef Callas lui prend la main, la presse tendrement et dit :

– Je vous présente ma fille aînée, Hélène, une fille magnifique mais qui refuse avec obstination de se marier.

Puis il tourne vers sa fille son visage mangé par une grosse moustache et lui demande de traduire cela en français, pour les deux délégués lyonnais. Sans regarder son père, elle dit alors en français :

– Il vous présente sa femme : moi.

– Ce n'est pas ce qu'il a dit, proteste l'un des deux

Lyonnais qui connaît un peu la langue du pays parce qu'il y a vécu durant quelques années et a aidé un Marseillais à la construction d'une magnanerie dans la montagne.

– Qu'est-ce que tu as raconté ? demande Callas d'un air amusé en fixant sa fille.

– J'ai dit que tu refusais de me laisser épouser quelqu'un d'autre que toi, dit Hélène.

– Tu exagères, dit Callas d'un air bourru. Je t'ai proposé dix imbéciles, et tu n'en as voulu aucun.

– Si tu voulais vraiment que je me marie, tu m'aurais proposé autre chose que des imbéciles.

L'assemblée rit de bonne grâce, les hommes regardent Hélène avec curiosité et chacun d'entre eux repasse dans sa tête les propos de la jeune fille, se met en situation, se demande s'il aurait figuré parmi les imbéciles, s'il est du genre dont les femmes se moquent lorsqu'ils sont sortis. Puis, petit à petit, les esprits s'ébrouent, passent à autre chose, et l'on recommence bientôt à parler de mûriers, de vers à soie, de cours des valeurs, à chuchoter de petits calculs et à siroter bruyamment le café. Et tandis que la salle se remplit à nouveau d'évocations de vieilles récoltes, d'acheteurs de cocons versatiles et de maladies des arbres, Hélène Callas, feignant d'écouter patiemment ce qui se raconte autour d'elle mais l'entendant à peine, promène discrètement un regard curieux et prudent sur les hôtes de la maison Farhat, comme si elle les observait sans qu'ils s'en doutent de derrière un moucharabieh. Ce qu'elle voit, en principe, ne la change pas de ce à quoi elle est habituée chez elle, à Cattine. Mais à côté des fermiers en seroual et grosse moustache qui ressemblent comme deux gouttes d'eau à ceux du Kesrouane, il y a quand même ces deux Français, il y a Wakim Nassar, il y a quelques notables en habit européen, il y a le fils d'un marchand de soie grège de Baabda qui est assez bien de sa personne, et c'est leur présence qui atteste que l'on est bien à Beyrouth et non dans la montagne. Elle les observe l'un après l'autre, comme s'ils prolongeaient pour elle l'ambiance où elle s'est immergée durant toute la matinée avec sa cousine dans les marchés européens de la ville, croisant des messieurs avec des monocles et de jeunes hommes en pantalons. Elle retient un air pensif par-ci, une manière de sourire par-là, un nez busqué chez le fils du marchand de soie grège, une manie sensuelle de se mordiller la lèvre supérieure chez le plus jeune des deux Français, les mains féminines de l'autre au moment où l'on fait passer, comme une curiosité, un cocon d'une taille impressionnante, et voilà le cocon qui arrive jusqu'à lui, il le recueille précautionneusement, le palpe avec délicatesse, en tire quelques fils qu'il examine en les levant devant ses yeux vers la lumière comme ferait un diamantaire avec une pierre dont la pureté de l'eau l'intrigue. Et puis elle en arrive à Wakim, c'est inévitable, et, vu la suite des événements, on va considérer qu'elle le regarde assez longuement mais prudemment, par intermittence, en faisant agilement coulisser son regard vers un autre convive, puis vers un troisième encore avant de revenir vers lui lentement, méthodiquement, à rebours. Et il est certain que lui aussi, comme tous les hommes dans ce salon, lance vers elle de temps à autre des regards curieux. Mais on va imaginer que leurs yeux ne se rencontrent pas une seule fois. Wakim continue d'entretenir les deux Français de ceci et de cela jusqu'au moment où la chose décisive lui apparaît : la place vide dans le fauteuil à côté d'Hélène qui, à cet instant, est en train d'échanger quelques mots avec son père. De l'autre côté, il y a un petit notable de Baabda que Wakim a connu alors qu'il cherchait une terre et qu'il n'a plus eu l'occasion de rencontrer. Il ne sait pas si c'est l'instinct prédateur qui le pousse, ou le défi, ou la simple curiosité. Mais ce qu'il sait, c'est qu'il y a urgence. Car la place vide est menacée. Le petit notable de Baabda est susceptible de se déplacer d'un fauteuil, et alors tout serait perdu. Sans compter ce petit commerçant de Choueifat qui vient d'entrer dans le salon, qui porte la main à son cœur puis à son front pour saluer l'assemblée, mais qui, finalement, au lieu d'aller vers le siège vide, se glisse le long du mur, à gauche de l'entrée, et reste debout un instant, comme à la porte d'une église en attendant que la messe soit finie. Devant le danger ainsi écarté une première fois, mais qui ne le sera pas une deuxième, Wakim se redresse sans réfléchir et, presque avec de l'impolitesse pour les deux Français, il va vers le fauteuil vide, la canne sous le bras, et s'assoit en adressant un salut amical au petit notable. À ses côtés, Hélène n'a pas bronché, toujours penchée vers son père à qui elle continue de chuchoter quelque chose qui a l'air d'un potin. Wakim entame une conversation avec le petit notable, tout en attendant qu'Hélène se redresse dans son fauteuil. Lorsqu'elle le fait enfin, parce que son père est sollicité, de l'autre côté, par Michel Farhat, il ne parvient plus à se dépêtrer du petit notable qui lui raconte en détail une affaire de mœurs survenue la semaine précédente dans son clan. Wakim l'écoute sans commenter, sans même sourciller, de peur que la moindre de ses réactions ne provoque un supplément de bavardage, et intérieurement il bout à l'idée qu'Hélène puisse se lever sans qu'il lui ait dit un seul mot. Mais Hélène demeure assise, immobile, regardant au loin, distraitement, attendant probablement qu'il lui parle. Ce qui finit par se produire lorsque le notable se tait enfin. Wakim laisse passer quelques secondes, par politesse et pour ne pas paraître empressé, tout en priant le ciel que le notable ne recommence pas et qu'Hélène ne se lève pas, et, finalement, il se tourne lentement vers elle et une conversation quelconque s'engage, du genre «Vous parlez parfaitement français, je vous félicite», «Merci. Je l'ai appris chez les sœurs de la Charité, à Ghazir», «Vous venez souvent à Kfarchima?», «Une ou deux fois l'an», «Mais vous connaissez la mode de Paris sur le bout des doigts. Vous êtes aussi chic qu'une femme d'ici», «Merci», et ainsi de suite, sans que je sache si ce genre de conversation peut avoir eu lieu dans un salon de notable de Kfarchima à la fin du XIXe siècle. Mais admettons le fait, et que les deux convives bavardent ainsi pendant quelques minutes, jusqu'au moment où Hélène se baisse, prend la boîte qu'elle a posée près d'elle sur le tapis, la met sur ses genoux, l'ouvre et en sort un chapeau à ruban qu'elle montre à Wakim puis à son père. Les deux hommes et la jeune fille commentent l'achat en riant, après quoi Hélène remet le chapeau dans la boîte, la referme, la repose à ses pieds et se tourne vers Wakim et ça repart, mais dans l'autre sens cette fois: «Et vous, vous êtes de la région?», «Bien sûr», «On ne dirait pas», «Et pourquoi on ne dirait pas?», et ainsi de suite jusqu'au moment où il lui parle de sa maison et où il l'invite à venir lui rendre visite, même si la maison est nue comme à son premier jour. À moins que ce ne soit elle qui lui annonce qu'elle va faire des courses le lendemain à souk el-Jamil et lui propose de les rejoindre, sa cousine et elle. Elle vient donc, l'après-midi, avec sa cousine, dans une chaise à porteurs et Wakim leur fait visiter la maison. Ou bien c'est lui qui les rejoint en effet à souk el-Jamil, le lendemain, en costume bleu marine. Si c'est chez lui, ils se promènent tous les trois dans les pièces immenses et vides et lancent des cris pour que l'écho réponde. Si c'est en ville, ils se laissent porter en plaisantant d'une boutique à l'autre et se font des clins d'œil et de petites mimiques en passant devant ce gros à tarbouche ou ce maigrichon dont le nez part à droite. Si c'est chez lui, dans sa chambre à coucher, il y a deux miroirs opposés et ils jouent à devenir eux-mêmes des centaines de fois. Si c'est en ville, elles essaient des chapeaux à plumes et d'autres à ruban chez un chapelier, et il donne son avis en faisant croire que les deux femmes sont ses cousines. Si c'est chez lui, Hélène lui adresse un regard volubile dans la salle à manger et il en a le cœur en cendres, et si c'est en ville il veut leur acheter des mouchoirs brodés, mais comme sa cousine n'ose pas accepter Hélène refuse aussi, mais avec un regard plein d'allusions. Et finalement, que ce soit au bas de l'escalier de la maison quand il les raccompagne jusqu'à la chaise à porteurs ou à Kfarchima dans un fiacre alors qu'elles s'apprêtent à mettre pied à terre, dans un cas comme dans l'autre ou dans n'importe lequel, la cousine fait mine de ceci ou de cela et les laisse deux minutes en tête à tête et à ce moment Wakim propose à Hélène de l'épouser et Hélène, les yeux dans les yeux, en riant d'un air équivoque répond :

– Demandez à mon père.

Ce qui est presque de la provocation.

8

Sur l'enlèvement d'Hélène qui succéda au refus de
Youssef Callas de marier sa fille, il y eut toujours deux
versions, qui relèvent davantage de la spéculation que
d'un souvenir réellement transmis. Ce flou autour d'un
moment pourtant capital de l'histoire de Wakim ne
s'explique que par l'importance que prirent dans la
mémoire des Nassar les événements qui suivirent
immédiatement et qui finirent par éclipser celui qui en
fut la cause. Les deux versions évoquées veulent qu'Hélène ait été enlevée pour l'une à Cattine et pour l'autre à
Kfarchima même. Pendant longtemps je me considérai
comme un partisan de la «version Cattine», simplement
parce que devait me séduire le côté romanesque de l'affaire, cavaliers fonçant dans les montagnes, femme
enlevée du sein de sa maison au milieu d'un grand charivari et cætera. Si on devait retenir cette version, on
pourrait imaginer que, au commencement, les choses
sont faites dans les formes, la demande en mariage pré-
cédée par une lettre de Michel Farhat, puis présentée
par Wakim lui-même, à Cattine, où il vient avec son
frère, une dizaine de jours seulement après la première
rencontre, dans la maison aux murs épais et aux fenêtres
profondes où les braseros rougeoient encore et donnent
une chaleur douce et parfumée alors que sur la côte il

fait déjà chaud. Après avoir écouté en se lissant la moustache, l'air absorbé et quasi absent, le vieux Callas se redresse sur le divan où il est assis en tailleur, avec ses grandes bottes, opine du chef, réclame un petit délai, mettons jusqu'au lendemain, pour réfléchir et fait servir les narguilés, après quoi, durant la soirée, il est gai et affable, si bien que Wakim pense que ça y est, c'est dans la poche. Et le lendemain Youssef Callas emmène Wakim seul à cheval sous prétexte de lui montrer ses biens, et tandis qu'il lui montre ses mûriers autour du village de Cattine, ses terres à blé sur le plateau de Ghiné, et même le moulin au fond du ouadi Ghazir, il lui pose d'innombrables questions sur ses terres, sur les oranges, sur ses revenus, fait des comptes comme pour savoir jusqu'à quel point ira l'aisance matérielle quoti-dienne de sa fille, et Wakim cette fois est totalement confiant. Mais lorsqu'ils sont rentrés, qu'on leur sert un café et que Wakim, impatient, finit par demander à son hôte s'il a réfléchi à l'affaire qui est entre eux, le vieux Callas, comme s'il venait de se souvenir qu'il faut en effet donner une réponse, hésite puis déclare que, pour la question du mariage, bien sûr, il ne faut pas y songer, qu'Hélène ne peut pas vivre loin de sa famille et de son père, que Beyrouth est trop loin de Cattine et que c'est bien dommage mais qu'y faire, c'est comme ça, la vie n'est pas toujours bien faite. Après quoi il embraye sur une question relative aux orangers. Une heure plus tard, lorsqu'il repart avec Sélim à ses côtés, qui ne dit rien et attend que son frère parle le premier, Wakim a déjà tout décidé. À Jounieh, dans la rue centrale poussiéreuse, il loue une calèche et la précède vers Cattine.

Mais non, c'est absurde. Certes, Cattine est en ce temps-là un village aux maisons éparses, étagées dans la montagne, mais aucune n'échappe au regard des autres et nul, sur la route qui longe le ouadi Ghazir, ne peut passer sans être aperçu. Il est donc évident que Wakim et sa calèche se seraient fait repérer très rapidement, au moins depuis Ghazir, où il y a des échoppes et, devant les échoppes, à longueur de journée des gens assis à fumer, ou à lire des feuilles de chou, ou à se faire raser par les barbiers. Sans compter que les sentiers muletiers de la région sont aussi très fréquentés, qu'il y passe sans arrêt des chevriers, des paysans à pied, des femmes en jupe longue et fichu sur la tête, et que tout ce monde aurait forcément vu Wakim, ses compagnons et la calèche arriver et en aurait porté la nouvelle ou l'aurait fait porter par tous les raccourcis qui tressent les montagnes, si bien qu'en arrivant devant la maison les étrangers auraient été « accueillis » et leur entreprise déjouée. Et même s'ils avaient atteint la maison, si Hélène, sans discuter, était montée dans la calèche, il est certain qu'ils se seraient fait rattraper au bout d'un quart d'heure et nul doute que les choses auraient alors pris une drôle de tournure.

Non, tout ceci est décidément impossible. La « version Cattine » n'est pas utilisable et je vais finalement choisir l'« option Kfarchima », qui me paraît plus pragmatique. Essayons. Cela se passe le lendemain de la deuxième rencontre. Voici Wakim qui arrive, le matin, chez Michel Farhat. Après un petit conciliabule avec le maître de céans, il est mis en présence de Youssef Callas. Farhat parle le premier, fait l'éloge de Wakim, et le vieux Callas, qui a tout compris parce qu'il a l'habitude, écoute en fixant devant lui un motif du tapis du grand salon et en se lissant la moustache. Puis c'est Wakim qui parle et qui annonce son intention d'épouser Hélène. Il se fait ensuite un moment de silence que Callas prend plaisir à faire durer, continuant à lisser sa moustache en faisant mine de réfléchir. Wakim ne bronche pas et attend imperturbablement, enfoncé dans son fauteuil, la canne entre ses jambes, ses deux mains croisées sur le pommeau. Au bout d'une ou deux minutes, Callas finit par parler. Il pose quelques questions à Wakim sur sa fortune, ses rentes, ses terres, sa maison, ce qu'il aurait à offrir comme sécurité à sa femme. Wakim répond tranquillement à tout et, chaque fois, Callas opine de la tête, semble réfléchir. Il est probablement inquiet car il n'y a rien à dire, l'homme qui se présente pour épouser sa fille possède tout ce que l'on peut demander, c'est indubitable, et le vieux montagnard cherche une porte de sortie, il pense que Wakim est grec-orthodoxe, il n'a pas cessé d'y songer comme à l'argument ultime, mais il hésite à l'utiliser et finalement il y renonce et annonce qu'il va réfléchir, qu'on verra, qu'une journée de réflexion est nécessaire et qu'il faut aussi demander son avis à Hélène. Le lendemain, alors que les trois hommes sont à nouveau réunis, Youssef Callas est plus affable, il a les yeux pétillants, il reçoit Wakim avec un mot amusé et tout semble aller comme il faut. Mais ce n'est qu'un leurre, car au bout de quelques minutes, et comme s'il s'agissait d'un détail à régler en passant et non pas de l'objet premier de la réunion, Callas annonce que sa fille est repartie le matin pour Cattine et que (reprenons le même scénario) pour la question du mariage, bien sûr, il ne faut pas y songer, qu'Hélène ne peut pas vivre loin de sa famille et de son père, que Beyrouth est trop loin de Cattine et que c'est bien dommage mais qu'y faire, c'est comme ça, la vie n'est pas toujours bien faite. Après quoi (idem) il embraye sur une question relative aux orangers et Wakim, qui l'écoute à peine, lui répond du bout des lèvres, ce dont Callas ne se formalise pas mais dont il finit par prendre prétexte pour parler de tout à fait autre chose avec Michel Farhat. Mais ce dernier est affreusement gêné par la tournure que prennent les choses et répond lui aussi distraitement à son cousin. Lorsque, enfin, Wakim se lève et prend congé sans jeter un regard à Callas, Michel Farhat l'accompagne jusque sur le perron et tente d'arrondir les angles parce qu'il n'est pas très content que tout cela ait eu lieu chez lui alors qu'il s'était porté garant de l'affaire.

– Il ne faut pas lui en vouloir. Rappelez-vous ce qu'a dit Hélène devant tout le monde l'autre jour. Et s'il ne vous l'a pas donnée à vous, il ne la donnera jamais à personne. Pauvre fille.

– Elle est partie il y a longtemps ?

– Il y a deux heures.

Certes, on pourrait aussi imaginer qu'Hélène n'est pas partie, qu'elle est chez Farhat et que c'est de là que Wakim l'enlève. On pourrait imaginer des servantes bousculées, des meubles renversés, des femmes surprises qui crient, mais tout ceci n'est pas convaincant parce que les conséquences en auraient été lourdes sur les relations entre Farhat et Wakim, ce qui ne fut point. Donc, l'enlèvement se fait plutôt sur la route côtière, où vont Hélène et son escorte, et de cette façon on a aussi une belle cavalcade, celle de Wakim, accompagné de Gérios et de Sélim et suivi d'une calèche fermée interceptée sur la route de Baabda. Ils foncent dans la poussière et les cris, et une heure après la troupe d'Hélène est rejointe à Antélias, ou peut-être à Nahr el-Kalb, en face des rois assyriens sculptés sur les rochers et qui font depuis trois mille ans les mêmes grands gestes amples aux passants. Au milieu de la confusion, des cris et de la bousculade, Wakim parle à Hélène, qui a tiré les rideaux de sa chaise à porteurs (« Hélène, je t'ai demandée en mariage à ton père hier, il a refusé. Tu peux maintenant venir avec moi, et dans deux heures je t'épouse. Décide vite »). Hélène a un regard affolé, ou alors plein de reconnaissance, ou d'admiration, mais ce qui est sûr, c'est que, passé un moment de réflexion qui obscurcit brièvement ses prunelles et la fait lointaine et inquiétante, elle finit par ouvrir grand le rideau de la chaise à porteurs et monte sans hésiter dans la calèche, après quoi les Nassar rebroussent chemin en emmenant aussi les trois chevaux chargés de bagages et repartent au galop. Une fois à Beyrouth, le groupe fonce non pas vers Ayn Chir, où il n'y a pas encore d'église orthodoxe, ni vers Marsad, parce que rien ne dit que Wakim puisse y entrer en trombe et s'y faire marier sans ranimer de vieilles animosités, mais disons à Saint-Dimitri, où on met pied à terre. Wakim aide Hélène à descendre de calèche tandis que Sélim court avertir le curé. Lorsque ce dernier arrive, l'air aussi ébouriffé que sa barbe, Wakim l'emmène derrière l'iconostase, se présente, fait bien sonner le nom des Nassar à l'oreille de l'homme de Dieu et ajoute au clinquant de ce nom le doux bruit de quelques belles pièces d'or. Le curé est un peu déboussolé car les gens *de famille* n'ont pas l'habitude de se marier comme ça, sauf mauvais coup. Wakim s'empresse de lui expliquer l'affaire, et alors le curé se rebiffe, le nom et les pièces n'y peuvent plus rien parce qu'on ne peut pas marier un orthodoxe à une maronite si facilement, il faut baptiser la maronite auparavant.

– Mais enfin, dit Wakim, elle est déjà baptisée. À quoi ça sert de relaver un linge propre ?

Le curé sourit dans sa barbe, mais déjà Wakim l'a tiré par la manche et ils reviennent tous deux du côté de la salle où Sélim et Hélène discutent à voix basse. Wakim redit ce qu'il vient d'entendre, il fulmine froidement, il essaie de s'excuser de cette absurdité, mais Hélène, tranquillement, hausse les épaules et dit que ça lui est égal, que c'est finalement un privilège de se faire baptiser plusieurs fois.

– Alors, allons-y, dit Wakim, qui croit sans doute à une version rapide des faits, le curé baptisant Hélène en lui versant deux gouttes d'eau bénite sur la chevelure.

Il ignore que le baptême se fait *à l'orthodoxe*, évidemment, c'est-à-dire par immersion complète de la baptisée dans l'eau du baptême. C'est ce que le curé marmonne dans sa grosse barbe touffue et blanchie tout en rajustant la croix grecque qu'il porte en sautoir et qui s'est retournée contre sa soutane.

– Et puis de toute façon il faut une autorisation de l'évêché pour tout ça, ajoute-t-il, sans doute à contre-cœur car il voit partir les pièces d'or.

Et en effet elles partent avec les Nassar et Hélène qui remontent à cheval et en calèche, en direction de Ayn Chir.

Évidemment, les choses se compliquent, parce que les Nassar ne peuvent amener Hélène chez eux avant qu'elle soit mariée, ce manquement aux règles les plus élémentaires serait déplorable pour sa réputation. Mais il y a une solution. À peine arrivé à Ayn Chir, on installe Hélène dans la Petite Maison tandis que Wakim et son frère partagent la Grande. Et, pour que l'honneur soit sauf aux yeux du monde entier, on loge avec elle les sœurs Rached et on dépêche un messager chez les Farhat à Kfarchima, les Farhat qui, à partir de ce moment-là, envoient émissaire sur émissaire pour voir Hélène (et découvrir qu'elle est consentante et heureuse d'être prisonnière des Nassar), pour défier Wakim, pour essayer de comprendre, pour demander à discuter. Mais chaque fois on répond à leur émissaire que Wakim n'est pas là, et pour éviter de mauvaises surprises on se déclare en état de siège. Sélim se poste sur le balcon de la Grande Maison avec un fusil et Gérios à la porte du domaine, deux pistolets passés dans la ceinture. Quant à

Wakim, il n'est pas là, en effet. Il est parti pour Marsad, où il demande au curé de lui obtenir pour le lendemain au plus tard une dérogation spéciale de l'évêque. Après ça, et comme il a un peu de temps, il va à Beyrouth, où il déambule dans les marchés à l'européenne et achète pour Hélène, en une fois, les présents qu'il aurait dû lui faire sur plusieurs mois de fiançailles – des tissus pour ses robes, des chaussures, des ceintures, des écharpes, des dizaines de sacs à main, et des dizaines de chapeaux, des centaines de mouchoirs, des éventails, des paires de gants, des fioles de parfum, des boîtes à musique, des bonbonnières, et aussi une grande bassine en porcelaine bleu de Chine dont on devine assez bien l'usage. Puis, à souk el-Jamil, il passe une heure chez Medawar et Frères, où on lui présente des catalogues parisiens dans lesquels sont dessinées des robes de mariée. Il en commande une dizaine pour permettre à Hélène de choisir, parce qu'il a décidé de lui offrir une véritable cérémonie, comme pour se faire pardonner le coup du baptême. Puis, lorsque tout ça est fait, il rentre à Ayn Chir, où il reçoit enfin un émissaire des Callas, et aux demandes d'explications et de justifications, aux sommations et aux menaces, il répond qu'il va épouser Hélène. Point à la ligne.

Et en effet, dès le lendemain, le curé de Marsad prend le chemin de Ayn Chir avec deux diacres pour préparer le baptême. Il faut l'imaginer, allant à grands pas d'un air solennel et affairé sur la route au milieu de la Forêt de Pins, relevant par moments le bas de sa soutane ou haussant un bras comme pour un salut mais en fait pour laisser sa large manche retomber un peu et lui libérer une main avec laquelle il tâte sa croix ou rajuste sa soutane sur ses épaules. Derrière lui courent presque les deux diacres, l'un portant l'encensoir et le livre des psaumes et l'autre les vêtements de messe, qui pendent de part et d'autre de son avant-bras droit. Au bout d'une vingtaine de minutes, le petit groupe débouche sur les terres de Ayn Chir, mais alors qu'il est en train de longer l'orangeraie de Wakim, à une centaine de mètres de l'entrée du domaine, le curé aperçoit une rangée de cavaliers qui avancent vers lui. Quelques pas de plus et il distingue les visages glabres, les coiffes et les bottes de montagnards maronites, les armes – des fusils en bandoulière, des pistolets à la ceinture et des poignards contre le cou des chevaux –, et il pense que ça y est, les choses ont mal tourné, et s'il sait que son état de prêtre le protège il touche quand même sa croix en sautoir et marmonne quelques mots d'imploration tout en conti-nuant d'avancer fermement, sans se retourner vers ses diacres, qui se demandent, eux, en ralentissant imper-ceptiblement le pas derrière leur curé, si ce qu'ils voient est bien vrai, si ce n'est pas une illusion, un mirage.

Mais ce n'est pas un mirage. C'est le résultat inévi-table de tout ce qui a précédé, ce sont les fameux cava-liers venus du Kesrouane au secours du vieux Callas et dont la chronique des Nassar a toujours perpétué le sou-venir. Il m'a fallu pas mal de temps pour savoir exacte-ment qui ils étaient, mais j'y suis finalement arrivé, notamment parce que tous ces hommes allaient finir par devenir des amis de Wakim puis, après sa mort, par se considérer comme les protecteurs de ses enfants. Il y a bien sûr Camille Callas, le frère d'Hélène, et ses deux cousins Chaker et Fadel, ainsi que Ramez et Farid Cha-hine, neveux directs du chef de la révolte paysanne de 1860, les frères Sakr et Ghaleb Chehab, princes et des-cendants directs du dernier émir de la Montagne, et enfin Elias Hélou, un abadaye de la région d'Antélias. Je les imagine coiffés de leur turban, dont un pan retombe sur leur poitrine et qui les fait ressembler à des cavaliers musulmans du désert. Ils ont de larges cein-

tures pour leurs pistolets et de petites redingotes bro-
dées dont ils ne savent pas qu'elles ont été introduites
dans leurs montagnes par les tribus chiites de Baalbek,
eux qui ont tous, accroché au revers de leur chemise,
une icône de la Vierge ou un bout de la vraie Croix.
Quand ils voient apparaître, au loin sur la route, le curé
orthodoxe de Marsad, ils avancent vers lui en tirant
légèrement sur leur mors, sans se consulter, sans plus
parler. Lui aussi a continué d'avancer, et lorsqu'il est
enfin devant eux il les salue et feint de vouloir poursuivre son chemin alors que ses deux diacres, dont l'un
porte sur son bras la chasuble des cérémonies, se sont
déjà arrêtés. Mais les cavaliers ne lui cèdent pas le passage et retiennent fermement leurs chevaux, puis ils les
font mettre de biais pour éviter qu'ils s'énervent d'avoir
un homme en noir si près de leurs naseaux. Le curé
réclame alors qu'on le laisse passer et Camille Callas
lui demande si c'est lui qui est chargé d'aller baptiser
Hélène. Le curé, qui s'est arrêté, déclare solennellement
que, s'il a affaire à des chrétiens, ils doivent savoir
qu'on ne se fait baptiser qu'à l'église et que par conséquent il ne va baptiser personne. Ce disant, il fait intérieurement le signe de la croix parce qu'il ment
effrontément. Mais les cavaliers n'en savent rien. Par
contre, ils sont pris de scrupules à l'idée d'être en train
de chercher ainsi noise à un homme de religion. Ramez
Chahine, le premier, pousse sa monture de côté, et bientôt son frère puis tous les autres font de même et le curé
passe alors au milieu d'une quasi-haie d'honneur, suivi
de ses deux diacres qui courent presque, de peur de se
laisser distancer dans de pareilles circonstances.

Peu importe après ça de savoir de quelle manière les
habitants de Marsad ont pu être avertis de ce grave événement. On pourrait imaginer un garçon de ferme dépê-

ché en cachette, un des diacres revenu pour je ne sais
quelle raison ou tout simplement un passant qui aurait
assisté à la scène. L'essentiel c'est que, une heure plus
tard, le bruit se répand à Marsad que le curé s'est fait
menacer. Youssef Halabi et Habib Qasan l'entendent au
café de Merched Saliba, juste en face de l'église, enroulent le tuyau de leur narguilé et se lèvent sans un mot.
En chemin, ils croisent Baz Baz, qui fait une partie de
dames avec un charpentier de Msaytbé devant la boutique de Youssef Choueiri. Baz entend leur histoire,
achève de se concentrer sur le coup qu'il jouait, avance
un pion, réfléchit à la parade du charpentier, joue encore
un coup, dame tous les pions restants à son adversaire et
se lève pour aller prendre ses armes. En chemin, il passe
devant la maison de Costa Zreiq, qui est dans son jardin
en train de planter des néfliers, et Costa Zreiq laisse aussitôt ses arbres, rentre se changer et en sortant rencontre
Mitri et Nicolas Chéhadé, qui reviennent de Ayn
Mreissé où ils ont vendu la peau d'un ours magnifique
qu'ils ont tué lors d'une chasse dans le Hermon. Au
bout d'une demi-heure, ce sont donc ces six-là, comme
le veut la tradition, ces six qui sont déjà des amis de
Wakim et qui seront aussi les protecteurs de ses enfants,
qui galopent vers Ayn Chir pour venir à son secours, et
on va dire que, après avoir traversé au galop la Forêt de
Pins et avoir atteint les limites du domaine de Wakim,
ils tombent nez à nez avec Camille Callas et ses compagnons.

Car entre-temps ces derniers ont commencé à entre-
prendre ce pour quoi ils sont descendus de leurs montagnes. Après avoir fait une démonstration de force en
accomplissant le tour du domaine des Nassar au grand
galop en lançant des huées et en faisant un boucan du
diable, un boucan qui a fini par agacer les passants et
les fermiers des alentours, ils sont sur le point de péné-

trer sur les terres de Wakim pour lui arracher Hélène.
Ils sont devant le portail lorsque apparaissent les cavaliers de Marsad. Se concertant rapidement, ils changent
de plan. Ils ne peuvent se permettre de se laisser prendre
à revers et ils décident de régler d'abord la question des
nouveaux arrivants. Depuis le balcon de la Grande Maison, Sélim Nassar voit les cavaliers maronites faire
barrage sur toute la largeur de la route. Il voit aussi les
cavaliers venus de Marsad. Il les voit ralentir, s'immo-
biliser un instant puis reprendre lentement leur marche
et s'approcher des maronites. Il fait un signe à Gérios,
qui tient toujours le portail d'entrée, et il est sur le point
de courir avertir Wakim, mais il y renonce finalement
car il sait qu'à ce moment le baptême d'Hélène bat son
plein. Ce qui signifie que, dans la chambre à coucher de
la Petite Maison, le curé orthodoxe a commencé il y a
quelques minutes à chanter ses cantiques d'une voix de
gorge retentissante, en tenant son livre haut devant ses
yeux, tandis que face à lui ses diacres portent l'encensoir qui fume au bout d'une chaîne et le calice d'argent.
Ce qui signifie aussi qu'Hélène Callas, debout, les cheveux lâchés, en simple robe blanche sous laquelle elle
est nue, s'apprête à mettre le pied dans la grande bassine en émail où l'eau tiède versée tout à l'heure est en
train, par la vertu des prières du curé, de se transformer
en l'eau du Jourdain. Ce qui signifie pour finir que
Wakim, assis sur une chaise, constitue la seule assistance et ronge son frein. Et, comme il ne peut rester
ainsi inactif, il se lève, va vers une fenêtre, l'ouvre pour
que l'odeur de l'encens ne devienne pas trop forte, et
par la même occasion il se penche et écoute. Mais il
n'entend rien, quoique à cet instant, sur la route, devant
l'entrée du domaine, les cavaliers orthodoxes soient à
un pas des cavaliers maronites. Ils commencent à bien
se voir, à se dévisager, les yeux dans les yeux, dans un

silence total, et depuis son balcon Sélim se demande
si les uns vont s'arrêter ou les autres reculer. Mais
personne ne s'arrête et personne ne recule. Les mains
gauches tirent fermement sur les rênes pour tenir les
chevaux, tandis que les mains droites commencent
à caresser les crosses des pistolets et les manches des
couteaux. Bientôt, les deux lignes de cavaliers se rejoignent. Costa Zreiq, dont l'une des descendantes épousera le petit-fils de Ghaleb Chehab, plante ses yeux dans
ceux du prince. Youssef Halabi toise Elias Hélou, chez
qui, vingt ans après, il trouvera refuge quand il aura à
fuir la police du mandat. Baz Baz, dont les jambes sont
presque contre celles de Camille Callas, semble prêt à le
heurter violemment de l'épaule pour se faire un passage
alors que, quinze ans plus tard, il le sauvera d'une charge
de sanglier pendant une chasse dans le Kesrouane. Les
moustaches frémissent, les yeux s'assombrissent, les chevaux font du sur-place et tournoient imperceptiblement
sur eux-mêmes. Albe et Rome sont au bord de la guerre
sans savoir qu'elles seront un jour Albe et Rome.
Le moindre geste malencontreux, une main glissant
trop brusquement sur une hanche, un torse se soulevant
trop soudainement, et ce serait un massacre, un bain de
sang que toute l'eau du Jourdain, du Lycus et du Chien
ne pourrait suffire à laver, et tout cela pendant que précisément, dans le domaine, dans la Petite Maison, dans
la chambre à coucher, Hélène Callas vient de poser son
pied nu dans l'eau de la bassine en émail bleu tandis
que le curé se baisse, prend de l'eau de ce petit Jourdain
dans une écuelle et la lui reverse sur la tête, une fois,
deux fois, trois fois, si bien qu'Hélène a bientôt la robe
blanche toute dégoulinante et les cheveux collés contre
le front et le cou. Mais alors que Mitri Chéhadé s'apprête à saisir son pistolet et que Ramez Chahine empoigne
le couteau qu'il a contre la hanche, Camille Callas est

l'objet d'une grâce inespérée. Quelque chose en lui soudain cède, toute la fatuité, le caractère tête brûlée, la désinvolture excessive du mâle, tout ça d'un seul coup tombe comme les écailles des yeux du païen, et Camille, d'un seul coup, voit, il *se* voit, comme devant un miroir où il surprend son image, qu'il ne reconnaît absolument pas. Il se voit dans cette mêlée absurde, il prend conscience qu'il en est le responsable principal et que ce n'est pas l'honneur des Callas qu'il s'apprête à défendre, mais l'entêtement tyrannique de son père, et qu'en faisant cela il est en train de briser stupidement le bonheur que sa sœur s'est choisi, de lui ôter, aussi, une chance unique de mariage, tout ça pour faire plaisir à son despote de père qui s'est juré de garder pour lui ses filles, son Saturne de père prêt à dévorer ses enfants plutôt que de les voir l'abandonner, et alors, dans cet instant si bref qu'il ne suffit pas à Ramez Chahine pour empoigner son poignard, ni à Mitri Chéhadé pour refermer sa main sur la crosse de son revolver, dans cet instant Camille Callas choisit sa sœur contre son père, et il recule devant Baz Baz, bouscule Ramez Chahine qui lâche son couteau, et voici Baz Baz qui traverse le cordon, bientôt suivi par Mitri Chéhadé à qui Ramez Chahine ne peut que céder le passage, puis par Costa Zreiq à qui Sakr Chehab n'oppose plus aucune résistance, et finalement les cavaliers du Kesrouane ouvrent complètement le passage et il devient clair que la güerre de Troie n'aura pas lieu.

DEUXIÈME PARTIE

Temps des zaïms

9

Les membres du clan Nassar se sont toujours raconté, sans bien connaître son origine, l'histoire du vœu qu'aurait fait Wakim, leur ancêtre à tous, le soir même où naquit son premier fils, de peupler la terre entière de sa progéniture. Pour insensée qu'elle fût, cette promesse, faite sans doute dans l'enthousiasme de la première paternité (on peut imaginer la scène classique : bassines, torchons et serviettes, accoucheuse aux bras sanglants, et finalement le paquet de chair fermé sur lui-même et braillant – un garçon ! – qu'on se passe de main en main, que l'on donne à porter à son père, qui alors, frémissant de joie et d'émotion, fait ce serment singulier), n'en fut pas moins quasi réalisée car les fils de Wakim se répandirent dans le monde. L'un partit vers l'Amérique du Nord, un autre pour le Brésil, trois s'exilèrent en Égypte tandis que les filles se dispersaient au Soudan, en Inde et jusqu'aux Philippines. Mais, auparavant, les enfants de Wakim vécurent tous jusqu'à l'âge de vingt ans au moins à Ayn Chir et eurent donc tous pour paysage originel, pour patrimoine mémorial commun la Grande Maison, les meubles immenses que le menuisier Bérouti confectionna spécialement pour elle, les vergers d'orangers, les terres frontalières avec les campements de Bédouins saisonniers, les mûreraies partout alentour, et aussi Gérios Nassar avec ses sept doigts et son ton de prophète marmonneur, Sélim et sa distinction lointaine et tatillonne dont certains héritèrent. Ils vécurent également tous au milieu des fermiers de Ayn Chir, qui venaient fréquemment en visite et pour qui ils eurent toujours tous une singulière affection. Ils connurent les grands chapeaux provençaux de Curiel et les soutanes des jésuites de Ghazir. Et, même s'ils ne vécurent pas tous les mêmes événements ni exactement les mêmes époques – les aînés ayant connu la maison au temps de sa splendeur, Curiel dans sa belle période et les vergers dans leur plein rendement, les cadets ne se souvenant que d'un Curiel vieillissant, d'un verger à moitié en friche et d'une maison à la dérive –, on peut néanmoins dresser à partir des récits qu'ils en ont faits une sorte de tableau général de la vie des Nassar entre les années 1896 et 1914, époque d'apogée, sorte de point sublime où les aînés sont encore des garçons attachés à la maison et les cadets (à l'exception notable toutefois de mon père, qui naîtra précisément au moment où tout cet univers sera près de partir en morceaux) des enfants, certes, mais que les souvenirs commencent à marquer. Parmi ces derniers, il y a par exemple celui de Wakim et d'Hélène partant en calèche pour Aley et son Grand Hôtel (imaginons-les, lui en costume de soie bleu nuit à fines rayures, tarbouche et canne sous le bras, elle dans une robe écrue, chapeau posé sur ses cheveux en chignon et ombrelle à la main, laissant sans souci le domaine aux bons soins de Sélim et emportant dans plusieurs malles des robes blanches, lilas, bleu roi, avec des traînes, avec des volants, à manches gigot et à col Médicis, ou peut-être à tournure et strapontin, quinze paires de gants longs, huit paires de bottines à lacets, douze éventails, six ombrelles, tout ça pour elle, tandis que pour lui ce sont des pantalons droits avec le pli au milieu, des dizaines de chemises, huit redingotes, dix gilets, six tarbouches, quatre paires de bottines pointues avec et sans boutons, des demi-bottes vernies à bout carré, des dizaines de cravates, des lavallières, et même un canotier), il y a celui de Wakim revenant de ses chasses dans le Kesrouane, où il va tirer le renard autour du plateau de Ghiné et le sanglier dans le jabal Moussa avec son beau-frère Camille Callas (imaginons les dépouilles des bêtes vaincues entassées dans la cuisine de la maison sous les yeux fascinés des enfants, l'air dubitatif des sangliers, les têtes presque souriantes des renardeaux, mais aussi les chevreuils, les palombes, les coqs de bruyère, toute une somptueuse venaison que l'on distribue ensuite aux fermiers du voisinage), il y a celui d'Hélène recevant les femmes orthodoxes de Marsad et de Msaytbé (ce sont des *dames* qui arrivent en calèche ou en chaise à porteurs et qu'on peut imaginer en robe à petite traîne, faisant tournoyer leur ombrelle dans leurs mains gantées, soulevant le feston et l'ourlet pour monter les escaliers jusqu'à la maison où elles jettent alors leur chapeau en entrant et boivent le thé ou le sirop de rose ou le jus des oranges des Nassar au milieu des immenses meubles du salon ou sur le balcon d'où elles peuvent voir les enfants jouer, les cochers bavarder et les ouvriers agricoles affreusement déguenillés surgir du cœur des vergers pour demander de l'eau et redisparaître aussitôt, telles des créatures des bois égarées chez les humains). Et il y a aussi les souvenirs individuels de chacun des enfants, des souvenirs qui, depuis, sont tombés dans le domaine public, comme celui d'Elias, le fils aîné, chassant avec son père et son oncle dans le Kesrouane et tirant son premier sanglier (l'histoire est restée fameuse : c'est dans les montagnes autour du plateau de Ghiné. Wakim et Elias se sont un peu éloignés des autres chasseurs, et soudain voilà le sanglier, énorme, un vieux mâle acculé contre une haie, grognant et s'apprêtant à charger pour forcer le passage, comme un taureau dans une arène. Wakim ne bouge pas, son fusil est en travers de sa selle, il regarde tour à tour le sanglier puis son fils, et ce dernier attend, il a à peine quinze ans, il a déjà tiré des cailles, des perdrix, un petit renard, mais jamais un sanglier aussi énorme, au poil roux, et jamais rien de face, comme ça, comme dans un duel, de si près, les yeux dans les yeux. Il sent son cheval impatient, inquiet. Il le tient fermement, regarde son père qui lui rend son regard avec placidité et comme on signifie à quelqu'un qu'on attend et qu'on attendra encore longtemps, alors qu'en fait on ne peut pas attendre, que le sanglier renâcle, trépigne et s'apprête à l'évidence à foncer. Comprenant alors que c'est son véritable baptême du feu, que son père ne fera rien et laissera la bête les charger plutôt que de la tirer lui-même, qu'il n'a donc plus le choix, Elias lève son fusil au moment même où le sanglier bondit. Le coup part, retentit jusqu'au fond du ouadi et continue à résonner longtemps dans les montagnes après que le sanglier foudroyé a été jeté en arrière par la décharge), ou celui de Catherine, l'aînée des filles, annonçant à Wakim un jour en pleine messe qu'elle aime le fils Farhat (on se demandera toujours pourquoi en pleine messe, et je crois que c'était pour le prendre à l'improviste, pour qu'il ne puisse pas réagir trop impulsivement, comme si elle avait attendu un jour à table qu'il ait la bouche pleine pour lui annoncer qu'elle avait fait une bêtise dans le jardin, et je l'imagine donc, elle n'a pas seize ans, qui va fièrement avec son père à la messe à Saint-Michel des maronites, elle est en robe écrue avec une grande ceinture et un petit chapeau, elle est rieuse et très malicieuse et se sait la favorite de Wakim. Une fois entrée dans l'église, elle entraîne son père vers le premier rang, bouscule les paysans en seroual et gilet du dimanche et se taille une place ainsi qu'à son père, dont le passage déclenche un petit roulement de salutations chuchotées, à quoi il répond par un mouvement de la lèvre mais sans un son pour ne pas déranger l'office. Quand ils ont pris place juste en face de l'autel, elle attend, fait ses dévotions en pensant à autre chose, ouvre et referme son bréviaire maronite, alors qu'elle est quand même orthodoxe, ne l'oublions pas, et finalement, lorsque le curé, après avoir chantonné un texte des Évangiles, commence son sermon en regardant souvent du côté de Wakim dont la présence si près l'honore, et que, à cause de ça, Wakim est comme ligoté, dans l'impossibilité de réagir sans causer un petit scandale, elle se colle à lui, tend le cou pour approcher son oreille et lui annonce qu'elle aime Georges Farhat, et lui, sans broncher, sans même ciller, en continuant à fixer le curé comme s'il était absorbé par ses propos sans intérêt, murmure : « Eh bien, épouse-le »), ou encore celui du troisième garçon, Farid, allant aux côtés de Wakim un matin à Beyrouth en buggy, alors qu'il ne doit pas avoir huit ans, et qui assiste à une scène qu'il n'oubliera pas (c'est sur la place des Canons, devant le portail du jardin Hamidié où sont rangés les fiacres de location, et à deux pas du café où Wakim a provoqué sa fameuse rixe, quinze ou vingt ans plus tôt. Les chevaux piaffent et battent du sabot sur la terre battue de la place. Les cochers discutent en attendant le client, et puis les voilà qui se mettent à s'amuser d'un petit vendeur de julep coiffé d'une calotte, qui a eu la mauvaise idée de passer devant eux. L'un saisit sa calotte, la lance à un deuxième qui l'envoie à un troisième, et ils continuent ainsi à le taquiner alors que Wakim et son fils, qui ont laissé leur buggy et vont à pied, sont presque à leur hauteur. Wakim à ce moment opère un quart de tour et se dirige inexplicablement vers les fiacres. Tous les cochers, abandonnant le petit vendeur, se précipitent vers lui car c'est un monsieur fort élégant et avec une badine. Mais lui, sans se soucier de leurs bruyants salamalecs, monte dans le premier fiacre, puis, quand le cocher est assis sur son siège, il redescend et choisit un autre fiacre, attend que le cocher s'y soit installé pour remettre pied à terre sous les cris et les invites des autres et, suivi par son fils qui n'y comprend rien, monte dans un troisième fiacre. Cette fois encore, le cocher est prêt à faire aller ses chevaux, mais voilà Wakim qui redescend avec son fils et coupe court aux plaisanteries des cochers en jouant ostensiblement entre ses doigts avec une magidié or, s'installe dans une quatrième calèche, attend de voir le cocher assis pour redescendre. Mais cette fois c'est la bousculade autour de lui, la magidié or qu'il ne cesse de tourner et de retourner entre ses doigts a transformé les ricanements douteux en cris d'allégeance. Il monte dans un cinquième fiacre qu'on lui a complaisamment avancé, et ce n'est qu'au bout du sixième ou du septième qu'il redescend pour de bon, range la magidié dans sa poche revolver et remonte tranquillement vers le jardin sous les injures rentrées des cochers, avec son fils à ses côtés, son fils qui a finalement compris, qui se retourne, qui voit le sourire triomphant du marchand de julep et qui se sent fier).

Ce sont ces souvenirs-là, et d'autres encore, beaucoup d'autres, comme le mariage de Gérios Nassar, par exemple (oui, Gérios Nassar, avec ses éternels ronchonnements et ses sept doigts, qui vient un jour faire une confidence incroyable à Wakim, Wakim qui fait la moue et on comprend pourquoi lorsque Gérios amène sa promise, une fort jolie femme et assez jeune, et veuve, mais qui a eu la faiblesse de faire une ou deux bêtises après la mort de son premier mari et à qui Gérios offre généreusement un havre maintenant qu'elle s'est assagie, ou soi-disant, car en fait il est le seul à être sûr qu'elle l'est bel et bien, assagie, le reste du monde la regarde dubitativement, on est sûr qu'elle va le faire tourner en bourrique, le pauvre homme. Or pas du tout, elle ne s'écartera plus jamais du droit chemin, aimera Gérios malgré – ou à cause de, peut-être – ses sept doigts et son air de prédicateur en colère, et surtout parce qu'il est généreux, courageux et en fin de compte probablement un amant de belle envergure, et elle lui donnera trois enfants qui grandiront avec les plus jeunes de ceux de Wakim et Hélène, et le jour de son mariage les filles aînées de Wakim acceptent joyeusement d'être ses demoiselles d'honneur), ou la mort de la veuve, leur grand-mère (imaginons-la une dernière fois, venant régulièrement chez ses enfants, reçue avec une grâce infinie par Hélène, qu'elle aime et qui l'aime. Elles se tiennent toutes les deux dans le salon, ou sur le balcon, au milieu des tissus de leurs robes qui mangent tout l'espace autour d'elles, se montrent leurs broderies ou leurs crochets, ou bien vont marcher jusqu'à la Petite Maison où vit Sélim et se font des confidences, la mère allant jusqu'à tout raconter un jour sur l'histoire de Halim Nassar, une histoire qui ne l'a pas quittée une minute durant sa vie, mais maintenant elle tient sa revanche, son fils est l'égal de Halim, sa maison est plus belle encore, et surtout elle a des petits-enfants, et, parmi ses petits-enfants, des préférées, les filles, bien sûr, qui lui ont tant manqué à elle, dont elle est la marraine, qu'elle comble de petits cadeaux et même parfois de grands, des robes superbes ou des parures qu'elle achète avec l'argent qu'elle continue obstinément à recevoir de Halim et qu'elle recevra jusqu'à son dernier jour, un dernier jour qu'elle n'est nullement pressée de voir arriver, assistant à la naissance de huit sur dix de ses petits-enfants, commençant à ressentir des maux de dos sévères après la naissance du cinquième et de jambes après la naissance du sixième, se faisant encore transporter chez ses fils malgré ses cannes et l'escalier impossible à monter de la Grande Maison, résistant vaillamment, violemment, refusant l'idée même de sa mort tant que Halim son beau-frère est encore vivant, pour ne pas lui laisser le plaisir de mettre la main sur la maison de Marsad, et comme Halim est solide elle lutte, ses pieds enflent, son dos la torture, elle a le souffle court, mais elle dure, elle est durcie par la rancune, elle ploie et ne rompt pas, jusqu'au jour où, revenant des funérailles de Halim, elle cesse sur-le-champ le combat. En deux mois, tout le terrain qu'elle a réussi à tenir pendant des années contre la mort, elle le cède sans plus résister, et à ses funérailles les aînés parmi ses petits-enfants sont en costume et tarbouche et suivent gravement son cercueil), ce sont ces souvenirs-là et beaucoup d'autres semblables qui permettent de reconstituer la trame même du quotidien, la grande routine du monde, le long fleuve tranquille des jours dont le miroitement laisse dans la mémoire des enfants des images simples mais fulgurantes, les tapis que l'on bat à la sortie de l'hiver, un garçon qui tombe dans le puits et c'est le branle-bas dans le domaine et dans tout Ayn Chir, les jeux avec les poulains, les journées passées dans les oliviers, les piquants des figues de Barbarie dans les doigts, les grillons qu'on attache par une patte à un fil, les parts du propriétaire dans la récolte des oranges que l'on distribue aux fermiers des alentours, les Bédouins qui apportent le lait de chèvre tous les matins, un loup qui a l'audace d'arriver jusqu'au pied de la maison une nuit d'hiver, les chevaux dans les écuries qui hurlent et les hommes qui sortent avec les fusils et les lampes, toute une époque dont j'ai toujours et un peu en vain essayé de déchiffrer l'essence dans les visages, dans les poses, dans les habits, dans la manière de se tenir et dans la place choisie par chacun sur les deux seules photos où l'on voit toute la famille réunie autour de Wakim et d'Hélène. Sur la première, ils ne sont que huit, tous en habits du dimanche, les garçons serrés dans leur col amidonné, raides sauf les deux aînés, plus à l'aise et dont l'un a la main posée sur l'épaule d'une de ses sœurs assise sur un tabouret. Wakim et Hélène sont à l'arrière, comme sur une photo de classe où les professeurs se tiennent au dernier plan, lui en costume foncé, la moustache droite, elle dans une robe dont le haut est ouvert sur une blouse moussante. Sur la seconde, ils sont neuf, c'est-à-dire au grand complet excepté Catherine, la fille aînée, qui doit être déjà mariée, et entourent Hélène et Wakim qui sont assis chacun dans un grand fauteuil en osier, lui dans un costume presque blanc, en bottines à lacets, la moustache fraîchement taillée et un peu relevée, elle dans une robe à fleurs bouillonnant tout autour d'elle, en grand chignon. L'aîné des garçons a l'air assuré de celui qui croit faire souffrir les femmes, le plus jeune est en costume de petit marin, les filles sont en robe légère et fixent l'appareil photographique comme si c'était devenu une habitude. Mais l'une d'entre elles regarde avec malice le tout dernier-né, celui qui sera mon père, qu'Hélène tient dans ses bras et dont la présence sur la photo prouve qu'on est au seuil d'une époque difficile, que le temps de la grandeur et de l'insouciance est en train de s'achever. Ce qui signifie aussi que se sont déjà produits les grands événements qui marquèrent à cette époque l'histoire du clan Nassar, des événements qui font partie, au même titre que tout ce qui précède, de sa mythologie et dont il va falloir dire un mot.

10

Nous sommes présentement dans la salle à manger européenne de la villa Eucalypta d'Émile Curiel. Sous un immense lustre en cuivre émaillé, la table est dressée. Il y a des soupières en argent et de grands plats où sont servis moghrabiyyé, feuilles de vigne aux côtelettes de mouton et autres kebabs aux tomates. Le vin a été versé dans des carafes de cristal. Sur le dressoir en bois de cèdre, émaillé lui aussi, il y a d'autres plats d'argent qui attendent. Pour faire honneur à tout cela, autour de la table il y a Calmette et sa femme, le consul de France et son drogman, un jésuite dont l'identité est depuis cent ans l'objet de controverses et un ministre du gouvernorat du Mont-Liban qui pourrait être Tamer bey, le ministre des Routes. Tout ce beau monde mange en discutant de l'eucalyptus et de la possibilité d'en planter sur le bord des routes, des récentes découvertes sur la qualité antiseptique de ses feuilles, de l'effondrement du campanile de Venise ou de la reconduction de la Triple Alliance. Vers onze heures, les sofraguis en costume blanc débarrassent le dernier plat d'argent. Les convives attendent le dessert, les serviettes sont sur la table, les verres à moitié vides. Calmette fait imperceptiblement tinter le sien avec la lame de son couteau d'argent, un bras désœuvré passé par-dessus le dossier de sa chaise. Le consul de France, tout en jouant avec sa fourchette à dessert, essaie d'extorquer une information à Tamer bey sur la concession obtenue par l'Allemagne pour construire le chemin de fer de Bagdad. C'est à ce moment que l'on sonne à la porte d'entrée. Deux minutes après, Wakim Nassar entre dans la salle à manger. Il était invité à dîner mais avait annoncé qu'il ne viendrait que pour le dessert. Il connaît les habitudes de Curiel et il tombe à pic. Il salue, se fait interpeller, plaisante. Il est en costume clair et cravate mouchetée. Il tient un plat couvert d'un grand tissu comme un prêtre tiendrait un ciboire couvert d'un linge. Il le pose au milieu de la table, enlève le tissu à la manière du presti- digitateur qui veut faire apparaître quelque chose de miraculeux, et c'est un peu ça, quoique nul ne s'en rende encore compte. Sur le plat, il y a, disposés en pyramide, des fruits, des sortes de petites oranges, pas plus grosses que des prunes. Des mandarines, dirait-on aussi, mais à la peau très lisse. C'est joli à voir, ces miniatures d'oranges, on les croirait lustrées à l'huile d'olive comme les œufs colorés de Pâques et leur dis- position est très réussie. Wakim se taisant sur leur nature et leur nom, il n'y a plus qu'à goûter. Le premier à se servir est le jésuite, qui prend le fruit couronnant la pyramide, après quoi c'est Calmette qui se soulève, tend la main et fait s'écrouler l'édifice, les modèles réduits d'agrumes allant rouler sur la table de tous côtés. Mais c'est pratique, chacun se saisit d'un fruit qui passe ou de celui qui s'est arrêté devant son assiette, tandis que les sofraguis se baissent pour ramasser ceux qui sont tombés sur le tapis persan. Wakim est assis sur le bord de sa chaise. Les bras croisés sur la table, il observe les convives comme un cuisinier qui attend la sentence à propos d'une sauce qu'il vient d'inventer et d'accom- moder à une viande préparée de la manière la plus

classique. Il les voit peiner à défaire la peau qui adhère
au fruit, signale qu'avec les doigts c'est plus simple et
fait une démonstration, détache avec tact les quartiers
les uns des autres. Chacun l'imite, porte à sa bouche la
pulpe sapide, et c'est alors une révolution de palais qui
se produit, une acidité se dégage, aussitôt équilibrée par
une note sucrée avec, ensuite, la lente exhalaison de
quelque chose de musqué, bref, une chose assez stupéfiante et dont on peut jouir à l'aise, sans le désagrément
du pépin qui, dans l'orange ou la mandarine, serait venu
libérer une amertume à tout gâcher. Le jésuite opine en
se concentrant ainsi qu'un œnologue qui veut découvrir
toutes les subtilités du bouquet, le consul marmonne
quelque chose et reprend un fruit, et Wakim lance
un regard amusé à Curiel, en joueur qui vient de réussir
un bon coup mais qui ne se doute pas du succès que va
remporter ce drôle d'agrume de son invention.

Une des choses sur quoi la descendance de Wakim
Nassar n'accepta jamais de transiger à propos du fruit
nouveau, c'est le fait qu'il s'agît d'un hybride de mandarine et de bigaradier, autrement dit d'un équivalent de
la clémentine. Que la clémentine fut inventée à Ayn
Chir, *avant* sa prétendue découverte officielle dans le
jardin d'un orphelinat d'Oran par le jésuite français
Clément Rodier, était un des deux ou trois piliers de la
foi pour tous les membres du clan. Mieux : comme les
relations d'Émile Curiel et, partant, de Wakim lui-
même avec les jésuites du séminaire de Ghazir étaient
excellentes, les plus avisés parmi les chroniqueurs du
clan Nassar décidèrent que le jésuite présent le soir du
dîner de présentation du fruit de Ayn Chir n'était autre
que Clément Rodier lui-même, qui (inventons à partir
de cette bribe) aurait connu Curiel à Oran puis, lors
d'un voyage au Levant, aurait été inévitablement invité

chez lui et serait tombé pile le soir qu'il fallait pour commettre son forfait. Malheureusement, je n'ai jamais trouvé la moindre trace de Rodier au Liban. En revanche, il y eut bien, dans l'entourage de Wakim Nassar au début du siècle, un jésuite, mais il s'appelait Barthélemy. Ce nom de Barthélemy fait partie du patrimoine onomastique du clan Nassar. Je me souviens même que mes oncles l'évoquaient en l'appelant Bartélémé, une vieille inflexion insolite survivant là dans leur parler, du genre de celles qui auraient pu permettre à un archéologue des phonétismes de faire des conjectures sur l'accent des anciens Beyrouthins, comme les historiens le firent sur celui des anciens Romains à partir des fautes d'orthographe sur les graffitis de Pompéi. Lorsque j'essayai d'en savoir plus sur cet homme, mes oncles étaient morts et mon père ne put m'être d'aucun secours. Heureusement, ma curiosité fut satisfaite, mais d'une manière tout à fait inattendue. C'était un soir qu'à dîner je me trouvais assis près d'un père jésuite hilare qui passa le repas à raconter des histoires cocasses et morbides, comme celle de cette émigrée qui avait épousé un riche agriculteur du Madhya Pradesh et envoyait régulièrement à ses parents restés au pays du thé de ses récoltes, jusqu'au jour où, dans un emballage du type habituel, ces derniers reçurent les cendres de leur parente, morte et incinérée, qu'ils prirent pour une espèce nouvelle de thé dont ils burent quelques grammes en infusion ; ou encore l'histoire de ce jour où, amené à mettre de l'ordre dans le cimetière des pères jésuites de Ghazir, il avait rassemblé les os que la terre avait mélangés et reconstitué les bons pères pièce par pièce. Là, je cessai de rire pour lui demander s'il y avait eu à sa connaissance, parmi les jésuites d'antan à Ghazir, un certain père Barthélemy. Et mon convive, chez qui le sucre du dessert commençait lentement à augmenter l'effet de l'alcool qu'il avait bu en quantité sous la forme d'un excellent vin de Ksara, se mit à m'expliquer, d'une voix un peu plus haute qu'il n'aurait fallu puisque j'étais assis à ses côtés, que non seulement il y avait eu un père Barthélemy, mais que c'était un supérieur du séminaire dont il avait lui-même ramassé les osselets avec beaucoup de soin et qui avait été enterré un peu à l'écart des autres, sous les clémentiniers du verger, parce que c'était un pharmacologue et un botaniste qui avait pris un intérêt particulier au développement des jardins du séminaire et y avait précisément acclimaté ces clémentines.

Quelque temps après, je me rendis en visite au séminaire de Ghazir. Je me promenai dans les grands couloirs frais où le pas résonne, j'entendis des portes claquer, des courants d'air circuler et de la vallée arriver le cri des chevriers. Je sentis l'odeur de lessive de la buanderie, je croisai un jésuite qui me fit un signe de tête sans paraître troublé de voir un civil dans le couvent et je finis par atteindre le jardin, où je trouvai des orangers, des citronniers et deux ou trois magnifiques clémentiniers, du genre commun dont rien ne prouve que c'était celui qu'inventa Wakim. Mais cela suffit pour me donner envie de m'intéresser à ce Barthélemy qui allait de toute façon devenir une fréquentation de Wakim. On peut penser que, le lendemain du dîner à Eucalypta, il vient avec Curiel rendre visite à Wakim. Je l'imagine grand et fort, comme le père jésuite qui me parla de ses ossements, le cou enfoncé dans les épaules, et affecté d'une démarche qui donne l'impression d'une lente dérive, d'une lutte permanente pour aller droit qui n'a rien à voir avec l'ivresse mais plutôt avec une si forte concentration sur des choses sans rapport avec l'environnement du corps que celui-ci semble suivre un itinéraire indépendant du tracé des voies, des chemins et des routes. Dans les orangeraies des Nassar, Wakim et Curiel sont à deux doigts de le retenir par le bras de crainte de le voir tomber, ou bien ils dérivent avec lui en accommodant leur pas au sien, avant que Wakim ne finisse par indiquer une direction entre les arbres et ne fasse revenir le groupe vers un sillon plus large sans que le jésuite ait cessé de parler, digressant dans son propos comme dans son pas. On s'arrête enfin au milieu des clémentiniers, dont la taille et la couleur des feuilles tranchent au milieu de la mer des orangers, on discute, on palpe, on cueille, on goûte, puis on reprend la marche et, par un détour du côté des citronniers et des abouserras, on sort des vergers juste en face de la Grande Maison, dont Barthélemy sera désormais un habitué. Il y revient souvent, à pied, marchant entre les mûreraies et les potagers, encadré par le grand bleu des montagnes derrière lui, saluant les étameurs et les savetiers qui s'arrêtent poliment sur le bord du chemin pour le regarder passer avec sa longue soutane et son chapeau à la visière démesurée. Parfois, un fermier va vers lui et lui baise la main en la portant à son front, et parfois c'est un fiacre montant vers Baabda et transportant des *messieurs* en costume qui ralentit à son niveau pour ne pas le noyer dans un nuage de poussière, et les *messieurs* tirent leur tarbouche en passant. Souvent, le soir, il vient avec Curiel. Ils restent tous deux à dîner et, après le dessert, on apporte les clémentines, que l'on déguste en en discutant comme on discute autour d'un cognac. Barthélemy fait des suggestions de greffe, Wakim lui propose des boutures pour le jardin du séminaire, on parle des orangeraies d'Algérie, après quoi, alors que les épluchures sont répandues partout autour des assiettes à dessert et sur la nappe, les hommes sortent chacun un havane que le goût musqué et acide des clémentines appelle irrésistiblement et la conversation se

prolonge autour de la nomination d'un nouveau moutasarrif, de l'inauguration de la première gare ferroviaire à
Beyrouth ou de l'assassinat du roi Alexandre de Serbie.
Que, après cela, Barthélemy ait eu l'idée d'écrire un
jour à son compère Clément Rodier, à Oran, pour lui
parler du fruit nouveau, puis de lui envoyer les boutures
qui allaient servir à répandre l'arbre et le fruit de par le
monde, on pourrait l'admettre, et admettre de ce fait que
l'origine de la clémentine se trouve bien à Ayn Chir et
nulle part ailleurs.

Quoi qu'il en soit, avant d'être surclassée par celle de
Rodier, la clémentine de Ayn Chir connut une gloire
certaine. D'après les annales du clan, elle fut servie sur
les tables des familles les plus bourgeoises de Beyrouth.
Le moutasarrif du Mont-Liban se fournissait directement chez les Nassar pour sa consommation personnelle et le pacha d'Acre en envoyait à sa maîtresse, une
femme mariée de la bourgeoisie de Haïfa. Le khédive
d'Égypte lui-même en aurait réclamé aux officiers
syriens de son protocole, le sultan à Istanbul en aurait
fait venir pour ses dîners privés, et je me suis toujours
demandé d'où l'une de mes tantes tenait (et elle n'en
démordit jamais) que l'on en servait également à la
table du prince Novarina à Venise. Je ne sais si ce prince
Novarina a jamais existé, et si la sœur de mon père ne
confondait pas Venise et Prague, mais c'était bien
trouvé pour exprimer le succès généralisé du fruit nouveau de Ayn Chir. En tout cas, j'ai toujours eu l'intime
conviction que Wakim Nassar ne pensait pas à l'origine
à commercialiser ce fruit. C'est comme un écrivain qui
fait une petite nouvelle sans conséquence pour se dis-
traire, et voilà que cette chose devient un roman que
l'on s'arrache. On peut imaginer par exemple que tout
commence par une initiative aimable de sa part. Le

lendemain du dîner de présentation du fruit, il envoie chez le consul de France un panier de clémentines soigneusement choisies et un autre chez le ministre du gouvernorat. Et ça démarre en trombe. Car, dès qu'il y a quelque chose à la table du consul de France, c'est aussitôt sur celle des consuls d'Angleterre, d'Autriche et de Russie, qui sont rivaux en tout dans ce pays. Et lorsqu'il y a quelque chose sur la table des consuls, on le retrouve ensuite sur celle des drogmans, qui sont aussi des gens influents, et ce qu'il y a sur la table des drogmans se retrouve sur celle des dames de la bourgeoisie orthodoxe, et ce qui est sur les tables de la bourgeoisie orthodoxe, dans les palais sur la colline à l'est de la ville, on le retrouve sur les tables de la bourgeoisie sunnite, dans les palais des collines ouest, et voilà l'affaire. Après quoi, et conformément à la constitution pyramidale de l'administration ottomane, la clémentine apparaît dans les réceptions du moutasarrif et l'année suivante dans celles des pachas, qui en envoient au sultan. À moins que ce ne soit un commerçant de gros musulman qui se charge de la récolte et en vende une partie en Égypte et une autre à Constantinople. En tout cas, au bout de trois ans, la demande devient plus forte, même si le fruit est cher, et il faut alors planter de nouveaux arbres. Pour faire de la place, Wakim achète pour la première fois des terres à Ayn Chir et y plante de nouveaux orangers à la place de ceux qu'il a fait enlever pour mettre ses clémentiniers. Il achète cent dounoums du côté de l'église Saint-Michel et deux cents à Fourn el-Chebbac, non loin des eucalyptus de Curiel. Vers 1910, une récolte particulièrement bonne apporte des ressources énormes, et on peut penser que c'est grâce à elles que Wakim fait construire cette fameuse église orthodoxe de Ayn Chir, la première de toute la région, et surtout qu'il achète plusieurs dizaines de dounoums sur le bord de la route de Damas. Mais le résultat le plus retentissant de cette invention de la clémentine, c'est probablement la visite que lui fait le moutasarrif en personne. Cette visite a toujours évoqué pour moi des images de bottes militaires et de sabre au côté, d'insignes et de dorures sur les poitrines, de chevaux faisant une haie d'honneur jusqu'au pied de la Grande Maison et d'un moutasarrif dont la silhouette floue ressemblait davantage à celle de l'empereur d'Allemagne qu'à celle d'un gouverneur ottoman du Mont-Liban. En réalité, cela dut être beaucoup plus prosaïque, et on va imaginer que le convoi du moutasarrif (ce devait être Youssef pacha ou bien Ohannès pacha) vient à passer un matin par Ayn Chir, soulevant une poussière du diable, jetant les passants sur le bord de la route et les fiacres sur les bas-côtés. Tamer bey, assis près du gouverneur, se penche pour lui dire un mot en lui indiquant les plantations des Nassar et en lui rappelant la fameuse clémentine, et trois minutes après c'est la panique sur le domaine de Wakim. Il y a des gendarmes partout, des ministres en noir qui mettent pied à terre des dossiers à la main, des chevaux qui frémissent, des officiers à moustache qui crient des ordres. Gérios, affolé, se précipite dans les vergers à la recherche de Wakim. Hélène dans la maison court à la cuisine, revient au salon, ne sait plus où elle a la tête et finit par souffler un ordre ou deux à ses filles aînées, tandis que sur la route se sont déjà attroupés les passants, les badauds et les travailleurs agricoles. Finalement voilà Wakim, repêché quelque part entre ses arbres, qui monte les escaliers aux côtés du moutasarrif, petit homme à barbiche, en grande tenue (pas de tenue de parade, pas de sabre, ni de dorures, mais le fil d'or de l'encolure de la redingote et des chaussures à bout carré) et coiffé d'un kalpak. Il n'y a pas de haie d'honneur mais tout le long de l'escalier, comme une traîne derrière les deux hommes, des ministres, des fonctionnaires, des officiers à la moustache raide, et tout ce monde se retrouve dans le grand salon de la maison. Il y a bientôt des hommes en noir dans tous les fauteuils et derrière chaque fauteuil un fonctionnaire debout, tandis qu'une foule d'officiers, de secrétaires et aussi de fermiers de Ayn Chir accourus pour l'occasion se presse jusqu'à la porte, sur le perron, sur les escaliers. Et au cœur de tout ça, au milieu du salon, il y a Wakim en tenue de travail et Hélène dans une robe simple, les cheveux à peine tirés, et entre les deux le moutasarrif avec ses broderies d'or. Et tout ce charivari pour quoi? Pour parler de clémentines. Cela fait bizarre, mais la tradition le veut et je la respecte. On parle donc de clémentines, mais le moutasarrif s'exprime très mal dans la langue du pays (qu'il s'agisse de Youssef pacha ou de Ohannès pacha, c'est du pareil au même), il parle turc et émaille de temps à autre ses propos d'un mot en arabe, et Wakim fait exactement le contraire et tout ceci ne mène pas loin. Les membres de la suite du moutasarrif patientent en causant discrètement, ou en observant le salon aux meubles immenses, le vaste tapis presque palatial sur lequel ils ont leurs pieds, on chuchote en attendant que tout ça s'achève. Finalement, il se passe quelque chose à l'épicentre de l'événement qui se communique à toute l'assemblée, le moutasarrif s'est redressé dans son fauteuil et Wakim aussi. Un courant imperceptible traverse alors le salon, tout le monde bouge et s'apprête à se lever, mais, comme si un mot d'ordre contraire et silencieux passait aussitôt, venu de nulle part et transmis par les regards, les haussements de sourcils et les inflexions des lèvres, le mouvement reste en suspens, les ministres, les officiers et les fonctionnaires qui s'étaient extraits de leur fauteuil ne se lèvent finalement pas, demeurent assis du bout des fesses, tandis que le moutasarrif et Wakim se lèvent bien, eux, et vont ensemble vers le balcon, d'où Wakim montre au gouverneur ses vergers, explique bon an mal an la répartition des arbres en espèces, indique les frontières du domaine, la ligne d'horizon où l'on voit la Forêt de Pins. Le moutasarrif opine en se lissant la barbiche, fait des promesses, assure qu'il a le projet de débloquer des crédits pour l'agriculture et qu'il va encourager la production des agrumes, mais Wakim n'en croit pas un mot, il connaît comme tout le monde les dettes du gouvernorat à l'égard du Trésor ottoman et aussi la vénalité et la corruption du pouvoir des gouverneurs. Mais il remercie, puis on rentre et, cette fois, tout le monde se lève, on rembobine, c'est le mouvement inverse du salon vers le jardin, et lorsque dans les cris, les mots d'ordre et le piétinement martial des chevaux le convoi sort du domaine, il passe au milieu d'une foule encore plus dense qui s'est massée sur la route et qui, impressionnée par la pompe, applaudit un peu, un tarbouche ou deux se lèvent, une calotte ou deux volent dans l'air, et bientôt le convoi repart au galop et disparaît dans la poussière. Quant à Wakim, soyons romanesque, ou, mieux, faisons dans l'antique et considérons qu'aussitôt il retourne à ses clémentines.

11

Pour des raisons nombreuses et liées à la fois à un fort endettement des fermiers et à une imbrication dans un vaste et traditionnel système dont il n'est jamais facile de sortir, Ayn Chir fit confiance jusqu'au dernier moment à la culture du mûrier, et ne se convertit franchement à l'orange qu'à partir de 1920. Pourtant, il est certain que, dès 1910 ou 1911, certains fermiers commencèrent à planter des orangers en nombre, arrachant les vieux mûriers ou faisant de la place sur leurs terres à olives ou à figues, s'inspirant ainsi du modèle représenté par Wakim Nassar, dont ils voyaient le succès et dont ils enviaient probablement l'aisance matérielle et la prospérité. Car Wakim Nassar devint sans aucune espèce de doute aux yeux des habitants de Ayn Chir une sorte de contemporain capital. Je serais même enclin à croire qu'on dut le tenir aussi pour un contemporain capital au palais de Topkapi, lorsqu'une concubine royale épluchait une de ses clémentines, ou au palais Abdine, au Caire, à la même occasion, ou même dans ce palais Novarina de Venise ou de Prague. Mais enfin, restons à Ayn Chir. Et, à Ayn Chir, Wakim est l'objet de l'admiration et de l'envie de tous les habitants. Il a une des plus belles maisons loin à la ronde, il a un train de vie fastueux, une femme qui s'habille joli comme ça.

Les fermiers soupirent au milieu de son immense salon et s'extasient sur ses tapis, qu'un roi de Perse à leur avis aurait suspendus aux murs plutôt que de les laisser fouler. Il a un buggy dans lequel il va à Beyrouth tous les matins avec l'un ou l'autre de ses enfants, ses chaussures sont françaises, ses fusils de chasse américains, ses enfants vont à l'école à Zahret el-Ihsan, il a des participations dans un projet d'usine de papier avec Curiel, des actions dans la Banque ottomane et la Compagnie des tramways de Beyrouth, il prête sans intérêts à ses amis, il a donné de l'argent à Rached pour qu'il achète un terrain à Baabda, il a aidé Malkoun à acquérir ses vingt premiers orangers et payé les dettes d'un fermier de Fourn el-Chebbac. C'est un homme dont on raconte avec fierté qu'on lui a serré la main le matin en le croisant sur la route. On est persuadé, mais à tort, qu'il est devenu un intime du moutasarrif et qu'il fréquente le consul de France. Quand il entre dans une ferme où on reçoit des condoléances, tous les hommes présents se lèvent, et quand on passe sur la route au large de sa maison on essaie de voir s'il y a quelqu'un sur le balcon ou sur les escaliers et on brode ensuite autour de ces minuscules marques de vie dans le domaine. Or il est normal que de tout cet excellent raisin engrangé un homme veuille tirer à la fin un vin d'exception et que Wakim Nassar ait commencé à regarder plus loin, plus haut, c'est-à-dire par exemple et pourquoi pas du côté du Majlis Millet siégeant auprès de l'évêque. Tout ce qu'il a réussi jusque-là, tranquillement, lentement, c'est comme ces nappes d'huile noire lentement accumulées au cours des millénaires que l'homme transforme en énergie et brûle en un instant pour sa plus grande gloire.

Pour arriver à ses fins, Wakim a très vite une occasion en or : c'est la bataille pour la succession de son oncle Halim au Majlis. Cette bataille, néanmoins, il n'y participe pas, sans doute parce qu'il estime que c'est trop tôt, que sa position n'est pas encore assez forte. On doit être aux alentours de 1908 et l'on pourrait penser, pourquoi pas, que certains membres influents de la famille songent à lui comme candidat et viennent le solliciter pour cela. Mais il ne bouge pas et laisse élire Gebran Nassar. À moins qu'il n'ait un plan. À la mort de sa mère, il a abandonné sans rechigner à Gebran les derniers biens que la veuve ne possédait d'ailleurs déjà plus et il s'est ainsi complètement désengagé de Marsad, calculant que, désormais, sa bataille, il la livrerait à partir de Ayn Chir. Ayn Chir est dans le Mont-Liban, et s'il n'y a pas beaucoup d'orthodoxes dans le Mont-Liban, il y en a quand même, et leurs affaires sont gérées par les membres beyrouthins du Majlis. Exiger un siège pour le Mont-Liban auprès de l'évêque, et le réclamer pour lui, après quoi il pourrait repartir à la conquête du siège traditionnel des Nassar, voilà peut-être son idée. C'est en tout cas comme ça que j'ai toujours imaginé les choses. Et cela en tout cas expliquerait qu'il ait, à partir de 1907 ou 1908, commencé à dépenser des sommes folles et à jouer les mécènes et les donateurs au sein de la communauté orthodoxe, le tout aboutissant à la construction de la fameuse église orthodoxe de Ayn Chir.

Ce n'est pas tout à fait ainsi néanmoins, soyons honnête, que la tradition et les annales du clan rapportent l'origine de la construction de cette église. Mais la mémoire du clan Nassar est encombrée d'histoires et d'anecdotes qui ne sont que des faits secondaires auxquels pourtant on attribue la cause d'événements graves, exactement comme, dans la mythologie, on attribue à l'enlèvement d'une femme les dix ans de guerre entre Troie et la Grèce. L'imagination des membres du clan

Nassar, souvent plus encline à retenir et à comprendre des faits anecdotiques que des jeux de forces travaillant lentement, imputa de tout temps la construction de cette église à un affront infligé à Wakim Nassar par le curé maronite de Ayn Chir. Ce n'est pas la réalité du fait que je conteste, mais seulement sa portée, de la même façon que, sans mettre en doute l'assassinat de l'archiduc François-Ferdinand, on n'est pas obligé d'y voir la cause réelle de la Grande Guerre. D'après les annales du clan, c'est un dimanche où Hélène et Blanche, sa deuxième fille, assistent à la messe que ce fameux curé fait un prêche où il se montre désagréable en parlant de *nos frères les orthodoxes* à qui il fait un ou deux reproches dogmatiques que personne ne comprend, et peut-être même pas lui. Sur les raisons de son attitude, nul ne donna jamais la moindre explication. C'était peut-être du zèle, il avait peut-être rêvé de la Vierge ou de sainte Thècle qui lui disait des choses de travers sur les orthodoxes, ou bien il avait lu quelques livres sur la méchanceté des Byzantins à l'égard des maronites en l'an mil et il avait décidé de se venger. C'était peut-être tout à fait personnel, il avait ce jour-là mal aux reins et en voulait à la création entière, et pendant son prêche Hélène avait souri, ou chuchoté quelque chose à sa fille, ce qui l'avait agacé. Ou bien c'était une affaire plus importante, une vengeance parce que Wakim avait décroché à bon prix une terre que lui (le curé) lorgnait pour son neveu. Toujours est-il qu'après le prêche il refuse de faire communier les deux Nassar arrivées humblement, l'écharpe brodée délicatement posée sur les cheveux, jusqu'au pied du calice qu'il tient à la main. On en parle dans toutes les fermes durant tout le reste de ce dimanche et Hélène raconte la chose à Wakim. D'après l'historiographie officielle, Wakim achète aussitôt une terre à un prix exorbitant et là-dessus, ni une ni deux, il fait construire une église orthodoxe, la première à Ayn Chir et une des rares du Mont-Liban, juste pour que sa femme puisse aller prier sans encombre. C'est un peu sec, mais en tout cas c'est comme ça que la chronique du clan rapporte le fait, et il fut toujours convenu que cette église, il la fit comme on claque du doigt, clac, et la voilà, un peu trapue, presque carrée, les pieds dans les potagers des voisins maronites dont la terre est aussitôt achetée également pour faire une belle esplanade. Elle a un petit bulbe sur le clocher et un dôme de pierre couvre une part de l'esplanade. Wakim fait venir un peintre d'icônes russe qui lui en fait de merveilleuses, il dépense beaucoup d'argent pour l'iconostase, et après ça Hélène et ses filles peuvent aller prier tranquillement. C'est assez idyllique, merveilleusement beau et tout à fait chevaleresque, mais ça ne tient pas debout, tout simplement parce qu'on ne fait pas une église comme on fait une boulangerie ou une forge. On est obligé d'entrer dans tout un univers compliqué de diocèses et d'éparchies, de hiérarchies, de terres à sacraliser, de prêtres à faire nommer, et tout ça, en tout cas, dépend d'une autorité particulière, à savoir celle de l'évêché. Précisément. Donc, si toute l'affaire du curé maronite est vraie, elle n'aurait servi que de déclencheur. Et voilà Wakim qui engage des pourparlers avec l'évêché, avec des prêtres et des archimandrites qui sont trésoriers, secrétaires, secrétaire général et tout ce qu'on peut imaginer dans une hiérarchie civile mais avec de grandes croix byzantines en sautoir et des chignons sous la coiffe. Après quoi c'est l'évêque lui-même que Wakim découvre enfin un jour, les icônes, les croix et les insignes impériaux faisant une délicate petite musique métallique sur sa poitrine, et il est de notoriété qu'ils deviendront des intimes. Il ne faut pas oublier non plus le Majlis, le conseil de gestion civile de la communauté, dont les membres sont les plus éminents représentants de la bourgeoisie orthodoxe, les hommes les plus riches du pays, et devant qui la donation de Wakim est présentée officiellement. Il est probable que le Majlis réfléchit avec gravité au risque d'irriter les maronites en faisant une église orthodoxe à Ayn Chir et qu'il finit par charger la commission des relations avec les autres Églises de faire un sondage. À la réunion suivante, ces messieurs écoutent un rapport lu par un archimandrite, un éparque ou par l'un d'entre eux et ils apprennent ainsi, comme on apprend la survivance en un coin insoupçonné du monde d'un peuple qu'on croyait disparu, qu'il y a des orthodoxes à Kfarchima, Fourn el-Chebbac, Dekouané, Baabda, peu nombreux, certes, mais dont il faut tenir compte, et qu'il n'y a aucune église pour les accueillir, ce qui les oblige à fréquenter les églises maronites ou grecques-catholiques. Une fois passée au vote, la donation de Wakim est donc acceptée *avec reconnaissance*, et à partir de ce moment il y a, c'est entendu, d'accord, la construction de l'église, la confection de l'iconostase et la facture des icônes. Ensuite, et avant qu'Hélène n'aille prier, il y a encore l'inauguration, en présence de l'évêque et de tout le Majlis, un Majlis qui tient à marquer, en venant au grand complet, que le Mont-Liban fait partie de sa juridiction. Et là, il faut encore imaginer tout un bataclan, procession, trois coups frappés à la porte de la nouvelle église par l'évêque, cantiques, odeur d'encens, rubans de tissu sur les mûriers bordant le chemin, cloche orthodoxe qui sonne pour la première fois au-dessus des potagers et des mûriers maronites de Ayn Chir, et au milieu de tout ça un Wakim dont on peut dire qu'il est maintenant très en vue. Les dépenses effectuées pour l'église sont telles que les membres du Majlis, l'évêque et la foule le regardent avec un mélange de curiosité et d'admiration. Dire par conséquent qu'il est maintenant très en vue est une chose à prendre au pied de la lettre : il s'est rendu *visible*. Il l'était déjà pour les gens de Ayn Chir, pour les Nassar et les orthodoxes de Marsad, mais il l'est devenu pour des gens autrement plus influents, et, d'une certaine façon, il ne va désormais plus cesser de l'être, il va être pris dans une spirale de *visibilité* telle qu'elle sera considérée par les membres de sa descendance comme la cause principale de sa fin prématurée.

Mais nous n'en sommes pas encore là. D'après les archives de l'évêché de Beyrouth, l'église Saint-Georges de Ayn Chir a été inaugurée au printemps de 1912. À l'automne, la flotte italienne bombarde Beyrouth. Il n'y a aucun rapport apparent entre ces deux événements, mais, dans l'histoire des Nassar, la chose est claire : l'affaire des cuirassés italiens fait progresser la visibilité de Wakim. Car lorsque les bateaux du roi Victor-Emmanuel tirent sur Beyrouth leurs salves d'obus qui touchent la Banque ottomane, les magasins Orosdi-Bak et toute une série d'autres bâtiments, emportant des pans de façade, des bouts de mur, des échoppes entières des souks (et on entend leur sourde rumeur à Ayn Chir, les fenêtres de la Grande Maison vibrent imperceptiblement, Gérios Nassar, qui est dans son potager, se dit « Ça y est, un tremblement de terre », les passants sur la route s'arrêtent et tournent leurs regards vers la Forêt de Pins, au-dessus de laquelle s'élèvent lentement un, puis deux, puis trois longs et paresseux nuages de fumée comme les signes encore indéchiffrables de ce qui est en train de se passer à Beyrouth), lorsque donc les bateaux italiens tirent leurs salves successives et qu'après ça, inévitablement, la foule musulmane, une fois revenue de sa surprise et comme tétanisée par l'impuissance et le désir de se venger, se précipite sur les boutiques européennes de la ville, puis s'en prend aux chrétiens vêtus à l'occidentale, puis aux chrétiens en général, lorsque, face à leurs adversaires de toujours, les habitants de Marsad et de Msaytbé prennent les armes et que leurs hommes montent sur les toits des maisons pour tirer à vue et décourager une tentative d'infiltration (et c'est alors le chaos dans toute la ville, les coups de feu commencent à s'entendre jusqu'à Ayn Chir, Wakim, qui revient de chez Curiel, en distingue les claquements mais ne parvient pas à savoir d'où ils proviennent), lorsque donc tout cela dégénère, les premiers réfugiés apparaissent sur la route de Ayn Chir, à la sortie de la Forêt de Pins. Et c'est ici que Wakim Nassar va, à son corps défendant, pousser avantageusement ses pions. Il n'est évidemment pas du genre, son histoire et sa fin en témoignent assez, à profiter du malheur des autres, au contraire, ni à croître sur un terreau de misère. Mais disons que les événements l'ont servi.

Lorsque les réfugiés arrivent, à pied, à cheval, en charrette, chargés de ballots, hagards, ils s'installent un peu partout dans les champs et sur le bord des routes comme pour pique-niquer, ou comme s'ils n'en avaient que pour quelques heures avant de pouvoir retourner chez eux. Mais la nuit tombe et les coups de feu continuent à claquer, des piétons venant de Marsad ou de Msaytbé racontent les rues désertes, les pillages et les fusillades, et bientôt il devient évident qu'il va falloir coucher hors de chez soi. Et c'est là qu'interviennent les Nassar. Non pas parce que la majorité écrasante des réfugiés est orthodoxe, mais parce qu'on ne peut rester les bras croisés et regarder les campements improvisés sur le bord des mûreraies et des potagers sans rien faire. Au début de la soirée, Wakim et ses deux fils aînés ainsi que Sélim et Gérios entrent en campagne. On ouvre aux familles le domaine. Les femmes et les enfants en bas âge sont accueillis dans la Grande et la Petite Maison, Hélène fait dormir une femme enceinte sur son lit et deux vieillards un peu perdus dans la chambre de ses fils aînés. Toutes les réserves des cuisines sont déballées et distribuées, c'est un branle-bas généralisé, c'est l'état d'urgence sur les terres de Wakim, qui entretemps est allé jusqu'à Saint-Georges qu'il a fait ouvrir par le nouveau prêtre qui est un peu à ses ordres et on installe là quelques familles. Tout cela se poursuit le lendemain, où il vient des blessés de Marsad. Un médecin est appelé dans la Grande Maison, Wakim fait la tournée des réfugiés recueillis dans les fermes maronites et promet de prendre toutes les dépenses à sa charge. Une distribution de vivres est faite par les Nassar, chez qui tout le monde a tombé la veste, et, de cette mobilisation qui dura trois jours, les filles aînées de Wakim, mes tantes les plus âgées et que je ne connus qu'à peine, gardèrent un souvenir frémissant d'action, d'agitation exaltante, dont elles transmirent le récit à leur descendance. Mais ce dont elles ne se rendirent pas compte sur le moment, c'est que cette bataille compassionnelle qu'elles menaient auprès de leur père servait mieux que dix campagnes électorales ses prétentions à entrer au Majlis. Car lorsque tout ça se termine, que la troupe turque a enfin décidé d'intervenir pour ramener l'ordre, que les réfugiés sont rentrés chez eux, la reconnaissance des gens de Marsad, de Msaytbé et de Bachoura pour Wakim est grande. Son nom se met à claquer comme un drapeau dans tous leurs propos, s'entoure d'un halo de respect et de révérence. J'ai moi-même souvent entendu mon père et ses frères se raconter avec émotion quarante ans plus tard la rencontre de tel ou tel vieux de Marsad qui les prenait subitement en affection quand il découvrait qu'ils étaient les fils de Wakim Nassar. L'existence même de Wakim, dans sa maison aux hautes fenêtres, devient comme une pièce d'or dans un chemin pierreux, un phare au milieu des écueils. Durant les deux années qui suivent, et qui courent vers les désastres de la Grande Guerre comme un joueur de colin-maillard vers un gouffre, on prend, à Marsad et ses environs, l'habitude de venir à Ayn Chir le trouver pour n'importe quoi, pour un service, pour un petit coup de pouce dans l'administration, pour ceci, pour cela. Et c'est là que lui, en acceptant toujours sans rechigner de recevoir les doléances et en travaillant à obtenir tantôt une place pour celui-ci dans le waqf, tantôt une consultation à ses frais pour celui-là auprès de Calmette, élargissant ainsi le cercle de plus en plus important de ses partisans, c'est là qu'il marche très volontairement et très franchement sur les plates-bandes de son cousin Gebran. Évidemment, on n'est jamais trop de deux à aider les gens, mais on ne peut être deux Nassar à le faire. C'est une question de principe. Il faut qu'il y ait une seule tête sur le corps du clan. S'il y en a deux, c'est qu'il y en a une de trop, et alors c'est la guerre.

Ce Gebran Nassar, nous l'avons abandonné assez tôt dans le récit, quand il était un jeune homme snob, vivant à l'ombre de son père Halim et profitant allègrement de sa fortune, allant en coupé, féru de chevaux, de chasses et de femmes et fort peu apprécié par les habitants de Marsad pour ses façons hautaines de parler et sa manière de traiter les autres Nassar comme des vassaux. On pourrait le croire amolli par les plaisirs si parfois ne se laissait deviner, mais encore par intermittence, une sorte de violence dans le caractère, notamment lorsqu'il est chargé par Halim de certaines affaires, comme le recouvrement de dettes ou de parts de métairie. Il se montre alors sans pitié, faisant intervenir certains de ces Nassar plébéiens qui se sont mis au service de son père et qu'il envoie corriger un métayer indocile ou mettre à sac la maison d'un créancier insolvable. D'après la chronique des Nassar, ces agissements furent toujours désapprouvés par Halim, qui, sans être plus tendre, était partisan de méthodes moins brusques, sauf nécessité extrême. Mais, vers 1906 ou 1907, Halim se retire et laisse à son fils la direction de tous leurs biens. Gebran s'est entre-temps marié à une Fayyad qui lui a apporté l'appui d'une partie de cette famille de riches négociants dont il va se mettre à gérer les biens avec la même fermeté. Avec les années, il adopte des méthodes moins expéditives dans son commerce avec les hommes, ce qui ne signifie pas qu'il devient plus tendre. Mais il soigne son image, son père vieillit et il y a la succession au Majlis en vue. Son tempérament semble s'arrondir, il est plus affable et plus patient, il salue les gens qu'il croise sur son chemin et s'arrête aussi parfois pour dire un mot aimable à un artisan de Marsad assis devant sa porte. Mais, évidemment, tout cela se paie. Lorsqu'il prête de l'argent, il augmente ses intérêts, et s'il patiente avec ses métayers, c'est pour leur arracher une plus forte part ou, une fois accumulés leurs retards, pour les expulser, mais légalement, sous le couvert serein de la loi, c'est-à-dire non plus par l'intermédiaire de Hanna ou Nicolas Nassar mais par celui de la gendarmerie ottomane. Aussi, au moment où son père meurt et où la bataille s'engage pour la succession au Majlis, il est surpris de voir son droit à la succession contesté par son oncle Farid Nassar. Il réagit avec violence, sans que j'aie jamais pu savoir ce qui s'était produit exactement et qui aboutit à une brouille si irrémédiable entre les deux branches de la famille. Ce sont peut-être des menaces, ou du chantage, ou les partisans de Gebran armés de bâtons et de couteaux qui viennent faire entendre raison à leurs adversaires, après quoi Gebran intervient pour ramener le calme et se faire passer pour le champion de la paix interne. Une fois cela accompli, il entre au Majlis puis quelque temps plus tard, aux alentours de 1912, il se fait nommer au conseil général, qui dirige les affaires de la ville aux côtés du pacha, ce qui lui donne encore davantage de pouvoir. Sur une photo conservée par sa descendance, on voit Gebran Nassar debout, en costume clair, lavallière et bottines carrées. Il est accoudé contre une sorte de tronc d'arbre de studio et tient une badine à la main. De toute sa personne semble émaner une force de caractère inflexible. À mieux regarder, cependant, il y a aussi dans ses yeux et dans son sourire quelque chose d'imperceptiblement intolérant, comme une sorte d'impatience peut-être dirigée contre le photographe qui a dû s'y reprendre à deux fois avant de réussir la photo, et qui se répercute sourdement sur ses traits, telle une onde qui se propage pendant quelques secondes et que la photo a captée, conférant à tout le visage une tonalité inquiétante, voire un peu cruelle.

D'après la descendance de Gebran Nassar, cette photo daterait de 1913. C'est-à-dire à peu près au moment où je situe le début du conflit qui s'achèvera par une guerre ouverte entre Gebran et Wakim. Les deux hommes se connaissent depuis leur enfance mais ne se sont jamais vraiment supportés. Gebran a longtemps snobé Wakim, qu'il tenait pour un cousin sans fortune, puis il s'est mis à le traiter avec considération quand il a vu sa situation se raffermir. Mais Wakim est resté de marbre, ce qui a fini par raidir Gebran à son égard, et jusqu'au temps de l'affrontement les choses sont demeurées ainsi, figées dans une sorte de *statu quo* non belliqueux. Ce qui n'a pas empêché les deux hommes de se rencontrer lors des réunions de famille à Marsad, à l'occasion de mariages ou de condoléances, de se parler, de se concerter parfois comme les chefs reconnus du clan, mais sans jamais aller jusqu'à la familiarité. Lors de l'inauguration de l'église Saint-Georges de Ayn Chir, Gebran vient avec les membres du Majlis et se tient aux côtés de Wakim tout le long des processions, chuchote à l'oreille de son cousin des commentaires pendant la messe, et sa femme fait de même avec Hélène comme si les Nassar étaient unis et solidaires en tout. Pourtant, à ce moment, Gebran a déjà dû flairer le danger. Il a dû commencer à sentir l'érosion de sa clientèle, qui se détourne de lui et va davantage à Ayn Chir. Mon père et ses frères rapportaient toujours le souvenir de la Grande Maison assaillie par les gens de Marsad, de Msaytbé, mais aussi de Baabda, de Kfarchima, venant solliciter une intervention pour l'abaissement de la taxe d'exemption du service militaire, ou une fonction dans l'administration pour un fils au chômage, ou ceci ou cela. Au bout d'un certain temps, cela finit par donner de l'humeur à Gebran Nassar. Il se montre aigre lorsqu'on parle de Wakim devant lui, il cherche noise aux amis de son cousin dans les réunions du Majlis ou au conseil général. Lorsque, à un mariage ou une célébration, il se trouve en présence de Wakim, il le traite avec hauteur, fait une remarque désagréable au détour d'une phrase et part sans le saluer. Bientôt, c'est Wakim qui part sans saluer, et c'est la brouille. En réponse, Gebran Nassar devient menaçant avec les orthodoxes de Marsad et Msaytbé qui sollicitent son cousin plutôt que lui. Il vient sans un sourire d'affliction ou de compassion présenter ses condoléances à une famille dont il sait qu'elle a eu recours à Wakim pour placer un des siens dans la Société de la route de Damas et repart sans même boire le café amer, pour bien montrer qu'il est mécontent.

Lors des fêtes de Pâques, il refuse de recevoir la visite de membres du clan Nassar qui sont allés demander à Wakim une aide pour payer une grange ou du travail pour l'un des leurs. Et puis, un jour, il déclenche les hostilités. Ses hommes de main, menés par Hanna Nassar, coincent dans une traverse un habitant de Marsad à qui Wakim a obtenu la veille un prêt à la Banque ottomane, le plaquent contre un mur et, sans explications, sans répondre à ses questions, lui donnent une sévère raclée. Marsad s'émeut mais nul ne comprend de quoi il s'agit, on parle de règlements de comptes pour dettes ou pour une question de femmes. Wakim, à qui on rapporte la chose, reste dubitatif car il connaît son homme, qui n'a ni dettes ni mauvaise réputation. Mais trois jours après c'est Gérios Nassar lui-même que les hommes de Gebran surprennent le soir, rentrant de Ayn Chir. Ils l'attendent à la sortie de la Forêt de Pins, fondent sur lui, et il a beau cogner et se débattre, éborgner l'un, émasculer l'autre, abîmer le nez au troisième, il cède sous le nombre et, en tombant, entend Hanna Nassar lui conseiller de ne plus remettre les pieds à Marsad et de rester à Ayn Chir s'il aime tant les paysans maronites.

Le lendemain, Wakim se rend chez Gérios, à Marsad. Il y trouve des habitants du quartier, des Nassar, des alliés, des voisins venus prendre des nouvelles du blessé et qui se taisent à son entrée. Lorsqu'il ressort de la chambre de Gérios et s'assoit avec les visiteurs, qui ont des mines choquées et graves, il appelle près de lui un ou deux Nassar en qui il a confiance, pose des questions sur le piège tendu à Gérios, écoute le compte rendu en opinant de la tête. Puis il réfléchit en se mordillant la lèvre supérieure ou en tenant sa badine par les deux bouts, la pliant et la dépliant et regardant le bois se tendre et se détendre. Et ce qu'il se dit, c'est qu'il ne doit pas rester sans réagir, parce que ce serait le signe d'une faiblesse impardonnable et que d'ailleurs, vis-à-vis de Gérios, laisser les choses impunies serait un manquement à la solidarité et à l'amitié. Il pense peut-être alors aux gendarmes ottomans, mais ça le fait rire intérieurement. Puis il soupire, se lève, et au moment où on se précipite pour lui apporter son tarbouche l'un des deux Nassar qu'il a fait appeler près de lui, disons que c'est Mitri Nassar, lui demande en chuchotant ce qu'il désire que l'on fasse. Et Wakim, en posant son tarbouche sur sa tête, répond :

– Tu sais parfaitement ce que tu as à faire, Mitri.

Et lorsque Mitri, pour être sûr qu'il a bien compris et pour éviter les désastreux quiproquos, demande s'il faut qu'on s'occupe de montrer à Hanna et ses amis qu'ils ne sont pas seuls maîtres à Marsad, c'est bien ça, n'est-ce pas, Wakim?, Wakim ne répond pas, sort sur le perron, puis, avant de descendre les quelques marches vers son buggy, il se retourne et dit à Mitri :

– C'est bien ça, à moins que vous ne vouliez que Hanna et ses amis se mettent à gouverner vos vies.

Trois jours après, Hanna Nassar est surpris sur un chemin de Bachoura remontant vers Marsad. Sous les yeux de quelques passants et d'une musulmane voilée, il se fait rosser, tente de se défendre, reconnaît ses agresseurs, lance des jurons et des promesses de vengeance terrible et finit dans la poussière, aussi amoché que Gérios quelques jours auparavant. Le surlendemain, et avant que les amis de Hanna aient eu le temps de réagir, c'est Nicolas Nassar, l'autre homme de main de Gebran, qui est ceinturé par quatre hommes au beau milieu d'une traverse de Marsad et battu sans ménagement. Pendant les jours qui suivent, tous les orthodoxes de Marsad semblent jubiler sous leurs moustaches, leurs fronts s'élargissent d'aise, ils échangent les nouvelles avec discrétion mais danseraient presque de joie, car Hanna et Nicolas sont de sacrés voyous. Comme Wakim une semaine avant, Gebran Nassar vient rendre visite aux blessés, et en sortant de chez Nicolas il a fait ses comptes. Dès le lendemain, il commence à travailler à un projet pour imposer des taxes sur les fruits en provenance de la moutasarrifiyat, notamment ceux qui transitent par le port de Beyrouth ou par ses halles avant de partir pour l'Égypte ou pour Damas. L'objectif est clair. En opposant à l'orange des barrières douanières infranchissables, c'est à la racine même de sa fortune qu'il espère frapper Wakim. Évidemment, les choses ne sont pas simples, mais il y travaille auprès du wali Hazim bey et de ses propres collègues au conseil général. Chaque fois qu'il rencontre le wali à un dîner, il lui parle d'argent, des droits inhérents au vilayet de Beyrouth, de la part qui lui reviendrait à lui, le wali, de leurs intérêts communs, l'un à voir le caquet rabattu à un parent insolent, l'autre à voir ses revenus personnels grossir, etc. Hazim bey, qui n'est wali de Beyrouth que pour s'enrichir un peu en attendant, une fois sa fortune faite, d'être nommé ambassadeur à Paris ou à Vienne, ou à Berlin, ou même ministre à Istanbul, bref, le wali finit par faire savoir à Gebran Nassar que tout ça, c'est très bien, qu'on pourrait prendre des dispositions, mais, au fond, qu'est-ce que vous, Gebran Nassar, me donneriez pour que je vous rende ce service, car en définitive, n'est-ce pas (imaginons le wali, avec son frac chamarré de fils d'or, lors d'un grand dîner chez Sélim Bustros, en train de dire ce qu'il pense de tout ça à Gebran), en définitive, cher Gebran (et il prononce «Gibrôn», en fermant les voyelles du prénom de son interlocuteur), en définitive, n'est-ce pas (et il traîne exprès, allonge sa phrase, fait poireauter Gebran, qui marche près de lui et cherche un peu plus de discrétion alors que le pacha prend un petit-four sur un plateau tenu par un serviteur, salue une bourgeoise à qui il fait un baisemain puis revient à son propos), en définitive, n'est-ce pas, c'est quand même risqué, il y a des gens à qui ça ne va pas plaire (et là, il sait qu'il y aura aussi des chuchotis, des apartés, des visites et des cadeaux de la part de ceux à qui ça ne va pas plaire, et ça l'arrange bien, mais il fait comme s'il ne le savait pas et cherchait à ménager la chèvre et le chou alors qu'il les a tous les deux dans sa poche, la chèvre comme le chou, mais que c'est au plus offrant), alors vous comprenez, il faut que je sache, moi, ce que j'y gagne exactement, parce que (et à nouveau petit-four, baisemains, bonsoir par-ci, comment allez-vous cher monsieur Untel par-là), parce que, n'est-ce pas, je ne voudrais pas que ça provoque des conflits au sein du conseil. Or pour ça, évidemment, Gebran Nassar a tout prévu. Il écoute le wali, sourit, prend lui aussi un petit-four, fait lui aussi un baisemain, se sent tranquille, et trois jours après un magnifique petit coffret cadenassé contenant cinq mille magidiés or cachées dans un panier de fruits part de sa maison de Marsad à destination du palais du gouverneur. C'est Ramez Nassar, un de ses hommes de confiance, qui le transporte, et en s'habillant le matin, en ajustant son nœud de cravate sur son faux col, en se lissant la moustache, en attachant les boucles de ses bretelles devant la glace de sa chambre à coucher, Gebran Nassar imagine Ramez parlant avec hauteur aux soldats en faction et aux majordomes du wali, puis, pénétrant dans les appartements de Hazim bey, il imagine la tête de Hazim bey devant la corbeille de fruits, puis le wali découvrant le coffret, et enfin les yeux brillants de Ramez espérant un pourboire. Il imagine tout ça et sourit en mettant sa veste, puis son tarbouche. Après quoi il ajuste sa montre dans son gousset, sonne pour que l'on prépare sa calèche et sort car il a un conseil. Et sa surprise est grande en arrivant au palais de ne pas être reçu plus chaleureusement par le wali, qui ne se lève pas de son fauteuil quand il le voit entrer et qui, durant toute la séance, n'évoque pas une seule fois la question des taxes douanières. À un moment où le conseil discute d'une affaire de production et de transport de pastèques, Gebran Nassar, profitant de l'analogie entre les deux sujets, demande la parole, mais le wali ne la lui donne pas et, lorsque la séance est levée, Gebran est convaincu que Hazim bey n'a pas reçu le coffret. Il rentre chez lui en catastrophe et envoie chercher Ramez Nassar dans sa maison à Msaytbé. Mais quand on revient lui dire que nul n'a revu Ramez depuis le matin, il entre dans une colère inouïe à laquelle personne ne comprend rien, ni ses enfants, ni sa femme, ni son personnel, et sa conviction est évidemment que son homme de confiance a fauché l'argent.

Or ce serait trop facile. Ramez Nassar n'a rien volé du tout, il est seulement victime d'une guerre secrète dont il ne sait rien. Car, dès l'instant où Gebran, pour détruire son cousin Wakim, a cherché à attaquer le commerce des oranges, il a trouvé en face de lui les alliés de Wakim, ces commerçants qui achètent tous les ans à prix d'or les oranges et les clémentines. Il faut les imaginer, ces deux grands bourgeois musulmans, dont l'un s'appelle Sabri bey et l'autre Amer bey. Ils sont de deux anciennes familles sunnites et, comme nombre de leurs coreligionnaires des classes aisées, ils sont habillés à l'européenne, Sabri bey a même un monocle qu'il laisse toujours tomber à fort bon escient. Amer bey a une moustache courte qui ne couvre pas toute sa lèvre supérieure et donne à sa bouche un air de dédain et de mépris continuel qu'il rattrape en riant souvent de bon cœur. Ils ont chacun un palais sur les collines de l'ouest, leurs femmes reçoivent leurs amies orthodoxes pour boire le thé et manger des gâteaux en regardant la mer depuis les terrasses de leurs maisons. Ils sont membres des assemblées communautaires sunnites, ils sont proches du mufti de la ville et l'accompagnent quand il fait une visite de courtoisie à l'évêque. Ils ont des métairies au bout de la presqu'île de Beyrouth, et certaines sont voisines de celles de Gebran Nassar, ce qui devrait les rendre plus proches les uns des autres. Et puis les deux hommes, outre leur participation dans la Banque ottomane, la Compagnie des tramways et la Compagnie d'électricité, sont de grands commerçants de gros. Ils achètent tous les ans, en association, les récoltes des grands propriétaires de la Bekaa, de la région de Sayda, et leurs hommes de main tiennent les halles de Beyrouth, terrorisent les marchés de la vieille ville et sont capables à tout moment de soulever la cité intra-muros et de la calmer en un claquement de doigts. C'est du moins comme ça que je vois les choses, et, si on l'admet, on admet aussi qu'il ne s'agit pas, avec Sabri bey et Amer bey, d'un petit parti, au contraire. Et ce redoutable parti, qui possède des espions jusque dans l'entourage du wali, a vent des tractations de Gebran Nassar, et pour lui la chose est très grave parce que, en voulant détruire Wakim, Gebran va mettre des entraves énormes à toute la circulation des fruits et légumes. Aussi, la veille de la disparition de Ramez Nassar, Sabri bey arrive en calèche à Ayn Chir et demande à s'entretenir avec Wakim en aparté. Les deux hommes s'installent seuls dans un coin du salon et Sabri bey explique la situation à Wakim. Il est calme mais ne cesse de laisser tomber son monocle. Il est si bien habillé que Wakim cherche dans sa mémoire pendant un bref instant de distraction chez quel couturier Sabri bey donne à faire ses costumes. Finalement, à l'une de ses questions, Sabri bey explique qu'il faut au moins dix mille magidiés or pour se gagner le wali.

– J'en donne un tiers, Amer bey un tiers. Il faut que tu donnes un tiers pour que cela soit égal. Sinon, Gebran emportera le morceau. Et il ne nous restera plus qu'à espérer un nouveau wali. Mais ça, c'est de l'utopie.

Au bout d'une heure de comptes et de décomptes, Wakim donne son accord, apporte l'argent, et au bout d'une autre heure, lorsqu'il raccompagne Sabri bey au pied des escaliers et que ce dernier monte en calèche, il l'entend lui demander :

– Si les choses s'enveniment et qu'il faut en venir à des règlements de comptes sur le terrain, tu es avec nous ?

– Quels règlements de comptes ? interroge Wakim. On achète le wali, et on n'en parle plus.

– Wakim, tu connais ton cousin Gebran. Il est capable de nous faire la guerre dans la rue.

Wakim réfléchit un peu, sourit en se souvenant de la mise hors de combat de Hanna et Nicolas Nassar.

– Il ne se passera rien, rassure-toi, Sabri bey.

– Réponds à ma question, Wakim. Si ça arrive, tu es avec nous ou contre nous ?

Évidemment, il est difficile pour un orthodoxe de se déclarer solidaire d'un sunnite contre un autre orthodoxe, surtout si cet orthodoxe est de surcroît son cousin. Mais dans cette seconde de sommation Wakim pense d'abord à ses intérêts. Et il répond, en claquant la portière de la calèche de Sabri bey :

– Je suis avec vous, Sabri bey.

De retour chez lui, Sabri bey fait sonner le rappel de ses hommes de main les plus fiables, les chefs du marché aux légumes, ceux des halles ainsi que deux chefs

de quartier, à qui il donne des ordres stricts. Le lendemain, c'est dans un guet-apens tendu par leurs hommes
que tombe Ramez Nassar. Lorsqu'il arrive au conseil,
Sabri bey en est déjà informé. Pendant le conseil, il a
une idée qui le fait frémir d'horreur et il n'ose plus
regarder Gebran Nassar. Deux heures plus tard, alors
que Gebran, rentré chez lui, est en train de fulminer
contre son homme à tout faire, on vient lui annoncer
qu'une charrette chargée de pastèques est devant le perron et demande à être déchargée. Gebran est tellement
stupéfait de la stupidité de la chose qu'il en retrouve son
calme, puis soudain une sourde inquiétude l'envahit, il
sort sur le perron et, à la surprise générale, il ordonne
qu'on décharge la charrette, là devant lui. Et là, debout
sur le perron, les traits figés, le regard noir, entouré de
ses domestiques embarrassés, il voit les ouvriers des
halles renverser la charrette et, au milieu des pastèques
énormes qui roulent, qui se bousculent, dont certaines
éclatent et éclaboussent les autres de leur pulpe, au
milieu des pastèques qui roulent sur le sol devant les
trois marches de son perron en même temps que des
centaines de magidiés or qui reviennent ainsi à leur
envoyeur, il voit aussi rouler jusqu'à ses pieds la tête
sanguinolente de Ramez Nassar.

12

Pour tous ses enfants sans exception, le moment décisif dans l'histoire de Wakim Nassar est celui où les réfractaires et les déserteurs de l'armée ottomane commencèrent à arriver sur le domaine familial de Ayn Chir. Selon la version la plus célèbre, les réfractaires apparaissaient toujours la nuit. Ils surgissaient des vergers comme des fantômes, annoncés par les hurlements des chiens et parfois par des coups de feu, montaient les escaliers de la Grande ou de la Petite Maison et entraient pour demander asile, hagards, poursuivis par les soldats ottomans. Tous les enfants de Wakim racontèrent ce souvenir à leurs descendants, si bien qu'il devint un des éléments du patrimoine le mieux partagé par les membres du clan, même entre cousins éloignés et entre descendants qui s'ignoraient, exactement comme les divers peuples d'une même grande race mais dispersés sur plusieurs continents ignorent qu'ils se racontent tous les histoires des mêmes dieux et des mêmes héros. Bien sûr, il arrivait qu'au sein des différentes versions surgisse tantôt un détail inconnu ici, tantôt un autre légèrement divergent là-bas. Ainsi, un détail qui m'a toujours fasciné mais qui ne figure pas dans toutes les versions est le fait que Wakim, entendant les chiens et les coups de feu dans la nuit, fonçait au cœur des vergers à la rencontre du fugitif, le fusil à l'épaule, accompagné de Gérios, de Sélim et parfois de l'un de ses fils portant une lampe. Par contre, ce sur quoi toutes les variantes s'accordent, c'est le fait que, aussitôt en présence du fuyard (que ce fût au milieu des vergers extra-ordinairement sombres, pleins de craquements de bois, de froissements d'ailes et de cris de ralliement, ou bien dans la maison où venait d'entrer le fugitif), Wakim le mettait sous sa protection, le faisant précipitamment cacher avant de s'occuper à tenir la dragée haute au yuzbachi en lui rappelant vertement que sa troupe était présentement sur les terres des Nassar, que ces terres étaient à l'intérieur des frontières du Mont-Liban et que, le Mont-Liban étant autonome, cette présence était suprêmement illégale.

Lorsque, bien avant de commencer à m'intéresser de près à la vie de Wakim, mais connaissant comme tout le monde ces histoires, je demandai à celui parmi mes oncles qui était le plus susceptible de s'en souvenir des éclaircissements à leur propos, il m'expliqua que pendant plus de cinquante ans les habitants de la ville de Beyrouth avaient été exemptés du service militaire dans l'armée ottomane mais que, lorsqu'en 1914 l'Empire était entré en guerre et avait mobilisé ses troupes, l'exemption avait été suspendue et les sujets arabes, chrétiens ou musulmans, intégrés pour la première fois à l'armée du sultan. D'après lui, c'était durant la courte période qui va de la date de la mobilisation (fin 1914) à celle qui vit l'entrée des troupes turques du généralissime Jamal pacha dans le Mont-Liban (début 1915) que se situaient ces fameux événements. Le Mont-Liban, bénéficiant jusqu'à son occupation d'une large autonomie, servait de refuge aux réfractaires. Mon oncle Farid, avec qui je discutai assez longuement de tout ça, était celui qui racontait l'épisode des calèches auquel il avait assisté un jour en accompagnant son père à Beyrouth. C'était surtout l'oncle scandaleux dont l'histoire est à venir. À l'époque où je parlai de cela avec lui il était déjà dans un grand âge, mais solide, tempétueux et toujours extraordinairement obstiné et incapable de revenir sur ses idées. Il était encore extrêmement beau et d'une élégance raffinée, même quand il était en robe de chambre, d'une élégance dont je me suis inspiré pour parler de celle de Wakim. Malgré des emportements qui me l'ont fait assimiler, lorsque je l'ai connu par mes lectures, au baron de Charlus, il m'adulait moins comme un oncle que comme un grand-père et je pouvais le pousser dans ses retranchements sans qu'il m'en veuille jamais, ce que mon père regarda toujours avec un air dubitatif, semblant se demander pourquoi son frère, qui pouvait être aussi amical et aimant, ne l'était pas plus souvent, et pourquoi pas avec tout le monde. Je regrette en tout cas de n'avoir pas été plus insistant le jour où nous parlâmes de cette affaire de fugitifs, car je n'eus plus l'occasion d'en rediscuter avec lui et lorsque je commençai à écrire l'histoire de Wakim il était déjà mort. J'ai en effet quelques réserves à faire sur sa version des événements, notamment sur le laps de temps relativement court dans lequel il les situait, et qui ne concorde pas avec l'insistance, dans toutes les versions conservées par le clan, à répéter que tout cela dura jusqu'à l'arrestation de Wakim Nassar par les Turcs. Or il est de notoriété, et lui-même était bien placé pour le savoir, que cette arrestation eut lieu vers le milieu de 1916. Et puis il y a autre chose, qui peut avoir moins de poids mais qui, à mes yeux, est plus important que tout le reste. Il s'agit de la plus ancienne allusion, dans l'histoire du clan Nassar, à l'existence de mon père. Mon père, le dernier-né de la fratrie, vint au monde à la fin de 1914. Or presque toutes les versions de l'histoire comportent à un moment ou à un autre, et de manière presque identique, un épisode le mettant en scène : une nuit où on avait dû cacher précipitamment un réfractaire dans un coffre du vestibule de la Grande Maison, tandis que Wakim discutait avec l'officier ottoman arrivé aux trousses du fugitif mon (futur) père s'approcha du coffre (j'imagine que ce dut être comme s'approchent les enfants qui ont encore leurs couches, c'est-à-dire avec la démarche délicieusement maladroite d'un ours ou d'un cosmonaute) et se mit à lui parler, en un très sérieux babil, tout en jouant avec ses cadenas, sous le regard atterré mais simulant ne rien voir de ses frères et de sa mère. Ce témoignage révèle une chose essentielle : s'il y avait des réfractaires en un temps où mon père marchait déjà, c'est qu'il en arrivait encore fin 1915 ou début 1916. La théorie bâtie par mon oncle sur le statut du Mont-Liban s'effondre donc.

Tout ceci m'amena un jour à abandonner la version officielle de l'histoire et à considérer que, en réalité, ces fameux « réfractaires » n'avaient jamais été que le nom générique donné dans l'histoire des Nassar à tous ceux qui, pendant les deux premières années de l'état d'urgence instauré par les Turcs sur la Syrie et le Mont-Liban, eurent, et pour toutes sortes de raisons, à fuir les soldats de Jamal pacha. Ainsi se trouverait confirmé et prolongé le rôle de Wakim Nassar au sein du clan et de la communauté orthodoxe, un rôle de zaïm et de protecteur qui, au moment où l'occupation commence, se mue en celui de résistant et de patriote.

Mais, avant qu'arrive cette époque où tout s'est défait, il y eut encore quelques événements heureux. Le mariage de Sélim Nassar, par exemple, qui, si mes comptes sont bons, dut avoir lieu à la fin de l'été 1913. Mon père me raconta plusieurs fois la manière qu'eut

Sélim de choisir son épouse. Il est longtemps en pourparlers avec une branche de la famille Chéhadé chez qui
une jeune et fringante jeune femme lui plaît. Il la voit
souvent, lui fait de petits cadeaux discrets mais chers,
tout est prêt pour la demande en mariage lorsque, un
beau matin, il aperçoit la sœur de sa future fiancée.
Contrairement aux histoires fabriquées, ici la sœur est
plus âgée et, paraît-il, moins jolie. Ce qui ne veut pas
dire pas jolie. Non, elle l'est même fort – superbe carnation blanche, lèvres boudeuses et yeux un peu nar-
quois –, et si elle n'est pas encore mariée, c'est qu'elle
est exigeante, elle éconduit ses prétendants avec peu
d'aménité sous prétexte que celui-là a les oreilles comme
ci et celui-ci une démarche comme ça. Petit à petit, elle
s'approche dangereusement de l'âge où on passe pour
non mariable, c'est-à-dire qu'elle a atteint les vingt-
quatre ou vingt-cinq ans, alors que sa sœur en a à peine
dix-sept. Que Sélim l'ait préférée à sa cadette demeura
un fait inexpliqué, sauf que, bien sûr, l'amour est aveugle.
Mais on peut imaginer aussi que, en voyant la sœur
aînée, Sélim, qui a quand même plus de trente-cinq ans,
voit en elle la cadette mais en plus savoureux, comme
un fruit mûr à côté d'un autre encore vert. Dans chaque
détail il reconnaît l'œuvre ici en train de se faire et là
déjà accomplie, atteignant son plein épanouissement –
le même regard mais moins fuyant, désireux qu'on le
cherche, plus assuré, et qui se pose dans le vôtre comme
si on y déversait un miel chaud, le même port mais
moins heurté, plus arrondi, plus houleux. Quoi qu'il en
soit, il décide que c'est elle qu'il veut et pas sa sœur
cadette et elle, divine surprise, accepte. Le mariage est
célébré à Saint-Georges de Ayn Chir et, un an après, la
femme de Sélim est enceinte. Cela tombe à peu près au
moment de la dernière grossesse d'Hélène, et aussi, je
crois bien, de celle de la femme de Gérios Nassar. Les

trois femmes, empêtrées mais joyeuses, passent leurs journées ensemble, assises au milieu des étoffes de leurs robes, bientôt rejointes par la fille aînée d'Hélène, enceinte elle aussi (c'est le baby-boom avant la guerre), servies par une kyrielle de servantes, brodant, lisant les gazettes, discutant de l'imminence du conflit, recevant leurs amies et parentes de Marsad, Msaytbé ou Cattine, se déplaçant au gré de leurs lubies de la Grande Maison à la Petite puis de la Petite (qui n'est plus petite depuis que Sélim, pour y faire habiter sa femme, l'a agrandie, embellie, mais qu'on continuera toujours d'appeler ainsi) à la Grande et puis se séparant, se rendant à leurs visites respectives en buggy ou en coupé, car il y a maintenant de tout dans le domaine, et se retrouvant le lendemain pour les comptes rendus et les petits potins, et tout ça pendant que s'arrondissent leurs ventres et que montent les périls. Au début de juillet, Wakim et Hélène vont passer quinze jours au Grand Hôtel de Sofar, où les derniers feux de la Belle Époque, éteints en Europe à cause du début de la guerre, continuent à jeter leurs éclats attardés, comme ces étoiles dont on continue à percevoir la lumière alors qu'elles sont mortes depuis longtemps. Dans la matinée, Wakim joue au whist avec Sélim Bustros, Ibrahim de Tarazi et un haut fonctionnaire ottoman à qui on essaie de faire dire si l'Empire entrera dans la guerre avant l'hiver. Le soir, il joue à la roulette, au milieu de femmes en jupe fourreau, col girafe et chapeau à plumes, et il le fait le plus souvent aux côtés de Habib Fayyad, avec qui il s'amuse à donner à chaque combinaison le nom d'une armée engagée dans la guerre en Europe. Ces paris prennent vite l'allure de pronostics et sont accompagnés d'acclamations et de vivats quand le trois, rouge et passe, qui est la IIIe armée française de Joffre, leur fait gagner deux cents magidiés ou quand le vingt, noir et manque, qui représente la IVe armée allemande, leur fait perdre vingt magidiés. Cette histoire, c'est un descendant de Habib Fayyad qui la raconta un jour devant moi à mon père. Elle répondait assez peu au caractère de Wakim tel que je l'avais toujours imaginé mais, mon père ne la trouvant pas invraisemblable, je décidai de la garder. Vraisemblable ou pas, elle montre en tout cas assez bien que, jusqu'au dernier instant, la guerre sembla ici un mirage, une chose qui n'arrive qu'aux autres et dont, au Grand Hôtel, on dut s'échanger les nouvelles en s'interpellant le matin au moment d'entrer dans la salle à manger pour le petit déjeuner, ou que l'on dut se raconter en mangeant des gâteaux à la praline l'après-midi après la sieste dans le grand salon. Et puis, à la fin de l'été 1914, les enfants naissent les uns après les autres, la joie est à son comble chez les Nassar, on fête, on reçoit, on baptise et, sur ce, la Turquie entre en guerre. Là encore, ça ne semble pas la fin du monde. Sauf que Émile Curiel, comme tous les Français, doit partir. Pendant plusieurs jours, il prépare ses malles, range ses papiers et sa bibliothèque, se promène avec Wakim dans le grand parc où il lui fait quelques recommandations car c'est à Wakim qu'il laisse le soin de s'occuper de tout en son absence. Il garde son personnel, ses ouvriers agricoles, et il est si persuadé que cela ne durera pas qu'il donne des ordres et des consignes pour son retour. Devant le perron d'Eucalypta, où tous les fermiers de Ayn Chir et de Fourn el-Chebbac sont venus le saluer et assister à son départ, on a l'impression qu'il s'en va pour six mois de vacances chez lui, à Marseille, d'où il reviendra à une date déjà quasi fixée.

Le départ des Français est une très mauvaise affaire pour l'économie du Mont-Liban, qui vend toute sa soie à la France. Mais au commencement l'inquiétude reste sourde, et la croyance dans une guerre véritable assez peu ancrée dans les esprits. À tel point que Wakim parvient à vendre sa récolte à un prix raisonnable, non pas le meilleur, mais enfin, il est difficile d'avoir des arguments face à un commerçant de gros qui vous fait remarquer qu'il achète toute votre récolte bien que ce soit la guerre. Pendant un temps, comme une automobile qui continue à rouler alors que son moteur s'est arrêté de tourner, la vie normale continue. Jusqu'à la fin de l'automne, tout est encore parfaitement routinier. Wakim reçoit quelques doléances le matin, rend quelques services. C'est par exemple à ce moment qu'il reçoit les fermiers chiites de Ayn Chir et intercède auprès de Tamer bey pour que l'on creuse un chemin depuis la route de Ayn Chir vers leurs fermes. Il part ensuite en buggy à Beyrouth, fait quelques visites, mettons chez Habib Fayyad ou chez les Fernayné, ses cousins par sa mère, ou chez Sabri bey, et partout on parle de la guerre et des affaires, du blocus des côtes, et de l'état des actions dans les sociétés à capitaux européens dans lesquelles tous, Wakim, Habib Fayyad, les Fernayné ou Sabri bey, ont des parts. Parfois, ce sont les couturiers qui viennent à Ayn Chir, avec de nouveaux costumes, ou des robes pour Hélène ou pour les filles, ou les chapeliers avec des chapeaux ornés de grands plumeaux ou d'excentriques petits potagers, ou un armurier qui vient faire une démonstration d'un nouveau fusil de chasse. Et il est inévitable que chacun d'entre eux veuille savoir l'avis de Wakim sur la guerre et sur la possibilité, dont tout le monde parle, d'un bombardement de Beyrouth par les flottes alliées. Et Wakim, en essayant un tarbouche, ou en regardant le couturier lui tourner autour, lui relever les bras pour ajuster les manches d'une veste ou lui redresser la nuque pour boutonner un faux col, prend alors un petit air sardonique et répond que, évidemment, on ne peut jamais imaginer une guerre nouvelle que d'après la plus récente que l'on a vécue, ce qui n'est pas très raisonnable. Le couturier marmonne quelque chose qui est de l'ordre de l'approbation alors qu'il a les épingles en bouche et fait faire un demi-tour à Wakim qui poursuit placidement en faisant remarquer qu'une chose en tout cas est certaine, c'est que l'état-major allié n'a pas dû diffuser par télégraphe ses plans de campagne, ce qui fait rire le couturier, qui crache ses épingles dans sa main et s'esclaffe de bon cœur. À moins que ce qui précède, Wakim ne le dise assis dans un fauteuil, en assistant à l'essayage de sa femme, alors que le couturier est à genoux en train de reprendre un ourlet au bas d'une robe d'Hélène et qu'il s'esclaffe au moment de se redresser avant qu'Hélène ne coupe court à son élan en lui faisant remarquer un défaut dans les manches.

Mais tout ça change à partir de l'hiver de 1915, où, en vue de l'opération contre Suez, Jamal pacha, généralissime de la IVe armée turque basée à Damas, met un terme à l'autonomie de la moutasarrifiyat du Mont-Liban. Désormais, il va faire vivre sa troupe sur le pays. À Ayn Chir, les soldats turcs forcent les fermes de Rached, de Baclini, de Malkoun et des autres. Ils prennent leur blé, leurs graines, leur fourrage et même leurs vaches. En quelques semaines, il ne reste plus un âne, ni un cheval, ni un mulet dans la région et on finit par lâcher les chiens, qui n'ont plus rien à garder, rien à manger et qui se mettent à errer sur les chemins, à attaquer les passants et à hurler la nuit comme si le monde était proche de sa fin. Et puis, finalement, les Turcs emmènent les fils aînés de Malkoun, le fils cadet de Baclini et d'autres jeunes hommes de la région. En quelques semaines, il n'y a plus un seul ouvrier à Eucalypta, où Wakim va deux fois par semaine faire une inspection. Il n'y a plus un serveur au café sur le bord de la route de Damas, où il continue pendant quelque temps à aller lorsqu'il le peut. C'est donc ici et maintenant que devrait débuter l'histoire célèbre des réfractaires si chère à la mémoire des Nassar. Et les réfractaires vont commencer à arriver, c'est indubitable. Mais pas tout de suite. Il faut imaginer que, selon une logique valable en tout temps et tous lieux et qui veut qu'au début on ne touche pas aux grandes maisons et à l'entourage des notables, la soldatesque ottomane épargne d'abord Wakim et sa famille. Sans quoi d'ailleurs la Grande Maison n'aurait pas été un refuge fiable. Le long fleuve tranquille de la vie semble encore s'écouler à peu près normalement sur le domaine des Nassar. C'est un peu comme s'il y avait la maison d'une part, le monde de l'autre, et que chacun vécût sous un règne différent, selon deux vitesses, ou deux rythmes dissemblables. Alors que sur la route les tombereaux de soldats et les charrettes de l'intendance montant ou descendant de Baabda s'empêtrent dans la boue causée par la pluie, que les fantassins eux-mêmes piétinent exactement comme a piétiné l'offensive du Généralissime contre Suez, que les fermiers de Ayn Chir se demandent ce que leur récolte de vers à soie va devenir, sur les terres des Nassar les femmes se réunissent, s'installent pour broder ou discuter tandis que les nourrissons font de grands gestes de tragédiens dans leur berceau. Wakim travaille le matin dans les vergers, même s'il n'a rien à y faire. Il trouve toujours un arbre à consolider, une rigole à refaire, et on le voit revenir vers dix heures pour se changer. Et deux jours par semaine, s'il ne pleut pas, il sort et va jusqu'à Eucalypta. Il entre dans la villa, ouvre les fenêtres pour l'aérer, y faire entrer l'odeur fraîche et mouillée des eucalyptus et régénérer l'odeur ancienne qui est restée comme suspendue dans l'air immobile de la maison fermée. Il se promène dans les salons à l'européenne et dans la salle à manger où il a présenté sa clémentine. Partout, les meubles sont couverts de draps blancs sous lesquels se devinent les bras des fauteuils et des chaises, les dossiers des canapés. Il inspecte tranquillement ces légions de fantômes silencieux puis il refait son tour en sens inverse, referme les volets et les fenêtres et sort de la maison sans avoir rencontré les maîtres d'hôtel et les serviteurs dont il a pourtant deviné le passage récent à un ou deux détails sur l'allée principale ou sur le perron.

Mais cette promenade, il ne peut plus la faire au bout de deux mois, c'est-à-dire à partir du jour où on vient en catastrophe l'avertir que les Turcs ont mis la main sur Eucalypta. Lorsqu'il arrive, à cheval, vêtu comme pour aller en ville, il croise dans l'allée principale des soldats et un tombereau transportant le nécessaire pour la popote. Il comprend qu'Eucalypta va devenir un poste militaire ou un casernement, conformément aux dispositions prises par le Généralissime et par Reda pacha, le commandant des troupes turques à Beyrouth. Lorsqu'il met pied à terre devant la villa, un officier en kalpak le reçoit sèchement sur le perron. Il y a ensuite quand même une brève discussion au bout de laquelle Wakim ne peut aller sans devenir suspect. Le regard sombre, la moue aux lèvres, la badine sous l'épaule comme une épée que l'on rentre dans son fourreau pour bien montrer qu'on ne se battra pas parce que le combat est inégal, il tourne casaque sans saluer, se remet en selle et, pour afficher sa mauvaise humeur et son désaccord de principe, il va encore faire un grand tour dans le domaine et en ressort sans se presser une heure après.

À partir de ce jour, en revenant des vergers, il s'habille et s'installe dans le salon avec Hélène, qui a mis un grand châle, avec les enfants, avec Sélim et sa femme. On ranime le feu dans les braseros, on parle de la campagne de Suez, ou de la défaite des Russes à Tannenberg. J'ai plaisir à imaginer cette vie de famille, la maison comme une falaise autour de laquelle murmure une mer menaçante mais pas encore complètement démontée. Il vient pourtant des visiteurs, des Nassar ou n'importe quel orthodoxe de Marsad ou de Msaytbé, il vient des fermiers maronites de Ayn Chir ou de Fourn el-Chebbac. Ils déroulent leur foulard de laine mais gardent la longue veste européenne qui leur sert de manteau par-dessus leur gilet et leur seroual et ils exposent leur affaire. Wakim écoute, puis donne des sous destinés à graisser la patte des Turcs pour qu'on laisse un cheval à celui-ci, pour éviter que l'on coupe son bois à celui-là. Ses enfants ont toujours été formels, leur père aura dépensé pendant cette année 1915 une somme considérable alors que, précisément, la récolte cette année-là ne s'est pas bien vendue et que celle de l'année suivante ne se vendra pas du tout. C'est un peu par solidarité qu'il dépense, qu'il offre, qu'il jette par les fenêtres, et aussi, sans doute, pour se faire pardonner d'avoir encore lui-même ses chevaux, ses arbres et ses enfants. Et de continuer à mener une vie normale, trop normale, de continuer à fréquenter les soirées mondaines dans les salons de la bourgeoisie de Beyrouth, où il est de plus en plus fréquemment invité depuis 1912. Il utilise d'ailleurs ces soirées pour certaines de ses entreprises. Dans les salons illuminés qui donnent sur la mer et que l'on doit voir depuis les bateaux franco-anglais bloquant les côtes du pays, entre une discussion sur les défaites de la Russie et une autre sur les futurs aménagements urbains de Beyrouth prévus par le nouveau wali, il réussit à obtenir adroitement des choses difficiles. Ainsi, un soir chez Émile de F., alors qu'il est

assis sur un canapé près de Thérèse de F. (elle a un boa
sur les épaules, aux lèvres un fume-cigarette effilé
comme ses cils, et elle lui pose des devinettes un peu
obscènes en riant et en voulant absolument lui faire dire
que non, Hélène, distraite là-bas par une conversation
avec des messieurs à monocle, ne serait pas jalouse
de l'entendre être si familière avec lui), assis donc près
de Thérèse qu'il sait très amie avec le Généralissime et
qu'il sent prête à lui passer ses quatre volontés, il lui
demande, sous la forme d'un défi, les yeux dans les
yeux (et en s'assurant à son tour en riant que son mari à
elle ne serait pas jaloux qu'elle lui accorde une faveur),
d'obtenir l'indulgence du tribunal militaire d'Aley pour
le fils réfractaire d'un paysan de Ayn Chir. Un autre
soir, chez Sélim de Tarazi, au cours d'une partie de
whist avec le maître de céans et un général ottoman,
durant laquelle on fait l'éloge de ses clémentines, il
répond comme une boutade au général qui lui demande
de lui envoyer de ce fruit si incroyable qu'il le fera
volontiers si en contrepartie on lui promet une remise
de peine pour un commerçant de Kfarchima. La contrepartie est si démesurée que les joueurs et les femmes
aux interminables fume-cigarette qui les regardent jouer
rient de bon cœur. Mais au moment de partir, et tandis
que le général fait un baisemain à Hélène, Wakim lui
rappelle son offre et, par boutade aussi, le général
répond que c'est d'accord, c'est promis, qu'il attend le
nom du commerçant.

– Je vous l'enverrai en même temps que les clémentines, dit Wakim en enfilant son manteau.

Après quoi, en sortant et en attendant leur coupé, il
lance un coup d'œil entendu à Hélène et murmure :

– C'est dans la poche pour ce pauvre Checri.

D'ailleurs, Hélène aussi est de la partie. Un soir, un
diplomate allemand qui grasseye affreusement en par-

lant l'arabe s'amuse à lui faire la cour chez Habib Fayyad. Elle le laisse faire, goûte en riant les plats qu'il lui conseille et les desserts sur lesquels il veut son avis. Puis, pour le flatter encore plus, elle lui fait avouer qu'il a du pouvoir auprès du Généralissime, et donc auprès de ses colonels, et lui, pour le lui prouver, promet de faire annuler une peine pour un Nassar qui s'est opposé à la saisie de ses vaches une semaine auparavant et a blessé un soldat turc d'un coup de fourche. Après quoi le paysan de Ayn Chir, le «pauvre Checri» et le Nassar dépouillé de ses vaches viennent dans la Grande Maison remercier et dire leur reconnaissance. Les porteurs de doléances affluent de plus belle et finalement, un soir, apparaît le premier réfractaire en fuite. Lorsqu'il arrive, normalement, par le portail, qu'il monte les escaliers et frappe à la porte de la Grande Maison, on le prend tout d'abord pour un visiteur venu demander un service. Mais Wakim le reconnaît, c'est un jeune gars de Marsad qu'il croyait à l'armée. On le fait entrer, il s'assoit en face de Wakim dans un coin du salon à l'écart, il est en seroual avec une veste européenne par-dessus. Il est fébrile et pendant tout l'entretien il remue nerveusement la jambe, ce qui fait que son tarbouche, avec lequel il a coiffé son genou, menace sans cesse de glisser. Il le rattrape chaque fois et le repose sur son genou. Pendant qu'il parle, Wakim l'observe et le trouve bizarre, puis il finit par comprendre que c'est parce qu'il s'est rasé la moustache, sans doute pour paraître plus jeune.

– Je te croyais mobilisé, dit Wakim. C'est ce que ton père m'a dit il y a un mois.

– On raconte ça pour éviter que des voisins me dénoncent. Mais en fait j'étais caché chez un cousin, qui est portier dans l'ancien évêché. Mais il a quitté sa maison, parce qu'elle va être détruite. Il y a eu le décret d'évacuation. Comme si c'était le moment d'embellir la ville ! Moi, je suis sûr que c'est pour faire sortir les jeunes gens qui se sont réfugiés là. C'est un piège. Ils ne veulent rien embellir du tout.

– Si, ils vont casser le quartier de Bab el-Derké et souk el-Toujjar pour refaire une ville européenne. Mais toi, que vas-tu faire maintenant ?

– Si les Turcs m'attrapent, je suis perdu.

– Je sais.

– Alors, Wakim bey, tu dois m'aider.

– Et que veux-tu que je fasse ?

– Me cacher chez toi pour quelques jours.

– Et après ?

– Après, je vais essayer d'aller jusqu'à Hasbayya. J'ai des cousins là-bas. Et ce sera beaucoup plus difficile pour les Turcs de me trouver à Hasbayya.

– Tu te rends compte que c'est très loin, Hasbayya ?

– Oui, mais je n'ai plus le choix.

Ce dialogue est tout à fait possible et on peut imaginer que, après ça, Wakim fait cacher le jeune gars. On le met dans la cave de la Grande Maison et pendant quatre jours on lui apporte secrètement à manger, on évite que les plus petits parmi les enfants le voient, on fait des pirouettes devant des visiteurs inopinés qui arrivent au moment où on sort de la cave et finalement, le quatrième jour, on le déguise en Bédouin et il part avec un montreur d'ours qui va dans la direction du Sud.

Le jour même de ce départ clandestin, Wakim participe à la cérémonie de lancement des travaux d'urbanisation de la vieille ville de Beyrouth. Sur le podium où il est assis, au deuxième rang, et pendant qu'une fanfare joue des airs martiaux, pendant que le Généralissime et le nouveau wali se chuchotent une chose qui passe de bouche à oreille le long du premier rang, pendant que près de lui un notable arrange la rose à sa boutonnière, Wakim pense subitement qu'il aurait dû conseiller au réfractaire de se faire passer pour muet et de s'exprimer par gestes et par des grognements si on lui demandait son identité. Et ça le fait sourire, mais intérieurement car son visage reste de marbre. Il regarde un cheikh se pencher vers Gebran Nassar et lui murmurer la chose transmise par le Généralissime. Puis il pense que, une fois la cérémonie finie, il devrait faire une petite visite au père du réfractaire, à Marsad, pour lui donner des nouvelles. Il se demande s'il pourra facilement dégager son coupé, qu'il a stationné sur la place des Canons et qui, au fur et à mesure que les invités arrivaient, s'est trouvé cerné par des dizaines d'autres calèches, buggys, coupés. Il y avait même deux automobiles, les deux seules à Beyrouth, sans compter celle du Généralissime. Et il est en train de penser aux automobiles lorsque la fanfare se tait soudain et que montent les applaudisse-ments. Il applaudit comme tout le monde. Sabri bey se retourne et lui dit un mot qu'il ne comprend pas bien et à ce moment le wali se lève pour lire un discours. Il va le lire en arabe ou en turc ? se demande Wakim. Il regarde à droite et à gauche, sûr que tout le monde se pose la même question, et c'est alors que, sur le col de l'homme qui est assis devant lui, à côté de Sabri bey, il *la* voit. Il la voit mais il ne comprend pas immédiate-ment ce que c'est, elle lui apparaît lentement alors qu'il la regarde depuis un instant : une sauterelle, avançant maladroitement, dans un minuscule dandinement et comme avec une scrupuleuse hésitation, sur la soie bleu-gris du costume, vers l'arrière de l'épaule du notable. Wakim, stupéfait, s'aperçoit qu'il est le seul à voir cette chose intempestive. Il demeure immobile, les yeux fixés sur la bête qui hésite, les antennes levées, le corps raide sur ses pattes en N, inerte mais bien vivante,

et tandis que toute l'assistance attend de voir le wali
ouvrir enfin la bouche Wakim a envie d'envoyer bala-
der la sauterelle d'une claque sèche, mais au moment
où il se penche pour avertir le notable qu'il va le faire le
wali prononce le premier mot de son discours en turc et
Wakim se redresse sans donner suite à son irrépressible
envie. Deux heures après, dans la maison du réfractaire
où il est venu apporter des nouvelles du fils, il apprend
que des nuées de sauterelles sont en train de remonter
de Palestine. En arrivant à Ayn Chir, Gérios lui raconte
la même chose. Il répond qu'il est au courant et qu'il a
même fait connaissance avec les francs-tireurs de ces
nouvelles venues. Gérios le regarde d'un air stupéfait,
se gratte la tête avec les deux doigts de sa main droite,
grommelle on ne sait quoi, et le lendemain les sauterelles arrivent. Dans la matinée, un nuage passe sur le
soleil puis, pareilles à une formidable grêle qui s'abat
sur la terre, qui frappe violemment aux fenêtres et
contre les toits, les milliers de bestioles à l'appétit féroce
tombent du ciel comme un fléau de Dieu et s'attaquent
à tout ce qui est vert et aussi à tout ce qui est sec. Sur la
route, les passants s'arrêtent, regardent la chose avec
stupéfaction puis soudain, sous les dures volées d'insectes, ils remontent les pans de leur combaz ou de leur
gilet, se couvrent la tête et courent vers le premier
refuge venu. Dans la Grande Maison, on court aussi, on
s'agite, puis finalement on ferme les fenêtres, les portes,
les lucarnes et tous les orifices mais c'est trop tard, pendant une semaine il y aura des sauterelles partout, sous
les oreillers et entre les assiettes dans l'immense buffet.
Les hommes entre-temps ont couru dans les vergers, ils
secouent les arbres, écrasent du pied les sauterelles sur
le sol (et ce doit être une horrible orgie de menus craquements et de petits crissements), et, de cette horreur,
mes oncles et mes tantes les plus âgés gardèrent un très

vif souvenir. De leurs histoires, auxquelles je regrette de n'avoir pas prêté suffisamment d'attention, car le sujet me dégoûtait et je ne savais pas que j'aurais un jour à l'évoquer, je retiens surtout celle que me raconta l'un d'entre eux à propos des enfants de Ayn Chir ramassant les sauterelles vivantes par pelletées et les emportant dans des sacs jusqu'au poste de l'armée turque où l'on donnait un matlic par sac. On allait ensuite, paraît-il, les brûler dans les dunes, et j'imagine que toute la région dut pendant des jours sentir la chair rôtie au lieu de l'odeur des orangers de Wakim, dont c'était la période de floraison. Mais d'autres méthodes pour combattre les bestioles sont attestées. Le bruit court par exemple qu'un fermier de Kfarchima qui a lâché par hasard ses oies sur les sauterelles les a vues en faire un festin. Tout le monde lâche alors ses oies, ses canards, ses poules. Mais il n'y en a pas beaucoup et le résultat est maigre. Baclini le fils brûle une partie de ses mûriers dans l'espoir que la fumée fera fuir les orthoptères goulus, mais rien n'y fait. Rached le fils sacrifie ses réserves d'huile d'olive en les répandant autour de ses terres et en y mettant le feu, grillant quantité d'insectes mais sans empêcher les nuées suivantes de fondre sur ses récoltes.

C'est ici qu'interviennent les eucalyptus d'Émile Curiel. Tant que subsista le souvenir de Curiel dans la mémoire des gens de la région, il fut lié au pouvoir miraculeux de ses arbres durant la sinistre année 1915. Car tandis qu'en dix jours les récoltes sont mises en charpie sur toute la côte, qu'une dentelle sinistre est tout ce qui reste des grandes mûreraies de Kfarchima, Baabda et Ayn Chir, que les cocons sont dévastés, les figuiers et les oliviers déchiquetés, l'immense jardin aux cinq cents essences de Curiel demeure intact, frou-

froutant paisiblement sous la brise d'avril comme s'il était ailleurs, dans un autre espace géographique, dissimulé à la voracité des sauterelles tels les héros que les dieux de l'Olympe cachent au regard de leur ennemi, et étendant par une sorte d'incompréhensible générosité son immunité aux terres les plus proches. Mon père, un jour que je lui demandais une explication à ce phénomène, compara l'effet de l'eucalyptus sur les sauterelles à celui des géraniums sur les moustiques :

– Si tu as une fenêtre, plante des géraniums sur toute sa largeur, les moustiques n'entreront plus. Les géraniums sont une barrière contre laquelle ils ne peuvent rien. C'est pareil pour les sauterelles et les eucalyptus.

Quoi qu'il en soit, le souvenir transmis par des générations de fermiers de Ayn Chir évoque les nuées d'insectes contournant littéralement le domaine ou s'élevant à son approche avant de s'abattre partout alentour, mais toujours à une distance d'au moins cinq cents mètres, ce qui permet à certaines fermes voisines de la plantation d'échapper partiellement au désastre et on parle aussitôt de miracle.

Mais ce n'est pas un miracle et, la première surprise passée, les fermiers retrouvent leur bon sens. Ils se souviennent des inhalations d'eucalyptus préconisées par Curiel et Barthélemy pour soigner l'asthme et les maladies pulmonaires ou des branches d'eucalyptus qu'ils recommandaient de brûler pour purifier l'air dans les maisons où il y avait eu un malade touché par la fièvre. Ils attribuent donc le miracle à une vertu supplémentaire de l'arbre. Aussitôt, pour enfumer les sauterelles, ils se mettent à couper tous les eucalyptus isolés dans la campagne, tous ces arbres que, pendant vingt-cinq ans, leur pouvoir de dissémination extraordinaire a fait pousser sur le bord des plantations et des chemins de Ayn Chir et de Fourn el-Chebbac. En trois jours, tous les eucalyptus sauvages sont élagués, taillés, débités et des brasiers s'élèvent partout. Les fermiers de Baabda, Kfarchima, Dekouané suivent l'exemple puis, après avoir fait un sort aux arbres venus pousser dans leurs parages, ils tentent de s'attaquer à ceux de Ayn Chir et de Fourn el-Chebbac. Mais les fermiers de Ayn Chir veillent, des bagarres éclatent, on brandit des couteaux et des bâtons, et bientôt il n'y a plus un seul eucalyptus debout à dix kilomètres à la ronde, ce qui fait que tout le monde finit par se tourner vers le saint des saints, vers Eucalypta. Des paysans de la région commencent par se faufiler dans la propriété de Curiel pour ramasser par sacs les feuilles et les branches tombées des arbres. Puis ils escaladent les eucalyptus qui sont en bordure du domaine et coupent des branches que d'autres recueillent sur le sol, jusqu'au jour où certains d'entre eux sont surpris, où des coups de feu éclatent et où les soldats commencent à monter la garde et à faire circuler des patrouilles le long des frontières du domaine. Trois jours passent et, au matin du quatrième, une délégation vient rendre visite à Wakim Nassar pour lui demander d'intervenir. Une heure après, il entre à cheval dans Eucalypta, accompagné de Rached le fils, Baclini le fils et Fayez Maroun, le fils de Maroun Maroun. Les trois fermiers sont sur des chevaux qu'il leur a prêtés, car les leurs ont été réquisitionnés ou sont cachés. Ils mettent pied à terre devant la villa de Curiel, sur laquelle flotte le drapeau turc. Sur le perron, un soldat les fait attendre puis ils sont reçus par l'officier qui a réquisitionné le domaine. Disons que c'est un colonel et qu'il s'appelle Rassim. Il est assis dans le bureau de Curiel et Wakim a un vide sous le cœur au spectacle de la bibliothèque de son ami entièrement sens dessus dessous, comme si on y avait ouvert les livres un par un pour essayer d'y découvrir des messages cachés et qu'on les eût replacés dans le plus grand désordre et sans aucun respect. Rassim ne se lève pas et reçoit les quatre hommes assis derrière le bureau. Refusant de parler debout, Wakim tire une chaise (une chaise dont il est familier mais qu'il a du mal à reconnaître dans ce nouveau contexte, comme on reconnaît difficilement une personne dans un accoutrement et un environnement inattendus) et il s'assoit en face du colonel, qui pose ses deux coudes sur le bureau et le menton contre ses deux mains, évitant de faire une remarque à l'homme dont l'habit, la badine et l'air indiquent qu'il s'agit d'un notable qui a peut-être des relations en ville et dans les salons que fréquente Reda pacha. Il ne dit rien et c'est Wakim qui parle, sans aménité mais sans brusquerie pour ménager une possibilité de succès à l'entreprise. Il explique la nécessité pour les fermiers de couper des branches et des feuilles d'eucalyptus, et aussi l'utilité pour toute la région d'allumer des bûchers avec ce bois.

— Tous les livres qui sont derrière vous, colonel, ajoute-t-il en indiquant de sa badine la bibliothèque d'Émile Curiel derrière Rassim, parlent des bienfaits de cet arbre et confirment ce que je vous dis.

Rassim ne bronche pas mais baisse les bras, qu'il pose de tout leur long sur la table. Il demeure extrêmement poli mais ferme.

— Je ne lis pas le français, monsieur, dit-il sur un ton de léger reproche. Quant à votre proposition, j'aurais accepté volontiers, mais j'ai des ordres. Ce domaine va être transformé en sanatorium et en hôpital pour les soldats de l'armée. Or, pour les raisons que vous évoquiez, on ne peut se permettre de toucher aux arbres. Il est normal que nous aidions les fermiers. Mais il est plus utile actuellement d'aider les soldats. Vous êtes d'accord, n'est-ce pas ?

Dans son dos, Wakim sent le silence et l'immobilité de

ses trois compagnons devenir plus lourds, plus massifs. L'espoir s'est évanoui. Sans répondre à la question de Rassim, qui évidemment n'autorise qu'une seule réponse, et sachant qu'il est inutile de discuter, Wakim, comme la première fois, se lève sans saluer et se dirige vers la sortie. Rached le fils et Fayez Maroun s'écartent pour le laisser passer, mais à ce moment Rassim l'interpelle poliment («monsieur!»), vient vers lui, le dépasse, ouvre la porte et demande aux trois compagnons de Wakim de les laisser seuls tous les deux. Les trois hommes sortent d'un air intrigué et las. Rassim referme la porte derrière eux et revient vers son bureau, contre lequel il s'adosse.

– J'ai une proposition à vous faire, dit-il tranquillement, avec cet accent qui féminise et encanaille la langue arabe, qui lui donne aussi quelque chose de pointu avec lequel ses sonorités fortes et rudes s'accommodent mal. Je pourrais vous laisser prélever des arbres et des branches du domaine. Mais je risque gros. Au moins la cour martiale. (Menteur, pense Wakim.) Il faut donc que je reçoive quelque chose en échange. Les feuilles d'eucalyptus se vendraient cher. Envoyez vos hommes couper ce qu'il faut, on fixera un prix. Même en partageant, ça fera beaucoup d'argent. Les fermiers achèteraient à n'importe quel prix.

Wakim réussit à accuser le coup sans broncher. Il sait qu'il doit éviter de braquer le colonel, qui pourrait devenir méchant maintenant qu'il a découvert ses cartes. Il reste de marbre, s'appliquant à ne pas même ciller, sachant que Rassim l'observe de son regard devenu scalpel, et le voilà même qui se rapproche de la chaise qu'il a quittée un instant auparavant, qui la tire vers lui d'une main, qui pose dessus son pied chaussé d'une bottine à bout carré, et tandis que Rassim observe la bottine et l'extrémité du pantalon européen dont la couture révèle le travail d'un couturier chevronné, et que lui-même remarque que Rassim observe sa bottine, il réfléchit brièvement à ce qu'il pourrait faire. Il pense par exemple, mais fugacement, qu'il pourrait accepter, puis tout raconter à Ayn Chir, toucher les sous et redistribuer au moins sa part aux fermiers. Mais tout ça est ridicule et a pour seul intérêt de faire passer un petit instant durant lequel Rassim le croit en train de réfléchir sérieusement à son offre. Le colonel sent qu'il a franchi le cap dangereux. Il se redresse, fait le tour du bureau, s'assoit et s'apprête à dire quelque chose lorsque Wakim l'interrompt :

– Non, dit-il, comme s'il achevait une réflexion. D'ailleurs, je n'ai pas d'hommes à moi. Ces trois que vous avez vus sont des fermiers, des amis à moi. Je ne me vois pas en train de leur vendre des eucalyptus.

– On en vendrait à d'autres, loin d'ici. À Baabda, à Dekouané, à Antélias.

Cette insistance commence à causer une étrange sensation d'étouffement à Wakim. Il se redresse à son tour et, réprimant son envie d'envoyer sa badine au visage du colonel, il achève :

– Non, je ne pourrais pas.

Et parce qu'il faut agir jusqu'au dernier instant aussi précautionneusement que dans la cage d'un lion, Wakim dit encore :

– Au revoir, colonel.

Puis il sort, et durant les jours qui suivent l'immense colère d'avoir eu à prononcer cet « Au revoir, colonel » lui fait oublier les malheurs de ses amis, les siens propres, ceux de Ayn Chir et de tout le Liban. Lorsqu'il se ressaisit, il comprend que le danger maintenant, c'est de voir le colonel Rassim s'allier avec n'importe quel margoulin pour monter son trafic de bois d'eucalyptus. Or c'est exactement ce qui se passe. Un pharmacien du nom de Georges Baydar se met à venir régulièrement à Eucalypta dans un petit buggy, prétendument pour étudier les possibilités d'un premier sanatorium. Tout le monde le voit, il s'arrête même parfois sur la route pour parler des sauterelles avec les passants ou les fermiers, il a un gibus et un air aimable, voire timide. Pendant ce temps, et jusqu'au début de l'été, des tombereaux couverts de bâches et escortés par les soldats sortent du domaine régulièrement et partent vers la route côtière. Des bûchers d'eucalyptus sont signalés à Antélias et Zalka, ainsi que dans le Metn. À Ayn Chir, les fermiers commencent à s'agiter. Lorsque quelques-uns se trouvent réunis chez Wakim, ils débattent désespérément d'un moyen de mettre la main sur Eucalypta ou de forcer Rassim à partager les arbres. Petit à petit, on évoque des armes que l'on tient cachées dans les fermes, on brode sur de possibles opérations nocturnes dans le domaine de Curiel, Baclini le fils expose le résultat d'observations qu'il a faites sur les sentinelles et leurs tours de garde et un fermier de Fourn el-Chebbac parle de tout un côté d'Eucalypta qui est très mal gardé, celui qui donne sur l'est. Wakim écoute tout ça sans intervenir, il sait que la moindre action contre des militaires turcs sera assimilée à une révolte et que c'est une histoire dans laquelle il vaut mieux ne pas chercher à s'aventurer, même en pensée. Pourtant, il songe peut-être à ce moment à ce dont on parle en chuchotant dans les salons de Beyrouth, une possible défaite de la Turquie, un débarquement des troupes alliées. Régulièrement, au-dessus de Ayn Chir passent des avions britanniques, de drôles d'oiseaux dont le moteur fait des pets et qui laissent derrière eux une traînée de fumée blanche. Quand on les voit arriver, tout le monde va sur les toits, on les acclame, on lance en l'air des tarbouches et des calottes, les passants sur la route

s'arrêtent, mettent les mains en visière et scrutent longtemps le ciel, pivotant sur eux-mêmes pour suivre le
passage des avions du sud vers le nord, ou de l'ouest
vers l'intérieur des terres, et tout ça, joint aux nouvelles
de déconfiture de l'armée ottomane et aux régulières
incursions de navires français dans les eaux côtières,
laisse espérer un avenir meilleur. Il y songe donc, il se
voit peut-être un destin de chef de guerre et laisse parler
les fermiers qui sont en visite chez lui. Puis il parle à
son tour, mais pour freiner les ardeurs, en expliquant
qu'on ne peut se jeter dans une aventure comme ça à
l'aveuglette, et les fermiers l'écoutent d'un air soucieux.

Mais, s'il réussit à les faire patienter, il ne peut évidemment les empêcher de s'exprimer. Et dans Ayn
Chir, à Fourn el-Chebbac et jusqu'à Kfarchima et
Baabda, les fermiers n'ont pas leur langue dans leur
poche. Au début, lorsque au cours des veillées dans les
fermes l'un dit par exemple : « Les sauterelles sont
venues achever le travail des Turcs », il n'est pas rare
qu'un autre ajoute : « Et le salut aurait pu venir d'un
Français. » Et bientôt, ce sentiment général, c'est le curé
de Saint-Georges de Ayn Chir qui en fait la synthèse
dans un prêche, un dimanche matin :
– Mes frères, dit-il, on peut aisément affirmer que les
sauterelles sont en train d'accomplir dans nos champs
et nos mûreraies les mêmes déprédations que les Turcs.
Or, vous le savez, le remède à leurs déprédations existe.
Qu'il soit d'origine française, je vois là, et vous devez
voir là, un grand signe d'espoir pour l'avenir.
L'allusion est si franche et si grave que le curé lui-
même a un petit moment d'hésitation et lance un regard
vers Wakim, qui assiste à la messe au milieu d'une tren-
taine de fermiers, avec Hélène et deux de ses filles.
Hélène aussi regarde discrètement Wakim, comme pro-

bablement tous les autres participants à l'office et tous les fermiers. Mais Wakim ne bronche pas. À la sortie, Hélène lui fait remarquer que le curé est allé trop loin mais il hausse les épaules. Une heure après, tout Ayn Chir est au courant du prêche, et une semaine plus tard, lors d'un dîner chez Ibrahim B. à Aley, où la bourgeoisie beyrouthine s'est transportée pour passer l'été dans la fraîcheur, et en présence du Généralissime lui-même, qui habite le Grand Hôtel, Sabri bey prend Wakim à part et lui demande ce que c'est que cette affaire de propagande pro-française qu'il est en train d'encourager à Ayn Chir.

– Je ne comprends pas de quoi tu parles, Sabri bey, répond Wakim avec assez peu de conviction.

– Il y a des rumeurs qui circulent. Un paysan a raconté des choses au colonel Rassim, qui les a rapportées à Reda pacha.

Wakim demeure silencieux, regardant fixement le pied d'un cupidon de bronze monté sur un socle de marbre, derrière lequel ils se sont réfugiés pour parler.

– Fais attention, je t'en prie, Wakim. Ce genre d'accusations peut mener à la potence.

Wakim ne parle pas de ce petit échange à Hélène. Quatre jours après, des navires français bombardent le littoral, de Chekka à Jounieh, et des chaloupes pleines de militaires s'approchent de la côte avec l'apparente intention d'y débarquer. La nouvelle arrive à Ayn Chir un peu déformée et plus optimiste que de raison. Chez les Nassar comme dans chaque ferme, on pense que ça y est. On sort les fusils des armoires, on apprête les couteaux et les poignards. Mais rien ne se passe, les Français ne débarquent pas, le coup de main contre Eucalypta est encore remis, et en attendant, tandis que l'été arrive, que les sauterelles finissent par disparaître, laissant derrière elles le pays en ruine et la famine en perspective, les fugitifs sont de plus en plus nombreux à venir chercher asile sur les terres de Wakim. Il y a ceux qu'on croyait à l'armée et qui, un jour, apparaissent à l'orée des vergers en expliquant qu'ils n'en peuvent plus de se cacher. Il y a ceux qui étaient effectivement à l'armée et qui ont profité d'une nuit sans lune pour s'enfuir. Et puis il y a les victimes de la délation ou ceux qui ont eu une mauvaise affaire avec les autorités. Au commencement, ils arrivent à n'importe quelle heure, incognito ou plus ou moins grimés. Puis, petit à petit, ils n'osent plus entrer dans le domaine en plein jour. Certains se cachent jusqu'au soir et à la nuit tombée sautent par-dessus un muret et se précipitent vers la Grande Maison. D'autres entrent dans les vergers et y restent dissimulés pendant une journée ou deux, comme les loups, puis, une nuit, ils en sortent enfin, hésitent un moment au pied de la maison, dont les trois fenêtres en arceaux sont éclairées comme un fanal au milieu de la tempête, montent l'escalier furtivement et viennent frapper à la porte. Et chaque fois c'est le branle-bas dans la maison. Wakim fourre un pistolet dans sa ceinture et va ouvrir tandis que son fils aîné demeure en arrière, un fusil chargé à portée de main. Hélène et ses filles restent dans les chambres mais tendent l'oreille. Parfois, dans la Petite Maison, Sélim est alerté par des bruits et des cris étouffés qui le font bondir. Lorsqu'il arrive dans la Grande Maison, avec, lui aussi, une arme dans la ceinture, on a déjà fait entrer le fugitif, qui est assis dans un coin du salon en train de raconter son histoire, et Sélim, à la lumière de trois ou quatre chandelles, reconnaît alors, sous la barbe de plusieurs jours, sous les traits creusés et le teint hâve, un visage familier. Cela peut être celui d'un garçon de Marsad que tout le monde croyait à la guerre mais qui, en réalité, est demeuré caché dans la maison de ses parents jusqu'au jour où, n'en pouvant plus, il sort faire un tour et tombe sur une patrouille. Il lui échappe mais ne peut plus rentrer chez lui. Il se cache dans des granges et des moulins puis, une nuit, il traverse la Forêt de Pins, croise une hyène à qui il fait peur en poussant des beuglements et entre dans les vergers des Nassar, où il erre sans oser se montrer pendant deux jours. Cela peut être celui d'un gars de Msaytbé ou Bachoura qu'une âme peu charitable a accusé auprès des Turcs de faire des signaux aux bateaux français depuis la cabane qu'il possède du côté de Ayn Mreissé. Les soldats viennent le cueillir chez lui. Il s'échappe par une fenêtre, se cache quelques jours chez son frère à Marsad mais, craignant de le compromettre, part un matin en direction du Metn, ne peut traverser le pont sur le fleuve à cause d'un contrôle, revient vers Fourn el-Chebbac, se cache la nuit dans les mûreraies et finit par atteindre le domaine des Nassar. Le fugitif peut aussi être un déserteur, un gars de Ayn Chir ou de Fourn el-Chebbac qui n'ose paraître dans la ferme paternelle de peur d'être reconnu et dénoncé. Mais ça peut être, pourquoi pas, un gars de Cattine, et c'est alors Hélène qui le reconnaît avant tout le monde au moment où il entre, dans son uniforme en loques. C'est elle qui le reçoit, le rassure, le fait asseoir et l'interroge. Et lui, dans la lumière dansante des bougies, raconte (par exemple) que son unité campe autour du couvent Saint-Élie et que depuis des semaines elle est affectée au creusement d'épuisantes tranchées et que le moral est au plus bas. Lui, quand il a su que Ayn Chir n'était pas loin, il s'est discrètement renseigné sur la maison des Nassar et un soir, éreinté mais plein d'espoir, il a déserté sans en parler à personne, s'est perdu dans les mûreraies, a cru être poursuivi, s'est caché au bout des orangeraies pendant une partie de la nuit sans savoir qu'il y était puis, une fois sa peur un peu passée, a fini par s'apercevoir que ce qu'il avait autour de lui, c'étaient des orangers et non pas des mûriers.

Une fois que l'homme a raconté son histoire, que Wakim l'a scrupuleusement interrogé sur tout, qu'on lui a servi à manger, qu'on l'a installé pour le reste de la nuit quelque part (mettons dans une des salles qui jouxtent les écuries), Wakim, Sélim et Hélène tiennent conseil. Tandis qu'ils sont en discussion, les lueurs rosées de l'aube finissent par rendre inutiles celles des chandelles. Bientôt, on entend Gérios qui arrive de Marsad et qui, au lieu d'aller droit à son potager comme il le fait chaque jour, monte dans la maison parce que, grâce à un flair imparable et l'interprétation subtile d'imperceptibles signes, il a deviné qu'un nouveau fugitif était sur le domaine. Au matin, Wakim s'entretient à nouveau, dans sa cachette, avec l'homme et s'entend avec lui sur la manière de résoudre son affaire, après quoi, et pendant les jours qui suivent, le domaine semble s'endormir sur son secret. Même les fermiers les plus familiers du lieu, qui viennent passer leur heure coutumière avec Wakim, même leurs femmes qui font leur petite visite à *sitt Hiléni* (comme les gens du pays appelèrent toujours ma grand-mère, donnant assez bizarrement à son nom son accentuation grecque), même elles qui savent dans le détail comment on vit chez les Nassar, ce qu'on y fait le matin et à midi, ce qu'on y cuisine aujourd'hui et ce qu'on va y cuisiner demain, ce qu'il y a dans le grenier à blé et ce qu'il y a dans la remise, elles qui savent qui vient en visite le matin et ce que fait Hélène l'après-midi, ne peuvent rien soupçonner. D'ailleurs, en gros, la vie sur le domaine ne change pas. C'est à de très microscopiques détails que pourrait se deviner une activité clandestine. Dans la sélection d'un drap qu'opère naturellement Hélène en répertoriant le linge récemment lavé, un drap qui va servir à mieux cacher le fugitif au moment de son départ ; dans le petit détour que fait Wakim en revenant à cheval de Marsad et qui lui permet de constater que les Turcs ont levé le poste de contrôle de Berjawi, ce qui va faciliter le passage du buggy ; dans la récupération par Gérios, dans la cave de la Petite Maison, d'une vieille malle qui va servir à faire sortir l'hôte caché. Et, un matin, le buggy de Wakim quitte comme à l'accoutumée le domaine, passe au trot sur la route de Fourn el-Chebbac, dépasse une patrouille turque à Dekouané sans être inquiété et fonce ensuite sur la route côtière jusqu'à Nahr el-Mott, où il s'arrête à l'abri d'un bosquet de sycomores. Wakim met pied à terre, ouvre la malle, aide le fugitif à sortir et, après lui avoir fait deux ou trois recommandations utiles, le laisse continuer vers Antélias ou Jounieh.

Si personne ni aucun étranger au domaine ne voit rien, il est certain néanmoins que tout le monde *sait*. Parmi les habitants de Marsad, il y a ceux qui ont envoyé leur fils se réfugier chez Wakim. Pendant un temps, après ça, ils n'ont plus eu de nouvelles puis, un beau matin, ils reçoivent un petit message par la bouche d'un voyageur : « Père, mère, tout s'est bien passé, je vais bien, je suis chez notre cousin de Marjeyoun. » Aucun mot sur Wakim, bien sûr, par prudence, mais le père et la mère ont compris et ils rendent grâce. De même, il y a les déserteurs originaires de Ayn Chir que Wakim fait passer chez leurs cousins du Metn ou du Kesrouane. Après les avoir déposés à Nahr el-Mott ou un peu plus loin, il revient à Ayn Chir et va directement chez les parents. Il s'assoit un moment sur le pas de la porte, il accepte un sirop de mûres, puis il attend d'être seul avec le père et la mère et annonce qu'il a des nouvelles du fils qui est en bonne santé et arrivera sous peu chez son oncle à Beit Chebab ou à Reyfoun. « Vous l'avez donc vu », demande alors la mère. «Non, mais j'ai des nouvelles certaines.» La réponse est codée mais les parents la déchiffrent parfaitement. Bientôt, la nouvelle se répand et la maison des Nassar commence à donner l'impression de vivre une mystérieuse double vie. Les curieux deviennent plus curieux encore, mais les choses sont trop graves pour être l'objet de bavardages et chacun tient sa langue. Seuls les enfants ne peuvent le faire, et il est inévitable que l'un ou l'autre parmi les fils de fermiers qui viennent jouer avec les enfants de Wakim rentre un jour raconter avec fierté chez lui qu'«il y a un gars qui dort dans la cave chez les Nassar». On le somme de se taire, ce qui n'arrange rien, ou bien on hausse les épaules et on se gausse, ce qui est encore pire parce que l'enfant veut alors prouver la chose. Mais, lorsqu'il revient les jours suivants, l'homme a été évacué et on s'en sort bien.

Ce qui est certain en tout cas, c'est que les ennuis ne vinrent pas à cause des enfants. Ils ne vinrent pas vraiment non plus, d'ailleurs, par le fait des espions et des délateurs. Ceux-là, pourtant, étaient nombreux et il est impensable qu'ils n'aient finalement pas eu vent de quelque chose et ne l'aient pas rapporté aux autorités d'occupation. J'imagine que le fameux colonel Rassim, qui commande la région, a dû être mis au courant assez tôt. Seulement voilà : Rassim n'arrive pas à y croire. Car comment imaginer qu'un homme qui dîne dans des maisons où on reçoit le Généralissime et l'état-major allemand, qui connaît Reda pacha et qui semble ami avec les membres du comité de réquisitions puisse être en même temps un dangereux protecteur des ennemis de l'Empire ? Il est certain que Rassim n'aime guère Wakim Nassar à cause de leur fameuse entrevue sur les eucalyptus. Mais, à cause même de cette entrevue, il refuse d'accuser Wakim. Parce que cela pourrait lui coûter cher à lui, Rassim. Imaginons-le ordonnant une perquisition chez les Nassar. Et imaginons que cette perquisition ne donne rien. Wakim, pour se venger, pourrait rapporter à ses amis haut placés les propositions louches de l'officier à propos des arbres de Curiel. Aussi, Rassim préfère se convaincre que Wakim Nassar ne peut pas être un ennemi de l'Empire. Il évite de lui chercher noise, et cela dure jusqu'à cette nuit où une de ses patrouilles surprend un déserteur pénétrant dans le domaine des Nassar. Dix minutes après, le colonel est chez Wakim, qu'en entrant il trouve assis dans un fauteuil en compagnie du yuzbachi commandant la patrouille. Wakim est en chemise et pantalon et il a ses bottes, ce qui signifie qu'il a dû sortir précipitamment. Un pistolet est posé sur une chaise, que personne ne cherche à cacher. Rassim pense que c'est déjà en soi un chef d'inculpation grave. Mais il ne dit rien. Wakim le fait asseoir. Il y a là aussi Elias, le fils aîné des Nassar. À un moment, Sélim entre et Hélène elle-même arrive, avec son dernier-né un peu effrayé dans les bras. Rassim s'assoit et, plutôt que d'écouter les explications de son yuzbachi, il écoute celles du maître de céans. Wakim raconte les coups de feu, l'agitation, l'irruption peu élégante de la patrouille sur ses terres et signale qu'il a quand même donné l'autorisation aux soldats de fouiller le domaine. Rassim opine, sourit pour dédramatiser, explique qu'il faut être sur ses gardes et que les déserteurs se cachent partout, même dans les propriétés, où ils se croient à l'abri. Wakim marmonne quelque chose. Sélim s'est assis. Elias bouge dans son fauteuil. Hélène, qui s'est assise, met son dernier-né debout sur le tapis à ses côtés, et c'est ainsi que celui qui va devenir mon père fait sa première apparition dans cette histoire. Il est haut comme trois pommes, évidemment, et se met à avancer en titubant et en disant des mots incompréhensibles. Il va vers Elias, qui essaie de le prendre dans ses bras. Mais le petit se dégage, reprend l'activité méticuleuse et très importante qui consiste à avancer droit vers la grande malle en acajou sur laquelle est posée une lampe à huile éteinte qui a dû servir lorsque les hommes sont sortis à la rencontre de la patrouille. Il s'en approche en racontant des choses pas très claires que l'on prend pour un monologue alors qu'il s'agit à l'évidence d'un dialogue soit avec les cadenas du coffre, soit avec l'homme qui est caché dedans. Sa mère, son père, son oncle et son frère retiennent leur souffle, et c'est alors Rassim qui, pour détendre l'atmosphère qu'il croit tendue à cause de sa présence, appelle le petit puis tend une main et le tire gentiment vers lui en lui faisant des petits claquements de langue amusés.

13

Nul au sein du clan Nassar n'émit jamais le moindre doute quant au fait que Wakim fut arrêté par les Turcs non à cause des fugitifs qu'il cachait chez lui mais bien à cause de ses amitiés françaises d'avant guerre et, subséquemment, de son attitude dans l'affaire Eucalypta. Les réfractaires qu'il cachait auraient été tout au plus *la goutte d'eau qui fait déborder le vase*, la preuve tangible et irréfutable de son attitude déloyale à l'égard de l'Empire. D'ailleurs, ce qui ne fit jamais non plus de doute aux yeux de la descendance de Wakim comme aux yeux de l'Histoire, c'est que Wakim ne fut pas pris en flagrant délit de protection des réfractaires à l'armée ottomane. Car une chose est claire : s'il avait été pris, il n'aurait pas été banni mais bel et bien condamné à mort.

Ce qui, dans cette histoire, me demeura longtemps assez obscur, c'est la raison pour laquelle les Turcs retardèrent les persécutions contre Wakim, comme d'ailleurs contre tous les amis de la France qui subirent le même sort que lui, ou pire. Car au fond les Français étaient en guerre contre l'Empire ottoman dès le premier jour. Or les arrestations des francophiles ne commencèrent qu'en avril 1916. Il m'arriva à plusieurs reprises d'en parler avec mon père et mes oncles. Leur réponse, invariablement la même, tournait autour de

l'idée que la répression s'était accentuée à partir de
1916 à cause des défaites militaires, et donc de la colère
du généralissime Jamal pacha. Mais l'argument ne me
convainquit jamais vraiment et la solution me vint par là
où je l'attendais le moins, puisque c'est en m'intéressant à l'histoire de mon autre grand-père, le père de ma
mère, que je compris le fin mot de l'affaire, une affaire
liée à la personnalité ambiguë de Jamal pacha lui-
même.

Il est fort probable en effet que le célèbre Généralissime, qui commandait la IVᵉ armée ottomane, postée en
Syrie pendant la Grande Guerre, ait été, au moins jusqu'en 1916, ce que j'appellerais un «crypto-français»,
une sorte d'ami secret de la France. Agissant avec la
plus parfaite indépendance par rapport au Grand État-
Major des armées du sultan, menant sa campagne de
Suez et l'occupation du Liban et des provinces syriennes
à sa guise, Jamal pacha fut assez rapidement surnommé
le «vice-roi» de Syrie. Or il est tout à fait possible qu'il
ait rêvé, à un moment ou à un autre, d'un véritable trône
à la manière de celui des anciens vice-rois d'Égypte et
que, pour réussir ce coup, il ait cherché l'aide des Français. J'irais même jusqu'à penser qu'il proposa aux
Français cette donne curieuse, en leur faisant comprendre
que son succès leur permettrait de prendre pied en Syrie
et, du même coup, de devancer les Anglais en court-
circuitant leur alliance avec les Arabes, lesquels venaient
de se soulever sous le commandement du prince Fayçal
et de Lawrence.

Cette incroyable partie de poker, c'est précisément
mon autre grand-père qui allait contribuer à la contre-
carrer. Je n'en parlerai pas ici. Mais je dirai que l'échec
de cette alliance explosive entre Jamal pacha et la
France devient patent à partir du début de 1916, date du
début des persécutions contre les amis de la France au

Liban et en Syrie. Il semble donc plausible de voir dans ces persécutions une réaction violente du Généralissime au refus français de ses avances. En avril, sa police découvre dans les anciens locaux du consulat de France les fameux «papiers secrets» dans lesquels des patriotes libanais réclament l'appui des Français contre les Turcs. Début mai, seize de ces patriotes sont arrêtés et pendus. À partir de là, tout ce qui a ou a eu le moindre rapport avec la France ou avec les Français devient suspect et la situation de Wakim Nassar commence à changer. Avec sa famille, le zaïm de Ayn Chir passe alors du côté des réprouvés et des indésirables.

Le revirement brutal de la politique du Généralissime n'eut cependant pas tout de suite de gros effets sur la vie des Nassar. Il s'accompagna d'un réaménagement à la tête des troupes dans les provinces syriennes, qui aboutit entre autres à la relève du colonel Rassim et à son remplacement par le colonel Omer bey, dont l'histoire du clan a gardé un souvenir cuisant. Plus radical que Rassim, issu de l'entourage direct du Généralissime et des milieux Jeunes Turcs, cet Omer bey, dont on peut voir la carrure moyenne mais la pose décidée et le regard glacial sur une des photos de l'état-major de Jamal pacha conservées au musée de la Guerre d'Istanbul, est chargé de durcir la surveillance de la population dans toute la région de Ayn Chir, de Kfarchima et dans les marches du pays druze. Il prend ses quartiers à Eucalypta à la place de Rassim, et son premier acte consiste à s'installer dans la salle à manger de la villa où il fait transporter une partie des livres de Curiel – les livres historiques et archéologiques –, qu'il parcourt un à un, distraitement, chaque fois qu'il est seul, et notamment la nuit. Puis il convoque tous les espions et les délateurs de la région, qu'il reçoit discrètement dans le

petit salon arabe dont il fait fonctionner le bassin pour
mêler le borborygme de l'eau aux propos chuchotés. Au
son délicat du jet d'eau parmi les marbres, puis seul
dans son bureau, il constitue mentalement toute une
série de dossiers sur les principaux suspects de la région
et sur le premier d'entre eux, Wakim Nassar. Mais il
n'agit pas tout de suite. Il attend, reste tapi, lit les livres
historiques de la bibliothèque de Curiel, note des pas-
sages qui l'intéressent sur un papier qu'il jette lorsqu'il
a fini sa distraite lecture, passe ses troupes en revue
mais ne sort jamais d'Eucalypta. Ce qui fait que Wakim
n'entend parler de lui que lorsqu'on vient lui apprendre
que Rassim a été remplacé, et cela lui est complètement
indifférent. Mais lorsque, un matin, des fermiers en
visite racontent que Omer bey passe son temps à lire
toute la bibliothèque de Curiel (ils le tiennent, disent-ils
en riant, d'un soldat arabe qui l'a raconté à Malkoun le
fils et ils en rajoutent, prétendant qu'il arrache les couvertures pour vérifier que leur épaisseur n'a pas servi à
cacher des papiers compromettants), c'est Hélène qui se
sent soudain mal et se lève sans écouter le reste. Car
depuis trois jours l'affaire des papiers secrets du consulat de France a été ébruitée. Une sourde angoisse taraude
Hélène, et si elle ne cesse de se répéter qu'il n'y a rien
chez Curiel qui puisse être compromettant, que Curiel
n'est pas le consul, il n'empêche que cette anodine histoire d'un officier maniaque fouillant dans des livres de
botanique, chaque fois qu'elle y pense, lui noue l'esto-
mac. Mais elle n'en parle pas. Elle essaie de noyer ses
pressentiments dans le travail. Et à ce moment, du travail, il y en a. Nous sommes en avril. L'hiver a été terrible et des cohortes de paysans affamés arrivent de la
Bekaa et des villages des hautes montagnes. Attirés par
les piteuses distributions de la Commission de ravitaillement et surtout par l'aide des missions évangé-

liques américaines, que les Turcs tolèrent encore, ils se précipitent par familles entières à Beyrouth. En loques, déjà faméliques, certains passent par Ayn Chir, qui est sur la route de Kfarchima, où se trouve une succursale de la Commission. Et en chemin ils s'arrêtent inévitablement devant le domaine des Nassar, entrent, montent les escaliers jusqu'au perron pour implorer qu'on leur donne quelque chose à manger. Et on leur donne, du pain surtout, mais aussi parfois des olives et du lait pour les enfants, ce qui n'empêche pas qu'il faut aussi contrôler leurs colonnes qui pénètrent dans les vergers et mettent les orangers au pillage. Ou du moins ce qu'il en reste, car les sauterelles ont compromis la récolte et ce qui demeure est pitoyable, excepté les oranges du regain, celles de mars et avril. Celles-là, Wakim a encore trouvé un marchand de gros pour les acheter, un spéculateur de la Commission de ravitaillement qui s'est enrichi en vendant du blé à des prix astronomiques. Wakim lui vend ses oranges sans état d'âme parce qu'il est évident que l'homme ne va pas les revendre aux pauvres affamés en leur arrachant une maison contre trois livres d'abouserras, mais les vendre le quadruple du prix à Jamal pacha, à ses colonels allemands et à tous les profiteurs, spéculateurs et enrichis de guerre qui se sont mis à proliférer partout. Bientôt, donc, des ouvriers commencent à cueillir les fruits, et ils doivent se défendre contre les colonnes d'affamés qui envahissent les vergers. La situation est sur le point de tourner à l'émeute et les Nassar interviennent pour distribuer les oranges sauves de la récolte de l'hiver. Afin d'en recevoir une part, les fermiers de Fourn el-Chebbac et de Baabda qui n'ont plus grand-chose à manger accourent, ainsi que des fermiers chiites et des Bédouins, et tout en procédant à ce travail caritatif avant la lettre Hélène ne cesse de se répéter qu'on ne peut pas aider ainsi les gens et puis finir en prison, non, ce n'est pas possible, il y a une justice, Dieu et la Vierge voient tout. Mais ça ne la convainc pas complètement. Un sentiment d'angoisse s'éveille lentement en elle et se transforme en panique lorsque, au milieu de la nuit, la porte de la Maison est secouée avec violence. Car si les fugitifs n'ont jamais cessé d'envahir le domaine, Hélène maintenant a peur, elle essaie de dissuader Wakim d'aller ouvrir, et lorsque le fugitif est dans le salon elle tend l'oreille pour savoir si les Turcs ne sont pas à ses trousses. Une nuit que Sélim, alerté, arrive comme à son habitude et gratte à la porte avant d'entrer, elle pousse un cri affolé qui réveille ses filles et les plus petits des enfants. Et, finalement, il advient ce qu'elle craignait. Une nuit, ce ne sont pas des coups angoissés et fiévreux qui sont donnés à la porte mais des coups impérieux qui résonnent telle une sommation tandis que des éclats de voix emplissent la nuit autour de la maison. Lorsque Wakim ouvre, appuyé, trois pas en arrière, par son fils aîné qui tient une lampe et un pistolet, il se trouve face au regard plein d'une froide amabilité et au sourire distant d'un homme en uniforme et aux insignes de colonel. Il comprend alors que Omer bey est sorti de sa tanière.

Il n'en est pas sorti tout seul, d'ailleurs. Derrière lui, irréels entre l'ombre et la lumière vacillante que dispense la lampe d'Elias, il y a un yuzbachi et un sous-officier. Quant aux éclats de voix qui continuent dans la nuit à l'extérieur, ils indiquent que le domaine est bel et bien envahi. Mais Wakim ne bouge pas pour autant de devant la porte.

– Que désirez-vous, colonel ? Ce n'est pas une heure pour réveiller les gens.

– Un déserteur s'est réfugié sur vos terres, monsieur, répond Omer bey.

– Et que puis-je pour vous ?

– Nous recevoir le temps que mes hommes aient retrouvé sa trace.

– Impossible à cette heure, colonel. J'ai une femme et des filles. Mais je peux vous faire installer des chaises et une lampe devant la maison.

– C'est à l'intérieur que nous attendrons, monsieur.

– Vous me forcez la main, colonel.

– C'est vous qui n'êtes pas coopératif, monsieur.

Omer bey parle un arabe parfait mais avec une pointe volontaire de dédain pour cette langue, un dédain qui se manifeste par une sorte d'atonie, une absence totale de modulation dans la voix, comme s'il prononçait ses phrases sous la menace. Quant à ce mot « monsieur », prononcé en turc (*effendum*), par quoi il ponctue chaque réponse, il agace prodigieusement Wakim et le braque chaque fois davantage. Mais en un éclair Wakim réalise que cela doit faire partie de la stratégie de l'officier et que, s'il continue à refuser de céder le passage, il va offrir à Omer bey l'occasion de le soupçonner ouvertement et de faire fouiller sa maison. Il finit donc par laisser entrer les trois militaires, s'assoit en compagnie d'Elias avec eux dans le salon, et pendant vingt minutes il fait des réponses laconiques aux questions de Omer bey, lequel feint de s'intéresser aux tapis, aux meubles et aux clémentines dont il a beaucoup entendu parler. Après quoi un silence s'installe. Wakim se lève et va se poster devant les portes-fenêtres du balcon d'où il a montré ses vergers au gouverneur quinze ans plus tôt, tournant ostensiblement le dos à Omer bey pour n'avoir plus à lui répondre. Et aussi pour bien signifier qu'il trouve le temps long et qu'il s'impatiente. Puis il revient vers le milieu du salon, faisant les cent pas, une main dans sa ceinture. Il regarde en marchant lentement la pointe de ses bottes qui foulent les tapis aux méandres

floraux compliqués. Omer bey entre-temps s'est bien
calé dans son fauteuil, une jambe sur l'autre. Alors que
Wakim passe près de lui, il se retourne et interroge le
yuzbachi en turc, et Wakim comprend que lui aussi
s'impatiente. Le yuzbachi est sur le point de se lever
lorsqu'il se fait du bruit dans le vestibule. Bientôt, un
sous-officier apparaît, fait claquer ses bottes et dit
quelque chose que Wakim ne saisit pas. Il a juste le
temps de se demander s'il y a vraiment un fugitif ou si
tout cela n'est pas une simple mise en scène. Et aussitôt
il comprend que c'est les deux à la fois car Omer bey se
lève et annonce qu'il va faire fouiller la maison. Elias
regarde son père sans broncher. Wakim demeure immobile et, l'espace d'un instant, celui qui l'aurait connu
dans sa jeunesse retrouverait dans son regard cette
curieuse façon de toiser les choses par en haut, de regarder son interlocuteur comme s'il était un genre, une
espèce, et non pas un individu. Omer bey est désarçonné,
il a l'impression que Wakim a vu quelque chose derrière
lui. Il va se retourner mais se ressaisit, son regard croise
celui de son yuzbachi, à qui il adresse un signe. Le yuzbachi fait un pas mais Wakim l'arrête en le prenant par la
chemise. L'homme met la main à son arme.

– Ne touche pas à ton arme, c'est inutile, lui dit
Wakim en arabe. Mais réfléchis. J'ai des filles. Il y a ma
femme. Tu vas vraiment entrer dans leurs chambres à
cette heure ?

Sous le regard de Omer bey qui ne dit mot et ne bouge
pas, le yuzbachi répond en turc :

– Alors, fais-les toutes sortir et réunis-les ici, dans ce
salon.

Dix minutes après, au milieu du salon, le tableau est le
suivant : Hélène est assise dans un fauteuil, les yeux
fixes et s'efforçant de rester forte ; sur ses genoux, il y a
son dernier-né, et à ses côtés, cramponnés aux bras du

fauteuil, les plus jeunes parmi ses enfants, qui seront mes tantes et mes oncles les plus familiers et qui tantôt scrutent leurs parents pour savoir comment calmer leur propre angoisse, tantôt, d'un air stupéfait et les yeux grands ouverts, observent les soldats qui s'affairent brutalement autour d'eux ; derrière Hélène, les deux filles les plus grandes se tiennent debout, l'une contre l'autre et les mains sur les épaules de leur mère ; en face de ce groupe, il y a Wakim, la main posée sur le genou de Michel, son deuxième garçon, qui a quatorze ans et qui essaie d'avoir l'air ferme, assis en amazone sur le bras du fauteuil de son père ; Farid, le troisième garçon, mon futur oncle Charlus, qui a douze ans, est également assis en amazone, mais sur le bras du fauteuil de son frère aîné, qui a un air de dédain profond ; Omer bey est dans un quatrième fauteuil, comme s'il faisait partie de la famille. Personne ne le regarde sauf parfois l'un ou l'autre des petits, qui le dévisage subrepticement, avec une terreur rentrée et le clair sentiment qu'il est la cause de tout cet inquiétant remue-ménage. Quant au reste, il faut imaginer les soldats dans les chambres, dans les communs, dans les cuisines, les lits renversés, les armoires vidées, les bahuts et les buffets sondés avec les baïonnettes. Il faut imaginer aussi, chemin faisant, les tissus soyeux des robes et les dentelles palpés avec jubilation, les mouchoirs brodés et les cravates subtilisés et enfoncés dans les poches des uniformes, la vaisselle malmenée, les tapis soulevés, les tiroirs retournés, et là-dessus, inévitablement, la question de Wakim : « Vous pensez vraiment trouver un déserteur dans les tiroirs et sous les tapis ? », et la réponse d'Omer bey : « Tout peut constituer une menace pour l'Empire aujourd'hui. Les déserteurs comme le plus petit document écrit caché dans un tiroir », sur quoi Hélène lance un regard sombre à Wakim.

On pourrait considérer ce tableau comme celui qui clôt la période heureuse de la vie des Nassar. Le lendemain, la nouvelle se répand dans Ayn Chir et les fermiers viennent apporter leur soutien. Ils s'assoient du bout des fesses dans les fauteuils tandis qu'autour d'eux les Nassar s'affairent à remettre de l'ordre. Ils se chuchotent des nouvelles, notamment sur des arrestations à Baabda et Kfarchima. Vers midi, Rached le fils, en s'asseyant à son tour, annonce que le curé de Saint-Georges de Ayn Chir a été arrêté aussi. À cette nouvelle, Wakim saute sur son cheval. Il passe par Saint-Georges et trouve la maison du curé fermée, ce qui signifie que la famille entière a été emmenée. Une heure après, il est à l'évêché, où l'impuissance de l'évêque lui apparaît dans toute son évidence. Il y a des soldats turcs à la porte et un officier filtre les audiences. À sa grande surprise, Wakim est quand même reçu, mais ça ne sert à rien puisque l'évêque lui-même est soupçonné de sympathie pour les Russes. De retour à Ayn Chir, Wakim réunit Gérios et Georges Farhat, qui est son gendre, et leur donne, à propos des vergers et de la maison, ses consignes pour les mois à venir. Le jour suivant, à l'aube, les Turcs sont là, avec Omer bey à leur tête. En arabe, un officier lit un acte d'accusation (sympathie pour l'ennemi, déloyauté à l'égard du sultan) qui concerne tant Wakim que Sélim et au terme duquel on laisse une heure aux Nassar pour préparer une malle ou deux d'affaires car ils partent tous en déportation. Incapable de réfréner un pénible tremblement des mains qu'elle veut dissimuler aux yeux de ses enfants, Hélène range sans aucune cohérence tout un tas de vêtements. Ses filles aînées l'aident et tentent d'être moins fébriles, et c'est à ce moment que se produit un événement qui est resté légendaire pour le clan Nassar dans son ensemble. Wakim, qui a d'abord essayé de comprendre où on l'emmenait et qui s'est ensuite entretenu dix minutes avec son gendre, annonce à ses filles qu'elles restent là. Prise entre la fermeté de son mari qu'elle loue et son horreur d'une séparation dont elle ne connaît pas la durée, Hélène reste figée et ne dit rien. Les filles se rebiffent et continuent de ranger leurs effets. Mais quand vient le moment de partir Wakim annonce à Omer bey que ses filles restent là. Paradoxalement, les filles comptent sur la fermeté d'Omer bey, et en effet celui-ci déclare que c'est la famille entière qui est bannie.

– Mes filles restent ici, colonel, réplique Wakim en enfilant une veste. Un point c'est tout.

Puis, comme Omer bey hausse finalement les épaules dédaigneusement, Wakim se tourne vers sa fille aînée, mariée à Georges Farhat :

– Catherine, tes sœurs sont à votre entière charge, ton mari et toi.

Et ensuite vers ses deux autres filles les plus âgées :

– Blanche, Linda, vous prendrez soin de vos cadettes.

Après quoi – peignons une fois de plus la chose à l'antique – il prend son dernier-né, mon futur père, dans ses bras et déclare que les Nassar sont prêts.

14

Cela commence dans les tombereaux de l'armée et la poussière qu'ils font monter jusqu'au ciel, puis cela continue dans la gare de Beyrouth, où d'autres familles attendent, puis dans le train, encore le train, toujours le train. Au début, Wakim va portant son dernier-né et une grosse sacoche. Elias s'occupe de la malle et de ses deux frères plus jeunes. Hélène tient par la main l'avant-dernier des garçons. Lorsqu'il est fatigué, elle le prend dans ses bras, ou alors c'est Wakim qui le fait, en lui laissant le dernier-né. Sélim porte son fils unique d'un côté et une valise de l'autre, et sa femme, un sac en bandoulière. Dans le train, tout le monde respire. Mais plus on va, plus la chaleur est accablante. Le lendemain, à Alep, on change de train et il monte des familles de bannis arrivées de Damas. Deux jours après, sur un quai perdu, il y en a d'autres encore, venus de Bagdad. Et pendant tout ce temps Catherine, Blanche et Linda vont tout essayer pour apprendre quelque chose sur les leurs. Elles vont au sérail, elles vont à l'évêché, elles vont chez Ibrahim B., qui est encore influent, elles vont même chez Gebran Nassar, qui est maintenant comme cul et chemise avec le Généralissime (et il les reçoit bien, les écoute, est bienveillant, demande si elles manquent de quoi que ce soit et répond pour finir qu'il va essayer de savoir). Elles vont tantôt à trois dans le buggy que conduit Gérios, tantôt dans des chaises et tantôt même à pied, une épreuve effroyable pour elles qui n'y sont pas du tout habituées et qui transpirent malgré l'ombrelle et les mouchoirs dans la ceinture. Au bout d'une semaine, elles ne sont guère plus avancées. Le seul renseignement qu'elles obtiennent, toujours le même, c'est que les bannis sont envoyés en Anatolie. Elles se mettent à tourner et à retourner sans fin cette idée vague : « Ils sont conduits en Anatolie », comme une pièce de monnaie dans la poche qu'on palpe sans fin par simple nervosité en attendant quelque chose qui ne vient pas. Mais c'est comme, dans la nuit, se servir d'une bougie éteinte. Et puis, un jour, la femme de Baclini le fils, qui a un neveu à l'armée, prononce le nom de *Dirkeker*. Gérios déchiffre sous le mot mal prononcé le nom de la ville de Diyarbékir. Même si ce n'est encore pas grand-chose, c'est déjà mieux que l'obscurité totale.

– C'est loin comment, Diyarbékir ? demande Margot, la plus petite des filles.

– Des jours et des jours, répond Catherine.

– Même en train ?

– À pied ou à cheval, ce serait des semaines et des semaines, dit Blanche.

Les sœurs aînées se relaient pour répondre aux cadettes.

– Et comment on sait s'ils sont arrivés ?

– Dieu est grand.

Ils y arrivent au bout du quatrième jour, défaits, fourbus, les yeux bouffis et les garçons les plus jeunes geignant pour un rien. Ils ne voient pas la ville et ne perçoivent pas ses plaies encore ouvertes. Les jours suivants, les chariots remplacent les trains et les brinquebalent sur des routes épouvantables à travers les monts pelés de la province anatolienne de Diyarbékir, et de ce

voyage Hélène parlera dès sa première lettre à ses filles :
Mes chères enfants je vous embrasse chaleureusement
votre affection me manque et je ne cesse de penser à
vous nous allons tous très bien il ne faut pas vous en
faire pour nous on nous a bien traités même si le voyage
a été fatigant nous avons eu quatre jours de train et
deux de chariot vos frères se sont admirablement com-
portés et votre père va très bien et vous embrasse cha-
leureusement nous sommes maintenant installés dans
une maison sans confort mais grâce à Dieu c'est mieux
que rien surtout que le climat est doux et fait penser
à celui de Cattine qui nous manque beaucoup ainsi
que Ayn Chir mais ne vous faites pas de souci dans le
village où nous sommes les gens sont bons et nous
sommes avec deux autres familles de Zahlé et de Has-
bayya qui sont des gens très bien nous parlons avec eux
du pays où nous reviendrons vite j'espère en attendant
portez-vous bien vous nous manquez horriblement.

Les lettres d'Anatolie qui racontent la déportation des
Nassar entre 1916 et 1918 me parurent toujours être un
mythe car j'en entendis parler dès ma prime enfance,
sans jamais les voir ni savoir où elles étaient cachées.
Au commencement, c'est-à-dire il y a bien longtemps, il
me sembla que ces lettres étaient quelque part dans les
archives désordonnées des Nassar, chez l'un de mes
oncles ou dans les affaires de la descendance d'une de
mes tantes. Mais lorsque je demandai à les voir, mon
père, puis mes oncles, puis les membres de la descendance de Wakim à qui j'en parlai se montrèrent vagues
ou se renvoyèrent la responsabilité de la conservation
de ce document considérable, pensai-je, pour l'histoire
non seulement du clan lui-même mais aussi du pays et
de la région. Je passai par plusieurs états d'esprit,
depuis la certitude que ces lettres avaient dû disparaître
dans la tourmente de l'histoire des Nassar jusqu'au

doute sur leur existence même. Un jour, mon oncle Charlus, dans une sorte d'illumination soudaine, crut se souvenir qu'elles étaient chez lui. Il avait souvent des sautes d'intérêt pour son patrimoine familial et se démenait pour dénicher une photo dans un album ou un nom dans une série généalogique emmêlée. Il fit de sérieuses recherches qui me convainquirent que les précédentes ne l'étaient pas. Mais, finalement, il s'était trompé. Les lettres n'étaient pas chez lui. Une autre fois, un descendant d'une de mes tantes pensa se rappeler (et avec certitude) qu'il les avait vues jadis dans les affaires de sa mère, une de ces nièces de mon père qui avaient dix ans de plus que lui. Il fallut suivre l'itinéraire qu'avaient emprunté lesdites affaires depuis qu'il avait mis le nez dedans. Or, entre-temps, il y avait eu la guerre civile et l'errance, et les affaires étaient dispersées. Mon père intercéda pour moi, j'obtins des rendez-vous chez d'arrière-petits-neveux que je ne connaissais pas, mais je ne trouvai rien. Il y eut encore une rumeur, la dernière et la plus cocasse, selon laquelle ces lettres avaient été emportées par un des fils de Wakim parti pour le Brésil dans les années 1920. J'en conclus que ça suffisait comme ça et que ces lettres devaient être tenues pour perdues, *perdues* étant dans mon esprit blasé comme un euphémisme. Je n'en reparlai plus à personne, jusqu'au jour où, mettant de l'ordre dans notre maison après la mort de mon père, je retrouvai deux boîtes oubliées dans un grenier et dans lesquelles, parmi un nombre incalculable de lettres, de factures, de quittances, de photos, parmi les plans de la restauration de la Grande Maison entreprise par mon père à son retour d'Égypte en 1950 et les actes de vente de milliers de mètres carrés de terres à Ayn Chir, je découvris la fameuse correspondance. Je crus tenir alors, en un temps où tous les enfants de Wakim étaient morts, un véritable trésor, le sceau de tous les témoignages, le document qui effacerait une fois pour toutes les incertitudes sur les Nassar et leur bannissement, l'instrument qui allait peut-être même rendre inutile la relation de l'histoire des Nassar. Mais il n'en fut rien. Les lettres d'Hélène constituent en fait le plus parfait non-événement dans la longue quête des bribes de l'histoire du clan.

L'ensemble de cette correspondance est constitué de six lettres envoyées par Hélène par l'intermédiaire de la poste militaire ottomane et de quatre lettres de Catherine ou Blanche expédiées de Ayn Chir. Il me fallut plusieurs mois pour en reconstituer le contenu, éprouvé par le temps, le défraîchissement avancé de l'encre et la décomposition parfois irréparable du vieux papier aux pliures. L'écriture d'Hélène en particulier, fébrile, sans véritable ponctuation, me donna beaucoup de fil à retordre. Lorsque je fus finalement parvenu à tout déchiffrer, je m'attendais à trouver une part importante de ce moment fatal de l'histoire des Nassar, dans son indélébile (et indubitable) évidence. Mais il n'en fut rien. D'abord parce qu'une grosse partie de ces lettres est dévorée par les mots d'affection, les formules stéréotypées ou les chapelets de salutations. Et puis surtout parce que Hélène y omet un nombre considérable de faits. Ainsi, par exemple, elle ne cite jamais le nom du village où elle et sa famille furent cantonnées. Peut-être l'a-t-elle fait dans une lettre perdue, mais j'en doute. Certes, le nom de ce village fit toujours partie du patrimoine du clan et j'ai moi-même souvent tenté d'en retrouver une trace sur des cartes de la Turquie actuelle, sans le moindre succès. J'ai cherché aussi à repérer des hameaux au nom approchant, car je suis à peu près certain aujourd'hui que le nom de Kalaajek qui subsista toujours dans la mémoire des Nassar devait être une déformation, ou avoir subi une altération, ou avoir, dès le commencement, été mal prononcé par les bannis eux-mêmes. Sur tous ces points, j'aurais été fixé si Hélène citait ce nom dans sa correspondance. Or elle ne le fait pas, tout comme, et d'entrée de jeu, elle passe sous silence un des détails les plus importants, à savoir que Kalaajek avait été un village mixte, peuplé de Kurdes et d'Arméniens, que tous les Arméniens y avaient été probablement massacrés et que c'était dans leurs maisons à moitié détruites qu'elle allait être contrainte de loger avec les siens. Ce qu'Hélène passe également sous silence, ce sont les tracasseries, les vexations et finalement le conflit ouvert entre les villageois kurdes et les bannis, sous le regard amusé des gendarmes turcs, un conflit qui faillit très mal tourner, ce dont témoigne la blessure restée fameuse de l'un des fils de Wakim. Et, pour finir, elle ne parle jamais des épreuves endurées à cause des hivers très rudes, de la vie quotidienne tressée d'incertitudes et d'insécurité, et finalement de la crainte sans cesse entretenue par les Turcs, à mesure que la guerre allait vers sa fin et que leurs échecs devenaient irrémédiables, d'une possible élimination physique de tous les déportés. Par contre, ses lettres parlent beaucoup du quotidien et s'attardent sur des petits détails de la vie : *Mes chéries je vous embrasse très chaleureusement vous me manquez affreusement ainsi qu'à votre père et à vos frères j'espère que vous allez bien que tout est bien autour de vous que le cher Georges est en bonne santé ainsi que notre cher Gérios et que vous prenez bien soin les unes des autres écrivez-nous pour nous rassurer sur votre santé et sur l'état de notre pauvre pays nous ici nous portons bien votre père vous envoie ses baisers les plus chaleureux ainsi que vos frères à qui vous manquez beaucoup votre petit frère est très sage et je suis sûre que vous lui manquez surtout toi ma chère Blanche qui t'occupais tellement bien de lui comme je vous l'ai dit nous sommes installés convenablement le toit de la maison était un peu abîmé et on nous a aidés à l'arranger grâce au chef du village qui est un homme serviable à deux maisons de la nôtre habitent les familles avec qui nous passons du temps en parlant de notre cher pays nous faisons la cuisine ensemble il a été difficile de trouver des ustensiles mais nous avons eu des marmites et des jarres et pour le reste Dieu pourvoit à tout il commence à faire froid l'hiver doit être rude ici mais nous sommes habitués à Cattine et donc ça ira sûrement vos frères ont ramassé du bois dans les alentours et ils ont attrapé une belette l'autre jour nous avons aussi eu des couvertures militaires parce que les nuits deviennent glacées mais il ne faut pas vous en faire car nous nous portons tous très bien et nous sommes très impatients de vous revoir ainsi que Gérios et Georges et tous nos amis de Ayn Chir et de Cattine à qui nous faisons tous de chaleureux baisers avec l'aide de Dieu et de la Vierge nous serons bientôt tous réunis mes chéries soignez-vous prenez garde à vos sœurs cadettes à bientôt votre mère qui vous aime Hélène.*

Évidemment, on pourrait y croire et admettre que, après tout, la déportation, si elle est un peu difficile du point de vue du confort, est quand même chose aisée à supporter. Mais en fait Hélène semble, tout au long de ces six missives et à l'exception de quelques rares moments, faire preuve d'un sens extraordinaire de la diversion. Je ne m'en étais jamais vraiment soucié auparavant, mais, à partir du moment où je voulus confronter ces lettres avec les témoignages vivants et aussi avec la réalité la plus évidente, je m'aperçus que ce style répétitif et lancinant, cette insistance sans règle, cette structure molle et sans épine dorsale étaient comme un ronron pour endormir l'inquiétude et l'angoisse de ses filles, pour anesthésier en elles la moindre velléité de se faire du souci, alors que, en fait, les choses devaient être tout autres. Je n'eus jamais l'occasion d'en parler à mes tantes les plus âgées car je les connus peu et elles étaient mortes quand je m'intéressai à tout ceci, mais j'aurais bien aimé savoir si elles avaient été dupes. Certes, ces écrits reflètent la façon qu'on avait de faire son courrier dans nos régions jusqu'à il y a environ vingt ans, une manière irritante où les saluts affectueux répétés à chaque ligne et après chaque nom et les effusions sentimentales sont le pendant des salamalecs qui émaillent la langue parlée. Ils sont aussi l'expression d'une conception du langage comme instrument destiné à se faire mousser lui-même, à se faire briller et luire plutôt qu'à exposer des faits. Pourtant, Hélène raconte de menus incidents, dit même des trivialités sur la cuisine et le bois coupé, ce qui est contraire à la rhétorique épistolaire, et passe sous silence des choses plus graves. Il y avait sans doute chez elle le souci de la censure, non pas la censure militaire, dont elle semble ne point se soucier, mais la censure par amour filial, qui la pousse à sélectionner les faits les plus ordinaires, les plus banals, pour les servir dans un emballage couleur locale destiné à tromper l'inquiétude de ses filles plutôt qu'un éventuel militaire turc. À moins que tout ça n'ait été en définitive aussi un moyen de lutter, de se montrer plus grand que les déboires de la vie, de leur témoigner le plus parfait dédain en s'en détournant, comme s'ils n'étaient rien, pour ne s'occuper que d'affaires de voisinage, du goût des figues, de la confection d'un jeu de dames ou de la découverte dans une maison abandonnée d'une robe de mariée tout à fait stupéfiante.

À partir de maintenant, il va donc falloir reprendre les choses à rebours ou à l'encontre du principal document qui demeure sur cette époque, ce qui est un comble. Après avoir défait le tissu des événements tels que les raconte Hélène, on va le retisser autrement, en reprenant au début. Voici donc les bannis qui mettent pied à terre à Kalaajek, qui est (disons) un ensemble d'une vingtaine de maisons basses en terre crue, étagées sur quelques champs de blé et de figues. Les Nassar et leurs concitoyens, les Batal (de Zahlé) et les Hayek (de Hasbayya), sont regroupés sur la place centrale, devant les villageois réunis pour assister au spectacle. Les gendarmes font l'appel, le chef de village indique à chaque famille de bannis sa maison : les Nassar ici, les gens de Zahlé un peu plus loin, ceux de Hasbayya un peu en hauteur. C'est comme, dans un dortoir, de se voir imposer son lit. Passons sur l'état mental et psychologique pendant les jours qui suivent. Ne réfléchissons pas. Pas de sentimentalisme. Allons tout de suite aux faits. Les intérieurs sont délabrés, ils sentent le moisi. Il a plu sur ce qui restait de mobilier rudimentaire et d'ustensiles et le bois dans les réserves a pourri. On aère, on évacue, on sélectionne, on jette ça, on garde ci, on refait un lieu habitable sur les ruines d'un monde qui dut bien, à certains moments, être heureux et qui s'est brutalement achevé là, comme ça, un jour, dont il ne reste aucune trace parce qu'il y a eu ensuite du pillage, puis la pluie et la neige qui ont tout défiguré, comme la mort rend un visage affreux à voir. D'ailleurs, les premières nuits, Hélène ne parvient pas à fermer l'œil, et quand elle y parvient elle rêve de cadavres, elle voit les propriétaires des maisons qui reviennent et qui les réclament, et ils ont la tête tantôt de Omer bey, tantôt de Gebran Nassar. Elle se demande en sursautant pourquoi Gebran, et elle est alors prise d'une horrible inquiétude pour ses filles. Et ses nuits sont ainsi sans sommeil pendant des semaines, jusqu'à ce qu'elle tombe presque évanouie de fatigue. Personne ne dort, d'ailleurs, ou très mal, car les couches sont de paille, les toits ont des trous, les murs sont par endroits effondrés. Et il n'est pour l'instant nullement question de réparer. On est comme tétanisé par le changement brutal, la misère des lieux et surtout par la perspective étouffante de l'avenir. Ce qui justifie les crises d'angoisse, les pleurs irrépressibles d'Hélène qui, lorsqu'elle sort un peu prendre le soleil sur l'esplanade devant la maison, apparaît aux habitants du village comme une femme en deuil, les yeux humides, le regard lointain. Parce qu'il est évident que les habitants du village n'ont plus qu'une seule préoccupation, celle d'observer les familles des bannis, dont les enfants parfois se tiennent sur le pas des portes, stupéfaits devant le spectacle nouveau et si pitoyable de la misère, des gosses morveux et à moitié nus qui s'approchent d'eux et leur parlent en kurde. Les hommes, eux, vont dans les rues du village. Ils sont encore en habit de ville, mais un peu débraillé et mal repassé. Ils ont la veste sur l'épaule, la cravate dénouée, Wakim marche sans sa canne, ses chaussures sont boueuses. Mais même comme ça ils semblent tous tombés de la Lune lorsqu'ils passent devant les habitants en turban, déguenillés et pieds nus. Pendant leurs marches, ils pensent à l'avenir, mais surtout au présent, à la possibilité de se concilier les habitants, de mettre le chef du village dans leur poche, de tromper la vigilance encore bien problématique des gendarmes. Ils se font aussi du souci pour les femmes (les Batal et les Hayek ont des filles), pour le salut des enfants, et réfléchissent à des mesures de sécurité communes et à des systèmes d'alarme pour se venir en aide au cas où les choses tourneraient mal. Et puis un matin, alors qu'ils tentent d'aller jusqu'au-delà des dernières maisons du village, ils entendent des cris, des enfants courent, des femmes s'interpellent d'un toit à l'autre, et bientôt le chef du village et deux villageois armés de fusils arrivent et les somment de rebrousser chemin. Après palabres, ils comprennent qu'il leur est interdit de sortir du village. Et ils comprennent aussi que c'est l'ensemble des habitants qui les tient à l'œil. Wakim n'en dit mot à Hélène mais Hélène l'a déjà compris, elle l'a lu sur les visages curieux et inquisiteurs quand il lui est arrivé de faire quelques pas avec Wakim. Ce qui ne l'empêche pas de décider un jour de sortir seule. Puis, à la fin du premier mois, elle prend une initiative. C'est l'épisode du toit dont elle parle dans sa deuxième lettre. Il est effondré et elle décide qu'il faut le réparer.

– Si on est là jusqu'à la fin de la guerre et que la guerre dure jusqu'à l'hiver, il faudra bien se protéger, annonce-t-elle à Régine Hayek, qui décide, elle aussi, de faire arranger un mur qui menace de s'écrouler.

Comme on ne peut réparer seuls ce toit, Wakim a recours au chef du village, qui lui indique deux hommes qui l'aideront moyennant quelques matlics. Mais lorsque Wakim leur propose le travail, ils refusent :

– On ne répare pas les maisons des Arméniens.

Wakim en réfère à nouveau au chef du village, qui, cette fois, fait comme Pilate. Il lève les épaules et s'en lave les mains :

– C'est vrai, ils ont raison. D'ailleurs, les gendarmes nous en empêcheront.

– Mais quand les gendarmes viendront, le travail sera fini.

– Je ne peux obliger personne à travailler pour vous.

L'épisode est resté vivace dans le souvenir de mes oncles, sans que j'aie jamais su s'ils se le rappelaient réellement ou si c'était un souvenir de seconde main. L'essentiel, c'est que, dans la version des faits véhiculée par la mémoire, le rôle de ce chef de village est moins idyllique que celui que lui donne Hélène dans ses lettres. D'ailleurs, il fut toujours question de lui dans les récits comme d'un homme plein de duplicité, même s'il advint un jour que mon oncle Charlus tempérât un peu :

– Il était pris entre deux feux. Il était assez brave, mais il y avait les gendarmes, les militaires, ses propres villageois et les Tatars.

Je ne relevai pas l'allusion aux Tatars car je savais que, par une obstination incroyable, mes oncles et mon père appelèrent toujours « tatars » les cavaliers turkmènes qui menèrent la vie dure aux bannis, même s'ils admettaient parfaitement que ce n'en était pas (tant et si bien d'ailleurs que lorsqu'on s'étonnait devant eux : « comment ça, des Tatars ? », ils se corrigeaient eux-mêmes sans sourciller : « des Turkmènes, quoi », si bien que je finis par me convaincre que cette manie de langage était un pli qu'ils avaient pris du temps même de la déportation, où ils devaient entendre appeler les Turkmènes « Tatars » par erreur ou par métaphore, un pli qu'ils ne purent jamais abandonner). Je ne relevai donc pas l'allusion aux Tatars, mais je demandai quand même des explications sur les villageois.

– Ils étaient donc complètement hostiles aux bannis ?

– Pas tout à fait, répondit mon oncle. Ils étaient en fait eux aussi pris entre une fascination et une véritable hostilité. N'oublie pas que nous étions en principe des ennemis et que nous étions chrétiens, ce qu'ils confondaient avec Arméniens.

– En fait, renchérit Khalil, mon autre oncle, on leur a causé un dilemme cornélien. Ils nous aimaient autant qu'ils sentaient qu'ils devaient nous haïr.

Cet oncle était certes le plus cultivé des fils de Wakim, mais pour quelqu'un qui avait commencé à travailler à l'âge de seize ans en vendant des machines à coudre la définition du dilemme cornélien était plutôt fine. Je me jurai de l'employer un jour. Voilà qui est fait et revenons à nos moutons. Après la fin de non-recevoir du chef de village, Wakim tombe la veste, mobilise ses garçons, se fait aider des fils Batal et Hayek, et on refait le toit en une semaine, avec toutes les difficultés logistiques possibles – refus des habitants de prêter des instruments (on les invente en en détournant d'autres de leur fonction), impossibilité de couper du bois pour les piliers et le soutènement (on en emploie de vieux et on utilise ceux d'autres maisons abandonnées) –, après quoi on aide les Hayek pour leur mur et les Batal pour je ne sais quoi et tout va bien jusqu'au jour où arrivent les gendarmes pour le contrôle. D'après le récit le plus courant chez les Nassar, un mouchard du village attire leur attention et les voilà qui viennent en inspection, constatent les réparations et déclarent que c'est interdit.

– Vous n'avez pas à rebâtir les maisons des traîtres arméniens, déclare le chawich.

– L'hiver arrive, répond Wakim. Comment on fait, avec la pluie et la neige ?

– On se débrouille mais on ne reconstruit pas les maisons des traîtres, insiste le gars.

Et Wakim comprend de quoi il s'agit, disparaît et revient avec une magidié. Mais avant de la donner il hésite un instant, car en y repensant je me dis que ces gendarmes-là n'en sont pas réellement, ce sont les supplétifs de l'armée qui furent employés à l'extermination des Arméniens, des hommes brutaux et sans scrupule. Leur glisser une magidié pourrait bien constituer un acte humiliant et donc fatal. Wakim hésite un instant et finit par sauter le pas, et je me suis souvent demandé s'il n'aurait pas été plus simple pour les supplétifs de faire fouiller les bannis et d'emporter tout leur argent une fois pour toutes. Mais dans ce cas l'argent aurait été considéré comme «confisqué» et donc restitué au Trésor ottoman, alors que comme ça il va dans la poche des gendarmes. Et il y va allègrement car, après avoir fait la même inspection chez les Batal et les Hayek, les gendarmes reviennent la faire tous les mois, et reçoivent ainsi un véritable salaire pour cette seule affaire de toit réparé, après quoi ils feront payer aux bannis le droit d'avoir du bois pour le feu en hiver, des figues en automne ou de l'eau à n'importe quel moment de l'année, sans compter la location d'un lopin de terre ou la vente des couvertures en laine pour l'hiver, des couvertures destinées à l'origine à être distribuées. Ils monnaieront même la distribution des lettres qui arrivent du Liban et dont la première, de la main de Blanche, a été conservée : *Chère maman, cher papa, chers vous tous, nos frères chéris, nous vous embrassons chaleureusement. Depuis votre départ nous sommes toutes les quatre chez Catherine et Georges qui vous embrassent. Nous avons vécu des journées horribles avant d'apprendre de vos nouvelles et de recevoir votre lettre mais heureusement vous êtes tous en bonne santé c'est l'essentiel. Ici beaucoup de gens ont essayé de nous aider à avoir de vos nouvelles notamment Ibrahim B. et Thérèse de F. et même monseigneur l'évêque. Tous sont maintenant heureux de savoir que vous allez bien. Par contre c'est le pays qui ne va pas bien le rationnement est de plus en plus désastreux le blé manque et celui qu'on distribue est avarié mais pour nous ça va parce qu'il y a encore des réserves en quantité et Gérios s'occupe encore du potager. Malheureusement le jour de votre départ les Turcs ont emporté le blé acheté par papa quelques jours avant et puis les soldats sont venus réquisitionner les chevaux y compris Ambar mais nous les avons empêchés d'emporter la provision d'huile d'olive de l'an dernier et celle de confiture de figues qu'on a transportée chez Catherine. La maison est*

*gardée par Gérios qui y dort. Il a fait venir sa famille et
les rôdeurs n'osent plus rentrer sur le domaine. Oncle
Camille est venu passer trois jours avec lui. Nous en
avons profité pour aller dormir à la maison et nettoyer
un peu. Voilà les nouvelles. Georges vous embrasse
ainsi que les enfants et Gérios et sa famille. Les Callas
vont vous écrire on vous embrasse toutes Blanche,
Catherine.*

Datée du mois d'août, cette lettre arrive probablement
à Kalaajek en plein hiver, un hiver glacial, où la neige
est si épaisse qu'un matin, en sortant, l'un des enfants a
l'impression que le village a disparu, ce qui le ravit :
« Nous sommes seuls, nous sommes seuls. » Mais il n'y
a en fait rien de bien ravissant. Le froid est cuisant et, si
les bannis peuvent utiliser les restes de bois laissés par
les propriétaires des maisons, il faut l'économiser et se
servir des mauvaises couvertures vendues par les gendarmes. De plus, il n'y a presque pas de réserves de
nourriture et il faut en acheter aux habitants. Or, le
problème, c'est qu'au commencement les habitants
acceptent volontiers de vendre quelques-unes de leurs
provisions, d'autant qu'ils n'ont jamais vu tant d'argent
que depuis que les bannis sont arrivés. Mais au bout de
quelques semaines ils commencent à rechigner parce
que leurs réserves ne sont pas énormes. Mes oncles
racontèrent souvent les visites qu'Hélène faisait à ses
voisins, vêtue d'une robe enfilée par-dessus deux couvertures qu'elle maintenait contre sa gaine de soie à
l'aide de deux ceintures, l'une à la taille, l'autre sous les
seins. Les villageois la reçoivent avec beaucoup de
respect, quoiqu'ils ne veuillent plus rien lui vendre.
Mais elle offre tant d'argent, propose des sommes qui
leur paraissent tellement astronomiques pour un rotl de
farine ou deux onces de viande séchée qu'ils finissent

parfois par céder, et c'est alors une petite embellie dans le quotidien des Nassar, essentiellement fait de soupes peu consistantes. Évidemment, le bruit court, et il arrive que des villageois se mettent à chercher ce qu'ils ont en surplus dans leurs réserves, un morceau de fromage, des figues sèches ou quelques œufs, et viennent d'eux-mêmes le vendre aux bannis. Il commence de ce fait à y avoir des visites chez les Nassar. On s'assoit autour de l'âtre, on échange en turc, qui est la langue commune mais que personne ne parle suffisamment bien, des propos anodins. On fait des bribes de phrases avec beaucoup de trous que nul ne peut combler. Il y a des silences pendant lesquels on s'observe, et finalement on passe aux tractations. Les chiffres, tout le monde les connaît en turc, et c'est toujours la partie de la conversation la plus simple. Un jour, c'est le chef du village qui vient, avec un morceau de jarret de bœuf fumé dont il espère tirer un bon prix. Avec lui on parle davantage, parce que son turc est meilleur et alimente celui des Nassar. On lui paie ce qu'il veut pour son jarret et aussi pour les vagues nouvelles qu'il apporte sur la guerre, si bien qu'il revient souvent, il fait peut-être même des parties de dames avec Wakim et Sélim, en présence d'autres hommes du village, pourquoi pas, puisque Hélène le dit dans ses lettres. Mais il est possible aussi, malgré ce qu'elle dit, qu'elle n'apprécie pas trop ses visites, car les yeux du chef furètent partout et elle est persuadée que les nouvelles qu'il apporte ne sont pas fiables parce que ce sont toujours des nouvelles en faveur de la Turquie, l'Empire contre-attaque ici, les *Roums* se sont fait avoir là-bas, les *Inglisi* ont perdu ceci et les *Fransawi* cela. Outre que cela est affreusement déprimant pour les bannis, Hélène perçoit chez le chef du village une sorte de volonté de faire mal à ceux dont il sait les sympathies pour les Alliés. Wakim aussi la perçoit et cela le fait d'autant plus rager que, par souci de protéger les siens, il doit opiner, ce qui lui donne le sentiment d'être doublement pris au piège.

Quoi qu'il en soit, il est certain que les visites et les relations avec certains villageois permettent aux Nassar et à leurs compatriotes de savoir qui est avec eux et qui leur est hostile. Car il y a des gens qui leur sont hostiles et, de ça, les souvenirs de la déportation ont gardé de fortes traces, dont la fameuse histoire du crachat n'est qu'un détail anecdotique. L'histoire met en scène Hélène qui, un matin, sort avec un de ses fils. En allant chez les Batal, elle passe devant un groupe de jeunes paysans qui lui disent quelque chose de peu amène. Elle ne répond pas, évidemment, et devant son air, qu'il juge hautain, l'un des gars crache par terre. Hélène, qui ne peut se retenir davantage parce que l'homme a dû dire une grossièreté sur la religion chrétienne, finit par marmonner quelque chose mais sans s'arrêter. Or c'est précisément ce que cherchait le jeune homme, qui laisse son groupe et va vers elle en l'interpellant. Mais comme elle poursuit sa marche et que lui-même ne sait plus trop quoi faire de toute façon, il revient sur ses pas en parlant fort et c'est là qu'il glisse sur son propre crachat, qui a gelé dans l'intervalle. On en rit beaucoup chez les Nassar, les Batal et les Hayek, et aussi parmi certains villageois pas trop hostiles à l'égard des bannis. Mais il y a plus embêtant, comme l'affaire du chevreuil. Cette affaire met en scène Elias, le fils aîné, lequel, pendant l'hiver et pour tenter de faire quelque chose pour l'approvisionnement, confectionne des armes de chasse rudimentaires, frondes et arcs. Cela le distrait et occupe également ses frères plus jeunes qui n'ont rien d'autre à faire que jouer dans la neige. Quand il en a l'occasion, il s'éloigne de la maison, puis un peu du village, se dissimulant à la vue des habitants, passe loin des vergers gelés où un villageois peut toujours venir visiter ses arbres, et il espère chaque fois surprendre une bête. Pendant ce temps, ses frères jouent à la chasse devant les maisons, tirent des loups imaginaires, des renards et même des ours, dans la logique de ce qu'ils ont toujours entendu sur les chasses dans le Kesrouane. Et puis, un jour, leur frère aîné les emmène avec lui, et il faut croire que cela lui porte chance car c'est ce jour-là qu'il tombe sur le chevreuil. Passons sur l'affût, sur les garçons fascinés, qui sont dans la neige jusqu'aux hanches mais qui savent merveilleusement se taire et oublient qu'ils gèlent, passons sur la bête touchée et sur le sang qui tache la neige. Passons aussi sur le transport du chevreuil, que chacun tient par une patte et dont la tête dodeline contre la neige, et arrivons-en au fait. La prise ne passe pas inaperçue dans le village, malgré le souci des Nassar de la dissimuler. Mais on doit bien dépecer la bête, la vider de son sang, bref, accomplir tout le travail de boucherie. On essaie de le faire la nuit, dans la remise, mais ça attire quand même les mouches, en l'occurrence le chef du village et quelques jeunes qui débarquent le lendemain avec leurs fusils pour avoir des explications. Comme ils n'ont plus le choix, Wakim et Sélim expliquent, montrent les arcs, proposent une part du butin. Mais non, le chef et ses hommes veulent tout, c'est confisqué, les bannis n'ont pas le droit de chasser, c'est interdit, et les voilà qui emportent la viande, les peaux et même les abats du chevreuil. En sortant, ils réclament aussi les arcs. Les Nassar protestent, les hommes en armes forcent le passage, il y a bousculade, menaces, les fusils sont brandis au nez de Wakim, de Sélim et d'Elias qui sont sommés de ne plus faire un geste. Et alors, sous le regard atterré des femmes, ce sont les trois cadets de Wakim qui s'interposent en hurlant. Dans la pagaille qui s'ensuit, Wakim et son frère repoussent les fusils, mais les coups de crosse se mettent à pleuvoir et c'est là que Farid, mon futur oncle Charlus, reçoit un coup assez sévère qui fera craindre pour sa vie. Il faut imaginer le petit qui reste sonné pendant plusieurs heures, la panique, les pansements sur la tête, les prières, les remèdes de bonnes femmes proposés par les Batal et les Hayek. Et après ça, au premier signe de dégel, voici les gendarmes qui réapparaissent et entament une inspection des maisons des bannis, et notamment de celle des Nassar, où tout est retourné, jeté sans ménagement au sol et par les fenêtres, en guise de punition après l'affaire du chevreuil. Cela annonce évidemment un printemps pas très agréable où tout se répète désespérément, des villageois tantôt amicaux et tantôt hostiles sans qu'à leur attitude une logique claire soit perceptible, un avenir incompréhensible et décourageant avec peu de nouvelles, ou alors des nouvelles si déformées que les bannis n'y prêtent plus l'oreille. Quand ils tentent tout de même de les déchiffrer, cela donne lieu à de longues palabres, comme lorsqu'on essaie à plusieurs de résoudre une devinette ou une charade. Et il y a à nouveau les tractations pour l'approvisionnement, les négociations pour la location d'un petit lopin abandonné par les Arméniens et où on plante des légumes et des fruits pour l'hiver en espérant que, l'hiver venu, on enverra tout aux mille diables et qu'on sera à Ayn Chir, ou à Zahlé ou à Hasbayya. Il y a aussi l'autorisation arrachée par Wakim aux gendarmes, moyennant force magidiés or, d'aller couper du bois pour les réserves. Tout ça occupe jusqu'à l'été, malgré la présence des fameux Turkmènes, installés du printemps à l'automne non loin de Kalaajek et qui pressurent les bannis, qui déboulent à cheval au milieu du village et s'arrêtent devant la maison des Nassar où Hélène et la femme de Sélim travaillent à conserver des feuilles de vigne. Ils réclament ce bracelet que l'une porte au poignet ou ce fichu que l'autre a sur la tête, ou alors de l'argent. Si on fait mine de résister, du canon de leurs fusils, et sans descendre de cheval, ils renversent les conserves déjà prêtes, piétinent celles qui attendent, font ruer leurs chevaux et préviennent qu'ils reviendront plus tard. Ce qu'ils font, et c'est alors Wakim qui les reçoit et essaie de discuter de sang-froid avant de céder au compte-gouttes le peu d'or qui reste ou les vêtements de Ayn Chir que plus personne ne porte. Les Turkmènes paraissent aussi sur les lopins cultivés par les bannis, déclarent que ces terres sont à leurs moutons, et il faut comprendre qu'ils réclament un tribut, alors on leur donne des choux, ou des pommes de terre, ou cette belle récolte de maïs que mes oncles n'oublièrent jamais qu'ils durent leur céder alors qu'ils y avaient travaillé tout l'été. Contre ces Turkmènes, il n'y a rien à faire sinon le gros dos en attendant l'automne, durant lequel ils finissent par partir, et de tout ça Hélène ne dit pas un seul mot dans ses lettres : *Mes très chères filles je vous embrasse chaleureusement vous ne savez combien vous nous manquez nous allons tous très bien votre père et vos frères vous embrassent avec affection comment vous portez-vous ainsi que le cher Georges ici nous trouvons le temps très long loin de vous et de notre cher pays mais nous n'avons pas à nous plaindre l'hiver a été très rude mais nous l'avons passé sans difficulté grâce à la présence des familles de Zahlé et Hasbayya sans compter que les gens ici sont aimables la neige est tombée très souvent ce qui nous a obligés à rester enfermés d'ailleurs il n'y a rien à faire sauf la cuisine et les veillées votre père à qui vous manquez beaucoup a confectionné un très beau jeu de dames mais c'est votre frère aîné qui l'a sans cesse battu vos frères vont bien et vous embrassent tout leur manque mais ils ne se plai-*

gnent pas et remercient Dieu pour tout ce qu'il fait ils vont parfois à la chasse quand le temps le permet ils ont chassé un très beau chevreuil et d'autres choses aussi votre petit frère parle maintenant très correctement et il est la coqueluche des gens ici il sort avec moi emmitouflé ce qui est très amusant à voir à part ça nous avons des nouvelles de la situation et de la guerre mais on n'est pas sûrs que ce soient des nouvelles très fiables écrivez-nous pour nous raconter comment vous allez ici nous espérons que tout sera fini cet été et alors on se retrouvera tous à Ayn Chir si Dieu veut. Ou encore, toujours sous la forme de cet incroyable ronron, cet invraisemblable fil de banalités tressées comme un rideau pour dissimuler la réalité mais que vient parfois rompre un motif singulier et très inattendu : *Mes chères filles bien-aimées je vous embrasse avec une affection qui ne se décrit pas ainsi que votre père qui parle sans cesse de vous ainsi que vos frères à qui vous manquez comment vous portez-vous ainsi que les chers Georges et Gérios et sa famille sont-ils toujours à Ayn Chir et habitent-ils toujours la maison j'espère que vous ne manquez de rien et que la situation est un peu meilleure nous nous faisons beaucoup de souci pour vous nous allons tous bien tout le monde est en bonne santé le printemps a été très doux le pays ici est agréable et les gens sont bons nous avons loué une terre où nous cultivons toutes sortes de choses comme Gérios dans son potager ceci nous permet de passer le temps et de le trouver moins long il y a quelques jours il s'est passé une chose qui va vous étonner dans une maison abandonnée du village on a retrouvé une robe de mariée une superbe robe en tissus colorés avec des dentelles des passementeries et des pièces d'or cousues nul ne sait comment elle est arrivée là peut-être qu'un mur s'est affaissé sous l'action de la pluie et de la neige et qu'il cachait une garde-robe de fêtes la robe était en excellent état ce sont vos frères qui l'ont découverte en jouant près de la maison dans cette situation si triste j'y ai vu un signe très heureux d'autant qu'elle est apparue au printemps en même temps que fleurissaient les prés et les champs et vous comprendrez aussi pourquoi elle ne cesse de me faire penser à vous mes chères filles bien-aimées.* Et à ces lettres, évidemment, il arrive des réponses qui attestent que le contact, même très intermittent, ne s'est pas rompu avant 1918 : *Chère maman, cher papa, chers vous tous, nous avons reçu votre lettre qui nous a fait une joie immense. Nous louons Dieu que vous soyez en bonne santé et que tout le monde autour de vous se porte bien. Vous nous manquez affreusement et tout le monde ici vous embrasse avec chaleur Georges et Gérios et leurs familles et les Callas qui vous ont écrit et qui tous se portent bien. Malheureusement la situation n'est pas bonne dans le pays les gens sont de plus en plus affamés et il y a de plus en plus de morts on en trouve parfois sur la route et c'est vraiment affreux mais grâce à Dieu nous ne manquons de rien même si nous devons nous rationner un peu comme tout le monde. Les réserves se sont épuisées mais nous avons pu acheter des provisions même si c'était très cher, et puis les Callas nous envoient du blé de Cattine et Gérios s'occupe du potager. Malheureusement la récolte d'oranges de cette année a été entièrement réquisitionnée. Gérios a tout fait pour l'empêcher, en vain. Mais il vous dit que ce n'était pas une bonne récolte de toute façon, que le verger est plein d'herbe, que certains arbres sont secs à cause des sauterelles et du manque d'arrosage et de soins et que tout ça ne profitera pas beaucoup aux spéculateurs mais qu'à votre retour si Dieu veut on remettra tout ça en ordre et on retrouvera les belles oranges d'avant. Toutes les cinq nous nous disons aussi la même chose et nous rêvons du jour où nous serons tous réunis. Vous nous manquez au-delà de ce qui est possible et en attendant ce jour béni nous vous embrassons.*

Contrairement à Hélène, on remarque que ses filles ne font pas dans la dentelle et disent les choses comme elles sont sans chercher à ménager quiconque, et cela n'a pas dû contribuer beaucoup à relever le moral des bannis. Car on peut facilement imaginer ce que la perspective d'un deuxième hiver a dû avoir de désespérant pour eux. D'ailleurs, cet hiver catastrophique sera probablement la saison fatale pour les Nassar. C'est à ce moment, selon tous les témoignages, que les gendarmes décident de ne plus venir faire leur inspection. Depuis l'automne, leurs rackets ne sont plus très rentables, et ils décident donc que se déplacer dans la neige pour des pommes de terre et de la confiture de poire ne vaut pas la peine. Ce sont les chefs de famille des bannis qui devront venir eux-mêmes au rapport à la caserne. Lorsqu'elle est annoncée, cette nouvelle loi d'airain est reçue avec mépris, et la première semaine nul ne bouge. Mais trois jours après les gendarmes surgissent au matin dans le village, forcent la porte des maisons des bannis, se livrent à une nouvelle fouille gratuite et rageuse durant laquelle ils piétinent provisions et conserves et jettent à l'extérieur dans la neige vêtements et couvertures, après quoi ils emmènent les trois chefs de famille au milieu des pleurs et des supplications des femmes et des hurlements des petits enfants. D'après tous les témoignages, les trois hommes furent retenus deux heures dans une cellule avant d'être relâchés et durent revenir à pied jusqu'au village. J'essaie de les imaginer durant ce trajet, allant d'un bon pas pour ne pas geler, suivant les traces des chevaux et celles qu'eux-mêmes ont laissées à l'aller, s'efforçant d'abord de discuter pour se donner du courage et sans se soucier de la buée épaisse qui, à leur bouche, fait comme un panache ou comme les bulles des vieilles bandes dessinées, puis finissant par se taire et marchant sans se retourner. J'imagine Wakim dans ses grandes bottes, la moustache gelée, la moue des jours sombres aux lèvres et le pas encore ferme et solide. Par moments il s'arrête pour examiner le paysage et noter certains détails pour le cas où il faudrait envisager un jour une fuite avec les familles. Il retient cette ferme en ruine, ce bosquet de sapins, il tente de se souvenir des détails topographiques, et au bout de deux ou trois heures il est surpris de penser avec presque de la tendresse à Kalaajek, qu'il ne voit toujours pas apparaître. Mais le village apparaît tout de même au bout de la quatrième heure et c'est ensuite presque un retour au foyer, la chaleur des maisons, les pieds que les femmes vous massent avant de vous les tremper dans une bassine d'eau chaude. La semaine suivante les hommes se résolvent après de longues palabres à aller à ce stupide rapport. Elias propose à Wakim de s'y rendre à sa place ou de l'accompagner.

– Reste avec ta mère et tes frères, répond Wakim. C'est plus utile.

Cette fois, ils sont mieux couverts, ils ont des provisions, mais désormais les familles vont vivre dans la hantise de ces départs. Plus on avance dans l'année, plus les journées sont courtes. On part plus tôt pour éviter d'être rattrapé par la nuit. Au retour, il commence à y avoir des hurlements de loups avant le crépuscule, sur la route les hommes pressent le pas, mais les pieds s'enfoncent dans la neige qui gèle et craque, et dans les maisons les femmes ont la main sur le cœur ou prient en marmonnant. Comme il fait de plus en plus froid, les couvertures ne suffisent plus. Hélène, qui a cousu avec leur laine quelque chose qui ressemble à un manteau, s'aperçoit que c'est insuffisant. De toute façon, Wakim n'en veut pas.

– Les gosses en ont davantage besoin, dit-il.

– On peut quand même les utiliser pour les gosses, ça n'empêche pas.

Mais il refuse, et si pendant ses trajets la marche le réchauffe, quand il doit s'arrêter pour attendre l'un de ses compagnons qui est essoufflé ou qui a besoin de serrer les lanières de ses bottes ou de pisser il se sent devenir comme une statue de glace et plus rien ensuite ne peut le réchauffer. Bientôt il commence à tousser, il sent comme des morceaux solides et pointus qui lui lacèrent la poitrine et tout ça terrorise Hélène. Mais il lui déclare en riant :

– Ne t'en fais pas, Hélène, je ne compte pas leur faire ce cadeau. Car c'est ça qu'ils espèrent, j'en suis sûr. Mais ils ne m'auront pas. Et nous partirons d'ici tous en bonne santé.

Néanmoins le moment du départ ne vient pas, et il ne viendra pas avant encore presque une année durant laquelle Wakim parvient à surmonter le mal, qui n'a fait que s'endormir en lui, tels ces poisons qui se déposent dans le corps et s'y font oublier jusqu'au moment où un réactif inconnu les réveille. D'ailleurs, je ne sus jamais ce qu'était ce mal, bronchite mal soignée, pneumonie rampante ou autre chose de plus sournois, car, par une sorte de colère et de révolte contre le sort, mon père et mes oncles refusèrent toujours de me dire le nom de ce qui allait emporter leur père. Lorsque je commençai à m'intéresser à toute cette histoire dans le détail, je crus qu'il me serait facile de le faire dire à n'importe laquelle des vieilles nièces de mon père ou à l'un des descendants de ses sœurs, mais quand j'en parlais devant eux

252

ils me regardaient tous avec des yeux incrédules, et je compris que, sur ce mal et sa nature, un refoulement collectif s'était opéré, un refus de reconnaissance, une vengeance par le silence, qui reflétait le désir évident des enfants de Wakim de ne garder de leur père, et de ne laisser de lui à leur descendance, que l'image d'un homme sain et qui meurt comme ça, sans raison véritable, par caprice, un beau matin, ce qui, d'une certaine manière, m'empêcha moi aussi d'être capable de me le représenter autrement que debout, marchant d'un pas décidé, toujours fort et rassurant, sur les routes de Marsad, de Ayn Chir et de Beyrouth aussi bien que sur les chemins neigeux de l'Anatolie orientale.

Bref, le mal s'endort, le printemps arrive et il n'y a pas encore de départ en vue, un départ qui ne viendra donc pas avant une petite année. Une petite année durant laquelle les vexations et l'hostilité s'atténuent nettement. Au printemps, les gendarmes reviennent faire eux-mêmes l'inspection, tandis que les Turkmènes ne viennent pas du tout, ce qui laisse penser que les migrations des populations de pasteurs ont été troublées par la mobilité nouvelle des fronts. Tout cela constitue autant d'indices qu'il faut savoir déchiffrer pour deviner un peu la marche de la guerre, et les bannis y passent des journées entières. Mais on est loin, très loin. La guerre et l'état du monde sont pour les déportés de Kalaajek comme pour des sismologues les mouvements des plaques telluriques dont ne parviennent à la surface que des effets lointains et souvent à peine perceptibles. Parfois, cependant, une information plus tangible vient alimenter les spéculations durant les veillées ou les réunions que les hommes tiennent en aparté. C'est le chef du village qui leur annonce fièrement un jour la fin du tsarisme. Les Nassar, qui ont toujours évité de dire ouvertement devant les villageois qu'ils étaient orthodoxes, reçoivent le coup sans broncher. Ou bien ce sont des feux de salve qui célèbrent l'accession au trône du nouveau sultan, une nouvelle apportée par un marchand ambulant et bientôt confirmée par les gendarmes. Tels des astrologues imputant les événements à la conjonction de deux influences astrales, les bannis autant que les villageois mettent sur le compte de cette conjonction d'un empereur qui tombe et d'un autre qui arrive les victoires des Turcs sur les Arméniens et les Géorgiens au nord de l'Anatolie au début de l'été. Les apartés des Nassar, des Hayek et des Batal s'assombrissent. L'impression est qu'on n'en finira jamais. Les femmes sont au désespoir. Les hommes cachent le leur.

Si nul parmi les bannis n'évoque à ce moment la possibilité d'une défaite de la Turquie, c'est tout simplement parce que les données qu'ils possèdent sont faussées par les nouvelles partielles et filtrées qu'on leur fournit. Comme des marins dont tous les calculs de navigation se font avec une boussole déréglée par la proximité d'un champ magnétique imprévu, ils font des conjectures en ignorant la composante essentielle du problème, à savoir les défaites des Turcs en Irak et en Palestine entre la fin de 1917 et le début de 1918, des défaites bien plus importantes que leurs victoires dans le Caucase et qui augurent de la fin de l'Empire. Lorsque j'en parlais à mon père, il m'expliquait que cette illusion désespérante sur laquelle vécurent les bannis leur fut probablement salutaire :

– Si nous avions appris les défaites des Turcs début 1918, nous aurions peut-être eu peur d'une vengeance, et nous aurions alors pu avoir la mauvaise idée de partir. Et c'est là que ça aurait pu mal tourner. Par contre, lorsque nous avons décidé de partir, c'était vraiment fini pour la Turquie et il n'y avait plus rien à craindre.

Ce départ, les annales du clan le mirent toujours sur le compte d'une bévue commise par le chef du village devant Sélim Nassar, à qui il raconte l'armistice de Moudros. C'est peut-être durant une rencontre fortuite dans les rues du village, ou lors d'une visite chez les Nassar en l'absence de Wakim, ou dans un champ où ils travaillent côte à côte. Toujours est-il que le chef balance tout, probablement sans prononcer le nom de Moudros, qu'il doit ignorer, et sans même parler d'armistice, mais en marmonnant plutôt quelque chose du genre : « C'est terminé, on a capitulé devant vos amis *fransawi* », ou : « Vous devez être fiers, maintenant que nous avons capitulé, etc. » Les annales n'ont retenu ni la circonstance ni la lettre de la confidence mais peu importe. L'essentiel, c'est que Sélim, ébloui et n'en croyant pas ses oreilles, la rapporte aussitôt à Wakim, qui, aussi stupéfait et ravi, la tait pendant une demi-journée puis en parle à Hélène, qui n'arrive plus à dormir la nuit. Le lendemain, les adultes chez les Hayek et les Batal sont mis au courant et l'on décide que s'il faut partir avant d'éventuelles représailles, c'est au plus vite parce qu'on est déjà au seuil de l'hiver. Sélim et un membre du clan Batal partent en reconnaissance. Au moment de quitter le village, ils sont rattrapés par des habitants en armes mais le chef du village finit par hausser les épaules et par laisser faire. Il y a encore une journée de préparatifs et de reconnaissances et, deux jours après, les trois familles de bannis quittent en groupe le village de Kalaajek.

Ici débute l'épisode de la sortie d'Anatolie et du retour vers le Liban de Wakim Nassar et sa famille, un épisode sur lequel je possède un tas de témoignages désordonnés, précis mais succincts, et que je vais tenter de récapituler. Au commencement, on va à pied, les plus petits portés à tour de rôle par les plus grands. Il n'y a pas de malles mais des ballots jetés sur les épaules. Il faut être léger et mobile. Au commencement aussi, les routes sont mauvaises et elles le resteront longtemps. Et puis, au commencement, on dort sous un bosquet, dans une grange abandonnée et même dans un hameau arménien en ruine. Durant la première semaine, les hommes ne cessent de scruter l'horizon pour s'assurer qu'on n'est pas poursuivis. Lorsqu'il y a un paysan sur la route, on passe en saluant en turc et l'angoisse de la poursuite est redoublée. On évite les fermes qui semblent habitées. Le sixième jour, il y a une alerte, et des soldats à l'horizon. On s'assoit pour ne pas être repérés. Les soldats passent et on repart. Au huitième jour, on est en vue de Diyarbékir. Elias Nassar et un Batal partent en reconnaissance puis tout le monde entre en ville où il y a des soldats partout, mais pas du tout belliqueux, et aussi des civils et des familles de bannis syriens, irakiens, libanais. Les nouvelles qu'entendent les nouveaux arrivants sont bonnes. Depuis une semaine, il n'y a plus d'armée ottomane. Les troupes se sont délitées, les officiers sont partis, chacun rentre chez lui et personne n'a plus cure des anciens bannis. Pendant deux jours, les Nassar, les Batal et les Hayek dorment sur le quai de la gare avec des dizaines d'autres déportés qui attendent d'éventuels trains pour rentrer chez eux. Il fait froid, il pleut, et on fait du feu dans des braseros de fortune avec du bois arraché à de vieux wagons en écoutant avidement les nouvelles de la fin de la guerre. Des trains passent, revenant d'Alep et remontant vers le nord, bourrés de soldats démobilisés. Et puis, au troisième jour, s'arrête un train qui descend vers le sud. Il y a certainement un peu de cohue, de la bousculade, mais on finit par s'installer cahin-caha dans un wagon, et l'un des souvenirs conservés par les

Nassar est qu'il s'agissait d'un wagon d'état-major, avec les insignes impériaux et des fauteuils pour les officiers. C'est presque confortable, et j'imagine les femmes en oripeaux dans les fauteuils en velours et les ballots entassés sur les tables en palissandre. À Alep, des milliers de soldats attendent sur le quai et les anciens bannis ont du mal à descendre des wagons. On porte les enfants pour éviter qu'ils soient piétinés, on s'accroche les uns aux autres, on perd un ballot qui est emporté par la cohue comme par une vague refluante, et après ça il reste encore deux cents kilomètres à faire à pied jusqu'à Zahlé, car il n'y a plus de trains qui aillent plus au sud. Les Nassar et leurs compatriotes les feront en quatre jours. Quand ils traversent des villages, les paysans accourent les regarder passer et eux sont heureux de pouvoir parler enfin leur langue et d'être regardés avec amitié et sympathie. Par moments, ils ont même de la fierté. À Homs, le deuxième jour, ils dorment dans un caravansérail. Le lendemain, ils tombent sur une carriole abandonnée sur le bord d'une route. Elle a un essieu cassé. On la répare, on y met à tour de rôle les femmes et les enfants, les hommes tirent et poussent jusqu'au soir, où ça casse à nouveau et ça devient irréparable. On repart à pied et, à ce moment, Wakim tousse et Hélène le regarde avec angoisse. Un gouffre s'ouvre dans ses yeux mais il la prend contre lui et la rassure :

– Ne t'en fais pas, Hélène, je vais très bien.

Et pour le lui prouver il prend l'un de ses fils, pas le plus petit mais plutôt Khalil, mon futur oncle aux définitions cornéliennes, il le met sur ses épaules et, tout en lui faisant la causette, il part en avant de la troupe. Le jour suivant, soit quatre jours après avoir quitté Alep, il est le premier à voir les cimes du Liban avec leurs neiges telles qu'elles apparaissent, en haute mer, aux vigies des navires. Les anciens bannis, pour leur part, ont plutôt l'air de naufragés, ils sont dans un piteux état, vêtus de bric et de broc, avec leurs ballots et les enfants sur les bras, mais lorsqu'ils aperçoivent, l'un après l'autre, la montagne enneigée, leurs yeux en sont éblouis. Ils s'en approchent puis la longent vers le sud, se sentant désormais accompagnés par une force pure, bienveillante et amicale. Ils sont bientôt en vue de Baalbek, dont ils observent la citadelle comme devaient l'observer les pèlerins de l'Antiquité, et la dernière nuit ils dorment dans un couvent. Le lendemain, ils sont à Zahlé, et la dernière image de cet épisode de la déportation, l'image qui demeurera toujours pour le clan le symbole de cette page sombre de son histoire, c'est celle qui s'imprime sur la rétine de Gérios Nassar, venu les attendre à Zahlé et qui de loin, par-dessus la foule de la Grand-Rue, reconnaît la taille et le large front de Wakim et, assis sur ses épaules, un pied de chaque côté, son dernier-né, celui qui allait être mon père et qui, de tous les bannis, est le seul qui ne gardera pratiquement aucun souvenir de toute cette histoire et qui ne se rappellera pas être entré à Zahlé comme un petit roi sur un pavois.

15

Ce qui reste maintenant à raconter sur Wakim concerne à peine trois années. Avec le recul que donnent le temps et la décantation des faits, je me suis un jour fait remarquer à moi-même que ces trois années pourraient être considérées comme l'aube d'un temps nouveau, celui que Wakim Nassar avait longtemps attendu et pour lequel, directement ou pas, il avait été exilé. Or il mourut avant de le voir vraiment, et en ce sens il pourrait apparaître comme un marin qui réussit à survivre à un naufrage mais vient mourir sur la plage après la tempête. Ou comme un combattant forcé de passer les lignes ennemies et qui s'effondre à peine parvenu de l'autre côté. Ces petites métaphores, je ne pus malheureusement les partager avec quiconque, pas même avec mon père car, quand je les fabriquai, il venait lui-même de mourir. Quoi qu'il en soit, pour Wakim, qui fut toujours considéré comme francophile, qui lutta contre le pouvoir ottoman pendant la guerre et qui fut déporté pour cela, mourir en 1921, au moment où les Français installent leur pouvoir sur le pays, est une chose pour le moins amère, une grinçante ironie du sort.

Mais les choses sont comme elles sont et, de l'avis de tous les membres de sa descendance, c'est bien à la déportation qu'est due la fin de Wakim, à ce mal contracté en Anatolie et dont nul n'accepta jamais de me dire ce qu'il était au juste, tuberculose, pneumonie mal soignée, bronchite à répétition ou autre chose du même genre. Mais, et sur cela tout le monde a toujours été d'accord, la déportation marqua aussi la fin de l'histoire de Wakim parce que, après le retour, plus rien ne fut comme avant le départ. Lorsqu'il arrive à Ayn Chir, Wakim est ruiné et les orangeraies sont dans un piteux état. Même si aucune description n'en est restée, on peut facilement imaginer les vergers devenus l'ombre d'eux-mêmes, l'herbe folle qui arrive aux hanches d'un homme et la moitié des arbres envahis par le bois sec et ne donnant que des fruits rachitiques. D'ailleurs, le naufrage touche aussi la Grande Maison, et, de ça, il est resté quelques bribes de souvenirs de tapis volés, des immenses meubles de Bérouti défoncés et de leur contenu pillé. Bref, il est certain qu'à l'arrivée tout était à refaire à partir de pas grand-chose et que tout fut refait. Mais pour que tout pût être refait, dit la chronique des Nassar, Wakim dut s'endetter, donner en gage les premières récoltes, puis vendre ses actions dans les Chemins de fer, la Banque ottomane et la Société de la route de Damas. La situation fut reprise en main, forcément, sinon d'où seraient venus les derniers feux que jetait encore la Grande Maison, et les moyens pour satisfaire les doléances des quémandeurs qui, aux dires de tous les fils de Wakim, reparurent presque en même temps que lui à Ayn Chir ? Pourtant, la chronique des Nassar est formelle : le succès ne dura guère. La fin était dans l'air dès le commencement, comme pour les Cent-Jours. Tout ce qui était refait était aussitôt défait, tout ce qui était repris en main aussitôt échappait à la main qui le tenait. Pour restaurer les vergers, il faut s'endetter, mais les récoltes ne suffisent pas à couvrir les dettes.

Wakim vend deux terres qui sont en dehors du domaine, puis celle qui est sur le bord de la route de Damas. Cela le débarrasse d'arbres fragilisés, il se concentre sur ses meilleurs bataillons d'orangers et sur les clémentiniers, sa garde personnelle. La neige de 1920 est une chose magnifique, mais au printemps suivant des pluies torrentielles emportent les fleurs et c'est un nouveau désastre. Deux mois après, Wakim revient de sa célèbre promenade et meurt au bout de quelques jours.

Si ce retour de déportation fut pour lui comme les Cent-Jours, on pourra au moins se consoler en disant que ces cent jours durèrent quand même presque trois années, qui ne furent pas seulement faites de mauvais moments. Mais ce qui, moi, m'intéresse surtout dans ces trois années, c'est qu'elles permirent à Wakim d'assister, même fugacement, au début du pouvoir français au Levant et aux balbutiements du Liban nouveau. C'est comme de se dire avec soulagement, en pensant à un émigré qui revient chez lui, qu'il aura eu le temps et le plaisir de vivre quand même deux ou trois ans avec sa mère avant que cette dernière ne meure. Je ne sais comment, aux premiers temps de son retour, Wakim vécut le fait d'être parti sous les Ottomans et d'être revenu sous les Français, mais cela dut certainement le remplir de satisfaction. Si le pouvoir n'est jamais visible à l'œil nu, ni immédiatement, il a ses manifestations, il se matérialise aux yeux des hommes sous des formes dégradées, comme la forme humaine de l'ange est une manifestation d'un principe de lumière. Ici, la matérialisation du nouveau pouvoir aux yeux des hommes, la preuve qu'il existe bel et bien, ce sont les soldats de l'armée d'Orient que Wakim croise assurément sur la route de Ayn Chir et aussi en ville, sur la place des Canons ou au milieu des grandes artères béantes où il va certainement dès son retour. Et on peut imaginer que, lorsqu'il passe à côté d'un groupe de soldats français, il ne comprend pas un mot de ce qu'ils se disent, tout simplement parce qu'ils parlent leurs patois, mais cela lui importe peu, il sourit sous sa moustache en les frôlant. Et puis à Ayn Chir, sur les routes pleines d'ornières qui vont à Baabda, passent des camions militaires qui se déhanchent et tanguent dangereusement, comme de petits voiliers sur une mer démontée. Il les voit aussi, comme il voit les automobiles devenir plus fréquentes, notamment sur la route de Ayn Chir où il en passe une tous les deux ou trois jours en beuglant et dans la Grande Maison on pense que c'est une vache malade qu'on emmène chez le vétérinaire, rue de Damas. Et puis, les temps nouveaux qui s'annoncent, il les voit aussi, indubitablement, dans les incroyables stigmates de Beyrouth elle-même. Je l'imagine qui se promène en spectateur un peu hébété, canne sous le bras ou mains derrière le dos, au milieu des grandes percées bordées de bâtiments à moitié écroulés qui furent des caravansérails, des souks, des mosquées et des églises et qui ne sont plus que ruines, résultat non de bombardements mais de la fameuse lubie urbanistique des autorités ottomanes, qui rêvèrent en pleine guerre de refaire la ville mais qui n'eurent finalement que le temps de détruire des quartiers entiers, d'ouvrir brutalement des perspectives, avant de tout laisser en l'état et de céder les décombres et les projets d'avenir à leurs successeurs. Et là, dans ces promenades au milieu de ce qui va devenir la rue Weygand mais qui n'est pour le moment qu'une large et longue trouée, une sorte de grand-rue de ville bombardée qu'on a déblayée en poussant les gravats sur les côtés, ou en passant dans ce qui va devenir la rue Maarad, s'arrêtant pour acheter une kaaké ou pour causer avec un marchand de julep, là, dans la cohue des marchands, des porteurs, des *messieurs* en costume européen, des femmes voilées et des soldats français, là donc, Wakim est heureux comme un émigré qui revient chez lui après trente ans d'absence. Il respire à fond l'odeur de crottin, de poussière et de sel marin qu'il croit préférer à toutes les senteurs du monde et il emmène parfois un de ses garçons avec lui pour participer à sa joie, et surtout Khalil, mon futur oncle aux définitions cornéliennes qui me raconta un jour que l'unique souvenir très clair qu'il eût gardé de son père était celui d'une matinée à Beyrouth où, soit sur la place des Canons soit à souk el-Jamil, ils s'étaient arrêtés tous les deux, Wakim et lui, pour manger des fèves au citron.

Mais Wakim ne fit pas que voir les preuves secondes de la naissance d'un monde nouveau. Il s'approcha aussi de sa source et, d'après quelques témoignages, il faillit même participer à son éclosion. Dans la grande collection de bribes d'histoires que j'ai conservées sur la vie du clan, de morceaux de mémoires, de bouts de chroniques, de fragments épars que je ressors à chaque occasion pour voir s'ils sont utilisables, tel un archéologue reconstituant une poterie et qui tente d'y faire coïncider un tesson, il y a quelques éléments appartenant indubitablement à cette époque. Ce ne sont que des fragments, mais qui ont de l'éclat, de la tenue, comme ces tessons (filons la métaphore) de poterie antique qui, finalement, si on ne trouve pas à quel vase ils appartiennent, peuvent toutefois être considérés en eux-mêmes comme des œuvres d'art. La plus belle pièce de cette collection, c'est le fameux baisemain que fit à Hélène le général Gouraud, le manchot gigantesque que la France délégua au Levant pour fabriquer le Liban nouveau. Cette pièce, elle me vient de loin, je crois même qu'elle fait partie du patrimoine essentiel des Nassar, c'est un des lingots de sa banque centrale de souvenirs, on la racontait souvent jadis et je l'entendis encore, une dernière fois, dans la bouche de mon oncle Charlus quelque temps avant sa mort. Mais si les Nassar se sont approchés de si près du général manchot, c'est qu'ils ont dû auparavant reprendre pied dans les salons de la ville, où, après avoir fêté l'armée turque et ses chefs, on fête maintenant l'armée française et ses chefs. Ils sont donc à nouveau à dîner chez Thérèse de F. ou chez Ibrahim B. Ils s'amusent des palabres autour de l'éventuelle reconstitution des anciennes assemblées, celle de la moutasarrifiyat et celle de la municipalité de Beyrouth, sans se douter que tout ça fait déjà partie de l'Histoire, qu'on est en train de ranimer inutilement de vieux spectres et que le général manchot va bientôt tout envoyer promener. Et puis, à chaque dîner, ils doivent raconter la déportation, comme s'il s'était agi d'un voyage d'agrément émaillé d'histoires tordantes (« Hélène, ma chérie, raconte-nous de nouveau, je t'en prie, l'histoire du Turc qui glisse sur son crachat ») ou de découvertes anthropologiques inédites (« Wakim, est-il possible qu'ils aient réellement massacré ces gens dans les maisons de qui vous habitiez ? »). Et il est très possible qu'un soir (mettons que c'est chez Habib Fayyad) on leur présente Samuel A., le conseiller personnel du général Allenby, avec qui Wakim cause un instant sans se douter que des liens de sang indéfectibles lieront plus tard sa descendance à celle de cet homme extrêmement élégant et un peu rond et qu'ils deviendront tous les deux mes grands-pères. Et puis finalement, un soir chez Edwige B., alors qu'ils viennent d'entrer (Wakim doit bien avoir gardé des stigmates des années passées, un air las, un regard impatient, la moustache un peu plus tombante, quelques rides et des cheveux blancs), on les dirige vers le général manchot, un homme immense à la barbiche comme on la portait dix ans auparavant, mais si grand, cet homme, qu'il semble comme happé par ses épaules vers le plafond et que, du coup, son pantalon bée à quelques centimètres de ses chaussures. Il n'est pas très élégant, ça c'est sûr, les photos en témoignent, mais il fait ce célèbre baisemain en l'accompagnant (là-dessus les annales du clan sont formelles) d'une formule de politesse qui sonne aux oreilles d'Hélène comme le plus beau vers de Racine, et il devient un élément du patrimoine de la famille.

Ce fragment d'histoire sur le baisemain brilla toujours pour moi comme un petit diamant (peut-être à cause de tout l'apparat de lustres, de cristal et de bijoux qui s'y associe implicitement et qui est sa part cachée mais en même temps l'illumine intérieurement et lui donne sa consistance et sa couleur). Et, comme si mon imagination faisait aller un diamant avec une belle étoffe, ce fragment de mémoire reste indissociable d'un autre que mon esprit me donna toujours à éprouver sous le mode du velouté et du noir (peut-être à cause de la couleur des costumes des hommes dont il est l'évocation, et du côté feutré de leurs discussions). Cet autre fragment rapporte l'histoire de délégations de *messieurs* tirés à quatre épingles, la moustache fine et la canne raide, qui viennent fréquemment en visite chez Wakim. Selon mon père et ses frères, il s'agissait de partisans de la France à la recherche d'un orthodoxe francophile proche de l'évêque pour panacher un peu leurs rangs trop maronites. Il y avait peut-être parmi eux les inventeurs du pays nouveau, Émile Eddé, impatient et colérique mais qui savait se brider et produire de beaux sourires charmeurs quand il le fallait, et Daoud Ammoun, au regard langoureux, aux manières aristocratiques, et qui semblait toujours d'accord sur tout sans qu'on sût si c'était courtoisie ou politique. Ces hommes célèbres s'assirent peut-être dans les fauteuils royaux de Bérouti et burent le jus des oranges des Nassar. Je les imagine assez bien réunis autour de Wakim, et il y a des conciliabules interminables, des sourcils levés, des moues de réflexion, des bustes qui s'appuient sur des coudes et des coudes posés contre les bras des fauteuils, il y a des cannes qui tombent sur les entrelacs touffus des tapis ou que l'on cale entre les jambes, et de ces conciliabules je n'ai évidemment aucune idée. D'ailleurs ils n'aboutirent à rien, soit parce que Wakim ne donna pas suite à ce qu'on lui proposait, soit parce qu'il mourut prématurément. Mais leur importance est pour moi égale à celle des machines à coudre et des phonographes dont je suis sûr que Wakim les admira à la foire de Beyrouth en 1920, ils attestent qu'il vécut bien les premiers moments du Liban nouveau, qu'il fut bien, malgré le peu de temps qu'il avait encore à vivre, le contemporain de la conférence de San Remo, de la bataille de Maysaloun, des colères d'Émile Eddé et de l'impatience de François Georges-Picot.

Il le vécut donc bien, ce temps nouveau, et parmi les fragments de souvenirs qui attestent cette période si brève il y a celui des visiteurs et des porteurs de doléances de toutes sortes qui se remettent à hanter la Grande Maison presque dès le retour de déportation des Nassar. Ils reviennent, ils sont à nouveau là, assis du bout des fesses au milieu du salon, racontant leurs malheurs et leurs besoins. Et ce sont évidemment toujours et sans fin les mêmes malheurs et les mêmes besoins, un mur d'étable à réparer pour celui-ci (et à nouveau Wakim, qui n'a plus les mêmes moyens mais ne sait plus vivre sans donner, donne dix magidiés), un fils au chômage pour celui-là (il lui trouve une place aux nouvelles douanes ou dans la Compagnie nouvelle des chemins de fer). En les écoutant tous parler de leur famille, de leurs terres, de leurs récoltes, de leur métier en difficulté, Wakim s'est remis à l'écoute de la grande rumeur du monde, de son monde, celui des paysans de Ayn Chir et des artisans de Marsad, celui des orthodoxes et celui des chiites. Mais ce qui m'importe, c'est qu'il commence aussi à entendre des choses qu'il n'entendait pas avant, des choses qui seront dorénavant le quotidien des hommes des temps nouveaux. Il vient en effet des paysans et des montagnards qui racontent comment ils ont été spoliés de leurs terres par les spéculateurs pendant la guerre et qui demandent son aide pour les recouvrer. J'entendis cent fois ces histoires de paysans obligés de céder leurs terres pour un peu de blé ou de fermiers abandonnant leur maison pour un sac de lentilles, sans parler de ces histoires d'arrangements entre les officiers ottomans et les spéculateurs pour arracher par la ruse leurs biens aux fermiers. Ces histoires, Wakim les écoute comme si chacune était une nouvelle variante de la spoliation dont il a été lui-même la victime avant même de débuter dans la vie, et il se sent curieusement solidaire de ces hommes qui s'assoient le seroual entre les jambes et font de grands gestes pathétiques en racontant leurs déboires dans le détail. Peut-être qu'un frémissement le saisit chaque fois qu'on vient lui parler de Georges Baydar, que les fermiers appellent l'Ogre de Ayn Chir, ou de Halim A., que les paysans du Kesrouane appellent Saucisson bey à cause de cette charcuterie délectable dont il échangeait cinq cents grammes contre une terre à mûriers, ou encore de Gebran Nassar, que l'on surnomme Monsieur Soupe de Lentilles parce qu'il a acheté des dizaines de maisons à Beyrouth contre quelques sacs de lentilles chacune. Bien entendu, il ne peut rien faire de très concret, mais quand ses hôtes se lèvent il marmonne quelques mots et une ou deux promesses sans illusions

(«On va réfléchir à une solution, *ya* Fawzi» ou «Je ne sais pas quoi te dire, *ya* Gebran, mais je vais faire mon possible pour t'aider»). Et puis, par désespoir et comme il n'y a pas de solution, il donne de l'argent pour la location d'une terre à celui-là, cautionne celui-ci pour l'achat d'un lopin et dilapide ses derniers sous. Peut-être même rêve-t-il de se lancer, don Quichotte ou saint Georges, dans une aventure sans queue ni tête où il sacrifierait tout, se disant, en ces moments d'exaltation, qu'il n'a accumulé tant de puissance que pour pouvoir se mesurer un jour enfin au Grand Démon, au Prince du Mal incarné à ses yeux par la personne du Spoliateur, quel qu'il soit. Mais il ne le fait pas. Il a juste le temps d'épuiser la caisse des Nassar, comme s'il était lui-même chargé de compenser toutes les injustices de la guerre, et il meurt peu après.

Car évidemment, pendant tout ce temps, l'ennemi intérieur, le mal contracté en Anatolie, ne l'a pas lâché une seconde. Il se réveille régulièrement dans sa poitrine et envoie, comme un volcan avant l'éruption, de pénibles avertissements. Cela arrive n'importe quand, dans les vergers le matin, ou pendant que Wakim fait sa marche sur les routes de Ayn Chir ou à Beyrouth, ou tandis qu'il écoute les doléances de ses visiteurs. Ou bien quand il est assis avec Hélène, sur le balcon, dans deux grandes chaises en osier et qu'ils bavardent tranquillement. Il tousse et Hélène le regarde fixement, inquiète, attentive. Mais il se reprend. Elle se détourne alors pour qu'il ne voie pas le gouffre qui s'est ouvert à ce moment dans ses yeux et se remet à sa broderie. Mais elle a les plus noirs pressentiments. Un jour, c'est Curiel (car il est revenu, Curiel, forcément puisqu'il mourra au Liban à la fin des années 1930 : on va dire que c'est en rentrant un jour d'une de ses promenades à Beyrouth que Wakim trouve une lettre dans laquelle Émile annonce son arrivée très prochaine. En la relisant à Hélène dix minutes après, il s'aperçoit avec stupeur que la date donnée par Curiel est imminente, voyons, nous sommes le combien ?, mais enfin, mais oui, c'était hier ! Il court à Eucalypta mais il n'y a personne dans la villa qu'il a lui-même fait nettoyer et fermer peu auparavant. Il descend au port où il apprend que le bateau a deux jours de retard, et Curiel débarque en effet le lendemain, loge chez les Nassar le temps de réaménager Eucalypta, et quelques mois après ils sont de nouveau à fumer leurs cigares sur la véranda qui porte encore les traces de la présence des militaires, ou à se promener ensemble), c'est donc Curiel qui, pendant une promenade à Beyrouth, finit par en parler à Wakim. Et Wakim a alors en riant toujours la même sempiternelle réponse :

– Ne t'en fais pas, Émile, je vais très bien. Ça se voit, quand même, non ?

Curiel ne dit rien mais se promet d'en reparler à Calmette et à Barthélemy. Mais, entre-temps, Wakim cesse de tousser et on passe là-dessus sans savoir que, probablement, l'ennemi intérieur, tapi, camouflé, travaille lentement, ronge, grignote, met les poumons, ou je ne sais quoi d'autre, dans un état de moins en moins récupérable. Nul ne peut encore le savoir, sauf peut-être lui, Wakim, qui n'en a cure. À moins qu'il ne fasse mine de n'en avoir cure. Peut-être sent-il une limaille de fer travailler dans sa poitrine, ou une lame lui blesser les entrailles quand il s'essouffle un peu. Mais il s'en détourne, il a autre chose en tête, les orangeraies sont en piteux état, il faut encore tailler, couper, greffer, replanter, il y a encore les visiteurs et leurs terres volées, et cela dure jusqu'à cette fameuse promenade après laquelle il ne se relèvera plus.

Mais, avant d'en arriver là, il y a quand même eu, pendant ces trois années, toute la grande fresque des jours dont le souvenir est perdu mais que l'on peut imaginer et dont j'ai souvent tenté de reconstituer pour moi-même les couleurs et les saveurs. Les détails qui la constituent ressemblent à ces décors et à ces petites scènes d'arrière-plan que se permettent les peintres de l'histoire sainte, et qui font que derrière une présentation de Marie au Temple on voit un marchand de poisson, derrière une Fuite en Égypte des paysans travailler leurs champs. Ainsi, derrière ou à côté de la scène du baisemain ou celle des délégations d'hommes en tarbouche, il y a eu toutes ces petites choses de la vie, les travaux dans les vergers (les chaussures dans la boue, un ouvrier qu'on entend chanter un zajal, une orange de l'année précédente au milieu d'un arbre en fleur), les promenades de Wakim sur les routes de Ayn Chir (le voilà qui lève sa canne pour saluer de loin Baclini le fils ou qui fait un pas en direction du bord du chemin pour dire un mot à travers les arbres à Rached le fils), les matinées chez Curiel (quand ils ne vont pas se promener, ils imaginent pour rire des scènes où ils se vengent de Georges Baydar et de ses prévarications, après quoi ils vont faire un tour dans les eucalyptus et jouent comme des enfants à écraser les minuscules bourgeons), les veillées où les fermiers parlent politique en fumant leur narguilé (et évidemment on parle de San Remo, que les fermiers appellent Sarrémo, et de Maysaloun, qu'un vieux fermier un peu dur d'oreille appelle Nayzaloum). Et puis, à côté des motifs bien connus, il y a aussi les incongruités de la vie et ses surprises, une hirondelle qui entre et se promène dans la maison (elle entre par une fenêtre et ne sait plus sortir, à moins qu'elle ne le veuille pas, qu'elle vienne par sympathie pour les habitants, et elle piaille sans qu'on sache si c'est de joie ou de panique, se heurte aux murs, à moins que ce ne soit le rituel d'une danse, se retrouve au salon, accomplit des loopings extraordinaires, met la maison sens dessus dessous, refuse les fenêtres et les portes qu'on lui ouvre, et finit par ressortir par la fenêtre par laquelle elle est entrée), un renardeau qui renverse Elias un jour dans les orangeraies (dans les vergers, le fils aîné a souvent l'impression qu'une bête s'enfuit entre les arbres alors que c'est un fruit qui tombe et qui dans sa chute provoque un long froissement furtif dans les feuillages, et puis un jour c'est vraiment une bête mais il n'y croit pas et voilà qu'un petit renard débusqué jaillit de derrière un bosquet et, pris de panique, ne sait plus dévier de sa route et passe entre les jambes d'Elias qui se retrouve à terre à plat sur les fesses) ou un cha-pardeur qui vient voler des figues de Barbarie sur les limites du domaine (Gérios décide de s'embusquer et de l'attendre avec un fusil, ce qu'il fait, et un après-midi il y a des coups de feu, tout le monde se précipite et on découvre que c'est Gérios qui vient de sauver la vie du chapardeur en tuant à bout portant un serpent sur lequel ce dernier était sur le point de marcher). Et puis il y a à côté de tout ça le tissu des mille sensations de la vie et des jours, la palette infinie des menus plaisirs et des émotions de tous les instants, l'air qui a une odeur de pomme le matin, les frondaisons épaisses des arbres à la tombée du jour qui s'enfoncent dans l'obscurité tandis que la lumière s'accroche aux fruits et fait briller dans les feuillages des milliers de petits soleils couchants, la folle exaltation du parfum des fleurs d'oranger au prin-temps et puis le moment où il devient soudain plus sucré et plus écœurant, le brasier bleu des jacarandas et le sang des flamboyants au mois de mai, le formidable tintamarre des cigales dans la Forêt de Pins, le ciel d'au-tomne lavé des fades blancheurs de l'été, la neige en

1920 comme vingt ans auparavant et il y en a sur les pins, sur les mûriers, et pendant trois jours les oranges sont toutes couvertes d'un bonnet de nuit et les enfants ont des moufles. Et puis, accompagnant le cycle des saisons et ses éternelles et épuisantes beautés, il y a tout le reste, les filles qui jouent à la marelle, le bruit du buggy qui revient, les Bédouins qui apportent du lait à l'aube, Gérios qui est fier de ses courges, Hélène qui se lève et appelle une de ses filles depuis le balcon où elle est assise avec une de ses cousines, une automobile qui passe sur la route, un âne qui proteste, et puis aussi sans fin des portes qui claquent, des courants d'air qui vont et qui viennent et des éclats de voix joyeux qui sont ceux de l'un ou l'autre des enfants qui se disent des choses que l'on ne comprend pas de loin.

Et puis vient le matin de la fameuse promenade de Wakim, qui ne sera pas une promenade comme toutes les autres. Le matin en revanche est un matin ordinaire, et après une petite heure passée dans les vergers Wakim s'habille et sort. Il va à Marsad, peut-être pour rendre quelques visites au pied levé à des artisans, saluer les habitués du café Saliba, ou simplement pour penser, car il sait sans doute pertinemment depuis des lustres que les seules vraies pensées viennent en marchant. Il va donc se promener, et le voilà revenant vers Ayn Chir par la Forêt de Pins. À une centaine de mètres de ce qui était naguère la frontière du gouvernorat, trois individus sortent de derrière les arbres. Ils sont vêtus à l'euro-péenne, en gilet et chaussures pointues, ils ont la mous-tache fine comme celle d'Arsène Lupin. Ce côté voyous à la mode nouvelle fait sourire Wakim et il s'apprête à se faire une réflexion amusée lorsqu'il comprend que les gars s'approchent de lui et que ce n'est pas pour lui parler mais bien pour lui barrer la route. L'attitude inamicale, il la perçoit dans leur manière d'avancer sans se regarder, comme s'ils étaient concentrés sur une proie et que cette proie, ce fût lui. Il ralentit le pas, cale sa badine sous son bras et se prépare à dire un mot, mais le mot reste épinglé dans son esprit, imprononcé, mêlé à une ou deux images qui lui sautent à ce moment violemment aux yeux, qu'il perçoit en un éclair mais avec une spectaculaire acuité (un gourdin dans une main, un pied qui repousse loin un caillou de la manière dont on écarte un obstacle, un bout de joue frotté cyniquement du revers d'un doigt). Et alors, dans une espèce d'indignation fulminante et comme si ses réflexes, son instinct devançaient sa pensée, il se détend, saisit sa badine à pleine main, en lacère un des hommes, qui crie, puis il lance le poing, envoie le deuxième à terre, reçoit un violent coup sur la nuque, se retourne, prend le troisième larron par le cou et le jette au sol puis revient au premier, et il se déchaîne ainsi sans s'arrêter, à coups de poing vengeurs, à coups de pied méprisants, accompagnant sa hargne de cris du genre « attrape, chien » « tiens, salopard », et au bout de quelques secondes tout est consommé, les trois hommes sont en déroute tandis que les passants qui se sont précipités pour prêter main forte à Wakim lui disent des mots de solidarité, lui ramassent son tarbouche, lui rapportent sa badine et font entre eux des commentaires indignés.

Les annales des Nassar mirent toujours cette célèbre bagarre sur le compte de brigands ou de petits voyous, et il n'y a aucune raison de ne pas l'admettre : la Forêt de Pins était un lieu peu sûr, même aux premiers temps du mandat. Mais l'essentiel n'est pas là. Ce qui compte, c'est que l'événement fut comme providentiellement offert à Wakim afin de lui permettre de tirer sa révérence sur un acte digne de ses vingt ans. En rentrant chez lui après cet incident qui est aussitôt ébruité dans

Marsad et Ayn Chir par les passants, il est pris de quintes de toux. Durant la soirée et le lendemain, alors que ne cessent de se succéder les visiteurs scandalisés venus apporter leur soutien, il a de nouveau une toux lourde et rauque qui nécessite qu'il se retire souvent. Il sent que sa poitrine est comme un fourneau, elle bout, elle brûle, il le dit à Curiel et pour dédramatiser il ajoute :

– C'est comme un vieux fourneau, en plus ça siffle et ça fait un bruit de tuyauterie défoncée.

Tous les visiteurs pensent que c'est en rapport avec l'agression dans la Forêt de Pins. Curiel, qui sait bien que ça n'a rien à voir, et Hélène, qui a du mal à résorber en elle un tremblement de tout le corps, envoient chercher Calmette et le vieux Barthélemy. Mais c'est inutile, l'ennemi intérieur s'est largement nourri des poumons et des bronches de Wakim, il a suffisamment de force maintenant pour résister aux fumées d'eucalyptus et à la quinine et pour achever, en deux jours, son travail de destruction. Mais, de ça, les Nassar n'ont rien voulu retenir. Pour eux, Wakim est mort comme un héros de vieux contes et de poèmes épiques, proprement, sans humeur ni sang craché, sans sueur et sans agonie, et pour moi aussi, du coup, ce qui fait que nous n'assisterons pas à sa fin, nous resterons à la porte de la chambre, ou plutôt dans le salon de la Grande Maison, avec les visiteurs qui viennent jusque tard dans la nuit pour s'informer, les fermiers de Ayn Chir, les artisans de Marsad, les *messieurs* de la société et les archimandrites mandatés par l'évêque. Ils entrent tous en silence, les hiérarchies sont un moment oubliées, ils s'assoient là où il y a une place libre, un *monsieur* du Majlis à côté d'un fermier, un archimandrite près d'un vieux menuisier, et ils écoutent les nouvelles chuchotées à leur oreille par leur voisin. Et finalement, le troisième jour, vers le soir, la porte de la chambre de Wakim s'ouvre et Hélène en sort, les yeux hagards, soutenue par ses filles et par Curiel. Elle passe devant l'assemblée qui s'est comme statufiée et disparaît dans d'autres chambres, telle une reine tragique et abandonnée s'apprêtant à embarquer sur les navires qui vont l'emporter pour toujours dans ses royaumes désertiques, dans ses états arides et sans espoir.

TROISIÈME PARTIE

Temps de l'exil

16

Une des règles de fonctionnement du zaïmat, cette forme de notabilité politico-clanique mise au goût des temps modernes, c'est qu'elle est héréditaire. En hérite généralement le fils aîné du zaïm défunt, par un consensus implicite au sein du clan, ou alors un de ses frères. Mais, si la fonction est laissée en déshérence, un autre membre du clan peut s'en saisir. Dans ce cas, la préséance au sein des familles s'inverse, la famille du nouveau zaïm devient la branche aînée et celle qui a laissé échapper le zaïmat devient l'une des branches cadettes. C'est ce qui se produisit après la mort de Wakim. Quant aux raisons qui empêchèrent Elias de sauvegarder la position dont il eût dû hériter, tous les témoignages confirment qu'elles étaient liées à un manque désormais endémique d'argent, manque qui contribua aussi à la ruine progressive du domaine et à la dispersion de par le monde des fils de Wakim. Pourtant, entre la mort de Wakim et l'émigration de ses fils, il se passa à peu près six années, lesquelles sont, par un paradoxe des plus curieux, celles qui virent le développement décisif de la culture de l'oranger en Orient. Autrement dit, les difficultés financières dont héritèrent les fils de Wakim à la mort de leur père auraient dû se trouver résorbées par cette conjoncture si favorable. S'il n'en fut rien, ce fut à

cause de quelque chose que j'ai toujours soupçonné
dans les non-dits et les allusions, dans tout un ensemble
d'actes manqués, dans le formidable silence qui a pesé
sur tous les récits des Nassar à propos de cette période.
J'aurais pu ne jamais rien en savoir, de cette chose, si un
jour mon père, quelque temps avant qu'il se taise pour
toujours sur son passé, ne m'en avait soufflé le fin mot,
à l'époque de ces paquets de cartes qu'il battait en guise
de passe-temps, reposait, reprenait et reposait finalement, comme si ce à quoi il voulait en réalité occuper
ses mains, c'était plutôt à tenir de quoi écrire pour
consigner cela, lui, le dernier rescapé de cette très
longue histoire, qui ne cessa jamais de me demander
avec un air malin, quand je lui posais des questions, si je
n'étais pas par hasard en train d'écrire l'histoire des
Nassar. Et c'est ainsi que j'appris que ce qui compro-
mit le redressement du domaine et aboutit à sa ruine, ce
fut une redoutable machination à laquelle se livra
Gebran Nassar et dans laquelle il utilisa le troisième des
fils de Wakim, mon futur oncle Charlus, celui que l'on
appela toujours dans l'intimité du clan, et pour cela
même, le « frère scandaleux ».

Mais commençons par le commencement. Au commencement, ce n'est pas Gebran Nassar qui touche à
l'intégrité du domaine mais le conseil de famille, qui
regroupe, autour d'Hélène en grand deuil, en noir intégral pour deux ans, ses deux fils aînés, son beau-frère
Sélim et Gérios Nassar. Sélim est un peu le Richelieu
du domaine, le conseiller d'Hélène en régente. Cet
homme, qui a toujours vécu dans l'ombre de son frère,
en compagnon de route, va maintenant jouer sa dernière
partition en soliste. Jusque-là, une fois passé le temps
du snobisme adolescent, il n'a fait que chercher, en
assumant sa part des travaux du domaine, à mériter
l'aisance et la fortune que son frère lui procurait. Il s'est

consacré aux comptes avec la méticulosité d'un banquier, a épaulé son frère pendant tous les événements de la guerre et a partagé sa déportation. Bref, il fut le plus fidèle partisan de Wakim, certain que son frère travaillait à ce qu'il dut lui-même toujours considérer comme la grandeur des Nassar, se contentant néanmoins, et plus le temps passait, de contempler de loin cette grandeur en train de se faire, comme si, en définitive, et après mûres réflexions, et avec l'âge aussi, il s'était aperçu que tout ça était profondément lassant. Bientôt, il ne prit plus plaisir qu'à de longues chasses avec Camille Callas au pied du mont Hermon et à l'achat et la vente de chevaux arabes, cessant d'être un fanatique de son clan pour se transformer en un fanatique de lui-même, une sorte de dandy distant et distrait qui s'ennuyait dans les salons beyrouthins. Il eut pourtant, paraît-il, quelques aventures avec des femmes mariées, mais il préférait les juments. Il se montra assez mufle envers ses maîtresses et, malgré son extraordinaire élégance (un des seuls détails que j'ai sus de lui, c'est qu'il ne mettait jamais deux fois le même costume et qu'il avait une collection de cannes à pommeau d'ivoire) et sa grande beauté, elles finirent par l'éviter et le regardaient comme les juments auraient regardé un loup. À son retour de déportation, il prit avec humour le pillage de ses centaines de costumes et de ses cannes et se consola de ne plus pouvoir acheter de chevaux en s'inscrivant au nouveau club hippique avec l'appui de Habib Fayyad. À la mort de Wakim, il prend donc les choses en main, forcé et contraint. Quant à Elias, le fils aîné, il a maintenant vingt-quatre ans et une petite moustache qui chapeaute ses lèvres comme si elle était dessinée et qui lui donne un air un peu guindé. Il est d'ailleurs toujours habillé avec recherche et a dans le regard une sorte de pouvoir de cristallisation, une capa-

cité à passer de la distraction la plus totale, de l'éche-
vellement des idées à une brusque et puissante concentration qui surprend et désarçonne ses interlocuteurs et
le rend un peu inquiétant. Mais depuis la mort de
Wakim on a l'impression que son regard est plus souvent flottant, suivant des pensées que nul ne peut locali-
ser exactement, pas même son frère Michel, le deuxième
de la fratrie, qui est plus simple en apparence, qui a dix-
huit ans et qui est encore modestement imberbe, l'air
toujours un peu inquiet, mettant moins de recherche
dans ses vêtements et plus d'attention dans ses manières,
ce qui le rend courtois, jusqu'à la timidité. Pourtant,
d'après ce que j'ai toujours su de lui, Michel n'était nullement timide. Il lisait comme dans un livre dans les
attitudes des hommes autour de lui, ne se faisait d'illusion sur rien ni sur personne et cachait son scepticisme
derrière une politesse extrême. Mais, aux premiers
temps de la mort de son père, il est autant que les autres
incapable de dire où errent les pensées de son aîné, et
durant les réunions du conseil de famille il fait comme
lui, il écoute sans rien dire, et ce silence des deux frères
agace prodigieusement Gérios, Gérios qui marmonne
plus que jamais, qui est vieux et qui n'a plus qu'un
souci (dit-il), c'est de vivre encore quelques années
pour voir son fils grandir, et qui ne sait pas (ou peut-être
le pressent-il, se sait-il encore solide, mais se lamente-t-
il parce que c'est la règle à son âge) qu'il assistera au
mariage de ce fils après d'extravagantes aventures.
Lorsque les marmonnements s'achèvent, Elias regarde
Gérios de son regard magnifique, dispersé, vaporeux et
lui sourit, et Gérios a l'impression qu'on se moque de
lui. Michel, assis à ses côtés, le prend alors par l'épaule
et lui chuchote une amabilité à l'oreille, et il est certain
qu'à ce moment, si les deux frères ne disent rien, c'est
parce qu'il n'y a rien à dire, que la décision à prendre

est celle de vendre pour s'acquitter des dettes énormes qu'a laissées Wakim. On vend donc, de grandes parcelles qui sont du côté de la Forêt de Pins et dont on disait que les oranges avaient un goût musqué qui leur venait de la proximité des résineux. C'est une terrible amputation, le début d'un processus que nul n'aurait jamais cru possible. Mais il reste encore pas mal de choses et pendant, disons, un an, ça va. Ce n'est pas le faste du temps de Wakim mais ça va. Elias et Michel vont s'occuper des terres le matin et s'habillent ensuite, comme faisait leur père, pour aller se promener en ville. Mais parfois aussi, Elias a des obligations. Car durant les deux premières années après la mort de Wakim la maison des Nassar à Ayn Chir continue à recevoir des visiteurs et des porteurs de doléances. Ils viennent maintenant voir Hélène, et elle les reçoit, assise raide dans son fauteuil, en noir, avec la petite touche blanche d'un mouchoir en dentelle à la main droite, l'air absent, à tel point qu'elle réussit à les incommoder et à leur donner l'impression que leurs causes ne sont rien devant son propre malheur. Mais, très vite, elle montre qu'en fait elle écoute, qu'elle compatit, et elle promet de faire ce qu'elle peut pour trouver une place au fils de celui-ci, pour aider celui-là à régler un contentieux sur quelques arbres avec un voisin plus puissant que lui. Et chaque fois elle espère que son fils aîné sera là auprès d'elle, car c'est lui l'héritier du zaïmat, finalement. Et il y est parfois, pour satisfaire sa mère. Il écoute, les sourcils froncés, observant les visiteurs comme s'ils étaient à vingt mètres de lui ou comme s'ils lui parlaient depuis un autre versant de la montagne. Mais ça lui donne un air concentré et sombre que les visiteurs aiment bien, ça les rassure, ça les met en confiance, pour eux c'est ça un chef, un homme qui a l'air pensif et soucieux. Après quoi Hélène le charge de s'occuper des demandes, elle l'envoie chez l'évêque, qui le reçoit avec amitié mais qui l'intimide et à qui il ne sait pas trop quoi dire, ou chez Habib Fayyad, et c'est pareil, ou chez Curiel, par qui on peut atteindre le haut-commissariat, et là, il est plus à l'aise, il est presque chez lui, il en profite pour fumer un cigare, pour raconter les dernières histoires de famille à l'ami de la famille. Ensuite, si la requête dépend de l'évêque ou de Habib Fayyad, ou si Curiel estime qu'on peut s'adresser au haut-commissariat, le visiteur est satisfait, et la réputation des Nassar est sauve. Mais s'il faut graisser la patte d'un fonctionnaire pour obtenir une faveur, s'il faut avoir recours à un entremetteur à qui depuis longtemps on n'a plus rien donné, ça devient difficile. Au début, grâce à Sélim qui connaît bien la clientèle de Wakim, on peut encore s'appuyer sur des hommes à la solde de la famille. Mais quand les obligés finissent par se compter sur les doigts d'une main, ça devient presque impossible. Et puis, si on n'est pas capable, pour cause de jeune âge, d'entrer à toute heure, comme l'aurait fait Wakim, chez Ibrahim B. ou de parler en bougonnant à Thérèse de F. et de leur demander, à l'un comme à l'autre, des interventions en faveur de sa clientèle, eh bien c'est que, pour le zaïmat, il faudra repasser. En attendant, ce sont les solliciteurs qui repassent pour s'enquérir de leur affaire, et quand, chez les Nassar, on est forcé, deux fois sur trois, de leur dire que la chose n'a pas été réglée parce que ci ou parce que ça, il ne faut pas s'étonner de les voir partir déçus, d'apprendre qu'ils se sont tournés vers d'autres zaïms, et surtout, bien sûr, car l'homme est oublieux, vers Gebran Nassar.

Cette lente et irrémédiable érosion du zaïmat des Nassar de la branche Wakim, reflet du tassement de leurs finances, est consommée, disons, en 1924. À partir de

ce moment, il n'y a presque plus de visites de quémandeurs. La clientèle s'est évaporée, la famille de Wakim
se replie sur elle-même et s'occupe de ses terres, qui
sont encore généreuses. Pourtant, en 1925, le conseil de
famille décide de vendre encore une parcelle, à l'ouest.
Mais l'effet de cette vente est annulé car la même
année, juste avant les récoltes, il tombe inopinément
deux ou trois pluies drues auxquelles succèdent bientôt
de teigneuses averses de grêle. En trois jours, c'est un
désastre. Les fruits sont si gorgés d'eau qu'ils se sont
amollis et la grêle achève d'en défoncer la chair. Il faut
encore vendre, et aux alentours de 1926, selon tous les
témoignages, les Nassar sont devenus des sortes de
gentlemen-farmers, faisant encore beaucoup illusion,
grâce à leur mode de vie, leur manière de s'habiller, les
après-midi de thé qu'organise Hélène quand elle sort du
deuil et les visites qu'elle continue de faire à Edwige B.
et à Thérèse de F. Mais tout ça n'est que vaine apparence. Et si le dernier-né, mon futur père, fait ses études
primaires au Lycée français tandis que Khalil est chez
les Jésuites (ce qui explique peut-être son aisance dans
les définitions cornéliennes), ceux que ces deux scolari-
sations impressionnent oublient juste une circonstance :
c'est que les enfants y vont à pied, à l'école. Ils y vont
ensemble, ils sont en tenue, peignés, repassés, lisses,
très fils de bonne famille, leurs chaussures sont bien
cirées, même si elles finissent poussiéreuses. Et ce
détail aura longtemps marqué mon père, qui, un jour sur
le chemin du retour, déchire de surcroît sa bottine par-
devant. Il passe outre mais les cailloux entrent dedans, il
s'arrête et, assis sur le bord de la route, un pied près de
son cœur, il rafistole les élastiques et reprend sa marche,
mais ça ne va toujours pas et alors, me racontera-t-il
cent fois (et cette histoire, j'ai commencé à l'entendre
dès l'âge de dix ans, celui qu'il avait lui-même à ce

moment), et alors j'ai calé un morceau de bois dans la gueule béante de ma chaussure et j'ai marché comme ça jusqu'à la maison, chaussé d'une sorte de bête en cuir dévorant un éclat de bois de pin.

Ils vont donc à pied et, à l'orée de la forêt, ils prennent un chemin jusqu'à la route de Damas. Mon futur père entre dans la cour du lycée tandis que Khalil continue vers le collège des Minimes, et sur le trajet qu'il lui reste à faire il aura une célèbre bagarre (il était fort sur Corneille mais il était assez bagarreur aussi, et un jour il recevra une sérieuse tannée qui le fera revenir le soir en loques, avec des bleus et des bosses). Au retour, s'ils ne sont pas à pied, ils prennent le tram qui remonte la route de Damas. Et ça leur fait un drôle d'effet. Non qu'ils aient la nostalgie de la belle époque, dont ils ne se souviennent pas. Mais, au Lycée français et chez les Jésuites, certains enfants arrivent en automobile, amenés jusque devant le porche par des chauffeurs en livrée, ou encore en buggy ou en calèche, et, parmi ceux qui arrivent en calèche, il y a les enfants de Gebran Nassar. Ce n'était pas de la jalousie, me raconta cinquante fois mon père, mais il y avait une telle arrogance. Et mal placée. Lorsqu'on sortait de l'école, la calèche de Gebran nous dépassait en coup de vent et dedans l'un des enfants, je ne sais plus lequel, nous faisait un grand salut. Pas le genre de salut que tu adresses à tes copains : Allez, ciao les mecs, à demain, ni même un pied de nez comme font les enfants, du genre : Allez à pied, gens du petit peuple, moi, mon papa a une calèche. Non, un salut guindé, sec, du genre du Cher ami, au revoir, que lâcherait un aristocrate à un bourgeois qu'il méprise tout en restant poli. Et le pire dans tout ça, ce qui m'a toujours énervé, répétait-il, c'est que nous aussi nous avions une calèche, et mieux : un coupé.

Oui, chez les Nassar de Ayn Chir (c'est comme ça

qu'on commence à les appeler), il y a un coupé, témoin des fastes anciens. Seulement voilà, le coupé, on ne vient pas les chercher avec. Non qu'on l'économise, ou qu'il n'y ait plus de cheval – au contraire, il y a un magnifique cheval, le dernier qu'achètera jamais Sélim. Mais, à partir d'une certaine époque, celui qui ne cesse plus de s'en servir, du coupé, et qui n'a cure de venir chercher ses frères avec, c'est le troisième des fils de Wakim, Farid, mon futur oncle Charlus. Peut-être même que, au moment où ses deux frères cadets vont ensemble à l'école à pied et se font snober par leurs petits cousins, il est déjà sans le savoir, à son corps défendant, telle une marionnette se prêtant aux petites manigances de Gebran Nassar, en train de mener les siens à la catastrophe.

En tout cas, aux alentours de 1926, mon futur oncle Charlus, qui ne s'appelle nullement Charlus, a déjà de Charlus l'insupportable caractère. Il n'a pourtant que vingt-trois ans et, détail fatal, il est extraordinairement beau, de cette beauté qui fit le malheur des Nassar et à laquelle tous ses frères et sœurs firent toujours allusion avec froideur, retenant leur colère, conformément à ce pacte tacite qui fit que jamais aucun d'entre eux, à l'exception de mon père, qui me révéla la chose (et je me rends compte aujourd'hui que ce fut une des dernières histoires qu'il me raconta et que, étant l'unique survivant de la fratrie, c'était comme s'il avait inconsciemment attendu que tous ses frères soient morts et lui au seuil de sa propre mort pour la dire enfin, de même que le dernier descendant d'une lignée de compagnons doit livrer le secret de sa corporation, qui, sans ça, disparaîtrait avec lui), jamais aucun d'eux, donc, ne parla à ses descendants de cette fameuse affaire dont la beauté et les manières raffinées de leur frère furent les causes premières. Sur toutes les photos où il est jeune, il est évident que sa beauté vient de ses yeux, des yeux d'un éclat sombre qui, sur son visage d'une dure et belle virilité, jettent une curieuse *ténèbre*, comme s'il revenait d'un voyage en compagnie de Thésée et qu'il avait vu des choses terrifiantes. À l'instar de ses frères, il tenait de son père le port haut, qu'il magnifiait encore d'une majesté dans le geste. Car il mit toujours une imperceptible touche de cérémonie dans tout, y compris dans l'acte le plus banal du quotidien, comme si chaque geste était à ses yeux le détail d'un protocole royal et sa vie une suite de moments artistement réglés, ce qui finit par en faire un être extrêmement maniaque, et donnait par ailleurs l'impression qu'il y avait de simples gestes de la vie qu'il ne faisait pas : je m'étonnais, quand je le connus en son grand âge, qu'il pût aller en personne faire deux œufs coque et se les servir ou s'apporter une orange et l'éplucher dans une assiette posée sur une serviette elle-même posée sur ses genoux. C'était là de sa part, je crois bien, des gestes de magnanimité à l'égard de ceux qui l'entouraient, comme un aristocrate qui daigne se pencher pour ramasser un fruit tombé de la caisse que porte une vieille paysanne passant près de lui au moment où il descend de son carrosse.

Bref, il était beau, cérémonieux assurément, et snob sans aucun doute. Et à vingt-trois ans ce cocktail donne un jeune homme toujours tiré à quatre épingles, aux cheveux gominés et aplatis avec une raie sur le côté, qui passe ses journées dans les cafés, à s'encanailler avec des hommes un peu louches et qui le traitent comme un prince, à faire de petites promenades sur la nouvelle corniche du Rocher où il échange des œillades avec des femmes en crinoline coiffées de ces chapeaux qui leur mangent la chevelure. Au bout de quelque temps, il les revoit chez les Fayyad, où il est l'ami du fils de Halim, et chez la vieille Edwige B., qui l'apprécie parce qu'elle aimait son père et qui est flattée que l'on trouve chez elle un jeune homme si séduisant. Bientôt, les femmes se mettent à aller où il va et des histoires se nouent. Contrairement à ce que pourrait suggérer ce côté ténébreux, cet air d'être allé jusqu'au fond des choses et de vous scruter depuis là-bas, de vous comparer sans arrêt avec plus grand, plus intéressant que vous, contrairement à tout ça, Farid est frivole, désinvolte et même un peu voyou. Mais il parle bien, il sait se faire aimable. Quand on lui présente une femme chez les Fayyad ou chez Edwige, il fait un baisemain comme en France, puis fait mine de continuer sa conversation, mais il ne parle plus que pour la belle qui vient d'entrer et vers qui, petit à petit, il se tourne. Jamais il ne lui parle en aparté. Il fait le galant, l'homme délicat qui ne veut pas embarrasser, mais il sait placer les mots qui font rêver les femmes, après quoi il les laisse rêveuses, n'insiste plus, se laisse dévorer discrètement des yeux, s'en va en refaisant un baisemain, et c'est comme le vin, il laisse bonifier, une fois, deux fois ou plus selon le cru, et lorsqu'il estime que c'est bon, que c'est dégustable, il sort le grand jeu, il fait des compliments appuyés, il pose des questions sur des sujets qui l'ennuient mais dont il sait qu'ils le servent, propose de raccompagner, de se retrouver pour une promenade sur la corniche, et après ça il déguste. Pas seulement les grands crus de la haute bourgeoisie. Il s'offre souvent de délicieux petits vins de terroir, vendeuses chez Orosdi-Bak (et pour l'occasion il fait des courses incessantes, repasse échanger cet article, remet à demain l'examen de celui-là, tout ça pour les yeux d'une jeune vendeuse qu'il attend ensuite à la fermeture du magasin et emmène faire un tour en calèche et surtout en cachette) ou infirmières à l'Hôtel-Dieu (il y est peut-être venu pour accompagner quelqu'une de ses fréquentations mondaines et il y revient pour se faire soigner une douleur inventée à l'épaule ou parce qu'il a oublié une tabatière, mais c'est en fait pour le délicieux visage en fleur d'une stagiaire).

Tout ça, donc, explique qu'il confisque quasiment le coupé à son profit. Il le fait atteler le matin et, après un tour sur les bords du verger, mais un tour très prudent pour ne pas salir ses chaussures tout en ayant l'air de s'intéresser quand même au patrimoine (d'après mon père, il ne s'enfonça jamais dans les orangeraies et ne sut jamais à quoi elles ressemblaient), il revient devant la maison, la canne sous le bras, allume une cigarette puis, une fois la voiture prête, il enlève son chapeau dans un geste ample, s'installe et fait aller. Et souvent on ne le revoit plus de la journée, ce dont nul ne se plaint. On ne lui demande pas non plus d'où il vient quand il rentre, pour que cela ne dégénère pas en vaine chamaille ou pour ne pas s'attirer une remarque désagréable de sa part, car il est brusque et insolent, conservant sa galanterie pour la galerie et réservant la brusquerie à l'intimité. Ses sœurs, qui l'admirent secrètement, l'évitent et lui adressent à peine la parole. Ses deux aînés le regardent sans le voir et lui parlent laconiquement. Quant aux deux cadets, c'est lui qui ne les voit pas, qui les bouscule quand ils passent près de lui, dans l'espace vital nécessaire à l'épanouissement de son ego. Tout cela dure jusqu'au jour de la fameuse gifle que reçoit le dernier-né, mon futur père, une gifle qui retentissait encore dans sa mémoire soixante-dix ans plus tard, alors que tout ça était si loin, que son frère lui devait pratiquement tout depuis des lustres, et entre autres, à ce moment, une vieillesse heureuse. Il me raconta plusieurs fois cette histoire, et j'eus toujours le sentiment qu'il cherchait ainsi à me donner tous les éléments pour juger, en un temps où, pour moi, mon oncle

Farid était un modèle, que j'aimais et qui me choyait comme l'aurait fait un grand-père avec son petit-fils favori. Cette fameuse gifle, mon père la reçut parce qu'il eut le culot de dire devant tout le monde, un soir de 1926, alors qu'il n'avait pas plus de douze ans, qu'on avait vu son frère Farid dans un fiacre avec une jolie femme. C'était un Nassar, qui tenait en ce temps-là un petit troquet à Marsad, qui l'avait vu. Il s'empressa ensuite de raconter la chose, comme une bonne histoire, à mon père, qu'il croisa un peu plus tard dans une traverse de Marsad.

– Cet imbécile, me raconta dix fois mon père, cet imbécile me le dit sur un ton tellement amusé et avec l'air de trouver ça si remarquable que je n'ai pas pu m'empêcher de le répéter fièrement le soir à la maison.

Il le répète donc, avec l'enthousiasme innocent d'un gamin qui a quelque chose à raconter aux grands. Les Nassar sont tous, ou à peu près, réunis dans le grand salon, qui est encore très présentable mais où on commence à voir, si l'on y fait bien attention, des bras de fauteuil un peu branlants ou des ébréchures sur le bord des tables. Et là, dans le grand salon, mon père – mon futur père – sort, enthousiaste, sa petite histoire (« Abdallah Nassar t'a vu ce matin, tu étais avec une jolie fille dans un fiacre, sur la corniche. Il t'a vu, il était dans le tram ») et alors, ni une ni deux, Farid, qui est assis dans un fauteuil à côté de la chaise où mon père déclame fièrement son petit topo, se retourne et lui assène la fameuse gifle, du plat de la main et en lui rappelant qu'il n'aime pas qu'on se mêle de ses affaires. Il est probable qu'il ne dut pas beaucoup apprécier que l'on déballe ses petites aventures devant ses sœurs, et surtout sa mère, pour laquelle, comme tous ses frères, il eut toujours un respect profond. Mais sa mère cette fois se redresse brutalement comme la trace de la gifle brûle la joue de mon futur père, qui a bondi de sur sa chaise et s'est enfui dans les chambres, et elle crie quelque chose du genre : « Farid, qu'est-ce qui te prend ? Tu es fou ? », tandis que Blanche lui annonce avec mépris qu'il n'est qu'une « espèce de sauvage » et que Linda court derrière mon père pour le consoler. Et Farid, peut-être un peu honteux, les lèvres boudeuses, les sourcils froncés, décide de battre en retraite sans s'expliquer (ce n'est pas son genre). Il se lève et s'apprête à sortir à son tour lorsque son frère aîné, qui est à quelques pas, devant la fenêtre, revient vers le milieu du salon, le regard terriblement concentré, l'arrête et le prend par le col de sa chemise :

– Cette fois, ça suffit. J'en ai par-dessus la tête de tes manières. Et je ne suis pas le seul. La prochaine fois, je te jure que je te casserai toutes tes stupides cannes sur la tête.

Évidemment, Farid veut se défendre, se dégager, il se débat, arrache la chemise d'Elias qui ne le lâche pas, au contraire, qui le bouscule et le pousse vers le milieu du salon, comme si la correction promise allait avoir lieu sur l'heure et devant tout le monde. Mais à ce moment Hélène et ses filles sont sur eux, les séparent en criant et tout ça, évidemment, est plutôt pénible. D'ailleurs, les enfants de Wakim gardèrent toujours un souvenir douloureux de cette époque qui aurait pu être paisible malgré les difficultés matérielles mais qui fut empoisonnée par la vie bizarre et incontrôlable de Farid.

Sur cette vie, d'ailleurs, le rapport involontaire que fait mon futur père ce fameux soir n'est pas le seul témoignage qui arrive aux oreilles des Nassar. Il parvient bien d'autres échos jusqu'à la maison, qu'apportent les dames qui viennent boire le thé avec Hélène, ou Habib Fayyad, qui sait beaucoup de choses par son fils, ou encore des témoins indirects et malintentionnés, des gens de Marsad, des Nassar qui viennent rendre visite à Hélène, qui s'assoient, à qui on sert à boire, qui se font aimables en préparant leur petit venin et qui, en attendant le moment propice pour l'injecter dans la vie de leur hôte, racontent des inepties, demandent des nouvelles de Sélim, d'Elias, des autres enfants (et ils arrivent à leur fait petit à petit), de Catherine et de ses gosses, des Farhat en général, puis des Callas (ils s'éloignent pour mieux revenir, trompent l'attention d'Hélène avant de commettre leur lamentable forfait), et puis, comme s'ils venaient de s'en souvenir, ah oui, au fait, dis-moi, Hélène, il paraît que ton fils Farid (*ebnik Farid*), et ils déballent l'affaire qu'ils ont en tête et pour laquelle ils sont là, que Farid fréquente une fille Boutros (et il y a là deux sous-entendus, le premier, sans gravité, du genre « et tu nous l'avais caché », sert d'enrobage au second, à l'allusion venimeuse aux ressources financières incompréhensibles de Farid qui lui permettent de fréquenter une fille si riche), ou bien qu'on l'a vu dans une bijouterie avec une inconnue (même sorte de bonbon empoisonné, avec une petite perfidie supplémentaire, l'allusion à l'« inconnue », c'est-à-dire quelqu'un qui n'est pas de votre rang, et peut-être du rang de personne, allez savoir…), ou bien qu'il joue aux courses avec le fils Fayyad (plus de dragée empoisonnée, ici le venin est servi nature). Et Hélène a beau être prévenue, s'attendre à tout, user d'un contrepoison efficace (« Non, je n'étais pas au courant, il ne me raconte rien, mais il est libre de faire ce qu'il veut, que Dieu le garde »), elle finit par en être sincèrement troublée et cela devient son souci principal pendant des mois. Elle voit bien Farid rentrer avec de nouveaux costumes sur le bras, avec des boîtes de chaussures neuves, elle remarque ses cannes, ses cravates, ses poudres et ses laques, mais après tout, tout ça, il peut à la rigueur (mais à la très grande rigueur) se le payer avec sa part annuelle des ressources des vergers. Mais le reste ? Et voilà qu'un matin, après la visite d'une bourgeoise de Msaytbé qui lui raconte qu'on a vu Farid chez Tufenkjian, elle décide d'en avoir le cœur net. Elle part en fiacre, emmenant Michel, qu'elle laisse à la porte lorsqu'elle entre chez Tufenkjian, puis chez Mzannar, dans les nouveaux quartiers de la ville, et au retour elle est sombre et silencieuse parce qu'elle a appris ce qu'elle redoutait, les dettes énormes de son fils. Michel, qui a très bien compris, ne dit mot. Et comme sa mère connaît sa discrétion elle ne la lui recommande pas. Il se tait et elle lui en sait gré. Mais ce secret-là n'est pas le seul qu'il va partager avec elle. Car il sait, parce qu'il la connaît, qu'elle va prendre la chose sur elle, qu'elle va s'occuper des dettes. Et en effet, avec l'argent qu'elle a mis de côté à chaque bonne récolte, à chaque vente aux halles, avec cette somme qui a fini par devenir relativement importante et qu'elle va encore arrondir en empruntant au vieux Curiel, à qui, pour une fois, elle fait un petit mensonge («Tu sais, Émile, j'ai un pauvre homme à Marsad, un vieux menuisier qui a toujours été très fidèle à Wakim. Il est dans le besoin etc.», et Curiel allonge la somme sans discuter), elle va éponger les dettes de Farid. Elle se retrouve ensuite à sec mais tranquille. Puis, un matin, elle convoque Farid et, installée sur le balcon dans une chaise à bascule en face de lui qui se tient adossé à la rambarde aux motifs contournés et en spirales, elle lui dit tout, j'ai su, je suis allée voir, j'ai tout arrangé, ne t'en fais pas, personne n'est au courant, mais promets-moi, et lui, stupéfait, sans voix, s'assoit près d'elle sur un tabouret, prend ses mains dans les siennes, remercie, s'excuse, promet, larmoie peut-être un peu mais il est sans doute sincère, après quoi ils sont rejoints par Linda, par les autres sœurs, et peut-être par Michel, et tout ça se termine par un tableau idyllique où Farid est debout derrière la chaise de sa mère, les mains posées sur ses épaules, et il est probable que, à ce moment, il est décidé à ne plus faire l'idiot.

Mais ce n'est pas évident, de ne plus faire l'idiot, quand on a une maîtresse qui vous attend tous les jours, et qu'on est invité à déjeuner tantôt chez les Boutros et tantôt chez les Rayès. Et très rapidement il s'y remet, non pas parce qu'il est inconstant ou incorrigible mais parce qu'il ne peut d'un seul coup changer de monde, quitter celui où il a l'habitude de vivre, et parce que ce monde, il ne peut y vivre sans sacrifier à certaines de ses exigences, des vêtements, des cigares, un coupé et des cadeaux pour les femmes. Il tente d'abord de louvoyer, de faire des économies, de prétendre qu'il a oublié sa boîte de cigares (et il en emprunte à Chakib Fayyad), de faire des cadeaux très singuliers, qui ne coûtent rien et qui ont leur petit succès, telles ses fameuses clémentines siamoises. Mais cela ne peut durer longtemps, c'est comme de vouloir vivre sur la corniche d'un toit, et bientôt donc il s'y remet, en se jurant que c'est juste une fois, puis juste encore cette fois, et puis soudain, un jour qu'il est chez Tufenkjian, c'est le ciel tout entier qui lui tombe sur la tête lorsqu'on lui refuse poliment de «payer un peu plus tard».

Lorsque mon père me raconta tout ça, ou du moins me le marmonna comme à regret et un peu furtivement, comme si ces choses si anciennes étaient encore à cacher, ou à raconter avec prudence pour qu'elles ne tombent pas dans des oreilles indiscrètes alors que tous ceux dont il s'agissait étaient morts, lorsqu'il me raconta cette histoire comme on brise les derniers scellés, il insista assez clairement sur le fait que l'«embargo» (c'est lui qui employa ce mot) imposé à son frère, c'était à Hélène qu'il était dû. Je pressentis vaguement qu'il laissait entendre par là que, si elle avait fait autrement, tout aurait peut-être été différent. Toujours est-il que c'est Hélène qui, lors de sa tournée de remboursement des dettes de Farid, donne cette consigne stricte, ou conseille fermement qu'on cesse de faire crédit à son fils. Cela, qui dut lui être très pénible, prouve qu'elle n'avait aucune confiance dans Farid, à moins que, au contraire, elle n'ait pensé qu'il lui obéirait et n'aurait donc jamais connaissance d'un tel diktat. De toute façon, elle devait sentir qu'elle n'avait plus le choix, qu'elle ne pourrait plus éponger une nouvelle série de dettes, qu'il faudrait alors en référer à son conseil de famille, que cela ferait une nouvelle scène entre les frères et c'était ce qu'elle voulait absolument éviter, sans se douter que, en fait, elle était en train d'enclencher le mécanisme qui allait tout dévaster.

Car, évidemment, Farid ne peut se laisser faire. Au début, il hausse le ton dans les boutiques puisque, après tout, les dettes ont été remboursées, puis il hausse les épaules parce qu'il se dit qu'il n'y a pas qu'un seul bijoutier, un seul marchand de cannes, un seul marchand de chapeaux. Mais quand il s'aperçoit que les principales boutiques où il se fournit (et il ne peut se fournir ailleurs sans se dévaloriser à ses propres yeux car ces boutiques sont les boutiques où se fournissent ses principaux amis, et puis aussi, ne l'oublions pas, il est très pointilleux et il a déjà ses habitudes), quand donc il s'aperçoit que les principales boutiques lui refusent crédit, qu'il ne peut plus rien acheter, ni en se fâchant, ni en plaisantant, ni en menaçant, il comprend qu'il est pris dans un piège, et il suffit qu'un aimable commerçant lui dise, par méchanceté ou au contraire pour lui témoigner de la sympathie, que «c'est madame votre mère (*elweldé, sitt Hiléni*) qui a souhaité » pour qu'il en perde le nord. « Et alors, marmonna mon père le fameux jour où il me raconta cette histoire, et alors, au lieu de penser qu'il pourrait peut-être travailler et payer ces achats, il se met à faire une tête épouvantable à la maison, comme si on l'avait privé d'un droit imprescriptible, celui de nous ruiner. » Le voilà donc qui boude, mais rageusement, qui claque les portes de la Grande Maison jusqu'à faire tomber des morceaux de peinture et de crépi du plafond sur les tapisseries vieillies des meubles du salon, qui ne parle plus à personne, qui jette son couvert sur la nappe quand il a fini son petit déjeuner, et s'il ne fait pas un esclandre, c'est parce qu'il y a sa mère et qu'il sait se retenir. Mais il est certain qu'il se considère victime d'une énorme injustice, et comme il fut toujours, jusqu'au temps où je le connus, extraordinairement égoïste, il trouve incroyable, inimaginable, formidablement scandaleux que l'on puisse ainsi le priver de ses plaisirs quotidiens, même si ses plaisirs doivent mettre tout le monde sur la paille. Et puis finalement, un matin qu'il sort et dévale le grand escalier, il se trouve devant son frère Michel qui est en train de faire monter avec un ouvrier des sacs d'oranges dans la maison. Ils y vont lentement, de biais, et empêchent Farid de passer, et voilà Farid qui s'impatiente et exige le passage. Son frère l'envoie promener avec humeur, Farid répond avec impertinence et c'est à nouveau la bagarre, mais cette fois c'est assez spectaculaire parce que ça se passe avec le frère le plus pondéré et le plus pragmatique, qui, sans se départir de son calme, comme s'il effectuait un acte cent fois répété et devenu banal, se saisit de Farid, lui tord un bras dans le dos et le pousse devant lui dans les escaliers, puis assez loin du côté du portail en lui disant que, s'il est tellement important qu'il sorte, il ferait mieux de ne plus revenir, et Farid a beau se débattre et crier il ne s'en dépêtre pas, et lorsque son frère le lâche enfin en le propulsant devant lui, la tête la première, il perd l'équilibre et s'étale de tout son long. Hélène, mortifiée, assiste à la scène depuis le balcon et, décidément, tout cela n'est pas du tout brillant. Mais, le soir, on recolle les morceaux, c'est Blanche qui s'en occupe, Michel est prêt à se rabibocher avec Farid, qui marmonne des excuses parce qu'il sait qu'il a été stupide. Après quoi il y a une accalmie de quelques semaines, et c'est sans doute durant ces quelques semaines que Gebran Nassar entre en scène pour le dernier acte.

17

La réapparition de Gebran dans l'histoire des Nassar de Ayn Chir a lieu à l'occasion de sa malencontreuse et fortuite rencontre avec Farid chez un bijoutier célèbre de la rue Foch, une des rues neuves et rutilantes de la nouvelle version de Beyrouth. On va dire que c'est la bijouterie Tufenkjian, pour ne pas changer. Au moment où il resurgit dans cette histoire, Gebran est un homme puissant. Il s'est considérablement enrichi pendant la guerre, où il a compté parmi les proches du Généralissime, puis, girouette fort bien huilée, il est devenu un des hommes qui comptent aux premiers temps du mandat français. La chose, donc, est entendue, comme est entendu le fait que sa position de zaïm s'est trouvée renforcée avec la mort de Wakim et l'effritement de la position de ses fils. Lorsqu'il entre ce matin-là dans la joaillerie Tufenkjian, nous sommes en 1926 ou à peu près, il est à l'apogée de sa force, il s'est constitué un empire foncier à Beyrouth et dans ses environs et tout le monde l'appelle Gebran bey. Et c'est comme ça qu'on le reçoit dans la joaillerie, avec force courbettes accompagnées de Gebran bey par-ci et de Gebran bey par-là. Farid est déjà dans la boutique, il est en costume clair et lavallière. Son chapeau et sa badine sont sur le comptoir près de lui et il est en train, mettons, de choisir une

montre à gousset lorsque Gebran bey entre, en lavallière
et costume clair, lui aussi. Le gérant de la boutique
organise la réception de cet homme important à coups
de froncements et de haussements de sourcils impératifs à l'adresse de ses employés et de salamalecs fleuris
à celle de Gebran, et c'est comme le fameux mime de
Marceau, un jeu simultané de grands sourires affables
(que perçoivent ceux qui sont tout près) et de coups
d'œil foudroyants (que ne peuvent voir que ceux qui
sont à trois pas). Les coups de sourcils levés font approcher un fauteuil, les coups de sourcils froncés font ranger à un vendeur maladroit un lot de montres qu'il vient
de déballer, une ambiance feutrée s'installe, les autres
vendeurs deviennent distraits, comme s'il était impossible de travailler en cette présence considérable, et
c'est ce qui fait se retourner Farid. Les deux Nassar se
reconnaissent, se saluent courtoisement, après quoi
(« prenez place, je vous en prie, Gebran bey ») Gebran
s'assoit, pose sa badine et son tarbouche sur le comptoir (« laissez, laissez, on vous les prend, allez, que l'on
s'occupe des affaires de Gebran bey », mais Gebran ne
veut pas, marmonne quelque chose et pose donc son tarbouche et sa badine sur le comptoir) et demande à voir
des, je ne sais pas, moi, des broches en diamant. Et c'est
en examinant des broches en diamant de toutes les
tailles qu'on lui présente sur des écrins de velours avec
gravité et petits chuchotements, comme si on ne pouvait vendre des diamants qu'à voix feutrée, que Gebran
bey entend la voix du fils de Wakim s'élever et protester
et – mais plus basse, pondérée, confuse – celle du vendeur marmonner des « madame votre mère » et des « la
maison ne peut vendre à crédit ». Farid, turbulent et
vexé, appelle le gérant, et celui-ci est dans une situation
impossible car le faiseur d'esclandre est un Nassar mais
le personnage considérable assis un peu plus loin et

qu'il s'agit de ne pas déranger est un Nassar aussi. Et c'est finalement ce dernier Nassar qui sauve la situation en se levant et en s'approchant de Farid pour se faire expliquer les raisons du chahut. « Qu'est-ce qu'il y a, Farid ? Est-ce que je peux t'aider ? » Les vendeurs veulent dire les choses diplomatiquement mais Farid déballe tout et Gebran annonce alors qu'il prend tout sur son compte, qu'on n'a qu'à mettre l'achat de son neveu sur son propre crédit.

Entendons-nous : il n'y a là encore aucune sorte de calcul. Gebran Nassar a probablement à cet instant le seul souci de sauver la face, d'éviter de passer pour un avare ou un parent incapable d'un geste à l'égard d'un membre de sa famille. C'est un peu l'urgence qui le fait agir. Ce qui n'empêche pas Farid de l'attendre dehors, en faisant les cent pas rue Foch, et c'est lorsqu'il va vers lui pour le remercier au moment où il sort que Gebran fait preuve de la fameuse « magnanimité » par laquelle mon père, la seule fois où il me parla de cette affaire, expliqua son attitude. Une fois la séance des remerciements sur le trottoir passée, il emmène Farid avec lui dans sa calèche et l'interroge sur la famille, sur les vergers, sur Hélène, après quoi, par pur altruisme, dans un geste princier, il lui déclare que désormais, et en attendant qu'il puisse le rembourser, il peut, quand il veut, faire mettre sur son propre crédit à lui, Gebran, n'importe quel achat.

Entendons-nous là aussi : ce n'est pas, ou pas encore, un sombre calcul. Le beau geste est toujours agréable, la générosité sans contrepartie satisfait l'ego, surtout quand elle permet de montrer sa puissance à des rivaux. Et il est possible que la générosité de Gebran n'obéisse qu'à un seul espoir, c'est que cela arrive aux oreilles d'Hélène, comme ça, pour le simple plaisir de s'offrir une vieille revanche. Mais ses calculs vont être déçus, car à l'évidence Farid ne raconte rien à personne et surtout pas à sa mère. Par contre, il va profiter de la licence que lui a donnée Gebran pour se lancer dans une suite d'achats sans précédent. Au commencement, bien sûr, il pense que c'est seulement cette fois, puis seulement cette fois, puis « une fois encore et après j'arrête », car chaque fois il a conscience qu'il est en train de se faire implicitement entretenir par un homme détesté par tradition au sein de sa famille. Il a un sentiment de trahison très fort et aussi une sensation d'indécence. Mais il ne peut s'empêcher, cette fois seulement, et encore une fois puis j'arrête, et il n'arrête plus, il achète des costumes avec cravates et chapeaux (300 livres), une montre à gousset en or repoussé (270 livres), un collier de perles et diamants (356 livres), et tout ça avec d'autant plus de facilité que jamais nulle part on ne rechigne à lui faire crédit quand il prononce le nom de Gebran. Il y voit un bon signe et qui l'encourage. Un soir, lors d'un bal chez une comtesse française, il fait quand même un petit rapport pas tout à fait complet à Gebran en expliquant qu'il a peut-être un peu abusé (*un peu* étant déjà à ce moment un euphémisme) mais qu'il s'apprête à tout rembourser, et Gebran dédramatise, prends ton temps, Farid, voyons, il n'y a pas le feu. Et là aussi, peut-être pour la dernière fois, il est sincère. Mais le lendemain ou deux jours après il reçoit des factures et prend la mesure des effroyables dépenses de Farid. Il se met d'abord en colère, puis il s'apprête, froidement et désagréablement, à rappeler l'inconscient à l'ordre et prépare un moyen de pression pour le pousser à tout rembourser. Et puis soudain il se calme, il réfléchit, il a une idée, et c'est là, à ce moment, dans sa maison, dans son salon, les factures à la main, ou bien dans sa calèche où il a du mal à lire le détail des mêmes factures à cause des cahots, ou dans son bureau, c'est à ce moment que le coup diabolique s'impose à lui, qu'il le voit, le sent, fronce les sourcils, tapote le bout de ses lèvres d'un doigt ou deux et finit par s'illuminer intérieurement.

Il faut avouer, comme me le dit mon père, que dans toute cette histoire ce n'est pas Gebran qui fut le tentateur. Ou du moins, s'il le devint, c'est au commencement Farid lui-même, la créature, qui allait tenter le tentateur, lui tendre la perche et l'encourager dans son rôle. « Si Farid n'avait pas été si stupide, me dit mon père, il n'aurait pas provoqué l'appétit de Gebran. Quand tu es devant un crocodile, tu ne brandis pas un morceau de viande saignant. Si tu es devant le diable, tu ne lui parles pas de la pomme. » Le jour même ou le lendemain de l'illumination, Gebran va donc régler les dépenses de Farid, en faisant tout facturer au nom de ce dernier et en mettant les reçus à son nom à lui. Et il procède de la même façon pendant plusieurs mois, calculant patiemment là où Farid ne calcule pas : une paire de boucles d'oreilles en diamant (213 livres), un briquet en argent ciselé (56 livres), une tabatière émaillée or (72 livres), dix cravates (28 livres). Bien sûr, il sait parfaitement que, à ce train, il faudra beaucoup de temps pour que le total permette une descente d'huissiers à Ayn Chir. Parce que, évidemment, c'est ça son idée, une vengeance contre ses cousins de Ayn Chir, une punition sous la forme d'une saisie de terres. Nul ne peut dire quel cheminement suivit sa pensée, ni s'il se fixa ce but immédiatement ou petit à petit. Peut-être qu'au début il pense seulement faire travailler ses taux d'intérêt et faire payer à Farid deux fois ce qu'il lui aura avancé. Puis il découvre en le fréquentant plus souvent cette nécessité vitale chez lui de dépenser, cette « capacité de dépense » comme l'appellera mon père, qui fait que Farid achète non parce qu'il a des besoins mais par pur souci esthétique, par plaisir du geste, du choix à faire, du dévolu jeté, et aussi par plaisir d'échanger du rien, des billets ou un simple nom prononcé, contre quelque chose. Il y avait chez lui une fascination quasi irrépressible pour le fait de faire passer une chose de l'état indéterminé de marchandise à la qualité précise, pure, d'objet individualisé, à soi. Et dans cette fascination, qui culminait dans son plaisir d'offrir des cadeaux aux femmes (d'inscrire avec délices sur leur peau nue ces inscriptions rutilantes que sont une bague à l'annulaire, un pendentif au bout du lobe de l'oreille ou une rangée de diamants autour de la blancheur du cou), je crois que Farid, mon oncle Charlus, l'oncle scandaleux, était littéralement poète. Et puis, ce que le prosaïque Gebran remarque aussi, c'est la nécessité impérative chez Farid de faire des largesses, de donner sans compter aux misérables, aux mendiants, aux garçons de café, aux grooms, de donner pour qu'on lui ouvre une porte, pour qu'on lui apporte sa commande tout de suite. Il y a indubitablement dans cette générosité le désir d'être reconnu, mais aussi le souci de faire plaisir, d'éblouir, de créer du bonheur chez le mendiant comme chez la femme ou l'amante d'un jour, cette création de bonheur n'étant pas altruisme mais pur souci esthétique, comme on répandrait autour de soi des traits de lumière. En découvrant tout ça, qui reste pour lui aux trois quarts incompréhensible, Gebran Nassar finit donc par changer de stratégie, ou du moins par élargir ses ambitions, et, dans cette affaire, il est vraiment le bourgeois usurier et affairiste face à une sorte de prince des temps anciens égaré dans le monde neuf du commerce et de la consommation.

Mais évidemment, pour que les dépenses de Farid et leurs intérêts permettent de lâcher les huissiers et les avocats sur les vergers de Wakim, il faudrait des années, et Gebran Nassar a beau être usurier et savoir la vertu de la patience, il n'est pas sûr que le petit jeu va pouvoir durer et il décide de l'accélérer un peu. D'après ce que je crus pouvoir déduire du récit de mon père, Gebran utilisa pour ce faire un stratagème simple. Au lieu de régler les dettes de Farid d'un seul trait, il les fit échelonner, il les remboursa lui-même à crédit, ce qui est un comble. Mais, de ce fait, il doubla leur montant. «Il a réussi à cumuler les intérêts, m'expliqua mon père. Il payait ceux de la vente à crédit et c'est sur ce montant déjà presque doublé qu'il calculait ses propres intérêts. Autrement dit, chaque chose que Farid achetait lui revenait trois fois son prix. Et il ne s'en est même pas aperçu. Sauf quand le désastre était consommé.» Et lorsque j'essayai d'avoir des explications sur cette incroyable inattention, mon père eut un geste, celui de battre l'air du bas vers le haut en l'envoyant derrière son épaule, comme pour dire que ça, il fallait vraiment être Farid pour y arriver. «Il ne demandait pas à voir, ne vérifiait jamais les factures, il faisait une confiance aveugle à Gebran. C'est vraiment un mystère.»

En y repensant, je ne crois pas que ce soit un mystère. Et, surtout, je ne pense pas que Farid ait nécessairement fait confiance à Gebran. La vérité, je crois qu'elle réside dans le caractère impérial de Farid Nassar, qui jamais ne se soucia d'argent, je veux dire de la matérialité de l'argent, du change, des factures, des reçus, toute cette trivialité, cette roture du monde qui est ce que les tracasseries d'un imprimatur sont à la poésie. Mon père lui-même me raconta toujours que son frère ne travailla pratiquement jamais, même quand ils eurent tous émigré en Égypte, et que, lorsque tout de même ça lui était arrivé (comme fonctionnaire sur le canal de Suez, par exemple), il n'avait jamais su au juste ce qu'il touchait

305

(ni d'ailleurs pourquoi il le touchait), dépensant à l'aveuglette ce qu'il y avait sur son compte puis se rabattant sur ses frères et surtout sur lui, mon père, qui l'entretint sans fin et sans que jamais Farid eût un mot de reconnaissance, comme si cela était un dû, une obligation que ses féaux devaient à un prince. Et moi-même d'ailleurs, j'étais toujours fasciné lorsque, dans son grand âge, je le voyais dans les boutiques de mon père, à Beyrouth cette fois, assis non comme un maître des lieux (qu'il était puisque mon père lui versait une part des revenus de ces magasins pour son train de vie quotidien) mais comme un invité ou un client que l'on fait patienter. Il souriait aimablement aux clients, parfois aidait l'un ou l'autre (mais par pure gentillesse et non pour donner un coup de main à mon père et à ses vendeurs débordés) à sortir d'une étagère un drap ou à dérouler un tissu et se joignait à lui pour trouver le prix ou la taille ou la marque, exactement comme s'il essayait de comprendre la prose incompréhensible d'une notice de médicament, alors que tout ça le concernait au premier chef puisqu'il en vivait. En y repensant donc, je suis certain que la vérité résidait non dans la confiance que Farid accordait à Gebran mais dans son incapacité (ou son suprême ennui) à lire une facture ou à faire des comptes. Et, tout ça, Gebran le découvre petit à petit, incrédule, et en profite. Et on va donc dire que, dès qu'il touche un peu d'argent, par exemple sa quote-part dans la vente des clémentines, Farid vient chez Gebran pour rembourser ses dettes. Gebran, qui attendait ce moment, sait que la partie est à jouer avec tact. Il fait asseoir Farid, va chercher les reçus et les laisse un petit moment entre les mains de mon futur oncle Charlus. Ce ne sont que les reçus des premiers remboursements effectués par Gebran, et Farid est censé au moins faire une grimace, mais il ne dit rien, en fait il est étonné de la modestie relative du montant mais pense que c'est peut-être le résultat d'escomptes faramineux auxquels a droit Gebran ou quelque chose comme ça. Il ne demande rien, un Nassar, et lui en particulier, ne demande pas de détails sur des factures, il les paie, un point c'est tout, et si le montant est bas, eh bien tant mieux. Et peut-être qu'il ne feuillette même pas les reçus, dont beaucoup sont tapés à la machine sur des papiers à en-tête. Donc il paie, et Gebran accepte. Mais ce sera la seule fois, et s'il accepte, c'est pour ne pas éveiller l'attention de Farid. Après quoi il emmène son neveu faire un tour en automobile, et il lui parle de lui, de ses enfants, de son passé, des prétendues bonnes relations qu'il entretenait avec Wakim. Puis les deux hommes mettent pied à terre et se promènent dans les rues de Beyrouth, qui est en train de devenir une sorte de petit Paris, avec de nouveaux immeubles aux styles néo-ottoman et Art déco. Ils se promènent rue Weygand et rue Foch et Gebran interroge Farid sur Hélène et sur les oranges et sur l'avenir, il joue le confident, l'ami, se fait fraternel, voire paternel, et dans tout ça l'idée est d'ôter toute importance à la question d'argent, de la réduire à un détail, à presque rien, «voyons, entre parents, entre amis qui se comprennent si bien». Et cela finit par marcher. Farid se laisse convaincre par l'apparent désin-térêt de Gebran pour ses dépenses, et, en ce sens, il prend l'usurier pour un prince de sang, comme lui. Lui, l'homme désagréable, intolérant et sûr de lui, se montre là d'une naïveté incroyable. En tout cas, à partir de ce moment, il dépense de plus en plus librement, mettant sur le compte de Gebran comme si c'était le sien une parure de diamants (354 livres), une bague au diamant pesant cinq carats (421 livres), un fusil de chasse à la crosse incrustée de nacre dont il ne se servira jamais (116 livres). Les relations entre les deux hommes, évidemment, deviennent assez intimes. Farid, trop hautain et trop égoïste pour supporter de s'embarrasser d'une amitié véritable, prend peut-être Gebran pour modèle. Lorsqu'il le rencontre dans des bals, ou durant des après-midi à petits-fours sur des terrasses donnant sur la mer où l'on discute bruyamment pendant que des majordomes servent le thé et les gâteaux sur des plateaux en argent que le soleil fait miroiter, ce qui fait s'envoler des pigeons dans les arbres tout autour, ou encore lorsqu'ils se croisent sur la corniche et qu'ils font alors ensemble quelques pas, canne sous l'aisselle et grande lavallière au cou, il ne peut éviter d'informer Gebran qu'il s'est encore servi de son nom, mais que cela ne saurait durer, qu'il le remboursera bientôt, et Gebran, à nouveau, lui lance son fameux « mais enfin, Farid, ne t'en fais pas, prends ton temps. Il n'y a pas le feu », et Farid remercie d'un grand sourire ou en marmonnant. S'ils sont dans un bal, ils boivent l'un à la santé de l'autre, et s'ils sont sur la corniche, ils marchent encore un peu en causant amicalement et Gebran indique du bout de sa badine une mouette dans le ciel ou peut-être, déjà, un avion postal qui approche de l'aéroport récemment construit dans les dunes au sud de la ville. Et cet attachement pour Gebran, c'est curieusement sa famille qui va encore l'encourager chez Farid. Car il serait naïf de penser que cet acoquinement passe inaperçu à Ayn Chir. Tout est scrupuleusement rapporté à Hélène par ses fameux visiteurs au venin savamment distillé, les dettes, les promenades qu'ils font en ville, ou dans la Panhard de Gebran, ou le fait que, pendant les bals, les deux hommes défendent ensemble les couleurs des Nassar, comme s'il s'agissait d'un seul et même clan. Hélène, qui écoute patiemment en brodant, ou en s'éventant, fait celle qui ignore tout, qui méprise tout ce qu'on peut dire, et c'est sûrement le cas, au début, jusqu'au jour où ses enfants se mettent à lui confirmer ces histoires, Linda parce qu'elle a vu Farid avec Gebran en ville, Elias parce que, dans une boutique où il venait d'acheter un chapeau, on lui a demandé (par malice ou innocemment, il ne sait) s'il souhaitait payer ou si l'on mettait tout sur le compte de Gebran bey. Au commencement, Hélène en veut à ses enfants de la poignarder avec tout ça, elle enrage contre leur méchanceté («même si c'est vrai, ne venez pas me le raconter»), et finalement cela alourdit l'ambiance dans la maison. Hélène fait la sourde, celle qui ne veut rien voir ni savoir, et ce sont les autres, les filles surtout, qui en présence de Farid font des remarques biaisées, laissent entendre des choses désagréables. Or nous savons que Farid n'est pas du genre à supporter la remarque ou la contradiction, et encore moins qu'on se mêle de ses affaires, surtout lorsqu'il est en faute. Il se montre donc agressif et même grossier. Aux allusions abruptes («Qu'est-ce que tu faisais ce matin avec Gebran rue Maarad?» ou «Ton ami, monsieur Soupe de Lentilles, ne t'a pas invité à aller chasser?») il répond vertement («Ce que je faisais, eh bien je me promenais et il me racontait sa vie, figure-toi» ou «Si, il m'a invité, mais je n'y vais pas parce que j'ai un rendez-vous avec la fiancée d'un capitaine français, ne t'en déplaise»). Mais l'assaut est si teigneux et si quotidien, me dira mon père lorsqu'il me racontera cette histoire, lui qui y assista en simple spectateur muet et ébahi, qu'il finit par jeter littéralement Farid dans les bras de Gebran. Ce qui fait qu'Hélène sort enfin de sa réserve. Un matin, elle convoque Farid dans sa chambre, où le lit à grand baldaquin qui donne de la pompe au sommeil commence à avoir besoin de ravalement, et elle lui demande de s'expliquer sur son amitié pour un homme détestable et dangereux. Et elle entend Farid lui répondre d'une façon qui lui donne froid dans le dos parce qu'elle lui rappelle les propos faussement rassurants de Wakim :

– Ne t'en fais pas, maman, ce n'est rien, voyons.

Or elle s'en fait, bien sûr. Prise d'une terrible intuition, elle demande à Farid s'il possède une reconnaissance de dettes. Farid se met à rire et répond que non, évidemment, qu'il n'est pas question de ça. Or, précisément, ce dont il ne se doute pas, c'est que cette reconnaissance de dettes, il l'a signée à son insu. On peut imaginer qu'un jour (c'est peut-être dans un café de l'avenue de France, et la mer, en face, est comme une grande paupière sur laquelle scintillent des milliers de pièces d'argent, à moins que ce ne soit en voiture, dans la Panhard qui bondit sur les pavés de la rue Gouraud, et le choix de ces lieux incongrus est fait pour endormir la méfiance, ou pour encourager la distraction de Farid) Gebran lui présente quelques papiers à signer : « Des papiers sans importance. Mais chez les couturiers (à moins qu'il ne prenne prétexte des chapeliers, ou des bottiers) il y a toujours de petites quittances qu'il faut signer », et Gebran sort une quittance, puis une facture, puis encore une quittance, et Farid signe en s'excusant (« C'est moi qui aurais dû, je suis confus, Gebran, en plus tu me sers de secrétaire », et Gebran rit : « Oh tu sais, ça ne m'a rien coûté »), il signe et c'est comme si on venait de verser à son insu de l'arsenic dans son verre de whisky car, parmi ces quittances et ces factures, il y a un document sur lequel sont énumérés des actes stricts et des articles impératifs, avec mention d'huissiers et d'avocats, de délais courts et d'injonctions féroces, et Farid sans rien voir, sans rien lire, signe, il signe sous les allusions aux saisies et aux peines de prison, puis referme son stylo à tige dorée et s'étale sur sa chaise en louant le soleil de ce printemps qui commence (ou se penche pour regarder par la vitre de la Panhard une jolie jeune femme sortant d'une Ford modèle E), après quoi il déclare qu'il a touché une quote-part sur les oranges du regain et passera rembourser bientôt mais Gebran lui répond comme à l'accoutumée qu'il n'y a pas le feu, et les dettes s'accumulent, rivière de diamants (735 livres), solitaire de six carats (537 livres), ce qui, après les manipulations de Gebran, revient à 2 205 livres (pour la rivière de diamants) et 1 611 livres (pour le solitaire). Tout cela devient astronomique, mais ça ne s'arrête pas là. «Les choses ont dû durer un an, dit mon père, puis Gebran a trouvé une idée qui a tout précipité.» D'après lui, l'idée, c'était une femme qu'il jeta sur la route de Farid.

– Et ne viens pas me dire que ce sont des histoires, attaqua mon père avant que j'aie pu même répondre, et avec ce petit air teigneux qu'il avait parfois quand il trouvait qu'on le contredisait inutilement et qu'il savait qu'il avait raison de toute façon, ne viens pas me dire que c'est subjectif ou je ne sais pas quoi. Ou que Gebran Nassar n'était pas capable de faire ça.

– Mais enfin, ton frère était quand même un homme bardé de femmes. Tu ne vas pas me dire que celle qu'il fréquentait à ce moment, c'est Gebran qui l'a fabriquée sur mesure.

– C'est exactement ce que je pense. Et le mot «fabriqué» est bien trouvé.

Admettons donc que cette créature fut jetée par Gebran sur la route de Farid. Lorsque je voulus savoir qui elle était, mon père eut un geste d'humeur et déclara sur un ton qui ne supportait pas la réplique:

– Je ne m'en souviens plus. De toute façon, ça n'a pas d'importance. Elle était superbe, évidemment. Mais son nom, je ne sais pas si je l'ai jamais su.

Et c'était si faux que quelques minutes après, tandis qu'il me racontait la suite, il eut un moment d'inattention et, alors que tout du long il m'avait parlé de cette Ève en la désignant par « cette femme » ou « elle », il prononça un prénom que (de surprise et parce que, chaque fois qu'il faisait allusion à elle, il baissait la voix comme lorsqu'on évoque les noms de diables ou de démons) je ne pus saisir mais qui demeura imprimé dans mon esprit comme une forme familière, du genre « Amélie » ou « Émilie ». J'eus beau chercher dans mes souvenirs, au sein des innombrables prénoms qui constituaient le trésor onomastique féminin de mon père et de ses frères (car ils furent tous coureurs de jupons), au sein des Sonia, Olga, Simone, Denise et autres Jeanne, je ne trouvai pas trace d'une Amélie ou d'une Émilie. Ce fut donc à propos de cette Amélie, ou Émilie, que je fis ma dernière enquête avant d'entamer la rédaction de cette histoire, alors que mon père était mort, et ce fut en vain, car, parmi les membres les plus âgés du clan, aucun ne se souvenait d'avoir entendu ce prénom. Tout ce que je peux donc aujourd'hui en dire, c'est ce que mon père me raconta sur elle, l'esquisse qu'il m'en dessina. Et il me dit trois choses : qu'elle était belle (« forcément, elle était belle, sinon elle n'aurait pas eu d'intérêt dans toute cette histoire »), qu'elle était fille d'émigrés (« son père est mort en Amérique et elle est revenue vivre au Liban »), à quoi il ajouta un détail croustillant dont je me suis souvent demandé pourquoi il lui était resté et quel formidable talent de romancier lui avait suggéré de me le livrer (« elle aimait l'argent et elle fumait des cigares très fins et longs »). Sans doute est-ce l'image qu'il en gardait lui-même, si tant est qu'il la vît jamais. En tout cas c'est à partir de ce détail que moi-même je l'imagine. Le cigare long et fin, associé à l'amour de l'argent, renvoie au stéréotype de la femme aux cils effilés, aux chapeaux immenses, évidemment un peu ronde (c'est ainsi qu'on les aimait en ce temps-là), blanche, laiteuse et le regard comme une plume, le regard qui, vous dédaignant toujours, passant sur vous comme sur rien, vous noue quelque chose dans le ventre, vous force à le chercher à nouveau, et alors la plume est devenue flèche, Circé vous ensorcelle tout en tirant sur son cigare, mais pas trop (ça fait mauvais genre), comme s'il n'était là que pour faire jouer les lèvres écarlates ou comme un simple accessoire que l'on prend entre deux doigts pour mettre en valeur le jeu du poignet et la délicatesse des ongles dont la couleur vive, contrastant avec la blancheur éclatante de la carnation, vous tord définitivement le cœur. Et on va dire que c'est ce qui arrive à Farid, lui, l'arrogant, le dédaigneux, l'homme bardé de femmes. Il est pétrifié quand il croise le regard d'Amélie (mettons qu'elle s'appelle Amélie), qu'il le croise pour la deuxième fois, un soir, dans un salon, à dîner ou à danser. Et on va dire que, au moment où, selon l'un ou l'autre de ses stratagèmes habituels, il tente de l'aborder, elle l'envoie sur les roses en lui répondant en anglais que ce qu'il lui dit est parfaitement obscur pour elle et elle se détourne avec un air désolé, mais comme on est désolé de ne pouvoir donner une pièce à un enfant mendiant parce qu'on n'a plus de monnaie. Farid, évidemment, laissé ainsi en rade et sans doute sous le regard de pas mal de gens, essaie de retrouver contenance, mais l'instant d'après il entend la même Amélie causer avec un convive en arabe (avec un accent anglais, c'est certain, qui donne l'impression qu'elle a l'accent des gens du Kesrouane, mais tout de même, elle la parle très bien, cette langue), et il sent une indignation immense le saisir. Autour de lui, tout ce que son regard croise, visages, objets, se décompose et lui éclate à la figure en fragments agressifs. Il fuit, il sort sur une terrasse, et là, l'air frais, l'odeur de la mer, ou celle des jasmins, ou la fraîcheur des jacarandas, lui fait du bien, il s'accoude à une balustrade, l'ombre de son corps est projetée au loin sur un massif d'arbres par les lumières qui viennent des salons et il se ressaisit. Un convive lui parle, il a l'impression que c'est depuis l'autre bout d'un long couloir, puis petit à petit il fait un effort, il se concentre, il répond et le voilà revenu à lui. Et là, bien entendu, il n'a plus qu'un désir, celui de la vengeance, parce qu'il n'a pas l'habitude de se faire jeter comme ça. Les jours suivants, il essaie de savoir où se trouve cette fameuse Amélie, où elle est reçue, où elle va dîner, déjeuner, prendre le thé, pour y aller aussi et faire en sorte de la blesser, de la mépriser, de lui dire un mot dont les femmes ne se relèvent pas et pour lequel elles ne vous oublient plus et jurent à leur tour vengeance. Et en attendant, évidemment, il ne cesse plus de penser à elle, et à côté des blessures mondaines qu'il imagine lui faire il rêve aussi de blessures physiques, il rêve qu'elle est devenue sa proie, qu'il la soumet à des sévices terribles qui ne sont en fait que l'expression d'un désir qui s'échauffe, devient insoutenable et qui fait que quand, finalement, il la revoit un jour, ou un soir, son cœur s'emballe, il a besoin de reprendre souffle, et lorsque, enfin, l'occasion se présente pour lui d'être arrogant à son égard, ou ironique, ou méprisant, il n'en fait rien parce que c'est elle, à l'instant où il est en train d'affûter un regard dédaigneux ou une remarque marmonnée du bout des lèvres, c'est elle (et avec son accent qui étire les mots puis soudain se durcit, comme une pierre dans un bas de soie), c'est elle qui lui dit un mot amène, qui lui parle d'un ami commun, ou de quelqu'un qu'il lui rappelle ou de je ne sais quoi, et là, évidemment, sa rage se métamorphose sur-le-champ en une courtoisie un peu embarrassée (ce qui est rare chez lui), et quand, une ou deux heures après, il se retrouve seul, ce n'est plus de

sévices qu'il rêve mais d'amour torride avec la singulière Amélie, et le voilà embarqué dans l'ultime épisode
avec Gebran Nassar.

Supposons que c'est à ce point de l'histoire que
Gebran intervient. Il ne fabrique pas à proprement parler cette créature, Amélie, comme machine de guerre
contre Farid, il n'inocule pas à Farid le poison d'amour.
Non, Gebran prend plutôt le train en marche, il met la
main sur cet amour naissant et lui fait prendre le chemin qu'il veut, il le pirate, le détourne et le jette sur des
voies catastrophiques. Pour cela, il n'a besoin que d'une
chose, prendre un jour Amélie à part et lui demander un
petit service. Et s'il est sûr qu'elle acceptera, c'est qu'il
a sur elle un pouvoir quelconque. C'est sans doute la clé
de cette affaire, ce qui fit dire à mon père, et peut-être à
tous ceux qui connurent l'histoire dans le détail, que
Gebran « fabriqua » Amélie. Il a un pouvoir sur elle, elle
lui doit quelque chose, son père à elle lui était redevable
d'un service quelconque (de l'argent prêté sans intérêts,
une métairie généreuse, l'envoi à ses frais d'Amélie à
l'école), ou bien il sait quelque chose de compromettant
sur Amélie (son passé, un mariage non avoué, consommé
en Amérique, qui l'a poussée à se réfugier au Liban, où
elle souhaite que personne n'en sache rien) ou sur son
père (une affaire louche qui l'aurait contraint à émigrer,
ou le fait qu'il est, à Chicago par exemple, emprisonné
pour dettes et non pas mort comme elle le prétend). Il la
tient, soit parce qu'elle lui est redevable, soit parce
qu'elle le craint, qu'il la fait chanter, et c'est en vertu
de ça qu'il se permet donc un jour de lui demander un
service, et ce service, c'est presque rien, « au contraire
Amélie, c'est presque un jeu agréable pour toi », il s'agit
tout simplement qu'elle obtienne de Farid le plus de
cadeaux possible, et des plus chers :

– Fais ce que tu peux, boude, réclame, exige, fais des scènes. Il est follement amoureux de toi, tu le sais, et tout le monde le sait. Tu y arriveras facilement.

– Bien sûr que j'y arriverai, Gibo, répond Amélie. Si tous les services étaient de ce genre, la vie serait merveilleuse. Mais je ne comprends pas à quoi ça va te servir.

– Pas grand-chose, ma chérie. Juste à lui faire dépenser de l'argent. Ne t'en fais pas, il en a beaucoup. C'est juste une petite vengeance, d'oncle à neveu. Une petite leçon que je veux amicalement lui donner.

Et on va dire qu'Amélie accepte parce qu'elle ne peut faire autrement, que de toute façon ce n'est pas très grave, mais aussi parce qu'elle pense qu'il s'agit en effet d'une petite leçon, du genre de celle que donnent les aînés aux cadets pour leur apprendre les dangers de la dépense, du gaspillage de l'argent et des biens. Et donc elle s'y met. Sa relation avec Farid est devenue notoire. Ils se retrouvent aux goûters d'Edwige B., au Grand Théâtre, au *five o' clock tea* de ses amies, et évidemment Farid lui fait des cadeaux, pour ça on n'a pas besoin des recommandations. Mais, après que Gebran a intercepté leur relation, Amélie se fait sensiblement plus câline, plus jalouse, plus exigeante. Or Farid n'a pas besoin qu'on le lui dise deux fois. «Il a perdu la tête, me raconta mon père. Il faisait des folies complètes avec une absence du sens des réalités absolument aberrante. Mais il était amoureux fou, et comme *elle* était très belle, et très courtisée, et qu'*elle* lui laissait croire que d'autres pouvaient lui faire des cadeaux très chers, toujours plus chers, il s'est mis à son tour à faire comme les Sursock, et les Bustros.» À Ayn Chir, évidemment, on sait qu'il est amoureux. On le voit peu, il ne parle à personne, ça arrange tout le monde. Il change de costume trois fois par jour, part avec le coupé. Mais ce qu'on ignore, c'est l'ampleur des dépenses qu'il fait. Et c'est normal, car personne ne peut les connaître : des rivières de diamants, des solitaires gros comme un poing sont des choses que l'on achète discrètement. Farid est emporté et ne regarde plus sous lui le sol qui va céder. Il est probable que dans les boutiques où il achète les merveilles fatales, dans le silence feutré, sous le regard, froid comme les diamants eux-mêmes, lointain comme s'il vous jugeait mais attentif, des vendeurs, dans ces moments où il a sous les yeux un choix de pierres aux eaux diversement limpides, il est probable que, là, juste avant de choisir, il a un doute affreux, peut-être l'image de sa mère lui apparaît-elle. Il transpire imperceptiblement, son souffle s'alourdit. Mais quand c'est fait, quand le moment terrible du prix décliné et de l'achat approuvé est passé, il se sent euphorique et grand. Lorsqu'il sort, il a l'impression de marcher à pas de géant, d'être le maître. Il songe à Amélie et sa joie se purifie encore plus, l'allège encore davantage.

Mais, à part ces instants d'extase, il est tout de même impensable qu'il n'ait pas des doutes effroyables. Quand il est seul, quand il va se coucher, dans sa chambre à Ayn Chir, ou quand un bruit le réveille au milieu de la nuit (c'est le craquement magistral d'un des immenses meubles de Bérouti), mais aussi à n'importe quel moment de ses journées de grand oisif, il doit avoir des sueurs froides en se disant (il doit bien se le dire, de temps à autre) qu'il n'a absolument pas les moyens de rembourser ses dettes. Un matin, il se décide enfin à aller chez Gebran pour faire le point. Mais Gebran n'est pas là, il est en tournée sur ses terres et dans ses métairies. Durant les jours suivants, Farid découvre qu'il est fébrile. À la maison, il s'aperçoit qu'il n'ose plus affronter le regard de sa mère, comme s'il s'agissait de l'œil qui regardait Caïn dans la tombe. Lorsqu'il repasse, une

317

semaine après, chez Gebran à Marsad, on lui répond que ce dernier n'est pas encore rentré, alors qu'à l'évidence il est là puisque la Panhard est garée devant le perron. Une sourde angoisse le saisit. Le soir, il est maussade, il bouscule ses frères cadets, on n'ose pas lui demander ce qu'il a et il va s'enfermer dans ses quartiers sans un mot à quiconque. Le lendemain, il a un rendez-vous avec Amélie, et avant d'y aller il décide de faire un petit achat, rien de bien méchant, une peccadille, mais, à sa stupeur, on lui refuse le crédit. «C'est au nom de Gebran Nassar», insiste-t-il. Rien n'y fait. Il se fâche, cela ne change rien. Il remonte alors en taxi (et en catastrophe) vers Marsad. En chemin, ses mains tremblent un peu et il doit s'agripper à sa badine pour arrêter ça. Quand il arrive, Gebran le reçoit, à son soulagement. Mais le soulagement est de courte durée parce que, après qu'il a fait son habituelle déclaration («Gebran, dès que je touche ma quote-part, je te rembourse une partie de ce que je te dois», et il se sent sûrement un peu idiot), Gebran jette le masque. Je ne sais ce qui apparaît dessous, quelle sorte de visage a Judas lorsqu'il raconte ce qu'il raconte à l'homme qu'il a si affreusement trompé, mais en tout cas il lui dit qu'il doit tout rembourser, que cela est allé trop loin et qu'il faut maintenant régler le tout, c'est-à-dire les sommes et les intérêts. À propos des intérêts, Farid croit qu'il a mal entendu, mais il ne relève pas, ce n'est pas son genre. Pourtant, Gebran estime bon que les choses soient claires et il glisse une allusion à la reconnaissance de dettes par crédit ouvert, il le fait au détour d'une phrase exactement comme il a fait signer la reconnaissance entre deux papiers sans importance et comme si c'était entre eux une chose entendue. Glacé, n'entendant plus rien, ne voyant plus très clair, sans chercher à comprendre, Farid demande un délai («Jus-

qu'à demain, répond Gebran, je ne peux pas faire plus »)
et repart, complètement déboussolé. Il va quand même
chez Amélie, qui habite, disons, chez sa tante à Zqaq el-
Blat, mais il apprend qu'elle est partie pour Damas et
ne rentrera pas avant trois jours. La tête prise dans un
carcan insupportable, Farid erre en ville, puis sur la corniche, et à ce moment il ne pense pas à Amélie. C'est
comme si le choc, dans sa violence, avait paralysé certains sentiments et en eût galvanisé d'autres, et Farid ne
pense plus qu'à sa mère, elle occupe tout l'espace de ses
pensées mais aussi de sa tête, de son cerveau qui bour-
donne et amplifie horriblement le bruit de la mer contre
les digues de la corniche. Il ne rentre pas à Ayn Chir
avant deux ou trois heures du matin, cette nuit-là. À la
maison, on croit qu'il a fait la fête. Mais il ressort avant
l'aube. « Il a fait ça le lendemain aussi, me raconta mon
père. On s'est inquiétés. Puis les gendarmes sont arrivés et ne l'ont pas trouvé. Le jour d'après, on est venu
annoncer à ma mère que son fils était en prison. »

Je ne m'attarderai pas sur tout ça, je n'y ajouterai rien
parce que le clan en a gommé le souvenir avec insistance et acharnement et que, d'une certaine façon, il a
eu raison. Ce que je dirai par contre, c'est que, le lendemain de ce jour sinistre, Gebran Nassar apparaît chez
ses cousins de Ayn Chir. On le reçoit dans un silence de
mort, Hélène exige qu'on la laisse absolument seule
avec lui dans le grand salon, et lorsqu'il repart elle lui a
abandonné plus de la moitié des vergers en échange des
dettes de Farid et de la promesse que son fils sortira
immédiatement de prison.

18

Par un paradoxe qui causera toujours mon étonne-
ment, la décadence irrémédiable du domaine des Nassar
de Ayn Chir débuta au moment même où, aux alentours
de 1925, la culture extensive de l'oranger se mit petit à
petit à remplacer partout dans le pays, et systématiquement, celle des mûriers. Les Nassar avaient été des
pionniers, et tandis qu'ils quittaient la scène les agrumes
commençaient à recouvrir les côtes du Liban et de
l'Orient tout entier. Pourtant, lorsque je me fis une fois
ou deux expliquer par mon père ce qui restait des terres
de Wakim avant l'émigration de ses frères puis la sienne
propre, je découvris que c'était encore important. Mais
ce n'était plus suffisant pour subvenir aux besoins d'une
grande phratrie. Et d'ailleurs, les résultats ne furent plus
jamais très bons. Il fallut encore resserrer le train de vie,
et je crois que les fils de Wakim, qui avaient accepté
d'être des sortes de gentlemen-farmers un peu à l'étroit,
ne se résolurent jamais à devenir de simples paysans.
Au début de 1925, Michel se met au service de Habib
Mattar, qui importe du marbre et de la céramique, et il
ramène de temps à autre de magnifiques échantillons de
marbre poli, moiré, vert, jaune, bleu, et fait des projets
pour en poser là où il n'y en a jamais eu dans la maison,
dans les chambres, dans les offices, ce qui fait rire ses

sœurs («tu ferais mieux de faire refaire les armoires, une porte a failli me tuer l'autre jour en me tombant dessus», «et le plafond qui s'écaille sur nos têtes… tiens, voilà encore un morceau qui vient de pleuvoir»). De son côté, Khalil, qui a à peine dix-sept ans, vend des engins de toute sorte dans les magasins Corm et il ramène à la maison, pour faire le fanfaron, une machine à coudre, par exemple, dont le transport jusqu'à Ayn Chir nécessite carrément une charrette. Il la fait fièrement monter dans la maison, la fait installer au milieu du salon et la bichonne comme s'il s'agissait d'une automobile – d'ailleurs elle a des chromes, tout un jeu savant et très délicat de rouages et d'aiguillages. Mais il ne laisse personne l'utiliser, lui seul peut se le permettre. Il s'assoit devant comme s'il s'agissait du tableau de bord d'un aéroplane, avec autour de lui ses sœurs et sa mère, et, après avoir mouillé les fils entre ses lèvres et les avoir minutieusement fait passer d'un chas dans un autre («toute cette énorme machine, se moque Blanche, pour être encore obligé de se crever les yeux à trouver les trous»), il finit par disposer un tissu. Enfin, à la manivelle, ou avec une pédale, il met en branle la mécanique et voilà l'aiguille, l'extrême et si fin petit bout de la machinerie à quoi cette dernière délègue sa puissance, qui se met à sautiller avec frénésie puis, en un très doux ronflement, à courir sur le tissu et y inscrire, à une rapidité fabuleuse, le long phrasé d'une couture rouge sur blanc, et là, tout le monde s'exclame, même Blanche la mécréante. Mon oncle rapporte aussi un jour un gramophone, cette boîte surmontée d'une fleur monstrueuse poussant sa corolle au bout d'une tige maniérée. Toute la maison considère la bête bizarre, la boîte à musique et son excroissance invraisemblable, avec ironie parce que mon futur oncle la ramène pour le spectacle, pour qu'on s'en mette plein la vue, et non pas l'ouïe, parce qu'elle est complètement inutilisable du fait que le courant électrique n'a pas encore atteint Ayn Chir. Et voilà le gramophone qui sert de gros bibelot au milieu du salon pendant une semaine. Mon père amène ses copains, les enfants des fermiers de Ayn Chir, le regarder comme ils iraient au zoo voir des bêtes de la forêt, les caresser et mettre hardiment la main dans leur trompe ou leurs oreilles. Et pendant tout ce temps Elias, lui, s'occupe des vergers. Mais cela ne demande plus que quelques demi-journées de travail par semaine, même sans ouvrier, ce qui lui permet de tenter deux ou trois choses dans le commerce, et de ces deux ou trois choses il n'est resté que le souvenir de l'une d'entre elles, dont j'ai recueilli une bribe il y a bien longtemps, le jour où mon père m'expliqua, alors que je ne lui avais rien demandé, que ce tissu un peu grège qu'il vendait encore aux alentours de 1960 était resté quasiment le même que lorsque son frère en avait importé des quantités, quarante ans auparavant. J'avais une quinzaine d'années à l'époque, je ne m'intéressais pas du tout aux textiles ni à l'histoire des Nassar et je n'avais que faire de ce lambeau de mémoire. Je sais aujourd'hui qu'en réalité mon père se parlait à lui-même, il mettait en mots le souvenir ému de son frère aîné, que venait de lui rappeler ce rouleau de tissu. Bien longtemps après, alors que je m'apprêtais à commencer la rédaction de l'histoire de Wakim et de ses fils et que je faisais mes derniers compléments d'enquête, un des descendants de Habib Fayyad me raconta que son père (un des fils de Habib) avait fondé son commerce de blanc, devenu prospère par la suite, en association avec Elias Nassar et Antoine Melki. Cette confidence explique de manière plausible le départ d'Elias, demeuré pendant longtemps pour moi assez obscur. La seule justification qu'on donnât jamais était l'appauvrissement sensible des Nassar et la nécessité d'aller trouver quelque chose à faire ailleurs. Mais on ne part pas comme ça en Amérique, sans un appui, sans une idée de ce qu'on va y faire, sans un cousin qui vous y a devancé et vous y appelle, à moins, bien sûr, de vouloir débuter comme cireur de souliers, selon le cliché bien connu. En revanche, le départ d'Elias pourrait avoir été en rapport avec le commerce qu'il débutait avec Fayyad et Melki. Pour commencer, on peut imaginer qu'il hypothèque, avec l'accord de sa mère, une parcelle de ce qui reste du domaine et qu'avec l'argent il participe à l'importation de tissu anglais. Après ça, à la maison, pendant deux ou trois mois, on ne parle plus que du « bateau » sur lequel est embarqué l'espoir des Nassar de Ayn Chir. Puis le « bateau » est dans le port et Elias sur le quai, en costume et chapeau, aux côtés de Fayyad et de Melki, au milieu de la cohue des porteurs, le regard fixé sur la cargaison que l'on transborde maladroitement sur des boutres. Puis la soie grège envahit la maison, remplace les échantillons de marbre et les gramophones à la trompe immobile. Il y en a partout, en tas sur les canapés, en rouleaux dans les couloirs, et la chose est bien moins excitante que la folle petite aiguille de la machine à coudre qui écrit si joliment sur les tissus, mais ces gros ballots constituent l'espoir et l'avenir, ce qui fait qu'on les aime, qu'on les câline. On les déplace respectueusement, Hélène les montre même à ses visiteurs. Et cette soie un peu rêche est en effet une manne. On la vend par rouleaux aux commerçants, qui la donnent aux couvents et aux orphelinats de la montagne, et là les religieuses ou les petits à qui on apprend un métier en font de *petites choses* fort jolies, mouchoirs ou napperons, brodés de toutes les couleurs, que les commerçants reprennent et revendent assez cher parce que c'est du « cousu main ». Ce n'est pas la fortune, mais on peut

remettre sur pied quelques parcelles des vergers un peu
fatiguées, on fait restaurer les meubles de la Grande
Maison, on arrange les plafonds et on répare les toi-
tures. Et si, après ça, Elias Nassar part quand même,
c'est probablement pour une question en rapport avec
cette nouvelle activité, soit qu'il aille visiter des
fabriques pour son compte et celui de ses associés, soit
qu'il ait décidé de travailler seul, d'introduire au Liban
un produit nouveau, et parte prospecter avec un esprit
d'aventure certain et peut-être une ou deux lettres de
recommandation en poche. Il s'en va donc, et dans les
annales des Nassar il part pour l'Amérique alors que ces
mêmes Nassar, lorsqu'ils parlaient de lui, associaient
bien plus volontiers le souvenir des premiers temps de
son émigration à la ville de Manchester. Ce fut d'ailleurs
toujours pour moi une curiosité d'entendre mon père me
parler des migrations de ses deux frères aînés en des
termes vagues dans lesquels les noms de pays et de
continents étaient aussi imprécis que s'il se fût agi de
lointaines galaxies et puis soudain, au sein de ces
grandes généralités géographiques, de voir apparaître
immanquablement le nom de Manchester, net, propre,
indubitable, comme un amer au milieu de l'océan des
approximations. Un jour que je lui demandais d'être un
peu plus clair, je me souviens qu'il bougonna, comme si
je l'avais vexé, que ce n'était pas bien compliqué, que
Manchester était la ville où étaient les fabriques et que
ces fabriques envoyaient à Elias, en Amérique, les marchandises qu'il leur achetait. Après quoi il ajouta ce
détail précieux, à savoir qu'Elias fit ensuite venir son
frère Michel, parce qu'il ne pouvait être lui-même partout à la fois.

Donc, très probablement, Elias part, au commencement, pour Manchester, et, dans l'idée de sa mère, de

ses frères et de ses sœurs, il part pour quelques longs mois, mais il reviendra. Il n'empêche, c'est toute la famille qui l'accompagne jusqu'au port, et là, sur le pont du bateau, on prend une photo sans se douter qu'elle est la première d'une série où on verra l'un après l'autre chacun des frères prendre la place du milieu, ce qui signifie que c'est lui qui part. À chaque photo le nombre des garçons sera plus réduit, jusqu'à la dernière, où c'est le benjamin, mon futur père, qui se trouvera au milieu, avec rien que des femmes autour de lui. Mais pour l'instant c'est le premier des frères qui part et on croit que c'est pour quelques mois. Sur la photo-souvenir, il est donc au milieu, extrêmement chic, mais le regard étale, lointain. Hélène à ses côtés est très digne, dans son étrange chapeau comme un casque, les filles sont en jupe et chaussures à talons, Farid fait la moue (mais ce fut toujours là sa pose devant la caméra) et mon futur père, qui a douze ans, est entre deux de ses sœurs et a déjà cette ressemblance incroyable avec Arthur Rimbaud, le front large et ce regard timide, lavé, qui semble discrètement glisser vers l'objectif mais où on distingue une sorte de rêverie incompréhensible. La famille occupe toute la largeur de la photo et on voit, à l'arrière-plan, un mât et à l'avant tout un charivari de cordages et de bâches ainsi qu'une bouée sur laquelle le nom du navire est indiscernable.

Il part donc, et c'est le début de la grande dispersion de par le monde des fils de Wakim. Il part et je ne sais ce qu'il fait. Sans doute que, à Manchester, la chance, le hasard, la ténacité, le pari fou sur l'avenir lui font miser gros, il explore, prend des options, et au bout de six mois, au lieu que ce soit lui qui revienne, c'est une lettre où il donne des consignes auxquelles Hélène, confiante, décide d'obéir aveuglément. Elle fait vendre le terrain hypothéqué, en hypothèque un deuxième et envoie l'argent à son aîné tandis que Michel, appelé par son frère, se prépare à partir. Et c'est à nouveau, dans une sorte d'incrédulité, de sensation de rêve éveillé, le déplacement du clan jusqu'au port et le moment de la photo, la deuxième de la série. Michel est au milieu, fixant l'objectif si laborieusement qu'il a un air emprunté. Hélène, à ses côtés, a le même chapeau mais porte un manteau (c'est donc l'hiver et cela me fait penser aux soucis qu'elle doit se faire en pensant à ses fils sur la mer, pendant des semaines). Et puis il y a les filles et les garçons : Linda est penchée vers une de ses sœurs, mon père se touche curieusement le lobe de l'oreille, Farid fait la même moue et son élégance raffinée indique qu'il n'a pas encore porté à ce moment tous les costumes acquis au temps de ses frasques.

À cette époque-là, les départs étaient suivis de longs silences. Celui qui suit le départ du deuxième des fils de Wakim dure au moins une année, pendant laquelle les deux frères se déplacent, nouent des affaires, travaillent à des choses ignorées des habitants de Ayn Chir, comme les forces qui nous gouvernent travaillent souvent à notre insu. Et lorsque l'une ou l'autre des filles, un soir sur le balcon, soupire en disant « ils nous manquent, que peuvent-ils être en train de faire ? », Hélène, dans l'ombre, déclare qu'il faut attendre, ils savent ce qu'ils font, tout ira bien. Au bout d'un an, une lettre arrive, de Manchester, ou bien d'Amérique, de New York, ou de Chicago, avec des timbres à l'effigie de George V ou de la statue de la Liberté. Dedans, il y a une missive avec la coulée de formules, *vous nous manquez, nous vous embrassons, comment se portent celui-ci et celui-là*, et ensuite quelques nouvelles encourageantes mais extrêmement vagues, quasi incompréhensibles pour qui veut déchiffrer l'activité effective des deux frères, *nous allons bien, grâce à Dieu, nous avons des amis sûrs dans les usines de textile de Manchester, l'Amérique est un pays de bienfaits.* Puis il arrive d'autres lettres qui attestent leur présence tantôt en Amérique, tantôt en Angleterre, et tout ceci ne peut être que bon signe même si nul ne se doute que ce qui porte les deux frères à ce moment, c'est la formidable vague de prospérité qui emporte le monde vers le gouffre, et qu'en allant toujours plus à l'ouest ils vont vers le cœur du volcan. Mais au commencement tout va bien, et la preuve c'est qu'au bout de la deuxième année il arrive de l'argent à Ayn Chir, et même pas mal d'argent. Nous sommes en 1927. Il en arrive à nouveau en 1928 et même en 1930 alors qu'à la source tout est déjà fini, que le monde occidental s'est fracassé contre le mur de la Crise, et cette dernière somme d'argent qui arrive, c'est comme ces lumières fossiles que les hommes voient en regardant une étoile dans le ciel alors qu'en réalité cette étoile n'existe plus depuis longtemps.

Mais avant cette date et cet ultime envoi, la vie s'est écoulée à Ayn Chir. Quatre ans au moins ont passé sur lesquels je possède un témoignage de première main, celui de mon père, pour qui ce fut le temps de la prime jeunesse, des premiers souvenirs clairs et personnels. C'est certes une époque difficile, celle de l'absence des deux frères aînés, des grandes incertitudes financières et des terribles angoisses d'Hélène. L'époque aussi où la Grande Maison ne cesse plus de manifester qu'on ne s'occupe pas assez d'elle. Les tuiles tombent par grand vent, l'eau fuit en fontaine depuis le toit à chaque pluie, mettant les meubles en péril, les murs s'écaillent. Quant à la rambarde du grand escalier, excédée qu'on appuie contre ses fines volutes des sacs d'oranges ou de charbon, elle branle et finit par céder sur tout un côté un beau matin, alors que le père Callas, en visite, monte en s'y appuyant et manque se retrouver dix mètres plus bas. Mais c'est aussi une époque où il y a des joies, comme le mariage de Blanche, que l'on peut célébrer avec pompe grâce à la première somme d'argent qu'envoient les deux frères, et ce mariage est toute une histoire parce que Blanche est amoureuse du fils de Gérios Nassar, qui est plus jeune qu'elle. Lui aussi l'aime, c'est certain, seulement voilà, c'est Gérios qui n'y croit pas, qui ne veut pas entendre parler de ce mariage «parce qu'il ne pouvait concevoir que l'une des filles de Wakim épouse son fils, me dira mon père. C'était du snobisme à l'envers. Et puis je crois qu'il avait des doutes sur la sincérité de son fils». Aussi, Gérios décide d'envoyer son garçon chez un de ses cousins par sa mère, travailler dans un pays d'Afrique où ce cousin, paraît-il, est l'ami de rois nègres assis au croisement de plusieurs fleuves. Le fils proteste, disparaît quelques jours, revient, mais son père n'en démord pas et voilà le garçon embarqué. Blanche est dans tous ses états, elle pleure tout le temps, elle est même déçue lorsqu'une lettre de ses frères arrive parce qu'elle s'attendait à ce que c'en soit une de son amoureux, et finalement, au bout de quatre mois, ce n'est pas une lettre qui arrive mais l'amoureux lui-même, qui n'a fait qu'un aller-retour en bateau, qui a refusé de mettre pied en terre d'Afrique mais qui, pour prouver qu'il y est bien allé, en rapporte un chasse-mouches en ivoire sculpté qui restera un trophée célèbre dans les annales des Nassar. Face à cette ténacité, Gérios accepte l'idée du mariage, vient en parler à Hélène en s'excusant presque, et Hélène lui fait de verts reproches sur son attitude et voilà les enfants mariés, on leur fait de jolies cérémonies et ce sont les dernières pompes que l'on se permettra dans la Grande Maison.

De tout ça, comme de tout le reste, mon père gardera

donc toujours un souvenir ému, parce qu'il n'aura pas connu le temps de la grandeur, des centaines de visiteurs assis dans la maison, le temps de la clémentine, de la visite du moutasarrif, des chasses dans le Kesrouane, le temps des héros ni le temps des zaïms. Il vit le temps de la lente ruine de la maison, de la décadence irrémédiable des vergers et de l'absence des hommes. Mais pour lui ce temps est quand même un temps royal parce qu'il est celui de son insouciance d'adolescent, durant lequel il vit ses premiers émois amoureux (et notamment celui qu'il éprouve pour la fille du général français commandant la place de Ayn Chir, la fameuse Diane qu'il croise en revenant du lycée, qu'il suit et qui se laisse suivre, à qui il offre des fleurs, un jour, au coin d'une route, au milieu d'un chemin, et elle accepte, et pour qui il demande même conseil à Farid pour ses tenues vestimentaires, dépensant tout son argent de poche en tickets de tram pour ne pas avoir les chaussures poussiéreuses en ressortant de l'école, et c'est là son amour d'adolescent le plus marquant, un amour qu'il va décider inconsidérément de graver pour toujours dans la mémoire du clan en faisant promettre à Blanche, qui attend un deuxième enfant, de l'appeler Diane si c'est une fille, et Blanche, qui ne peut rien lui refuser, appelle sa fille Diane, ce pour quoi Diane, une de mes innombrables cousines, lui en voudra tendrement toute sa vie), un temps durant lequel il s'amuse follement aussi avec les fils des fermiers de Ayn Chir (ils volent un tarbouche par-ci par-là, tantôt à un client du café sur la route de Damas, tantôt à un oncle qui a laissé le sien sur un coffre en entrant dans la maison, après quoi ils s'introduisent chez Baclini le fils, rampent jusqu'au puits et y jettent le tarbouche dont la teinture pourpre rougit ensuite lentement l'eau, à tel point que Baclini pense au début qu'on a jeté une bête égorgée dans son eau, puis que c'est tout un troupeau qui est dans son puits, puis que c'est un sort et il va chercher une Bédouine, comme le fit son père jadis, et tout ça, de la part des enfants, est une punition parce que Baclini est avare et tire à vue quand on touche à ses oranges) ou avec ses neveux, les fils de Catherine, qui ont son âge (ils passent des journées ensemble dans le grand micocoulier qui est à l'entrée de la Forêt de Pins, ils y habitent littéralement, organisent des colloques, des joutes poétiques, des séances de zajals, ou lancent des cailloux sur la tête des passants). Mais dans cette adolescence, pourtant, il lui manque toujours une image du père. Ses deux frères aînés sont partis, Farid n'est pas un exemple et Khalil est à peine plus âgé que lui. Il se rabat alors sur des figures symboliques, comme ces abadayes de Marsad qui aiment les enfants de Wakim par fidélité à la mémoire de leur père et qui leur offrent souvent de curieux passe-temps, notamment à lui, mon père, le dernier-né qui est un peu leur favori, comme ce fameux détournement par Baz Baz d'une carriole de pastèques remontant de Basta vers Marsad (Baz Baz oblige le conducteur à rouler au pas sur la voie ferrée, bloquant ainsi pendant de longues minutes les trams derrière eux, des trams que j'imagine grésillant, excitant leurs antennes, lançant des éclairs et des coups de klaxon aigus sans que rien n'y fasse, sans que Baz Baz, imperturbable, cesse de causer avec le conducteur inquiet ou de jeter des clins d'œil complices à mon père qu'il a assis près de lui et à qui il offre ce petit divertissement en mémoire de Wakim). Et c'est probablement cette absence de père qui le rend si sensible aux angoisses de sa mère, qui le pousse aussi à des défis dans lesquels il veut se montrer maître de lui-même et dont le succès lui donne l'impression que le monde reste gouvernable par la volonté de l'homme. Quand par exemple il apprend que le montant de sa scolarité au Lycée français grève dangereusement le budget familial, il se met en tête d'obtenir une bourse pour l'année suivante. Il devient studieux, concentré, son visage rimbaldien se fait grave et soucieux et il obtient la bourse. Après quoi il se repose, il passe une année peinard parce qu'elle est gratuite, si bien que l'année d'après il n'obtient pas de bourse, et il faut recommencer le coup de la concentration, de la gravité, et ça marche de nouveau. Il obtient une dernière bourse, pour l'année de troisième, la dernière qu'il fera jamais parce que, après ça, ce sera son tour d'être au milieu de la photo, avec toutes ses sœurs autour de lui et lui en costume et chapeau, plus rimbaldien que jamais, et affreusement sombre, embarqué un peu malgré lui pour l'Égypte et l'émigration.

L'abandon à seize ans de ses études par mon père marque certainement le point le plus bas qu'atteignirent les Nassar en ces temps de plomb. C'est en 1931 que cela se situe, et à ce moment tout s'est à nouveau détraqué, pour des raisons qui m'échappèrent longtemps, avant que je comprenne qu'elles étaient directement liées à la crise de 1929. Jamais je n'entendis mon père ni mes oncles parler de cette crise. En revanche, pour m'expliquer ce qui s'était passé, ils parlaient de la faillite des fabriques de Manchester et des stocks de marchandises invendables en Amérique. Cela se traduit à Ayn Chir par de mauvaises nouvelles qui arrivent dans les fameuses lettres aux effigies du roi George ou de la statue de la Liberté (*nous nous portons bien, grâce à Dieu, mais les fabriques de Manchester sont un peu en difficulté ces temps-ci à cause de la conjoncture et il va falloir compter sur Dieu*, puis *Tout va bien et la santé est excellente mais la situation générale est mauvaise, il y a quelques difficultés avec les stocks mais avec l'aide de Dieu et vos prières tout s'arrangera*), puis par l'interruption de l'arrivée d'argent (*Nous espérons que bientôt nous vous enverrons l'argent promis*) et finalement, un matin de 1931, par l'annonce du départ de Michel pour le Brésil. Tout ça, mon père le suit d'assez près. Il lit les lettres, avec leurs lots de mauvaises nouvelles déguisées. Il lit surtout l'inquiétude sur le visage d'Hélène, il remarque ses moments de panique lorsqu'il y a une somme à dépenser pour restaurer une vieille pompe dans les vergers ou pour payer une robe à Linda, qui est singulièrement coquette. Il devine que sa mère compte, qu'elle accepte de Khalil qu'il lui donne son salaire alors qu'au commencement elle était heureuse qu'il le garde pour lui. Tout ça, qui le marque et le marquera longtemps puisqu'il m'en parlera sans cesse cinquante ans après, alors que, s'étant mis définitivement à l'abri du besoin, il éprouvera toujours des sentiments incompréhensibles d'insécurité et de peur de l'avenir, tout ça le pousse à redoubler d'efforts dans son combat pour obtenir une nouvelle bourse au Lycée français, mais c'est à cette époque que l'Égypte fait irruption dans la vie et dans les conversations des Nassar de Ayn Chir. On parle du travail facile à Alexandrie et sur les bords du canal de Suez. Hélène se met à évoquer une de ses cousines dont le mari a réussi à faire prospérer un commerce là-bas. Elle fait parler ses parents qui viennent de Cattine tandis que l'inévitable Émile, l'oncle Curiel, qui vient tous les matins à la Grande Maison, parle de son côté d'amis qu'il a dans la Compagnie du Canal, à Ismaïlia, et à qui il pourrait écrire des lettres de recommandation. Mon futur père écoute sans jamais intervenir. Ces projets ne le menacent pas directement, ou du moins il le croit parce qu'il est au lycée et que ses résultats sont bons, et même très bons, selon le souvenir qu'en garderont toujours ses frères et ses sœurs. Même s'il scrute silencieusement les expressions de sa mère, s'il devient assez pensif et ne chante plus de zajals dans le sycomore à l'entrée de la Forêt de Pins, il sait que l'épée de Damoclès n'est pas suspendue au-dessus de sa tête mais au-dessus de celle de son frère Khalil, qui continue pendant encore une saison à travailler chez Corm et à revenir exposer à la maison de nouveaux produits, et notamment la fameuse Dodge qu'il vient garer au pied de la Grande Maison après s'être fait annoncer par une série de coups de klaxon depuis la Forêt de Pins et dans laquelle il va ensuite faire un tour avec son frère, mon futur père. Deux mois après, muni des lettres de Curiel et de l'invitation à loger chez elle de la cousine d'Hélène, Khalil part pour l'Égypte, et c'est l'occasion de la troisième photo sur le pont d'un navire, on dirait que c'est sans fin la même, sauf que cette fois Hélène paraît vieillie et n'a pas de chapeau. Blanche n'est pas là mais il y a les autres filles ainsi que Farid. Mon futur père est accroupi devant son frère qui part, il tient un canotier à la main, son regard est dédaigneux, son air lointain, et semble lorgner le monde un peu de biais, avec méfiance, comme on tient à l'œil un passant louche marchant à nos côtés et que l'on soupçonne de préparer un mauvais coup. À cause de cette photo, c'est l'air que je vais lui imaginer pendant l'année suivante, où il est sombre et peu loquace. Il obtient une bourse. Et pendant qu'il réussit une excellente et inutile année de troisième au Lycée français, avec son grand air pensif et dédaigneux et son souci de ne pas salir ses chaussures en arrivant le matin en classe, son frère Khalil parvient à se caser assez rapidement en Égypte. Je ne sais comment il réussit si vite à se trouver un emploi là-bas, justifiant la réputation de l'Égypte d'être une terre d'accueil sans pareille. Mais ce que je sais, et qui fait partie du patrimoine des Nassar, c'est que, quelques mois après son arrivée à Alexandrie, il se fait embaucher dans les magasins Singer et devient en six mois chef des ventes pour la région de Suez. Au bout de cinq mois, il envoie à Ayn Chir une lettre (avec un timbre à l'effigie du roi Fouad) où il raconte son succès (*Avec l'aide de Dieu j'ai trouvé un travail intéressant et qui va nous permettre de faire face à l'avenir*). Mais il n'envoie pas tout de suite de l'argent parce qu'il a besoin de s'installer lui-même et alors à ce moment, à Ayn Chir, c'est presque le désarroi. Les deux gendres aident Hélène et ses enfants mais la situation devient vite invivable, jusqu'à ce que la solution à tout ça arrive dans une lettre d'Alexandrie. Je ne sais comment était tournée cette lettre, je n'ai jamais voulu le savoir au juste, mais ce que je sais et qui est resté vivace dans la mémoire de mon père, c'est que Khalil y proposait que Farid et mon futur père viennent le rejoindre en Égypte, ajoutant sans doute, au milieu de grandes effusions, qu'il y avait autour de lui des occasions magnifiques de travail et que, chez Singer déjà, il pourrait leur trouver quelque chose à faire. On donne la lettre à lire à mon père, qui demande si cela signifie qu'il doit quitter l'école. Hélène, qui est au bord des larmes, lui laisse sincèrement le choix («fais ce que tu penses être le mieux, tu sais notre situation mais tu connais aussi tes intérêts»). Trois jours plus tard, après avoir fait silence sans discontinuer à tous les repas et évité systématiquement de se trouver en présence de ses sœurs ou d'Hélène, qui scrute cependant discrètement ses moindres gestes de peur qu'il ne fasse une bêtise, trois jours après donc, il déclare qu'il partira pour l'Égypte.

On le laisse néanmoins finir son année au lycée. Je ne dirai rien des regrets que mon père conçut de devoir abandonner l'école, dont il me parlait encore des décennies plus tard, en soliloquant sans fin, alors qu'à ce moment tout avait été rédimé, qu'il avait réussi, lui le cadet des fils de Wakim, comme Joseph fils de Jacob, à transformer son exil en Égypte en succès et contribué à redresser la situation de ses frères avant de les aider à rentrer chez eux. J'irai droit au dénouement, à ce qui allait être le prélude à une autre histoire. Au milieu de 1932, les Nassar sont à nouveau sur une photo, sur le pont d'un navire, et c'est Farid, tellement chic qu'on se demande s'il part pour une croisière ou pour l'émigration, qui est au milieu de sa mère et de ses sœurs. Mon père est sur la photo, accroupi devant Farid, le canotier sur la tête, et il a un regard presque amusé, on se demande bien pourquoi. Après ça, pendant le reste de l'année, il prépare son départ. Comme un héros qui se sait défait mais qui fait de son dernier combat le plus beau de tous ceux qu'il a menés, il remporte les examens de troisième avec le prix d'excellence. C'est presque de la provocation, une manière de donner mauvaise conscience à sa mère et à ses sœurs. Puis j'imagine qu'il fait ses adieux à ses copains de classe et passe des heures avec les fils des fermiers de Ayn Chir à parler de l'Égypte. Il en cause aussi avec son neveu, le fils de Catherine, et tous lui déclarent qu'ils aimeraient bien y aller, eux, en Égypte. Ils évoquent pour lui ce qu'ils en savent, comme pour l'encourager, et lui les écoute en silence pendant leurs promenades dans les traverses de Ayn Chir, toutes bordées maintenant d'orangers et où, la nuit, l'obscurité est si dense qu'il semble pleuvoir des étoiles sur le doux frou-frou des arbres. Et finalement vient le jour où il est à son tour sur la photo du départ, au milieu de sa mère, de ses sœurs et de ses nièces, debout sous un grand mât, au sein d'un grand charivari de cordages et de bouées, sur un bateau dont je sais le nom. Il a son chapeau à la main, il dépasse sa mère d'une tête, sa mère qui est déjà un peu voûtée, les cheveux en chignon, considérablement vieillie, et qu'il tient contre lui, un bras passé autour de ses épaules accablées. Deux heures avant, il a dû quitter, avec sa légion de femmes, la Grande Maison de Ayn Chir, et en partant se retourner pour regarder une dernière fois sa façade et le fanal de ses trois fenêtres, ses volets de guingois et ses acrotères abîmés, sans se douter qu'il reviendrait vingt ans après pour tout restaurer de fond en comble. Un peu plus tôt dans l'aube naissante, il est peut-être sorti sur le balcon qui domine les vergers et a assisté au lever du jour. Avec lui, accoudé à la balustrade, découvrons une dernière fois ce qu'il regarde, les vergers à perte de vue dont les trois quarts ne sont plus aux Nassar, qui forment un immense tapis de verdure sur lequel les oiseaux se poursuivent, font des bonds et des pirouettes en piaillant, et dans lequel ils finissent par replonger. Regardons une dernière fois avec lui du côté de la route, où passe une automobile dont les passagers se tournent sûrement vers la Grande Maison. Du côté de la route, mais à l'horizon, les montagnes bleuissent, deviennent diaphanes et le soleil, derrière elles, leur fait une crête de lumière avant que ses rayons viennent le frapper, lui, qui est toujours accoudé à la balustrade du balcon. Avec lui, respirons une dernière fois l'air qui a une odeur de pomme, écoutons aussi se réveiller la maison, les volets grincer, une bassine tinter longuement, le portail du domaine s'ouvrir et le fils de Gérios entrer pour aller visiter le potager de son père. Avec lui, dans le jour qui est maintenant levé, revoyons défiler une dernière fois les images du quotidien, les visites des dames en crinoline à qui on sert du thé dans des services de Limoges à rayures vertes, celles des femmes des fermiers de Ayn Chir qu'Hélène reçoit dans sa chambre à coucher, le facteur qui apporte les lettres et qu'on assoit un moment dans le salon, la petite Diane qu'on perd un jour et qu'on retrouve endormie dans le buffet de Bérouti, dans une des immenses coupes à fruits en faïence, le piano de Curiel qui monte à bout de vingt bras les escaliers de la maison et qu'on installe au salon pour exprimer les talents musicaux de Linda, ses notes qui ne cessent plus de s'élever dans l'air limpide mais qui s'embrouillent quand elles rencontrent, au sommet d'un contre-ut, le klaxon d'un autocar ou le cri d'un âne, et Linda qui pousse alors son soupir habituel. Et dans cet ultime inventaire des jours, avec lui qui est toujours debout au-dessus des vergers, déclinons une dernière fois les mille petits riens qui sont la trame inusable du quotidien, les éclats de voix des ouvriers sous les frondaisons, Curiel qui ne veut pas monter et qui appelle depuis le bas des escaliers, les marches descendues quatre à quatre les jours de lycée, une mouette qui vient se poser sur la balustrade du balcon, Hélène qui le dimanche revient de la messe avec l'écharpe noire brodée rabattue sur les épaules ou bien Hélène qui fait des patiences en attendant le déjeuner, le bruit de vaisselle de la table qu'on dresse dans le grand silence de midi, l'odeur de laurier et de savon blanc du linge et des serviettes dans toutes les armoires, celle des fleurs d'oranger, de jasmin et de gardénia qui pénètre par toutes les fenêtres, la porte d'entrée qu'on laisse trop souvent ouverte, les grands courants d'air qui circulent dans la maison, les rideaux immenses des trois fenêtres en arceaux qui gonflent, qui gonflent, qui gonflent, et voilà leur extrémité, comme des doigts délicats, joueurs et un peu farceurs, qui enrobe une bonbonnière ou un vase de Daum sur une table trop proche et puis qui, en se dégonflant pour revenir vers la fenêtre comme un enfant dans les jupes de sa mère après un mauvais coup, sans souci les envoie au sol où ils partent en morceaux. Et une fois tout cela dit, avec lui accoudé maintenant au bastingage du navire qui est parti depuis une heure et d'où on ne peut plus voir les montagnes du Liban, avec lui qui s'en est détourné et qui regarde droit devant, regardons maintenant nous aussi du côté d'où vont surgir, dans vingt-quatre heures, les nouvelles terres de l'exil, regardons nous aussi du côté du pays des pharaons, des vice-rois et des khédives, du côté de l'Égypte, et songeons avec lui que là-bas tout va devoir bientôt recommencer.

ROYAUME D'ÉGYPTE
PORT DE SUEZ

Registre des entrées

Nom de naissance	Date et lieu	Provenance	Date du navire	Nom	Destination
Gebran Chammas	1887, Jezzine, Liban	Beyrouth	Juillet 1932	S/S Champollion	Le Caire
Elias Bouchacra	1900, Beyrouth	Beyrouth	Juillet 1932	S/S Champollion	Le Caire
Émile Hatem	1906, Abey, Liban	Beyrouth	Juillet 1932	S/S Champollion	Suez
Raymond Nassar	1914, Ayn Chir, Liban	Beyrouth	Juillet 1932	S/S Champollion	Ismaïlia
Halim Boutros	1908, Beyrouth	Beyrouth	Juillet 1932	S/S Champollion	Le Caire

Glossaire

ABADAYE : Mot désignant à la fois un fier-à-bras, un chef de quartier et un héros populaire au sein d'une communauté confessionnelle.

ABAYA : Vêtement très ample en poil de chameau.

ABOUSERRA : Orange « navel ».

CHAWICH (mot turc) : Sergent.

COMBAZ : Robe masculine.

DOUNOUM : Unité de superficie valant mille mètres carrés.

KAAKÉ : Sorte de pain aux graines de sésame, très cuit et généralement consommé avec de la poudre de sumac.

KALPAK (mot turc) : Colback.

KHWÉJA : Monsieur.

LIWAN : Pièce centrale d'une maison, ouverte sur l'extérieur par un côté.

MAGIDIÉ : Pièce d'argent ou d'or portant le nom et l'effigie du sultan Abdulmajid.

MAJLIS MILLET : Conseil gérant les affaires civiles d'une communauté religieuse.

MATLIC : Déformation du mot français « métallique ». La plus petite pièce de monnaie en circulation vers la fin de l'Empire ottoman.

MIRI : Impôt foncier.

MOGHRABIYYÉ : Plat fait de petites boulettes de farine accompagnées de poulet et de viande.

MOUCHAA ou TERRE MOUCHAA : Terre agricole appartenant à la communauté villageoise.

MOUGHARASSA : Contrat par lequel un paysan peut acquérir, au bout d'un temps déterminé, la moitié d'un terrain qu'il a contribué à planter d'arbres.

MOUTASARRIF : Gouverneur de la moutasarrifiyat.

MOUTASARRIFIYAT : Gouvernorat. Le mot est presque exclusivement utilisé pour désigner le gouvernorat du Mont-Liban entre 1860 et 1920.

ROTL : Unité de mesure valant deux cent cinquante grammes.

SAMSARA : Activité du simsar.

SEROUAL : Pantalon bouffant.

SIMSAR : Intermédiaire, courtier.

SITT : Dame, madame.

SOFRAGUI (mot d'origine égyptienne) : Domestique chargé de servir à table.

VILAYET : Province.

WALI : Gouverneur.

WAQF : Bien de mainmorte. Service gérant les biens de mainmorte.

YUZBACHI (mot turc) : Capitaine de l'armée ottomane.

ZAÏM : Notable et chef de clan jouant un rôle politique. « Zaïmat » est construit à partir de ce mot.

ZAJAL : Poésie populaire. Poème en langue vernaculaire.

RÉALISATION : PAO ÉDITIONS DU SEUIL
IMPRESSION : BRODARD ET TAUPIN À LA FLÈCHE
DÉPÔT LÉGAL : SEPTEMBRE 2006. N° 89083-2 (42868)
IMPRIMÉ EN FRANCE

Collection Points

DERNIERS TITRES PARUS